JN176813

川村湊
自撰集
Kawamura Minato

1巻

古典・近世文学編

作品社

川村湊自撰集　第一巻　古典・近世文学編／目次

凡例

（一）文体は漢字仮名交じり文、「である体」を採用した。古典のテキスト、引用は、基本的に『日本古典文学大系』（「正・新」、岩波書店）に拠り、それに収録されていないものは、それぞれの刊本に拠った（適宜、括弧内に示した）。近世の戯作については、「江戸戯作年表及び使用テキスト一覧」を付し、使用したテキストの一覧を示した。

（二）古文の引用は、漢字は新字とし、旧仮名遣いとした。ただし、一部には旧漢字も使った。古文の現代語訳、朝鮮語文の日本語訳には、著者私訳のものがある。この場合は、新字・新仮名遣いとした。

（三）年号は西暦を使用し、適宜、元号を付した。月日は、陽暦採用以前は陰暦のままとし、その後は陽暦のものとした。

（四）単行本（『異様の領域』『近世狂言綺語列伝』）に収録したものは、誤字・脱字・誤植以外は手を入れなかった。単行本未収録で、雑誌初出のものも、最低限の文字や数字の誤謬、「てにをは」の乱れなどを直したほかは、手を加えていない。自著であっても、もはや不可変的なものとなっていると思われるからだ。単行本の「あとがき」「初出一覧」などは省いた。

川村湊自撰集　第一巻　古典・近世文学編

東下りのゆくえ――『伊勢物語』

『伊勢物語』の作者というものを想定しようとすると、ある一点から突き放されたように困惑させられてしまうところがあって、確定したイメージをとらえることができない。ここまでは確かであると、つかめるものもあるのだ。おそらく、当時の一級の知識人でありながら位階にめぐまれているとはいえず、心に虚無感を抱いた、もはや若くはない大宮人、これが私の想像する作者の輪郭である。

もとより、これだけでは何もいいえたことにはならない。外郭的なイメージをいかに引きしぼっていったところで、生きた人間の像というものが浮かんでくるわけはない。私がつかみうるのはむしろ物語のなかにあらわれる「観念」である。作者像とはこの「観念」のさきにつかみとられうるものではないか。ひとりの人間がひとつの時代状況のなかで、どのような観念にとらえられて（観念をとらえて）生きていたか、これがその人間をもっともよく表現しうるものではないだろうか。『伊勢物語』においては、あまりにも在原業平という人物の像が鮮明であるために、物語から「観念」を抽出するという作業がかなり困難であるとはいえる。しかし、物語自体が業平の自記であると現在までの研究の到達点ではいえない以上、そこに作者が「観念」をあらわす手段として、業平という人物の像をきわめて鮮やかに作りあげたということはいえるのである。それが作者自身の境遇を、物語の主人公たる業平のそれと重ね合わせて考えてしまう最大の理由であるのだが、それはもちろん仮定されるものの範囲にある。

『伊勢物語』という作品以前に原資料としての業平の一代記、歌とその詞書といった、いわば福音書のQ資料に相当するものがあったであろうことは確かだ。しかし、『伊勢物語』の作者が拠ったのは、もっぱら「歌」だけであった。剰余の業平の伝記など、作者にとっては伝説としかいいようのないものであっただろう。個人が実在したという証跡など、作者にとってほとんど信じうるに足りないものであった。「歌」だけが残りうるものならば、漢文の正史のなかに位階と生没年を録されることのうちにはなく、一首の歌のなかにゆらめく思い出として存在しうることにあると、作者は「観念」しているもののように思えるのだ。「観念する」という俗語の用法は存外に深い意味を孕んでいると思われる。現実を現実であると認識すること、それが「観念する」ことの実質である。それは、「思う」こととも「認識」することとも違って、「明らかになる」－「明らかにする」－「あきらめる」といった語意の変遷の系譜上にあらわれるものと同じだ。現実とは何であるか。おそらくそれは、観念と対象の関わる関係の無限の連鎖にほかなるまい。だから現実を見すえるということは、関係の連鎖のうちに自己自身に関係する「観念」をとらえることと重なるのである。そうした「観念」の質が、物語に書かれた業平と、『伊勢物語』の作者との共有するものであると思えるのだ。

たとえば、「むかし、をとこありけり。そのをとこ、身をえうなき物に思ひなして、京にはあらじ、あづまの方に住むべき国求めにとて行きけり」という第九段の書き出しの文章は、業平の自己幻想とそれによく共鳴しえた作者の自己幻想の表現であると見るべきであろう。もちろん、実際に業平がその〈東下り〉にあたって、「身をえうなき物」と思いなしたかどうかということは考察の外にある。『伊勢物語』の作者は、業平の〈東下り〉の行為にそうした「観念」を読み取ったわけであり、その観念自体はもはや業平のものとも作者のものともいえない。いうならば二人に共通するものであるといいうるし、そうした「観念」において両者が結びつけられる関係が生じたものだともいいうるのである。

さて、「身をえうなき物に思ひなして」とはどういうことか。業平の〈東下り〉の一連とも呼ぶべきこの第九段を中心とした前後の段の関連する文を見れば、第七段「むかし、をとこありけり。京にありわびて、あづまにいきけるに」、第八段「むかし、をとこありけり。京や住み憂かりけん、あづまの方に行きて住み所もとむとて」、そして第九段を経て第十段、「むかし、をとこ、武蔵の国までまどひありきけり」とある。「ありわびて」は単純に「住み辛くて」とか「住むのがいやになって」というほどの意味であろうし、「住み憂かりけん」はさらに「住みづらく思ったのであろうか」というほどの推量のニュアンスがこめられる。「まどひありきけり」とは「さまよい歩いた」ということである。

こうした関連する文章を見れば「身をえうなき物に思ひなして」という一文が、物語の平常の叙述とは次元を異にしていることが知れると思う。物語的叙述とは、たとえば後にふれる第二十一段の一節、「さるをいかなる事かありけむ、いさゝかなることにつけて、世の中をうしと思ひて」とか、第百二十四段「むかし、をとこ、いかなりける事を思ひけるおりにかよめる」とか、徹底して心理を韜晦するところにその特徴のひとつをあげうる。こうした流儀でゆけば、〈東下り〉も「住み憂かりけん」とか、「いかなる事かありけむ」としてあづまに下ったほうがむしろ自然であるといえる。

この推量の助動詞「けん」が果たしている役割は大きい。『伊勢物語』という物語の構築を一点で支えている要の釘というふうにいってもよいであろう。こうした「けん」の用法を棄てて、「身をえうなき物に思ひなして」と直叙した作者の「観念」を問うことが、『伊勢物語』という「物語」から、一篇の、「作品」へと私たちを導き出してくれる契機となるであろう。なぜこの第九段では、『伊勢物語』の常套手段であるともいえる「いかなる事（思ひ）かありけむ」の用法があらわれないのか。それはおそらく、業平の〈東下り〉を意識的なものとしてあらわそうとする作者の「観念」にかかっているに違いない。〈東下り〉に先立つ三、五、六の各段が、こうした作者の意図についての手がかりを与えてくれる。

むかし、をとこありけり。女のえ得まじかりけるを、年を経てよばひわたりけるを、からうじて盗み出でて、いと暗きに来けり。芥川といふ河を率ていきければ、草の上におきたりける露を、「かれは何ぞ」となんをとこに問ひける。ゆくさき多く夜もふけにければ、鬼ある所とも知らで、神さへいといみじう鳴り、雨もいたう降りければ、あばらなる蔵に、女をば奥におし入れて、をとこ、弓籙（やなぐひ）を負ひて戸口に居り。はや夜も明けなんと思ひつゝゐたりけるに、鬼はや一口に食ひてけり。「あなや」といひけれど、神鳴るさわぎにえ聞かざりけり。やう〳〵夜も明けゆくに、見れば率て来し女もなし。足ずりをして泣けどもかひなし。

白玉かなにぞと人の問ひし時露と答へて消えなましものを

これは、二条の后のいとこの女御の御もとに、仕うまつるやうにてゐ給へりけるを、かたちのいとめでたくおはしければ、盗みて負ひていでたりけるを、御兄人堀河の大臣、太郎国経の大納言、まだ下らふにて内へまゐり給ふに、いみじう泣く人あるをきゝつけて、とゞめてとりかへし給うてけり。それをかく鬼とはいふなりけり。まだいと若うて、后のたゞにおはしける時とや。

（『伊勢物語』第六段）

従来からこの段（第六段）は、問題の多い章段とされている。『伊勢物語』百二十五段中もっともすぐれたものとして賞美される一方、後半の部分をいわずもがなの蛇足であり、後世の付加ではないかと疑われてきた。坂口安吾は、その「文学のふるさと」というエッセーのなかで、この『伊勢物語』第六段を引いているが、故意にかこの末尾の文章を切り落としている。国文学界内の論議においても、この第六段の末尾、それに第三段、第五段などのそれぞれの末尾が、やはり後からの付け加えであろうというのが定説のようだ。作者の固有名詞や成立の問題などは、たしかに学問的研究においては重要なことに違いないだろうが、私はここでそうした問題につきあってゆこうとは思っていない。私の立場は、現在私が読むことの出来る作品としての『伊勢物語』から、どのような作者が想定できるのかという、いわば物語の成立という抽象的なレベルの問題に迫りたいわけであって、実証的な研究の枠外にある。

だから私は、この後人による書き加えと思える末尾の文章をも含めて『伊勢物語』第六段の本文としたいのである。もちろん厳密な本文批判にはそれ相応の敬意を表したいのだが、それによってきわめて貧しい形の業平一代記ができあがるくらいならば、ふくらまされた形であろうと現行の『伊勢物語』をとりたいと思うのだ。様式史的研究、編集史的研究の進展によって、福音書のなかから史的イエスがほとんど消失してしまったように、赤ん坊をタライの水といっしょに棄ててしまってはしようがないのである。

そうした意味でも現在私が読む形での『伊勢物語』第六段を見ると、末尾の一節が単なる蛇足であるとだけではいいきれぬ思いがする。作者があえてこのような付記を加えたのではあるまいか。この「あえて」という言葉は、この章段を〈東下り〉のストーリーに連続させるためという構成上の問題以上に、作者の積極的な意識が働いているのではないかという意味である。前半の部分は、説話風の歌物語ともいうべきものであって、ここだけを取り出してしまえば一篇の怪異譚としても読める。もし後半の部分がなかったとしたら、この一篇が『伊勢物語』百二十五段中でもかなり特異な存在として浮き上って見えることを認めざるをえないであろう。なぜなら、この第六段をのぞいては、超自然的なことがらにいささかなりとも筆を及ぼしている章段は皆無なのであるから。『竹取物語』のような一種の伝奇小説ならばともかく、伊勢物語のようなむしろ日常的な生活のなかに情緒性と抒情性を求めている作品において、女主人公を「あなや」の一言を残させて〈鬼〉にくわせた結末のままで放り出す作者の気持というものが私にはわからない。安吾ならばそれを「このようにむごたらしく、救いのないもの」が「文学のふるさと」である、というのだろうが、私はそうした「宝石の冷たさ」の感触を持つ物語に、あえて書き加えざるをえなかったところに、作者の散文精神といったものを見る思いがする。

私は醒めざるをえない精神についていっているのだ。もちろん醒めて落ちこむ幻想もありうるし、それがまた狂気に至ることもあるであろう。しかし、「合理的であること」がまた「現実的であること」ならば、奇怪な幻想や、あるいは狂気までもさえ内包する「合理的精神」があってもよいであろう。なぜならば、人間の観念とはおそかれはやかれ自己の身のうえにかえってくるものであり、そのとき自己自身にかかわる観念は、まさに自己幻想と言うべきであり、現実界の百鬼夜行的夾雑物をすっかり「観念」のなかにとりこんでいるからである。だから、私がここで言う伊勢物語の作者の合理性とは、「鬼というのは実は堀河の大臣、太郎国経の大納言、云々」という種明かしにあるのではなく、「昔男」が〈鬼〉の仕業である、と考えざるをえなかったその奇怪な「観念」と、「御兄人たち」の仕業であると説明せざるをえない作者自身の「観念」を、根元的なところで等価として見ていることにあるのだ。つまり、業平が「それをかく鬼とはいふ」のは、それなりの「観念」を基としていっているのであり、それを世間の人々が（作者も含めて）、「いや、実は」といういい方をしても、それもまた「観念」でしかないということである。怪異がまっとうな形で信じられるところでは怪異譚は成立しない。怪異を成立させる「観念」に触れてこそ、怪異譚は成り立つのだ。『今昔物語集』本朝部巻二十八第四十四「近江ノ国ノ篠原ニテ墓ノ穴ニ入リシ男ノ語」という説話は、この間の事情をよく例証しうるものである。私は、長野嘗一氏の「説話文学における怪奇と幻想」という文章によってこの話のあることを教えられたのだが、それに倣ってまず大要を記してみよう。

今は昔、旅の下衆男が野中で雨にあって困っていると、ちょうど墓穴のひとつあるのが見つかった。薄気味の悪さはもちろんあったが濡れるよりはましと、のこのこ入りこんだ。さて、いっこうに雨は上がらぬ。日も暮れてしまった。男は一夜をここで明かすことにして、やがて寝入りこんでしまう。ふと、何者かが入りこんでくる物音で目が覚めた。真夜中であり、墓穴である。さては鬼でも入りこんできたのであろうかと、男は肝の玉がちぢみあがった。しかし荷物をおろす音、蓑をぬぐような音、そして腰を降ろす音がする。どうも鬼ではなさそうだ、自分と同じように雨宿りに入って来た旅人でもあろうかと、男は考えたが、用心のためやはり息を殺してひそんでいた。すると、後から入って来た者がまぎれもなく人間の声で、「自分は雨宿りの旅の者であり、今宵一夜のためにここに入って来ました。もしや神などが住んでおられるのならば、これを召し上がって下さい」と、闇のなかに餅を三枚供えた。男はさっそくそれを音をたてずに食ってしまった。

後からの男がややたって自分のそなえた餅をさぐってみると、ない。これは鬼神の食べたに違いないと思ったのか、その男はとるものもとりあえず、あわてふためいて墓穴から逃げ出してしまった。男は残された荷物や蓑笠を、夜のうちにさっさと持ち逃げしてしまった。荷物は高価な絹などのぎっしりつまったものであった。そして最後に作者曰く、「何という思わぬ所得をした男であることか。後の男が逃げたのはもっともなことだ。実際誰でも逃げ出してしまうことだろう。しかし、心の賢こい人間は、たとえ下衆であろうと、このような時にもいろいろと考え、うまく振舞って思いもかけぬ所得にありつくのである。それにしても、餅を食われて後の男が逃げるのを見て、この男はどんなにおもしろかったことであろうか。めずらしいことであるから、このように語り伝えたということである」。

この説話は純粋な意味で聞書きという形をとっている。語りは、ひとりの人間の観点のみによって運ばれ、「観念」という抽象されたものも、他者も関わらない。しかも、この話の聞書者である源隆国と伝えられる『今昔物語集』の作者は、この主人公の下衆男の現実的感覚を称揚しているのである。自分の置かれている状況をとっさに把握し、適確な判断を下すこと。戦乱の世になだれこもうとする当時の社会において、たとえひとりの下人であろうと、こうした感覚は生きのびるためと世渡りのために、確実に必要なことであった。多襄丸的、あるいは袴垂的世界において、「観念」は無力であるはおろか、むしろ己れの身の生存、渡世のために危うさしかもたらさなかった。何らかの「観念」―「自己幻想」を抱いたものは、禅智内供や赤鼻の五位、絵師良秀などのように、笑い者にされるか、狂気とされるのがオチであった。芥川龍之介の描くところの「今昔物語」的世界が、徹底的に「今昔」の世界から乖離しているのは、まさしくこの「観念」が作品において転倒した位置をしめているからである。たとえば、芥川の「龍」という小説では、その原話においては、龍が昇天するというデマがそのままデマとして終始するのに対して、実際に予告された日時に龍が昇天するというものに変形されている。つまり原話がただの滑稽譚であるのに対し、「龍」は怪異譚として改変されている。自分が言い触らしたデマがあまりに広く流布しだすことによって、当人自身もそのデマを真実かのように思いこみはじめる。こうした心理を描く原話のほうが、芥川の小説よりもむしろ「近代的」であると言ってよい。ここには事実と、デマを流した学生僧の心理の事実とがあるだけである。芥川の小説にはそれに対し、「怪異」を成立させる「観念」がある。「怪異」があった、あらぬ、という事実は別として、ありえてもよい、とする「観念」が一篇の中軸となっているのである。

もちろんこれは、作家芥川の逆説的な「近代的」観念によるものであろう。さて、先の説話にかえっていえば、下手な言い方をすれば、そうした「怪異」を信じきれぬからこそ、信じたのである。先の説話は「怪異譚」と「滑稽譚」とが、その成立において表裏の関わりにあることを、この説話は示唆している。先に墓穴に入っていた男の側からすれば「滑稽譚」となっても、後の男の側からの見方に立てば「怪異譚」となりうる。こうしたことは、いかなる場合にもいいうることであろう。しかし、このことから単純に「怪異譚」がつねに相対化されるという結論を導き出すことはできない。怪異な事実というものはつねに相対化される。なぜなら、相対化の可能性を持つものを「怪異」とよぶのであるから。しかし、「怪異」の観念というものは容易に相対化されえない。それは事実の論証のリアリティーではなく、感情のリアリティーを裏付けるものなのであるから。後から墓穴に入って来た男がとび出したのは、その時に非常な恐怖にかられたからに相違ない。しかし、一時的なこうした恐怖が去った時に、男はこの出来事に対してどのような考えを抱いたか。恐怖が去ってしまえば、置き棄てにした荷物を惜しいと思う気持も出てこようし、また、合理的にその状況を解釈してみようという気にもなったであろう。少なくともこの説話の聞書者が、そのように恐怖と損失を相対化する見方に立っているのはたしかである。荷物を失ったことの悔いは、恐怖よりも永続的であって、個人的なモチーフで言えばその「損失」のほうがより大きなものとして残るであろう。これが、今昔の作者の「観念」である。だから、逆に先の男の思わぬ「所得」が、この説話のテーマとなりうるのである。「滑稽」と見るにせよ、「怪異」と見るにせよ、それはひとつの「観念」を前提としている。

『今昔物語集』の作者はたしかに平均的な意味において合理主義的であり、現実的である。それは、多くの「怪異譚」を書きながら、またこのような説話において「怪異」に触れる観念を嘲笑するところにある。「怪異譚」と「滑稽譚」とが、観念の次元において等価であると知るには、この作者はあまりに相対的な現実が見えすぎたのである。「怪異」な観念が生まれるには、相対化されざる感情の葛藤がなければならない。荷物を失った腹立ちと悔いからは、「観念」へと凝固してゆく何物も生まれえない。ただ世渡りの現実的な感覚が要請されるだけだ。『今昔物語集』においての「怪異譚」とは、こうした意味で個人の内部における感情の「観念化」ではなく、むしろ社会的な事象の「神話化」と呼ぶべきものに支えられている。それは次なる時代が民衆によって「末法の世」として「共同幻想」されることと繋がってゆくのであろう。

話をもとの『伊勢物語』第六段に戻せば、〈鬼〉の登場がきわめて仮定的なものであることが知れる。「あなや」の声も雷の鳴る音に消され、ようよう夜が明けてから始めて女の居ないことに気がついた昔男が、女の不在を直截的に「鬼」の仕業と断定した根拠は何か。そして、まるで見ていたかのように、「鬼はや一口に食ひてけり」と書く作者のモチーフは何か。つまり、男には超自然の力が女を奪い去ったと考えなければならぬ理由があったといわなければならない。その理由とは何か。それは、あまりにも大きな絶望が彼をとらえたからとしかいいようがないであろう。

白玉かなにぞと人の問ひし時露と答へて消えなましものを

『新古今集』では哀傷の部に入れられているように、この歌のモチーフは、決定的に失われてしまったものに対する哀惜である。哀傷歌とはもともと死別の際に歌われるもの、すなわち挽歌であった。

おそらく徹底的に失ってしまったものに対して、人は「哀しみて傷（やぶ）」る（『論語』）以外にどうしようもない。「露となって消えてしまえばよかったものを」という男の慨嘆は、「女」との関わりの極としての己れを失ってしまいたいという表現である。これは逆にいえば孤独である己れを発見してしまったという意味にもなる。大いなる絶望がもたらすものは、深い覚醒である。そして自己の存在することが、すべての苦悩の種になると思われてしまう。まさに仏教の十二縁起の教法のように、「愛」があるから、「取」（執着）があるのであり、「取」があるから「有」（現実生存）があるのだ。そして「有」はまた「苦」の種にほかならぬ。喪失してしまったものに対する愛惜が強ければ強いほど、人は己れの「業」の深さを思い知らねばならない。そして、観念化された「肉体」にたどりつくのである。女との道行、女の喪失というストーリー自体は、こうした業平の「肉体」の覚醒に至るプロセスにしかすぎない。〈鬼〉とは、ただ痛ましく激しい形で女が奪われなければならないことを意味しているのだ。おそらく、事実はすべて業平の目の前で展開されたことであろう。身内のものに引き立てられてゆく女をなすすべもなく見送り、業平は自分の無力さについてどのように激しい虚無感を抱いたか。「足ずりをして泣けどもかひなし」、この言い方に業平のすべての思いはこめられている、そしてまた作者の思いも。安吾は先に述べた「文学のふるさと」のなかでこういっている。「この三つの物語（「赤頭巾」、狂言の「鬼瓦」、『伊勢物語』第六段）が、私達に伝えてくれる宝石の冷めたさのようなものはなにか、絶対の孤独‐生存それ自体が孕んでいる絶対の孤独、そのようなものではないでしょうか」。「白玉」の歌がこの「絶対の孤独」を伝えてくれるものではない。安吾は、歌は感情の付加であって、読者を突き放された思いから救っているのだというふうにいう。「絶対の孤独」とは、この物語自体の「冷めたい美しさ」によるのであって、業平の歌の哀傷さにあるのではない。「足ずりをして泣けどもかひ」のないものであれば、「歌」を詠んだところでやはり「かひ」はないのである。歌っても「かひ」のないところでなお「歌う」ことが、詩人としての業平の宿命であったとしたら、それを「かひなし」と断じることが『伊勢物語』の作者の宿命でもあった。つまり作者はあくまでも醒めざるをえなかったのである。ここで「醒める」ということの意味は、いっさいの夢を棄て去るということではなく、潰えた夢に対する己れ自身の空しさを確認すること、すなわち幻想を棄てることではなく、つかむことなのである。業平は「え得まじかりける」女を失うことによって、己れを得た。女を食ってしまったのは〈鬼〉であると断定したのは業平にほかならない。業平は徹底的に女を失わなければならなかったからである。安吾のいうところのアモラルな形で、圧倒的な「暴力」の介入によって女を失わなければならなかった。それが〈鬼〉なのである。

この第三、五、六段は、業平と二条の后との恋愛の顚末を記したものといわれている。すなわち、二条の后がまだ「ただひと」であったときの、やはりまだ若かりし業平との、若気のあやまちとでもいえそうな恋物語である。駆け落ちなどという一途な思いつめ方にも、天下の色好みとして喧伝された業平には似合わない幼なさとひたむきさが感じられる。この若い日の恋が、業平の以後の運命を方向づけたものであるといえないだろうか。また安吾であるが、「孤独と好色」というエッセイにこういう文章がある。

私は自分の病気中の経験から判断して、人間は（私は、と云う必要はないように思う）最も激しい孤独感に襲われたとき、最も好色になることを知った。
私は、思うに、孤独感の最も激しいものは、意志力を失いつつある時に起り、意力を失うことは抑制力を失うことでもあって、同時に最も好色になるのではないかと思った。
最後のギリギリのところで、孤独感と好色が、ただ二つだけ残されて、めざましく併存するということは、人間の孤独感というものが、人間を嫌うことからこずに、人間を愛することから由来していることを語ってくれているように思う。

色好みという言葉と、近世の手垢にまみれた好色という言葉を同一視することには反論もあろうが、私にはここで語られる「孤独と好色」を、業平の孤独と色好みとして読みたい誘惑にかられる。業平を色好みにしたのはその孤独であり、そして業平を孤独にするのはその色好みにほかならない、というふうに。そして、その救い切れぬ輪廻の相を見ていたのが、『伊勢物語』の作者なのである、と。二条の后との恋愛が、業平の内部に刻みつけたのは、こうした「孤独と好色」ではなかったか。だから、この第六段を布石として、業平は「孤独と好色」に駆りたてられて、〈東下り〉の旅へと出たのだと言えるのではないか。「あづま」という地域名が、辺境の地として都人の耳に響くと同時に、ヤマトタケルの「あづまはや（ああ、わが妻よ）」という意味をも含めていることも忘れることができない。「あづまの方に行きて住み所もとむとて」（第八段）、「あづまの方に住むべき国求めに」（第九段）という積極的な意志は、己れを流刑しようとする業平の自虐さと、「あづまはや」と呼びかける業平の希望との半ばするものであった。だから、その旅は流謫の旅でありながらも、また色好みの旅でもあったのである。それは、さらに〈東下り〉の段を読み続けることによって判明するであろう。

さて、「身をえうなき物に思ひなして」昔男はあづまへ向かったのだが、実はそれは孤独な旅ではない。「もとより友とする人ひとりふたりして」行ったのである。ここにあらわれる「友」とはいったい何か。端的にいえば、それはギリシア悲劇のコロス（合唱団）に相応する背景の人々である。これらの人々は、次のようにしかあらわされない。すなわち、「皆人、乾飯のうへに涙おとしてほとびにけり」「皆人物わびしくて、京に思ふ人なきにしもあらず」「舟こぞりて泣きにけり」。

男が歌を詠む。すると人々がそれに共鳴して泣く。このことはどのように考えることができるか。それはおそらく、この業平の感傷旅行が、感受性の共同体ともいうべきものを前提としていること、さらにいえば、ある種のサロン風な感受性を前提として、『伊勢物語』が成立したことを物語っているといってもよいのではないだろうか。たとえば、「からごろも」の歌にしても、「名にし負はば」の歌にしても、非常にこしらえの多い歌であって、こうした技巧が流行する歌壇的世界を考えなければ、歌自体の成立もほとんど不可能のことと思える。ここに、背景としてあらわれるのが、いわゆる古今時代、すなわち六歌仙時代とそれを継承する宮廷の歌人たちの世界なのである。漢詩漢文学の隆盛、藤原摂関体制の確立。「やまとごころ」と「やまとことば」による「文学」の成立を模索していた宮廷の和歌詩人たちにとって、情況は決してめぐまれたものではなかった。業平の影として随伴する哀傷のコロスたち、この歌わぬ旅人たちがやはり「身をえうなき物に思ひなして」業平と行動を共にしたことは言うまでもない。すなわち亀井勝一郎が言うように「業平の背後に、歌の大へん下手な業平的タイプの一群がいた」(『日本人の精神史』)わけであり、それらの人々は皆、時代からの脱落者、無用者として「身をえうなき物」と思いつめた人々であったのだ。さらにいえば、『伊勢物語』の作者とはこうした業平的タイプの一群のなかのひとりであった。業平的タイプとは、積極的な面でいえば、藤原摂関体制の確立期、相対的安定期において「ひらがな」によるやまと歌の確立に心をそそいだ人々であり、消極面で言えば、漢文学・宮廷官僚社会からの脱落者、疎外者であるといえる。

唐木順三はその『無用者の系譜』の筆頭に業平を持ち出して論じているが、通時的な意味でその「身をえうなき物に思ひな」す人々の系譜があれば、また共時的にもそうした「無用者」たちの存在が考えられてよいだろう。そしてまた、たとえ有用者であると自他ともにこれを認める人物であっても、「無用」の思いに時としてとらわれることもあろうし、あるいは「無用」を「有用」と思いこんでいるような「無用」さも、ありうるように思えるのだ。もっとも、この「用」とは、客観的に判断しうる社会的価値というものではない。それはまた、個人にとっての、対人的な関わりにおいての「用」でもない。「用」を才能、技術といったものであると考えれば、「身をえうなき物に思ひなし」た業平も、「ミンナニデクノボートヨバレ　ホメラレモセズ　クニモサレズ」と歌って、自分を徹底的に「無用」の側に置こうとした宮沢賢治も、才能や技術の面ではむしろひときわすぐれていたといえるわけであって、決して「無用」ではなかった。業平の時代とて、役立たずのグウタラ者ばかりがごろごろしていたということでもあるまい。そうした意味での「無用者」は、いつの時代にも存在するわけであり、ことさら「無用者の系譜」などというべきものではない。問題は、「無用者」の意識にとらわれた人々の存在であり、「無用」の存在論ともいえるものである。つまり、業平的無用者とは、有用でないから無用である、ということではなく、「無用」に生きるという、ひとつの意志的な「生き方」であった。これは、以後の西行や長明、兼好などの、いわゆる出家、世捨人の「生き方」と似ている。しかし、そうした仏教的出家遁世と違うのは、あくまで「えうなき物に思ひなし」という「存在論」に重点があるのであって、「無常」という世界観から出発する非体制的な「生き方」ではないということである。たとえば長明の『方丈記』には、世の中を無常であるとする見方はあっても、己れを「無用」と思いなす自己凝視はない。「ゆく河の流れは絶えず」とも、「大家亡びて、小家とな」ろうとも、それは世相の有為転変のことを語っているだけであり、己れの身にかえってくるものはない。四万二千三百人の屍体を見ても、長明ならばおそらく「無常なり」とでも観じて、それで終りとなろう。世を「無常」であると思いつつも、ひとは有用な武士であることも可能である。しかし、「身をえうなき物に思ひなし」た人間にとってのその生の可能性は、まことに少ない。その「えうなき物」を、どこかで「えうある物」に転換しなければ、生きることの存続は不可能なはずである。「えうなき物」に安住することは、何人にもできない。世の中を「無常」として相対的に一方の極を消去する操作によるかしなければ。ここから、無用者たちの「まどひ歩き」が始まるのである。

業平の〈東下り〉にいわゆる「貴種流離」の面影を見ることができる。このときの流離は、「まどひ歩き」というよりも、「神追い(かむやらい)」に近いものとして考えられる。二条の后への道ならぬ懸想が、〈東下り〉の基因であるならば、たしかに罪としての恋、罰としての流離という形式は成り立つ。しかし、ここに「無用者」たる観念は、生まれてはこないであろう。業平はただひたすら己が身を「えうなき」と思いなすのみで、そこに罪の意識による翳りは見つけることができない。また罪などという観念があれば、「無用」という観念が生み出されることもありえないであろう。それはおそらく、共有の言葉を持ちえないという痛みからくるもののように思われる。それは、原罪的なものというより、もっと観念的なものであり、いってみれば近代的な、個的なるものの目覚めと言えるように思う。すなわち、「無用者」であることの意識には、己れを対象として観念的に関わること、つまり自己の観念化が必然とされるわけであり、それはまた、他者を対象とする対人関係の観念化を促すものであろう。『伊勢物語』の作者が、究極的に主題としたのは、こうした関わりにおいての「観念」であって、業平の好色一代の物語ではない。ゆえに、そこにはさまざまな他者=女、が書かれ、また業平以外の男も登場するわけである。業平とはまさに、象徴的な人物であって、「無用」という思いに憑かれた自己幻想そのものの仮託された姿とでもいいうるだろう。なぜ、ひとは己れを「えうなき物」と思うのか。「えうなき」と思いなす「観念」には、他人と私の関係において、相互的な現実批判が前提されている。いいかえれば、人間の関係における「無用」さとは、無関心にさらされるものとしてあるのではなく、むしろ、あるべき現実に対する敵対、少なくとも敵意とはなりうるのである。己れが、己れのために、「えうなき」なのではない。己れはいつも、ひととの繋がりにおいて、「えうなき物」となってしまうのだ。自分のためにではなく、むしろ他者のためになすすべがない、このような関わりのうちに「無用」の観念をとらえなければ、『伊勢物語』百二十五段が表現する「観念」をトータルな形でとらえることはできない。だから、「無用」とは、ひととひととの関わりにおいての、観念のひとつの類型として表現されているのであり、物語全篇のテーマとしてあるのではない。

『伊勢物語』の作者には、「身をえうなき物に思ひなして」まどい歩いた一時期があったのであろう。たとえ、観念のうえでの「旅」であったにしても。そこで見聞したものは、つねに悲哀にいろどられた男と女の関係であった。もちろん、それだけならばひとは生きているうちに、いやおうなしにそのいくつかにぶつからずにはすまないことであろう。『伊勢物語』の作者は、つねにその「思い」を盛る器としての「言葉」になみなみならぬ執着を寄せる。繋がらぬ言葉、とどかぬ思い、この人間関係におけるありふれた事柄が、『伊勢物語』の作者にとって最重要事と思われたのだ。業平の〈東下り〉の後半は、こうした言葉との関係の違和を、三人の女との交渉において書いている（第十、第十四、第十五段。これに第十三段の「京なる女」のことを含めてもよいだろう）。これら三人の女はそれぞれ身分、性格、境遇の違う立場にあるのだが、いずれも業平が「貴種流離」の都人であるのに対し、「ヒナ」の人間であることが大きな意味を持っているだろう。

私がここで考えることは、中古においては、現在よりもはるかに地域による言語差が大きかったであろうということである。つまり、業平とこれらの女との間には、語りあう言語に大きなずれがあったとしなければならない。だから、たとえば第十四段の女の場合など、歌が引かれているのも、その歌のいかにも田舎ぶりなのを興じられているわけであり、業平の歌にも「あねはの松」などと戯画化されたりしているのである。もとより、こうした関係に何らの真実があるはずもない。業平はもちろん軽い「好色」の心からにしかすぎないし、また女からにしても、「あてなる人に心つけ」ようというのや、「京の人はめづらかにや覚えけん、せちに思へる心」などであったりするのだ。「身をえうなき物に思ひなし」た業平の前に、こういった女たちがあらわれるのは皮肉だが、ここでも業平は、言語の表面上でも躓いてしまうのだ。すなわち、ここにはもとより繋がりようのない言葉しかないのである。

　ところで、『伊勢物語』という題名の由来については、現在までいろいろな異説があるわけだが、次のような説がある。すなわち、伊勢とは伊勢の国のこと、つまりは田舎のことという意味である、と。この説が正しいものであるかどうか、それはいまは問わない。しかし、こうした典型的な都人である業平の物語が、ヒナの国の出来事という意味を持つ「伊勢」を冠された（らしい）ことは、面白いことではないかと思う。たしかに、『伊勢物語』には〈東下り〉の武蔵の国から、伊勢の国、津の国のことなど、いわゆる「ヒナ」を舞台とすることが割合多いということはいえる。そして、そのことが、比較的重要なことであると意識されてきた、ということははっきりいえるのである。このことは何を意味するのだろうか。業平の〈東下り〉が終り、次に四、五段をおいて、第二十一段、二十二段、二十三段、二十四段が存在する。私は、この短篇群が『伊勢物語』の中でも最も頂点をなしているものであることを確信していうことができるが、これがほとんど「ヒナ」での出来事を記していること、このことは『伊勢物語』の作者の「観念」を問ううえでもかなり重要なことであると思えるのである。第二十三段「むかし、田舎わたらひしける人の子ども」、第二十四段、「むかし、をとこ、片田舎にすみけり」。また第二十一段なども、はっきりと所を限定してはいないが、都での事というよりも、田舎での事としたほうがぴったりするのではないかと思われる。こうしたことを頭に入れて、これらの段を読んでゆけば、そこに「ヒナ」でしかありえない精神の辺境といったものが見えてくるようだ。ここではもはや話の主人公も、都人の貴種在原業平ではない。地方に住む一般的男女、平均的な男と女である。そして、これら一連の短篇が、男女間の心のすれ違いを描いていることでは、業平の物語から一貫している『伊勢物語』のテーマであると言えよう。第二十一段を見てみよう。ここでは、「身をえうなき物と思ひな」すような、いわば知的に醒めた人物はあらわれない。女は、「いさゝかなることにつけて、世の中をうしと思ひて、出でて去なん」と思いたっただけである。この「世の中をうしと思」うことは、決して「厭世感」でも「無常感」でもない。だから、「出でて去なん」と思ったところで、それはたかだかひとつの家の内から外へ出るだけの意味であり、出家とか遁世とは意味が違う。

「むかし、をとこ女、いとかしこく思ひかはして、異心なかりけり。さるをいかなる事かありけむ」、作者は周到にすべてをいいつくしている。一般名詞の男と女について、これ以上に何がいえよう。「身をえうなき物に思ひな」す観念にとらえられたわけではない。「いかなる事かありけむ」、私はすでに、この注目すべき「けむ」に触れておいた。くりかえせば、この「けむ」こそ、『伊勢物語』の、物語としての構築をささえる要石である。ここから先は、まぎれもなく現実の人間の「観念」の世界である。それは特殊なものであり、ありとあらゆる付帯状況を孕むものだ。『伊勢物語』の作者は、現実のこのような「観念」の世界に入りこむことを細心に避けた。「けむ」は、現実から観念を、そして観念から物語を、かろうじて一歩ひき離すところに存在する。女が、「世の中をうしと思」う思いにとりつかれたのは、もっともらしい理由があったわけではない。『伊勢物語』の作者は、そのように「わけ」を問い糺す「観念」をもっとも嫌ったのだろう。「わけ」によっても納得しがたいものは無数に存在する。そもそも、「理由-わけ」とは、ひとつの観念の内部のものであり、さまざまな観念においてひとつの事象の「わけ」は無数であり、そして等価だ。「わけ」では解かれえぬ世界、さまざまの「観念」のいかようにも変様する世界がむしろ現実世界であるといえる。「世の中をうしと思」ったとき、女は、自分の前にどのような世界がひらかれてゆくか見当もつかなかったことであろう。いや、世界がひらかれていなかったからこそ、「世の中をうしと思」ったのだ。「異心なかりけり」という愛情に、女はどのような欠乏を見つけていたのか。女は、自分がおそらく不実であると批難されるだろうことを充分に知っていた。

出でて去なば心軽しといひやせん世のありさまを人は知らねば

しかし、世のありさま、とは何か。これはたとえば愛情生活の裏面などということを言っているのではない。文字通りの「世の有様」について、女はそれを「うし」と思っているのだ。たとえば先鋭的な、それだからこそまた頽唐的な万葉歌人たちにも、「世の中をうし」と思う観念は存在した。しかし、そうした知識人たちの「観念」とは別に、防人の、東人の、それぞれ「憂き世」の思いは実在したのである。『伊勢物語』の女の「うしと思」ゝ思いも、またこうした道筋から来るもののように思える。「人は知らねば」の「人」が、「異心なかりけり」の当の夫を指していることに考えいたれば、この女の欠乏の深さがわかるであろう。男は、「異しう、心おくべきこともおぼえぬを、何によりてかかゝらむ」と泣くのである。まさに「人は知らねば」こそである。私は、この男と女との間に、どのような「いさゝかなること」が介在したかを知るすべはない。そしてまた、それはあくまで「いさゝかなること」にしかすぎない。女は、伝えるすべのない「思い」を、歌にして男に残した。そしてまた、男は伝わらぬ「思い」を歌とするのである。

思ふかひなき世なりけり年月をあだにちぎりて我や住まひし

「歌」とはこのように交差するものなのであろうか。女は、もともとその言葉が伝わらぬことを知っている。このような「思い」が伝わるのならば、女は出てゆかずともすむのである。しかし、そうした伝わらぬ「思い」を歌に残す。男にはその「思い」が理解できない。だから、「思ふかひなき」と思わざるをえないのだ。歌自体がここではすれ違っているのだとしかいいようがない。「思ふかひなき」「歌ふかひなき」、『伊勢物語』の作者は、つねにこのような「かひなきこと」の観念にとらえられていたのであろう。そして、その「観念」が、おそらく「世の中をうしと思」う女の心をかえって見えなくさせていたに違いない。女ももちろん欠乏に、言いかえれば虚無にとらえられている。しかし、それは「観念」であるというより、事実としての「虚無」にとらえられたのだ。業平の〈東下り〉に連なって、この男と女の深い絶望の物語があるのは、作者が自分のつかみえた「観念」から、さらにその先へ至ろうとしたことのあらわれであろう。「身をえうなき物に思ひなし」「かひなき世」と思う「観念」のはてには、やはり虚無ならば虚無そのままの人生があるのである。第二十四段では、三年待ちわびていた男が帰ってきたとき、女は戸をあけずに、「あらたまの年の三年を待ちわびてたゞ今宵こそにひまくらすれ」と詠む。すると、男は、「梓弓ま弓槻弓年をへてわがせしがごとうるはしみせよ」といって去ろうとする。このときの女の心の動きを、『伊勢物語』の本文は次のようにあらわしている。

といひて、去なむとしければ、女、
　梓弓引けど引かねど昔より心は君によりにし物を
といひけれど、をとこかへりにけり、女、いとかなしくて、しりにたちておひゆけど、えおひつかで、清水のある所に伏しにけり。そこなりける岩に、およびの血して書きつけける。

あひ思はで離れぬる人をとゞめかねわが身は今ぞ消えはてぬめる

と書きて、そこにいたづらになりにけり。

男が帰ってきたとき、女は戸をあけようとはしなかった。そして男が去ろうとしたとき、女は「心は君によりにし物を」といって追おうとするのである。女の男への愛がよみがえったのは、まさに、男が去ろうとしたその一瞬にあったのに違いあるまい。女はそのときに、まさしく自分が三年の間、男を思いつづけていたことを知ったのである。

「思ひ」とはこのようなものだ。白玉の露のように、あるいは流れる清水のように、消えはててしまいたいとは、『伊勢物語』に特徴的な絶望の表現であると言えるだろう。清水のわき出る所の岩に、指の血をもって書きつけた歌をいったい誰が読むことができよう。まさしくそうした「歌」-「思ひ」は、またたくうちに消えはててしまう。「そこにいたづらになりにけり」と書いたとき、作者はそこに救いを見ていたのだ。「露のように消えてしまえばよかった」と嘆く男は、「無用」という観念のなかでさまよい続けなければならなかった。「露のように消える」ことの救いは、どこにもありえないからである。『伊勢物語』の作者は、昔男にはこうした救いを許さずに、この第二十四段の女、あるいは第四十五段の「人のむすめ」などには、消えはてるようなはかない死をもたらしている。おそらく、これらの女の事が、作者にとっての「物語」であったのであろう。作者の「観念」において、これらの死は現実ではなく、「物語」の死であった。「歌」の心にそのままこたえる虚構と言ってもよい。昔男業平の場合には、歌は逆に「現実」という如何ともしがたいものから、「かひなく」も歌い出されるものであった。だから、「歌」とは実人生の虚無よりもさらに虚無なのだ。〈東下り〉の旅は、「物語」の国である「ヒナ」にも、昔男の安住の地はないことを明らかに示した。あとは「物語」に仮託して、「観念としての現実」を超える以外のいかなることができようか。『伊勢物語』全篇の成立に、私はそのようなモチーフを考えずにはいられないのである。

昔男業平の死によって終る『伊勢物語』第百二十五段のひとつ前に、次のような短かい章段がある。「むかし、をとこ、いかなりける事を思ひけるをりにかよめる。思ふことといはでぞたゞにやみぬべき我とひとしき人しなければ」。この第百二十四段が、昔男業平の結論であったにしても、私には、『伊勢物語』の作者の結論であったとは思えないのである。作者はここで、いい切れぬ思いがあることを、単純にいってみたかったのにすぎないだろう。あるいは、百二十三段まで書きすすめてきた己れの作業に対して、終りにふと自嘲したくなったのかもしれぬ。それとも、名もなき男と女の「声なき思ひ」に対する、作者なりのひとつの証しなのであろうか。この論の冒頭で私は、確定したイメージをとらえられぬ『伊勢物語』の作者、ということをいった。それはおそらく、作者が、普遍的でありながら、それぞれ個々に特殊な、名もなき男女の「思ひ」に自分の「思ひ」をひそめようとしたからであろう。すべての観念としての現実は滅びる。そしてひとりの男の、ひとりの女の「思ひ」のみが残るのである。私が、『伊勢物語』からとらえうる「観念」とは、そのようなものでしかない。

あしのやにほたるやまかふあまやたくおもひもこひもよるはもえつゝ
（藤原定家）

異様（ことやう）なるものをめぐって――『徒然草』

1

『徒然草』というエッセー集とも説話集とも思想書ともつかぬ奇妙な書を書いたのが、兼好法師というナマ法師であることは興味深いことだ。あるいは、そうしたナマ法師の存在を許していた「中世」そのものが面白い時代だったともいえる。おそらく、兼好は「中世」を代表するといった人物ではあるまい。しかし、「中世的人間」であったことは確かである。ここでいう中世的とは、文字どおり、〝真ん中〟にある時代、「古代」と「近世」との中間に吊り下げられた過渡期、転形期としてのイメージに色濃くいろどられたものだ。兼好は中世的人間である。この定言はたんに兼好法師という歴史上の人物が、中世という歴史のうえで区分された時期に生存していたということだけを表わしているのではない。彼が「古代」の人間と自然との対立、宥和という素朴な関係にも心ひかれ、「近世」の社会と人間の内面との軋りが生みだす苦悩にも無縁ではありえなかったという「中間人的存在」（いいかえれば中途半端な人間）であったことを意味している。中世人＝中間人としての兼好と、断章の寄せ集めであるヌエ的な書物『徒然草』との結びつきは、こうした歴史的必然性をおびて、われわれの前にたちあらわれてくるのである。

兼好のナマ法師ぶりを証明するにはいささか証拠不十分の感はあるが、たとえば次のような史料をみていただきたい。

沽却、
　私領名田事
合壱町者
在山城国山科小野庄内〔四至坪付等別紙在之〕右件名田者、兼好相伝之私領也、而依有要用、以直銭参拾貫文、限永代、相副証文並安堵院宣、所奉沽却柳殿塔頭也、更不可有他妨、且雖有公家武家御徳政、於此地者、不可悔返者也、仍為後日亀鏡、立新券文之状如件
　元亨弐年四月廿七日
　　　　　　　　　　　　　沙弥兼好（花押）

要するに、沙弥兼好の「私領」を銭三十貫文で売り渡すという土地売買の契約書である。この史料を紹介している風巻景次郎は、この証文の引用に続けてこう書いている。「兼好は此の名田をもと正和二年九月一日に六条三位有忠から九十貫文に買取つたもので、文書中には有忠の売券及び其の御教書もある。隠遁して世俗を捨て去つた様に思はれてゐる兼好法師も、案外に裕福であつたことが知られる」（「家司兼好の社会圏」）

九十貫文で買った領地を三十貫文で売り払うのだから、今どきの土地転がしなどと同日に論じることはできないが、「後世を思はん者は、糂汰瓶一つも持つまじきことなり」という、『一言芳談』の言葉（兼好が座右銘としていた）のいさぎよさと較べると、どうしても生臭さはぬぐいきれぬところだろ

う。もちろん、出家遁世をしようとも霞ばかりを食っては生きてゆけない以上、何らかの生計の道をたてねばならぬことは是非もないことである。「依有要用」とは、まさか口腹の奢りのため、あるいは衣・住などの贅沢三昧のための「用」ではあるまい。「銭三十貫文」は、草庵での隠遁生活を維持する最小限度の費えにちびりちびりと使われたと思って間違いはないだろう。しかし、そうであったところで『徒然草』に示される兼好の「諸縁放下」の観念と、彼の「裕福」な隠遁生活という現実との落差を否定することはできない。「身につけた貯えはなく、水を飲むにも両手でうけて飲み、(水飲み用として)ひょうたんをもらっても、風に鳴るのがうるさいとばかり棄ててしまった」という、『徒然草』第十八段に書かれた中国古代の世捨人・許由の生き方を理想とするならば、現実の兼好の出家生活がいかにチャチで、いかに不徹底なものでしかなかったかということは、おそらく誰よりも彼自身がいちばんよく知っていたことであろう。

私は別に、兼好が飲みも食いもする人間であること、そのために土地の売り買いといった「世俗事」に関わらざるをえなかったことを指して、彼をナマ法師であるといいたてているのではない。兼好の後世を頼む観念、この世を夢・幻として見る無常観がどうあろうとも、彼の前には土地所有の制度、貨幣制度といった世俗の「制度」そのものが現前化しており、彼をそうした経済的・社会的な関係の網の目の中に、いやおうなしに存在せしめずにはいなかったことを指摘しておきたいのである。あるいは、そうした「制度」に目をつぶったままで隠遁や出家の生活を語ることそれ自体がすでに論理としてさえ空転せざるをえないところまで、「中世」という時代と人間の「内面」との軋み合いが進んで来ていたことをいいたいのである。兼好がナマ法師であるゆえんとは、こうした現実の制度にがんじがらめに組みこまれながら、なおかつ『一言芳談』の世界に示される「強烈な現世否定、過激な現存否定」(中野孝次)の観念を、超越的に信じこもうとしているところにあるのだ。そしてまた、そこに孕まれる観念と現実との断層についての自覚を、見事なまでに欠いていることにあるのである。

しかし、兼好法師はそのナマ法師ぶりの徹底性ということにおいて、しばしば引き合いに出されるもうひとりの隠遁者・鴨長明に一歩も二歩も遅れをとっているといえる。鴨長明は、建暦二年三月末のとある夕刻から書き始め、明け方までにかけて一気に書き下したエッセー『方丈記』の末尾において、自分の「出家遁世」の不徹底さにつきあたり、自ら愕然とせざるをえなかった。それは、事において激越に興を発するという彼の性癖が、ついに己れの無常観の底を踏み破ってしまった事態であったといえよう。長明は自分の無常観を無常観として徹底させようとすればするほどに、そうした「観念」が孕む逆説によって、自らの「生活」、あるいは「肉体」におけるナマ法師ぶりを悟らざるをえなかった。つまり、彼は「現世」を捨てることによって「住み処」を拾い、「己れ」を失うことによって、「養生」を得たのである。だから、彼はそうした観念と現実との断層を切りぬけるために、今度は現実自体を虚構化すること、すなわち『発心集』全百二話を書くという作業を行ったのである。つまり、長明は、発心譚、往生譚のひとつひとつを丹念に拾い集めることによって、己れの生をそうした仮構化した現実、すなわち「道のほとりのあだ言」の陰に隠匿し、逆に観念としての無常観のみを生き延びさせようとしたのである。それは、ナマ法師であるという不徹底さの自覚を徹底的につきつめることによって、つねに「発心」という観念の水際に自分を立たせようとする試みにほかならないといえよう。

しかし、長明が自分のナマ法師ぶりを自覚することでくりかえし発心の現場に立ち帰り、逆説的に自らをとりまく現実にぶちあたっていったように、あるいは、親鸞や日蓮などの新仏教の開祖たちが、むしろそうした「観念」と現実の「制度」（それはもはや「国家」と呼んでよい）とのぎりぎりの関わりの中で己れの「思想」を獲得していったようには、兼好は観念と現実とのアポリアの問題をとらえることはできなかった。いや、そうした問題を自分の主題としてとらえるには、兼好の「文体」はあまりに自由自在すぎたというべきだろう。彼の文体は、あるときは現実を仮構化し、あるときは観念を仮構化するというアクロバット的動きを示すものであり、そうした文体にとって、観念と現実との断層をとび越えるぐらいはたやすいことなのである。いってみれば、兼好の文体とは、ひたすらその時どきの彼の感受性の形をなぞっているだけのものであり、スタティックな観念や思想の位置には本来的にとどまりがたいものなのである。そして、それが彼の「批評文体」の本姿にほかならないのである。

『徒然草』のある一段では、兼好は「色好み」のつややかさ、みやびさを愛で、ある一段では女色の迷妄さを排斥している。また、ある段ではあらまほしき「生活」の楽しみを得々と語り、ある段では現世の空しさを切々と説く。こうした〝変り身〟の早さに、これまでの『徒然草』の研究者、批評家たちはすべて目を奪われて来たといってもよいだろう。たとえば、こうした内部矛盾、くい違いを、「道念」という原理で無理やり一元化しようとした批評の例として、西尾実の「つれづれ草における道念の問題」（『つれづれ草文学の世界』所収）をあげることができる。あまたある研究書、批評書の中でとくにこの作品を取りあげるのは、『つれづれ草文学の世界』が『徒然草』の作品研究の面で新機軸を打ちたてたとされる定評のあるものであることと、もうひとつには、私にはこの研究が、信念さえあればシロをクロともいいくるめることができるといった方法の見本のようなものに思えるからだ。たとえばここでは、普通、たんなる「逸話」「珍談」の類いに分類されている章段さえ、「道念」の相の下に、兼好の求道精神のありかを証明するという、おそろしくキマジメな話に変貌させられている。実例はこれである。

「囲碁・双六（第百十一段）の上に、芸能の稽古（第百五十段）の上に、また乗馬（第百八十五段）鷹狩の犬（第百七十四段）の上にまで、この道念を中心とした精進の工夫が省みられている」「そこに洩らされたこの歎声（「世の人の心まどはす事、色欲にはしかず。人の心は愚かなるものかな」――第八段）の底には、また、明らかに、彼が自己を省み、自己を叱咤している道念の尖端が感得される」（傍点引用者）

私が疑わしさを感じるのは、こうした過剰な「意味」を『徒然草』の中から読みとることである。『正徹物語』から始まる『徒然草』の〝読み方〟に関わる作業の系譜は、この西尾実の「つれづれ草における道念の問題」だけではなく、私にはそこに読み手側の過剰な意味づけをいっしょに読みこんでしまった誤読の連続であったと思われる。いや、あるいはそれは誤読ではなく、『徒然草』に関して正鵠を射たものであるのかもしれない。たしかに、そこには「幽玄の美」を見出すことも、「道念」をとらえることも可能には違いないのだから。だが、そうした「意味」を読みとることで、私たちが『徒然草』の中から決定的に見失ってしまうものがあることを私はいっておきたいのである。第八段（久米の仙人の説話）でいえば、兼好はたしかに「人の心は愚かなるものかな」という歎きを発しているのだが、それと同時に、「誠に、手足・はだへなどのきよらに肥えあぶらづきたらん」ことの魅惑をも語っているのである。いってみれば、兼好は「世の人の心まどはす事、色欲にはしかず」などにいう「道念の尖端」を文章の冒頭に示すことによってアリバイ工作を行い、本心は「匂い・色」の持つ魅惑について語りたかったのではないか、と考えることもできるのである。これは邪推だろうか。

少なくとも、兼好は「匂いなどは仮のもの」という「色即是空」の観念に対し、なおかつ「心ときめきする」感覚の実在を語っているのである。それがたとえ「愚かなるものかな」として否定されざるをえないものだとしても、彼が、そう感じているという「事実」だけは疑いようがなかったのである。だが、それだけのことならば、「色即是空」をただちに「空即是色」と反転させてみせた『般若心経』における仏教的な論理の枠内にまだとどまっているといえよう。兼好は、そうした「色即是空」の観念に対置するのに、「空即是色」という逆立した観念をもってしたのではなく、自らの肉体のとらえがたい感性、「きよらに肥えあぶらづきた」る、という視覚、皮膚感覚のひそかな〝惑溺〟をもって、堅固な観念そのものに対峙させたのである。それは、『徒然草』の文体が持つ、もっとも原初的なしなやかな部分から、もっとも教条的な頑なな部分を見かえすことであり、「書かれたもの＝文体」に対し、感性がそのままひとつの形となる瞬間の、意味以前の意味、言葉以前の言葉というまだ「書かれえぬもの」をよみがえらせることなのである。兼好は、こうした自らの観念や意識を超えて、書くことが不可避的に孕んでしまう「書かれえぬもの」の可能性について、「あやしうこそものぐるほしけれ」と表現してみせたのである。

『徒然草』について語るにあたって、まず私が試みなければならないのは、こうした「道念」や「幽玄の美」などの「意味」によって汚染された『徒然草』の「書かれえぬもの」の本姿を洗い出す作業にほかならないだろう。そして、それは『徒然草』の文体として形づけられた兼好の感受性の在り方を問うことなのである。

2

因幡（いなば）の国に、何の入道とかやいふ者の娘、かたちよしと聞きて、人あまたいひわたりけれども、この娘、たゞ栗をのみ食ひて、更に米のたぐひを食はざりければ、「かゝる異様（ことやう）のもの、人に見ゆべきにあらず」とて、親、ゆるさざりけり。

この第四十段が、全章段の中で比較的有名であるのは、小林秀雄に負うところが大きいと思われる。小林は、戦時中に書き続けた古典についての一連のエッセー（「無常といふ事」）の中の一篇「徒然草」の末尾に、この第四十段を全文引用している。全二百四十三段の中から、特にこの一段を引き出して来た小林の本意がどのへんにあるのか今は詳らかにはできないが、たんに無雑作に選んだものとは考えられない。この引用文に続けて、小林秀雄はこう書いて、そのエッセーを締め括っている。

「これは珍談ではない。徒然なる心がどんなに沢山な事を感じ、どんなに沢山な事を言はずに我慢したか」。

「珍談」ではない、とわざわざことわっているのは、この章段が「珍談」であると受けとられてきた実績があるからだ。たとえば『徒然草』の研究家である橘純一は、『徒然草』の内容分類統計表なるものを作っているが（日本古典全書『徒然草』解説）、それによるとこの第四十段は、その他十二の章段とともに、「奇聞逸話」の項に括られている。もちろん便宜的な意味合いの分類にしか過ぎないのだが、やはりこの章段が、「奇聞・珍談」として受けとられて来たひとつの例証とはなろう。また、先に述べた西尾実も、ともすれば深読みに走るその批評傾向にもかかわらず、この段については「おかしみの段、なんらかの意味でおかしみにかかわっている段」の一例として数えあげているきりである。

「珍談」ではない「珍談」の例として、小林秀雄はこの第四十段ではなく、別の一段、たとえば、女が鬼となって伊勢から京へのぼって来たという流言について書いた第五十段、あるいは、鼎を頭にかぶったばかりに抜けなくなってしまった仁和寺の法師の話の第五十三段などを引用してもよかったのかもしれない。なぜなら、それらはたしかに小林秀雄の言うように、「鈍刀を使って彫られた名作」

とするのにふさわしいものであるし、それはまた、「どんなに沢山な事を感じ、どんなに沢山な事を言はずに我慢したか」という兼好の精神の在り方を、やはりそのままに示唆するものであると思われるから。

だが、いったい、兼好は何について「沢山な事を言はずに我慢した」のか。たとえば、第三段の「万にいみじくとも、色このまざらん男」とか、第七段「あだし野の露きゆる時なく」、あるいは第百三十七段「花はさかりに、月はくまなきを」などといった書き出しの、いわゆる人生訓的な、無常観的な、美学的な主張を含むこれらの有名な文章は、私には何かを「言はずに我慢した」ものであるとは考えにくい。むしろ、本居宣長の言うところの「さかしら」をふりまわす兼好法師の顔つきが浮かぶばかりで、小林秀雄の言うところの「我慢」の表情は浮かんでこないのである。兼好は、自分の思考、感想、意見について、ことごとしく言葉を書き連ねている。しかし、そうした思想家、あるいは仏教家としての兼好については、私はほとんど興味がない。それは、彼がほんとうの意味で思想的な課題を荷っているとは思われないからだ。兼好は、「養生」と「住み処」を自分の思想の中心にすえ、方丈の草庵にたどりついた鴨長明ほどにも、人間として生き延びるための力としての観念を信じていなかった。それは、彼らの時代において思想的な課題が唯一無常観として研ぎすまされていたにもかかわらず、無常観――この世を無常であると観念すること（無常を生きること）――に、彼が不徹底であったことを示している。

私は、無常あるいは無常観といったキーワードで、『徒然草』の観念的性格を語り尽くすことができるとは思わない。むしろ、そうした表面的な「意味」を読みとってしまうことで、『徒然草』のテクストとしての可能性をひとつの観念に固着させてしまうことをおそれるのである。私がここで語ろうと思うのは、（観念ではなく）ひとつの感受性の時代的な限界といったもの、いいかえれば、中世という転形期において、一保守的文化人である卜部兼好の感受性は、いったい人間あるいは世界をどこまでとらえることができたのだろうか、ということだ。『徒然草』を、その作者兼好の内面の表現として読むこと、その感受性の限界を、彼がとらえた（あるいは、彼をとらえた）「事実」の形として読みとること、これが私にとっての、『徒然草』の「文学」の問題にほかならないのである。

私が惹かれるのは、兼好が述べるところの事実である。兼好は、「沢山な事を感じ」、それを「言はずに我慢した」のであるが、また「言えずに我慢した」のでもあろう。それは、言葉でいいあらわしえないところまで、感性が突きあたってしまったという「事実」なのである。兼好は、第四十段の短章でこれ以上のことをつけ加えることも、削りとることもできなかった。これ以上を語れば、おそらく兼好は、言葉が自分の感性の外へとはみ出していってしまうことを知っていたのであろう。彼がいおうとしたのは、本来、言葉になりにくい領域のものであった。それは、因習的な美意識でも、無常観の奥義でもない。ひとつの感受性の、全体的な在り方にほかならないのだ。彼は、いいえないものをいうために、表現の不可能な部分の切り口を、事実の断片で示したのである。

もちろん、この第四十段の眼目は、因幡の国に一種奇人の娘が居た、という事実にあるのではない。親が自らの娘について、「かゝる異様のもの、人に見ゆべきにあらず」といった、という事実にある。兼好がこの話を書いたのは、「かたちよし」の噂を聞きつけて、次々と押しかけて来る娘への求婚者たちに対し、ただ苦々しく、悲痛な気持で、先のせりふを繰り返すだけの親の〝思い〟を跡付けてみたかったからであろう。とりわけ、この「異様（ことやう）のもの」という表現に、兼好が引きつけられたことは間違いなかろう。もちろん、この言葉が、説話中の父親のオリジナルな表現ではなく、兼好自身の表現であると考えても同じである。いずれにしても、彼はこの親の思いの中に、「異様のもの」に対する感受性を見て、それに引き寄せられた形で、この話を書いたのである。兼好は、己れの中の何ものかに向かって、このせりふを同じように繰り返してみたのに違いない。「このような異様のものは、人に見合わすべきものではない」と。

説話の文脈から切り離してこの言葉を味わうとき、それは、兼好が己れに課した、書くことについての倫理的な規範にほかならないものであるように思える。彼はなぜ、自らの著作の序において、畳みかけるように、「徒然なるまま・よしなし事・そこはかとなく・あやしう・ものぐるほし」などと、書くことに対して否定的であるような言辞を連ねているのか。それはもちろん、謙遜などではないし、また斎藤勇が文字通りに読みこんで、「不誠実」な、「茶化した」態度だと憤っているようなもの（『徒然草』の思想を論ず」）であるわけでもない。

兼好は、書くという行為の中に、そして書き連ねたものの中に自分を「ものぐるほし」く狂気へ駆りたててゆく何かがひそんでいることを感じていた。それは、彼の精神が孕む、「人に見合わすべきではない」「異様のもの」にほかならなかったのである。

3

『徒然草』の中には、こうした兼好の精神の内側にある「異様のもの」についての感受性を垣間見ることのできるいくつかの短篇がある。たとえば、先にあげた第五十三段、いわゆる「仁和寺説話」グループの中の一篇がそれだ。話の筋は次のようなものである。

仁和寺で稚児が法師となるについての名残りの宴があった。宴がたけなわとなり、それぞれ立ち騒ぐ中で、ひとりの法師が酒に酔い、興に乗ったあまりに、そばにあった足鼎を頭にかぶって舞い始めた。人々はこの「鼎踊り」を見てやんやの喝采をあげた。舞い終ってさてこの鼎をとろうとすると、鼻や耳やらがつかえて頭が抜けてこない。まわりの人々もあわてて抜こうとするのだが、首は腫れる、血は流れるといった始末で、事態は悪化するばかりだ。思案のあまり、名高い京の医師(くすし)のところに連れて行くことにした。その道すがら、「人の怪しみ見る事限なし。医師のもとにさし入りて、向ひゐたりけんありさま、さこそ異様なりけめ」(傍点引用者)。

しかし、医師は、こんな症例はいままで書物で読んだこともなく、誰かから教わったこともない、ととりあってくれないので、しかたなくまた寺に連れて帰った。近親者が聞きつけて駆けつけてくるのだが、枕もとで泣き悲しむその声が、当の鼎の法師に聞こえているのかどうか。

そのうちに、ある者が「たとえ耳や鼻が千切れてなくなろうとも、命だけは何とかとりとめることができるだろう。ただ、力まかせに引きたてるばかりだ」というので、首も千切れんばかりに引きたてると、耳や鼻は欠けながらもようやくに抜けて一命をとりとめた。

「からき命まうけて、久しく病みゐたりけり」、これがこの段の結語である。

この話を滑稽譚と思える人は、幸福な人である。鉢かつぎならぬ鼎かつぎの法師が、街中を人に片手を引かれ、片手に杖をついてよろよろと歩いてゆくさま、あるいは謹厳そうな医師の前に「鼎頭(かなえあたま)」をさらしている光景は、たしかに風変りであり、笑いを誘われるものであるかもしれない。しかし、兼好が「異様」であると言っているのは、そうした目の前の現実の光景についてだけではない。思いもよらぬ悲惨な出来ごとを引き起こす酔狂心——そうした人間の「心」のとりとめのなさに、彼は異様さを見ているのである。これは、「興」に乗ることについての戒めと読むこともできる。事実、この章段に続くのはやはり仁和寺の法師の話で、「興あらん」として小細工を弄したばかりに、せっかくの遊びを「興ざめ」させてしまったという失敗譚である。「あまりに興あらんとする事は、必ずあいなきものなり」と兼好はこの第五十四段の末尾に記している。しかし、これははたして教訓なのだろうか。私はこの断言の語調に、兼好の心の痛みのようなものが透けて見えるように思う。もちろんそれは無常観などといったものよりも彼の感受性にとって根の深いものだ。彼は興に乗ってしまう心の動きについて、たんに「おろかしく」「軽薄」であるとして否定的なのではない。「興あらん」とする酔狂心を、人間にありがちな心理として認めながらも、それが現実の出来ごとと齟齬をきたし、結果的に志と背馳した「事実」が現われてくることを、彼は知らざるをえなかったのである。「必ずあいなきものなり」の「あいなし」とは、「合無し」であり、「愛無し」である。この、微妙に感情の揺れる言葉によって兼好が表現しようとしたのは、「心」が「事実」（もの）によって裏切られることの「違和感」にほかならないであろう。彼は、事実というものが、人間の心を超えた論理（理）を持っていることを知っていた。そうした「理（ことわり）」に基づかない心は、事実によって必ずしっぺ返しをくらわざるをえないのである。だから、鼎をかぶった法師の「興あらん」とする心の動きはもとより、この「ものの理」に気づかず、適切な措置をほどこそうとはしないまわりの法師たちの狼狽、困惑、医師の頑迷、近親者たちの感傷といった心の有様が、彼には等しく「異様」な心の世界に含まれるものとして映るのである。

さて、仁和寺の法師の失敗が「興あらん」とする心から始まっていることは明らかだが、その前提状況として、兼好が「童の法師にならんとする名残とて、おのおのあそぶ事ありけるに」と説明を加えていることは見逃せないものと言えよう。この言葉について、中世文学研究者である伊藤博之は『徒然草入門』（有斐閣新書）の中で、次のような適切な注釈を加えている。

「稚児への個人的な関心と、芸をきそいあおうとする心がたくまずして的確にとらえられ、その表現の背後に、僧たちをして自己顕示の心理へとエスカレートしてゆく事態の機微が見すかされる」。

いくら愚かな法師といえども、ひとり静かに酒を飲んでいたのならば、このような椿事をひき起こすことはなかったであろう。法師の失敗が、他者への関心、さらに〝人とともにあること〟からすでに始まっていることは、兼好にとって重要な意味を持つことのように思われる。「興あらん」とする心の動きは、兼好には危ういものであると考えられていたが、これは、心が「物にうごき」「物と争ひ」（第百七十二段）することの危うさであり、また別のレベルで言えば、「人とともにあることとの危うさ」といいかえてもよいだろう。なぜなら、「もの」に触れる心の危うさとは、心がその対象物との関わりの中にいやおうなしに引きこまれることであり、「人とともにあること」は、そうした関わりからどうしても心をそらすことのできない情況に自分を置くということなのだから。

「同じ心ならん人と、しめやかに物語して、をかしきことも、世のはかなき事も、うらなくいひ慰まんこそうれしかるべきに、さる人あるまじければ、露違はざらんと向ひゐたらんは、ひとりあるこゝちやせん」（第十二段）

これは「同じ心ならん人と」「うらなくいひ慰まんこそうれしかるべき」という理想に対し、「さる人あるまじ」という現実を見てしまった人間の言葉である。兼好は、「をかしきこと・世のはかなき事」を、ともに「しめやかに物語」る相手を望んでいたが、その心の底辺には他人の心に対する「違和感」がわだかまっていた。これは、彼が己れの心と背馳する事実（もの）に感じていたものと同じだ。兼好は別の章段で、「よき友」として三種類の友人を数えあげている。「一つには、物くるゝ友。二つには医師。三つには、智恵ある友」（第百十七段）

この言葉は、他人に対する違和感を払い切ることのできなかった兼好にとって、己れに向かっての精いっぱいの皮肉であると言えよう。もちろん、この皮肉を、〝精いっぱいの誠実さ〟と言いかえても同じことだ。一番のよき友が、なぜ「物くるゝ友」なのか。それは、たんに外在物としての「物」が、少なくとも兼好の心に違和感をもたらすものではなかったからだ。物質としての「物」は初めから人間の心とは乖離したものとしてある。しかし、他人の心は、それに「露違はざらん」と意識するほどに、「ひとりあるこゝちやせん」、つまり、逆に兼好の心を裏切る「もの」としての相貌を示さずにはおかないのである。二番目、三番目の「医師」「智恵ある友」のいずれも、「技術」「智恵」といった一種の「物」を介在させた人間の関わりということができる。つまり、兼好にとって、他人の心という「もの」こそ、彼の心をしたたかに裏切るものであり、それは、彼を「もの」の論理が支配する現実の世界からはじき出さずにはすまないものであったといえる。

『兼好自撰歌集』には、「修学院といふところにこもり侍りしころ」という詞書による連作四首のうちに次の二首の歌がある

　のがれこし身にぞしらるゝうき世にも心にものゝかなふためしは

　身をかくすうきよのほかはなけれどものがれしものは心なりけり

兼好の出家の動機は、これらの歌が逆説的に示しているように、「うき世」――現実世界においては、彼の心に、「もの」がかなわなかったからであると考えられる。これは、現実の出来ごとに対しての兼好の適応能力が欠如していたと解するよりも、彼が現実の側にあまりに過大な期待を抱いていたからと考えたほうがよいだろう。それは、人との関わりについていえば、兼好が「物くるゝ友」ではなく、絶対的な「同じ心ならん人」を望んだ結果であると言えよう。もちろん、この心にかなわなかったのが、兼好伝説の一説にあるように「恋愛」という対個人的な関係の領域に関わるものであっても、あるいは「政治」という対共同体的な領域のものであってもかまいはしない。ただ彼は、この人間関係という「もの」を含んだ現実世界において、自分の感受性が過不足なしに対象の世界と適応すること、つまり、心が「もの」の世界と宥和する地点をさがしもとめたのであり、そうした希いを裏切られることによって、己れの心を「うき世」から切りはなし、のがれさせること――出家へと踏み切ったのである。

世界が、自分の感受性と不つりあいであることの自覚、つまり、己れの心と「もの」とが、つねにくい違うことについての苛立ちが、兼好に世を捨てさせたわけであるのだが、しかし、このこと自体はまた、兼好の精神の内部の出来ごと、すなわち心理的な事実にほかならない。心と「もの」とのくい違い、自分の感受性と対象物の世界との間に広がる亀裂は、もちろん、それを意識する「心」の側に胚芽する。つまり、彼は、「もの」に対する、あるいは他人の心に対する違和感が、己れの心の側に基づいていることに気づこうとはせずに、心と「もの」との葛藤において、つねに「もの」を切り捨てることによって、自分の感受性に忠実であろうとしたのである。すなわち、現実世界の確かさよりも己れの心理的事実の確かさのほうを選びとったのだ。兼好の出家とは、世を捨てるということよりも、自分の心から「もの」を放下し、自らを「感受するもの」の器として純粋に保とうとした結果であるといえるのである。

こうした感受性の純化への志向が、兼好にとっての「徒然」ということの意味を明らかにする。「つれぐ〳〵わぶる人は、いかなる心ならん。まぎるゝかたなく、たゞひとりあるのみこそよけれ」(第七十五段)

これは、「もの」によって心をまぎらわせることなく、「たゞひとりある」ことによって、自分の内面に向かいあってゆこうとする兼好の姿勢をあらわしたものであると言うことができる。兼好が求めたのは、孤独であり、「もの」にまぎれることのない徒然の状態である。なぜなら、「世にしたがへば、心、外の塵に奪はれて惑ひやすく、人に交れば、言葉よその聞きに随ひて、さながら心にあらず」(同前)となるのは必至のことなのだから。彼は自分の心を見失わないためにも、「世」と「人」から逃れたのであり、それはもはや、「もの」に対する違和感からということではなく、逆に「もの」との距離感を見失うことによって、自分の心が失われてしまうことについての恐れなのだとも言えるのである。

　しかし、徒然の状態、すなわち自分の心から「もの」を放下した状態とは、実は心がまた別様の「もの」にとらわれることであると、兼好はさらに気がつかざるをえなかった。それはいうまでもなく、「徒然なるまま」に「よしなし事を書きつくる」兼好自身の心をとらえた「ものぐるほしさ」をもたらすものにほかならなかったのである。

「もの」を放下した心、すなわち現実世界との関わりを捨てた精神は、〈あるじなき家〉に似ている。

「ぬしある家には、すゞろなる人、心のまゝに入りくる事なし。あるじなき所には、道行き人みだりに立ち入り、狐・ふくろふやうの物も、人げに塞（せ）かれねば、所えがほに入りすみ、こたまなど云ふ、けしからぬかたちもあらはるゝものなり」（第二百三十五段）

　兼好は、また、第二百十八段で「狐は人にくひつくものなり」と断言している。この言葉は、別に狐が人間を襲う獰猛な動物であることをことさらにいいたてたものではない。彼がいいたかったのは、〈あるじなき家〉である人間の心には、「狐・ふくろう・こだま」といった妖しい、けしからぬ「モノ」が「くひつ」いてくるということだ。寝ていて足を狐にくわれた堀川殿の舎人も、三匹の狐に襲われた仁和寺の下法師も、等しく「あるじなき心」にほかならない。もちろん、それは、うかつな、油断した心ということではない。存在の根に不安を抱いた、恒心なき人間の在り方についていっているのだ。逆に、「ぬしある心」に対しては、たとえば第二百三十段の狐のように、正体を見破られ、退散せざるをえなくなるのである。

「虚空よく物を容る。我等がこゝろに念々のほしきまゝに来りうかぶも、心といふもののなきにやあらん。心にぬしあらましかば、胸のうちに、若干（そこばく）のことは入りきたらざらまし」（同前）

　兼好にとって「書く」ということは、まず自分の心から「もの」を放下し、「もの」にとらわれない徒然の状態に自分を置くことであった。そして、その〈あるじなき家〉である心の中に「入りすみ・あらはるゝ」「けしからぬ」ものの形を見きわめることであった。それは、「我等がこゝろに念々のほしきまゝに来りうかぶ」という、とりとめなく、本質的に無限定である観念の世界に対し、その観念の根拠（心のぬし）を問うことであり、また、そうした観念に「くひつ」いてくる「モノ」の世界、すなわち、「虚空」の場にあらわれる存在そのものの姿を垣間見ることなのである。兼好の精神の内側にひそむ「異様のもの」とは、つまりこうした「虚空」としての彼の感受性に浮かびあがる、現実世界としての存在そのものの根にほかならないのである。

たとえば、次のような話に、「異様のもの」に動かされ、もう一歩で「異様」の世界に踏み入ってしまう兼好の心の揺れを感じとることができる。

この人が東寺の門で雨宿りをした時のことだ。片輪のものたちが集まっていたのだが、手や足がねじれ、ゆがみ、そりかえっていたりなどと、いずれも不具で異様なのを見て、これはとりどりにたぐいのない曲者たちだ、もっとも愛するに足りると思いこんで見守っていた。しかし、やがてそうした興が尽きると、今度は、醜くく、いやらしいものであると思えてきて、やはり、ただ素直に見慣れたもののほうがよいと、あらためて思った。家に帰り、以前から植木を好んでいたのだが、異様に枝ぶりの曲りくねっているのなどを見て喜んでいたのは、あの片輪のものたちを愛することと同じだ、と興ざめして思われたので、鉢に植えていたのをみな掘りおこし、すてしまったという。いかにもありそうな事である。（第百五十四段）

冒頭にある「この人」とは日野資朝のことで、この第百五十四段は、百五十二、百五十三段に続く一連の日野資朝説話グループの一篇である。この日野資朝に関する三篇は、資朝の行動的な反逆児ぶりを見事に描いており、仁和寺説話グループなどとともに兼好の説話物語作者としての手腕を充分にうかがわせるものであるが、もちろん、ありきたりの「説話」であるわけではない。第百五十二段は、西園寺実衡が西大寺の静然上人の姿を見て、「あなたふとの気色や」といったのを、資朝が「年のよりたるに候」とまぜっかえし、その後、老いさらばえたムク犬を連れて来て、「この気色尊くみえて候」と引きまわしたという話。第百五十三段は、歌人・藤原（京極）為兼が捕えられ、六波羅に連行されるのを見て、資朝が「あな羨まし。世にあらん思ひ出、かくこそあらまほしけれ」といったという話である。この資朝は、後に北条氏討伐を謀ったかどで佐渡に流され、そこで斬殺されているのだから、この「あな羨まし」のせりふが、たんに奇矯癖だけから出たものでないことは確かであろう。兼好はもちろん、資朝のその後日の運命を知ったうえで、彼にこのせりふをいわせているのである。

この三篇からうかがわれる資朝の、その辛辣な皮肉家ぶり、大胆な反逆児ぶりの性格に、兼好は並々ならぬ共感を寄せているように思えるが、その底にはやはり、「異様」なものの存在についての兼好の感性の引っかかりを感じないわけにはゆかない。

「不具に異様なる」ものが、「たぐひなき曲者」であり、だからこそ「尤も愛するに足れりと思」うということは、目に見えるがままの「物」を、「異様」という感受性のフィルターを通すことによっていったん「もの」として対象化し、さらに、その「もの」によって今度は見る側の心がとらえられることを示している。このとき、「もの」は感受性の対象物から、感受性の内側に食い込む「モノ」としてその表情を変える。つまり、これは心が「モノ」に憑かれた状態であり、「モノつき」「モノぐるい」に近づいた瞬間であるととらえることができる。「不具に異様なる」ものと、「尤も愛するに足」るものとを、直接的に結びつける論理とは、おそらく「モノぐるい」の論理以外ではありえない。それは、出来そこないが完璧であり、醜悪なものがもっとも愛らしいものであるとする論理である（「きれいは穢ない、穢ないはきれい」とする『マクベス』の魔女たちの論理のように）。こうした「理（ことわり）」が成り立つ世界を受けとめる心の在り方を、「異様の精神」と私は呼びたいと思う。つまり、「異様の精神」とは、異様のものについての鋭敏な感受性、志向性を持つ精神のことをいうのと同時にそうした精神の在り方自体が「異様」であることを意味しているのである。対象物の異様さ、つまり片輪の人々の手足のねじれ、ゆがみとは、そのまま日野資朝の心のねじれ、ゆがみにほかならない。「尤も愛するに足れり」とするのは、そうした己れの心の異様さに重なる、「不具」で「異様」な現実世界についてなのである。

しかし、資朝のこうした不具で異様な現実世界の受容も、「興」が尽きると、たちどころに色褪せたものとなってしまう。「尤も愛するに足」るものが、たちまちに「見にくく、いぶせ」きものへと変身してしまうのである。この落差の大きさは、資朝の心のとりとめのなさ、人間の感性の無原理性を証明するものであるが、また、こうした極端から極端への飛躍こそ、「モノ」に憑かれた精神の揺れの特質を示すものといえよう。つまり、「不具に異様なる」ものを「尤も愛するに足れり」とする精神も異様であるが、いったんその興が尽きると、植木の「異様に曲折ある」のさえ、「かのかたはを愛する」ことと同じだとして排斥する精神も、やはり異様であると言わざるをえないのである。

「もの」が彼の心に対し、こうして表情を変えるということは、逆にいえば、「もの」の存在が彼の精神において圧倒的な位置を占めていることを物語るものだ。彼の観念、あるいは想念といった心の動きは、そうした「もの」の周囲をめぐりまわるものにしか過ぎないとさえいえる。観念の自由さ、極端から極端へと走る飛躍、落差の大きさとは、彼の心が「もの」から解き放されていることをあらわすのではなく、「もの」の存在の根に、精神がとらわれていることを示している。ねじれ、ゆがんだ片輪の手足という、圧倒的な「もの」の存在に対しては、「愛するに足るもの」と見ようと、「見にくく、いぶせ」きものと見ようと、それはまさしく「観念」でしかありえないのである。

兼好が「異様」というとき、彼はそうした観念の内側にひそんだ「もの」の存在をさぐりあてていたということができる。

「八重桜は異様のものなり。いとこちたくねぢけたり。植ゑずともありなん」（第百三十九段）

これは、「もの」の存在に対する彼の〝おびえ〟であるといえないだろうか。圧倒的なもの、濃厚なもの、魁偉なものについての彼の厭悪は、おそらく屈折した「もの」へのこだわりであると考えることができる。

兼好のこうした感性は、たとえば、「美」へ向かっての出家者として彼の先行者とも言うべき西行とは、まったく逆のベクトルを持つものである。「心なき身にもあはれは知られけり」と詠う西行は、花鳥風月という「もの」に触れ、揺り動かされる有心を否定することによって、直接的に「自然」という対象物に没入しようとした。

あはれわれおほくの春の花を見てそめおく心誰にゆづらむ
ねがはくは花の下にて春死なんそのきさらぎのもち月の頃

こうした自然への帰依の願いは、おそらく西行にとっては往生や成仏への願いよりも強いものであったといえよう。仏教的な観念の世界は、あくまでも「観念――幻想」の位相にあったが、自然は彼にとっての魂の基層に触れるものとしてあったのだ。つまり、西行には、まだわずかながらにも、神と人、言葉と事物、心と「もの」とが未分離であるような古代的な自然観が息づいていたのである。これに対し、兼好にとっては自然さえも、「あやしく、けしからぬモノ」としての相貌を垣間見せるものであった。彼には、自意識は自然からまったく剝離したところにあると考えられていた。あるいは、自然といってしまった瞬間に、それはもはや自然ではなく、心理的事実でしかないというパラドキシカルな論理を彼はよくとらえていたのである。自然は、彼にとって「もの」として対立的であるか、外界の単なる秩序として心理の延長上にあるかのいずれかなのである。

先にあげた橘純一による分類表によれば、この第百五十四段は「自然的態度の勧説」として括られている一篇である。しかし、兼好がしたり顔に「さもありぬべき事なり」といっているのは、「たゞすなほに珍らしからぬ物にはしかず」という一般論に共鳴しているのではない。資朝の、異様なものから自然なものへの「心変り」の素速さと、その徹底性に対して「さもありぬべき」と共感しているのである。自然的態度もそれが極端な形で徹底化されれば、自然ではなく、異様の精神の領域に食い込んでくるものとなる。つまり、「自然なもの」と「異様なもの」とは、兼好の目には「もの」の両義的な在り方としか見えなかったのである。自然の中に「もの」の存在の姿を見てしまった兼好は、日野資朝の自然的態度の中に、自分の書くこととは別のかたちの、自ら行動することについての「モノぐるほしさ」を見ていたのである。

4

さて、私は『徒然草』の中に表わされる「異様」という言葉について主に語って来たわけだが、ここまでの間で注意すべきことは、「異様」という語が、つねに内在的な感受性についての表現であり、いってみれば、兼好の内面としての「異様の精神」の在り方について語る言葉であるということだ。それらは、たとえば、栗ばかりを食べる娘を「異様のもの」といわざるをえない親の精神の在り方であり、また、興のあまりに鼎を頭にかぶってしまう法師の「異様」な酔狂心であり、あるいは、日野資朝の極端から極端へと走る「異様」な精神の動きなどであった。しかし、本来の「異様」という語自体の意味は、何らかの形で目に見えるもの、感じとられるものの形状、状態、状況が「見慣れた」「あたりまえの」「普通の」「平常の」姿でないことを示すことである。

つまり、それはあくまでも「心」という主観に対する対象物についての規定であり、〈鏡〉との類比でいえば、感受性にとらえられた対象の映像なのである。そして、それは心の外側に広がる「外界」の在り方を、何らかの形で反映せざるをえないものなのである。たとえ、その外界がどんなに異様な、歪められた映像であったとしても。もちろん、像の歪みは必ずしもその元の形の歪みを意味しはしない。なぜなら、〈鏡〉そのものが歪んでいることがありうるのだから。

私は別に兼好の精神が〈歪んだ鏡〉であるといいたいわけではない。ただ、「異様のもの」を鋭く見きわめる目とは、逆に「正常な」「正統な」ものをはっきりと見すえる外界への秩序意識に貫かれていることをいっておきたいのだ。そして、強固な秩序への意志は、むしろひとつの秩序が崩れさろうとする時にもっとも旺(さか)んになることをも。

兼好の場合、この秩序意識の中心にすえられるのが、王朝貴族社会の〈有職故実〉であることはいうまでもないだろう。この〈有職故実〉こそ、彼が内面の「異様の精神」からひるがえって、自らの外側の世界へと手をさし伸ばした時に触れえた「外界」の〝手ごたえ〟にほかならないのである。彼にとって〈有職故実〉がいったいどんなものであったかを見るには、次のような話が手がかりとなろう。

蹴鞠の会が開かれようとしているのだが、雨が降った後で庭はまだ乾いておらず、ぬかるんでいた。みんながどうしようかと考えあぐねていたところ、佐々木入道が鋸のひきくずを車につんで来て庭に敷きつめた。人々はこの機転と用意のよさに感心した。

この事をある者が吉田中納言に語った。すると、「乾いた砂の用意はなかったのか」と聞きかえされたので、恥ずかしく思った。「いみじと思ひける鋸のくづ、賤しく、異様の事なり」。庭を管理する者が、乾いた砂を用意しておくことは故実にあることである。（第百七十七段）

ここで、なぜ「鋸のくづ」が「賤しく、異様」なのかを、私はもう一度問い返す必要があると思う。「故実にのっとっていないから」というのは、たしかにそのとおりの正解なのだが、兼好には、もう少し内面的な何かの引っかかりがあるように感じられるのである。

この話は、佐々木入道が気をきかせて泥の庭に鋸のひきくずを敷きつめ、それを人々が感心したということと、そのことをある者が吉田中納言に語ったこととの、二つの部分にわけられる（この間には、かなりの時間的へだたりがあるものと想定される）。この「ある者」という匿名の人物は、兼好自身であると私は考えたい。兼好はおそらく、佐々木入道の行為を実際に見たか、あるいは人づてに聞いて、それに感心した人々の中のひとりであり、その感銘を吉田中納言に語ったのである。それは、佐々木入道の考え方の柔軟な適応性、用意周到さ、というもっぱら実用主義的な精神についての感銘であった。つまり兼好が「鋸のくづ」を「いみじ」と思いこんだのは、佐々木入道の行為とその結果に対して、実用主義的な側面において判断を下したからであり、吉田中納言を相手にこの話を持ち出したのも、こうした彼の感想に対して相手が共感を示すものと考えていたからであろう。しかし、中納言の言葉は「乾いた砂はなかったのか」という思いがけないものであった。中納言は兼好の実用主義的な精神に対し、あくまでも〈有職故実〉的な精神世界からの判断を示したわけである。兼好が「恥じた」のは、「乾いた砂」の故実を知らなかったということだけからではない。故実について無知であっただけならば、〈有職故実家〉としての兼好にとってたしかに不名誉なことではあるが、「賤しく」「異様」

の事というまでのことはない。彼は、自分が皮相に「実用主義的」に物事を判断したことを恥じたのである。そうした実用主義にとらわれた自分の思考の根拠を、「賤しく」「異様」であると否定したのである。実際面から言えば、鋸のひきくずだろうが、乾いた砂だろうが、ぬかるみを埋めることができればそれでよいわけだ。しかし、〈有職故実〉にのっとった世界では、この両者は決して入れ替わることはできない。なぜなら、有職故実的世界とは、リゴリスティックな様式、形式の世界にほかならず、こうした世界においては、ただの一歩の「様式」からの逸脱も、全体の秩序への拒絶と同じ意味を持ちうるのだから。

兼好が「恥じた」のは、根っからの有職故実の世界に生きている吉田中納言に対し、自分が〈遅れて来た有職故実家〉であることを思い知らざるをえなかったからである。兼好は、自分の生きている現実が、『太平記』などに描かれたような、逆説としての「太平」、すなわち従来の価値観が崩壊し、相対的な価値をいいたてるさまざまな精神が乱立し、軋み合うという乱世の時代であることを痛切に知っていた。それは、もとより「さかりの花・くまなき月」といった、円満具足した王朝風の美の秩序を成立させるような世界ではなかった。「雨にむかひて月をこひ」「たれこめて春の行衛知らぬ」情緒といった、「一具に調わぬ」「不具なる」美のみがようやく生き残れる世界にほかならなかったのである。しかし、だからこそ、彼はあえて王朝貴族文化の伝統を、自らの秩序意識の中心にすえなければならなかった。実用主義的な鎌倉風の価値観に対し、あくまでも王朝貴族風の美の伝統にかけることが、兼好にとって自分を生かすための唯一の道だったからである。

兼好にとっての〈有職故実〉が、彼にとっての擬似的な「外界」であることは、すでに明らかとなったであろう。彼は、現実の混沌とした「外界」を受けいれるかわりに、ひとつの秩序意識に貫かれた〈有職故実〉の世界を受容したのである。こうした彼の〈有職故実〉の世界、秩序意識の背後には、非秩序、つまり感受性の解体についてのいい知れぬ不安があることは明らかであると思われる。兼好の「いわずにいる」、あるいは「いえずにいる」緘黙の部分とは、そうした秩序意識の、その根拠を明示しえないところにある。すなわち、非秩序、外界を「異様」であると断定しても、彼はその根拠を、己れの不安以外には何ら説明するものを持たないのである。世界には秩序がなくてはならない、と考える兼好の思考の背後には、彼の「異様の精神」が大きく影を落している。それは、乱世的現実を生きるために非秩序の秩序が必要であると考えた日蓮や親鸞などとは遠くへだたったものだ。兼好の秩序意識は外界の現実の制度や機構、あるいは倫理や道徳といったものに支えられたものではない。むしろ、そうした外界から遁走し、いかに遠ざかったところで自分の秩序を創りあげることができるか、ということが彼の課題であったのだ。だからこそ彼は、現実には何の定点を持たない〈有職故実〉という内部的な秩序に対し、そこから自らはみ出してしまうことについて、「賤しく、異様である」と否定せざるをえないのである。彼の秩序意識はあくまでも、内面的な、自律的なものであり、いってしまえば、それは「虚無」にしか根拠を持たないのである。

兼好は、つねに「異様」のものに囲繞され、ともすれば、そうした「異様」の世界にひかれる己れに対して危機感を抱いていた。それは、「もの」が感受性に「くひつ」くことにより、非秩序の世界、つまり「もの」そのものの現実が浮かびあがってくるからだ。「異様」な「モノ」の世界——それは、目や眉や額が腫れあがり、鬼の顔となって死んだ法師の世界であり（第四十二段）、あるいは伊勢の国から女が鬼となって京へのぼってくるという世界であり、あるいは、栗を、いもがしらを、土大根を好んで食べる人間たちの世界であり（第四十、六十、六十八段）、また、山だち、猫またに脅やかされる世界（第八十七、八十九段）、ぼろぼろの仇討ちが行われるという世界（第百十五段）である。これらの説話的グループといわれる章段について特徴的なのは、兼好が単なる事実を書いただけであるというように、一見さらりと書き流してある点である（だから、これらの説話的章段を、たんなる「珍談」「奇聞」であるとして片付けようとする評者があとを絶たないのである）。たとえば、第百六十二段の、飼いならした鳥を堂の中におびき寄せ、次々とねじり殺しにしていた法師の話は、私にとって何ともグロテスクで、何とも不可解な話であるのだが、さらに驚くべきことは、兼好はその事実譚を一見さりげなく書いているだけであり、法師にあるまじき振舞いであるとか、浅ましきことであるとかいった類いの、評言めいたことを一言すらも書き加えていないことである。こうした緘黙はいったい何を意味するのだろうか。もちろん、こうした章段は例外であり、多くの説話的グループ以外の章段では、兼好はさかんに、「あらまほし・いみじ・をかし・あはれ・心にくし・すさまじき・浅ましき」などと、『枕草子』と同じように、自分の感情、感想を書きつけているのである。

説話体というスタイルが、こうした感想を表明するにはふさわしくないと兼好が考えていたということはあるかもしれないが、それにしても彼はあまりに「鈍い刀」を使い過ぎているようだ。兼好にとって、人間の精神の奇怪さなど今更あらためて「すさまじ」とも「あやし」ともいうに足りないことであったのかもしれない。なぜなら、彼の見ているのは、もともと彼の感受性に「奇怪」な、「異様」なものとして触れてくる「存在」そのものとしての人間の姿にほかならないのだから。

こうした「異様」な人間存在の話として、もうひとつの例をあげておこう。これまでに何度か触れておいた第五十段、伊勢の国から女が鬼となって京へのぼってくるという話である。しかし、前おきとして、まず次のような話を読んでいただきたい。

美濃の国のことと聞いているが、ひどくいやしい身分というほどでもない男が、ことのたよりでその国のある人の娘のところに行き通うようになったという事があった。たがいの住まいがはるかにへだたっていたため、本意ならずも女のもとを訪ずれない日の続くことがあったのだが、女のほうは世間知らずの一途さから、男の心がふっつりと離れたものと思いこんでしまった。たまの逢瀬にもこうした女の思いつめた心が見えるので、男は恐しくなっていった。

さて、冬草が枯れるように、二人の間が「離(か)れ」はててしまうと、女はものを食べずにひきこもっていたが、年の始めのあわただしさにまぎれてか、家の者はこのことに気がつかなかった。さらに、女は障子をたて、衾をひきかぶって臥せてばかりいるようになったが、思いやって近寄る人もなかった。そうしたうちに、女は近くにあった飴の入った桶を引寄せ、髪を五つのもとどりに結いあげて飴をぬり、角のようにした。そして、紅色のはかまをはき、夜のうちに人目を忍んで、走り去ってしまった。これにも誰も気づかなかった。

これは、兼好の『徒然草』執筆(一三三〇年)に先立つこと百十余年前の一二一六年に僧・慶政が著した仏教説話集『閑居之友(かんきよのとも)』下巻第三話の「怨み深き女、生きながら鬼になる事」と題された説話の前半の部分である(『閑居之友』の成立年・著者とも美濃部重克の説に依る)。女が鬼に変身する過程については、中世を通じてある一定したパターンがあったことがこの話からうかがえる。たとえば、謡曲の『鉄輪』では「鬼」になる方法として、「身には赤き衣を著、顔には丹を塗り頭には鉄輪を戴き、三つの足に火を灯し」とある。さらに、この謡曲『鉄輪』の種本となった『平家物語』の「剣の巻」では、女は丈なす髪を五つに分け、五つの角に擬して結いあげたことになっている。つまり、怨みを抱いた女の心はすでに「鬼」なのであり、それに「鬼的」な外貌(五つの角、赤い衣)を与えれば、人間はたやすく鬼となりうるのだ。このとき、鬼への変身が、「孤独」の中で行われることに注意することが必要であろう。女が鬼になるについて、『閑居之友』の作者は繰りかえし、「家の者」がそれに気がつかなかったこと、女について無関心であったことを述べている。人間は己れの「心の鬼」を孤独の中で「思いつめる」ことによって鬼となる、これがこの話を書いた作者の「観念」といいうるものであると私には思える。

さて、私がこの話を引いたのは、これを『徒然草』第五十段に連携させることによって、転形期の不安定な社会相を背景とした一篇のストーリーを完成することができると考えたからである。第五十段は次のような話だ。

応長の頃、伊勢の国から女の鬼となったのを連れて上って来たという事件があったのだが、その二十日間ばかり、毎日、京・白川の人々は鬼見物をしようとしきりに外を出歩きまわった。「昨日は西園寺に参った。今日は院に参るだろう。ただ今はどこそこに」などと噂しあった。ほんとうに見たという人もいないが、そらごとだという人もない。上も下もただ鬼の事ばかりを噂しては止まなかった。

その頃、東山から安居院あたりへ出むくと、四条より上の方の人が、みな北をめざして走ってゆく。「一条室町に鬼がいる」と声高に叫んでいた。今出川のほとりから見てみると、院の御桟敷のあたりは、さらに通りぬけられないほどの立ちこみようだ。まったく根も葉もないことではあるまいと、人を遣わして見にゆかせたが、逢えたという者はほとんどなかった。日の暮れるまでそうして立ち騒いでいたが、しまいにはいさかいまで起こって、浅ましい場面もあったということだ。

しを示していたのだという人もあった。

ここで兼好が「はやく跡なき事にはあらざめり」と思って、「人を遣りて見」にゆかせたということは注目すべきことであろう。兼好がこの「鬼」の噂を信じていたか、いなかったかは別としても、こうした噂に対して超然としていられなかったことだけは確かである。これを、「兼好はそんなバカげた噂は信じていなかったが、念のために人に確かめさせたのだ」とする解説は、愚かさを超えて、グロテスクでありうるだろう。兼好は一面合理的な精神を持っていたが、それに充分見合うだけの非合理にひたされた魂も持っていたのである。

さて、この第五十段と先の『閑居之友』とを並べて、伊勢の国と美濃の国という空間的な差違、また、兼好の時代と『閑居之友』に書かれた時代との時間的へだたりという二つの条件を無視すれば、角をはやし、紅のはかまをはいて夜のうちに姿を消した女が、男を追って都にのぼって来たという連続したストーリーを考えることができるのである。『閑居之友』下巻第三話の後半は、後日譚として、男をとり殺すことによって怨みをはらした女が、鬼の姿からもとの姿に戻ることができず、野のはずれの小屋に棲み、家畜の仔などをさらって食らう本物の鬼となりはてたことを語っている。この前半の女の出奔と後半の末路との時間的な空白の部分に、『徒然草』第五十段を挿入することによって、「心の鬼」から鬼そのものになってしまった女の悲話を、人間が人間であることの秩序を見失い、地獄・修羅・餓鬼・畜生の生の現実を輪廻せざるをえなくなった中世の人々の、共通した心情から生まれ出た「幻想」であると読みとることが可能になろう。中世とはまさしく、こうした「幻想」「観念」の肥大した時代であったといえる。それは、圧倒的な秩序崩壊の現実の中で、なおかつ出家遁世も不可能なままに生きてゆかざるをえなかった多数の人々の心をつかんだ「浄土」の教えと並行してあったといえるのである。

人間が「鬼」になることは、おそらく現実から逃れきれない人々にとって、ありうべき現実にほかならなかった。しかし、兼好にとっては、それはあくまでも「奇譚」にしか過ぎなかったといえよう。すなわち、それは「異様」という精神的範疇に入るものなのであり、彼がどんなにそうした「異様さ」に心ひかれていたとしても、それを肯定するわけにはゆかなかったのである。なぜなら、「非秩序」の現実世界はそこからいっきょに兼好の内面になだれこもうとしているのだから。それはまた「怪異譚」でもないことに注意すべきであろう。なぜなら、「怪異」とは、現実の「もの」に対して超越的な存在を仮構し、それによって脅かされる現実側の感性について語る言葉であるからだ。これはまた、中世説話のもうひとつの型である「往生譚」と同一の位相にあるものといえる。「怪異譚」であれ「往生譚」であれ、それらの物語は、「もの」を超えることにより、現実の枠を外側へ押し広げるところに成立する。それに対し、兼好の「奇譚」は、逆に現実が内側に閉じ込められ、「もの」が感性と同寸に切りとられることを意味しているのである。

兼好はおそらく、自分が第五十段（あるいは第四十二段）で書いたように、人間が「鬼」にメタモルフォーゼすることを信じていたわけではない。しかし、そうした「変身」を積極的に否定する根拠もまた彼のどこにもなかったのである。なぜなら、彼は人間が人間であることの規範を見出せなかったのだから。ここでは彼の〈秩序意識〉は何の意味も持たない。いや、初めから「空虚」を基底とした秩序は、「もの」の存在に触れることによって解体せざるをえないのである。兼好の感性は、本来的にこうした無秩序の〈闇〉を孕んでいた。それは、「もの」が無限の変容を繰りかえし、感性に「くひつ」いてくるという場所である。彼が立っていたのは、こうした〈闇〉にさらされた「不信」の場所にほかならなかったのである。

『徒然草』の最終章、第二百四十三段は、兼好が八歳の時に、父に対し「仏とはいかなるものでしょうか」と問いかけたという話である。父は「仏には人がなったのだ」と答える。すると彼は「人はどのようにして仏になるのでしょうか」と問う。答えて「仏の教えによってなるのだ」。兼好はさらに問う、「教える仏には、いったいだれが教えたのでしょうか」「それもまたさきの教えによってなるのだ」。さらに問う、「その教えはじめられた仏は、どのような仏なのでしょうか」……

兼好は、人が仏になることをついに信じ切れなかった男である。それは、女が鬼になることを信じ切れなかったことと同じだ。信じ切れないくせに、彼はまたそうしたことに人一倍心を惹かれざるをえなかったのである。『徒然草』全二百四十三段が緊密な構成の下に成立していることはすでに定説となっているが、そうした見方からも、この最終段がたんなる思い出話、回顧譚でありえないことは明白であろう。兼好はここで、自己史における「不信」の根をまさぐっているのである。兼好が語っているのは、現実という場所において、人間は鬼にも仏にもなりうる、ということではない。また、その逆でもない。彼は、仏であり、鬼であり、人間であり、「私」である、というその断言の根拠が信じ切れないことを語っているのである。それは、彼が「心のぬし」としての、自己という「空虚」を埋めるだけの何物をも持たなかったということである。つまり、彼は自分が自分であることの意味を、ついにつかむことができなかったのである。

おそらく、ここから兼好の言葉は外界の現実、すなわち時代とも制度とも無関係なところで、美意識、趣味、有職故実、無常観といった観念の世界へと横すべりを開始してゆく。もちろん、彼はあくまでもそれらを信じてはいない。彼は、それを「書くこと」によって、つまり何事かを断言することによって、自分の中に何らかの定点を見出そうとしただけである。だからそれは、互いに矛盾する命題同士であろうと、無意味な奇譚であろうと、したり顔の説教話、無味乾燥な〈有職故実〉譚であろうとかまいはしなかったのである。「書くこと」、あるいは「書き続けること」が、彼に「もの」の手ごたえ、「事実」の彩やかさをよみがえらせ、それらの変容する事態を、彼の感受性にとらえさせたのである。つまり、彼は言葉によって、不信のはてに見失った夢みる力、現実を現実のままに「浄土」として照らし出す光をつかむことを願ったのである。

しかし、中世の〈闇〉の中で見た兼好の夢に、はたして仏の姿はあらわれたであろうか。

物語の叛乱——上田秋成

1

上田秋成の自画像はいったいどのような輪郭を持っていたのだろうか。狂蕩、狷介、孤独とも評される人物を内側から眺めてみれば、そこにどんな人物像が浮かびあがってくるのだろうか。これはたんに人物論的な興味だけにとどまる問題ではない。和訳太郎とも剪枝畸人とも無腸公子とも名乗った人物の内的な肖像画が一筋縄のものであるはずもなく、そこにはおそらく過剰な観念と偏狭な自己規定とがあるだろう。そうした観念と自己規定からはみ出したところに、上田秋成の実際の姿はあるはずだが、その姿は彼自身がつくり出した物語に浸蝕されておぼろなものとなっている。『雨月物語』の、あるいは『春雨物語』の作者としての上田秋成は彼自身の個人幻想を超えたかたちのまま定着しているといってよい。「狂人」といわれ、「癲癇症」といわれ、「孤児」といわれるのもそれ以外の場所からではない。問題はそうした側からみられた秋成の像と、秋成自身の自画像との乖離、ずれをどうやって重ねあわせることができるか、あるいは終極的には重ねあわせることが不可能であっても、そこに何らかの接点をさぐりあてることはできるのではないか、ということだ。もちろん、これはけっして上田秋成の実像をもとめるということではない。作家の実像などというのはフィクションであり、物語の物語でしかないのだ。私が試みようとするのは『雨月』『春雨』の作者としての上田秋成という物語と、秋成の自画像という名の物語との接点と切点とをどこで見出すかということである。それは、おそらく「物語」をさまざまなかたちとして生み出す〝根拠〟への問いかけとなるだろう。生み出された物語だけが物語なのではない。物語を生み出す根拠、源泉そのものもまた物語である、というのが私の始めようとする出発地点での了解事項だ。そうした意味で、上田秋成の「物語」はたんに『雨月』『春雨』といった物語を冠した作品のみにとどまるものでないことはいうまでもない。それは、秋成がむしろ創作よりも情熱を注いだともいえる国学研究の仕事、あるいは『胆大小心録』などのエッセー類にもちりばめられているはずである。

『雨月』や『春雨』の怪異譚や幻想譚は、秋成の物語への志向がたまたま中国の物語集（白話小説）や日本の歴史書（『日本書紀』など）と交感、交差することによって生み出されたものでしかないと私には思われる。秋成の物語の〝根拠〟（出典）がそうした漢籍や史書にあると考え、それを丁寧になぞってみせる秋成研究の現在の水位は本末顚倒のものにほかならない。秋成に物語への意志を認めること、世界を物語として括ろうとする彼の衝動（パッション）をみないかぎり、秋成の「物語」は解読されることはありえないだろう。だから、私のこの小論は「物語作者」としての秋成についての、また別様の物語を紡ぎ出すことにほかならないのである。

ともあれ、上田秋成の自画像はたとえば次のようなかたちで書きとめられている。

> ここの主人はもともと都の人だったが、生れつき心が狭く、世の中をわたってゆくにもおひかり（金銭の負債、あるいはお上の御威光）がおそろしいといった具合で、たいがいの人間ならば心を広く持ち、悪いことやいつわり事についても、世間の害にならない程度ならば無理をせずに成

りゆきのままにしておくものを、何かそうしたことを見聞きするとそのたびに悲しんでみたり、あるいは腹を立ててみたりする。また少し本を読んだだけで、古代のことばかりが奥床しくしのばれ、今の世をうとんじてみたりする。芸の世界にしたしめば、昔の人はすぐれた者もそうでない者もそれなりに気位だけは立派だったといい、今の人の見どころや目のつけどころをさげすみ、いっこうに楽しむこともなく、自分から歳月をいたずらに過ごしているのだ。

これは『癇癖談（くせものがたり）』の最終段、隠遁者の草庵の庭に遊ぶ駒鳥とウソとの二羽の小鳥の対話に擬せられた戯文の一節だが、この小鳥の語る人物月旦が秋成の自画像であることはいうまでもないだろう。「心せばく、世をわたらむ」と同様の表現は他の著作などにもみられ、いわば秋成の生の在り方を要約したものとなっている。そして、こうした生き方を彼に強いたのがその「癇癖の病」にほかならないのだ。前述の文章に続けて小鳥はさらにいう。「ここの主人は世間でいう癇癖の病をつのらせながら、それを癒そうともしない頑迷な人間で、さすがに自分だけは偉いとばかりは思いあがっていないものの、世間の人間はみな濁っているなどと、わけ知り顔にひとり澄ましているような心の奢った人なのだ」。これはもちろん秋成の自己批評にほかならないが、この「癇癖の病」という言葉は、『癇癖談』のこういう書き出しを踏まえて語られている。

人ごとにひとつの癖があるとは、昔からの諺にあることだ。今の世の人は気持の持ちよう、言葉遣いの癖のほかにも、立つにも癖、居るにも癖で、何につけても癖というものがないということがない。自分では癇癖だといいのがれても、他人からはいつもの悪い癖とか、気まま病とか名づけられてしまうのだ。

『癇癖談』はその読みが示すとおり『伊勢物語』のパロディーとして書かれている。しかし、たんに「いせ」の駄洒落として「くせ」が持ち出されたわけではない。むしろ「くせ」に対する作者秋成の思い入れが、さまざまな人間の「くせ」の様態を描くことをモチーフとした「談(ものがたり)」を彼に構想させたのであり、『伊勢物語』の題名と「むかしをとこありけり」のスタイルとは、あくまでも表面的な、仮のものにしかすぎなかったのである。もちろん、こうした戯作の狙いは滑稽と諷刺とにあるわけだが、そのためだけにしては、この作品はあまりにも秋成の「くせ」が出すぎてしまったようである。それは、たとえば和訳太郎作の『諸道聴耳世間猿(しょどうききみみせけんざる)』(以下『世間猿』と略)、『世間妾形気(せけんてかけかたぎ)』(同『妾形気』)の二篇の浮世草子に書かれた「わやく」(いたずら、でたらめ)に共通するものであり、それが「かなしく」「いたましい」ものとして「作者自身に還ってくる」ものであることは、保田與重郎がすでにその卓抜な上田秋成論「近代文芸の誕生」の中に書きとめている。さらに保田與重郎は「(『世間猿』などは)対世間生活上のいきどほりだけでかゝれてゐるのである」とまでいい切っている。この「いきどほり」を秋成は「癇癖の病」といってみせたのであり、それはまた他人からは「悪癖」とも「気まま病」ともいわれるものであることを彼は承知していたのだ。「くせ」はまた「形気(気質)」であり、偏狭な自己規定、過剰な自己幻想にほかならない。『世間猿』『妾形気』で書き綴られているのも、こうした人間の「くせ」がもたらす悲喜劇であり、それらは偏狭であり、過剰であることによって、逆に〈近代小説〉的な意味において〈自我〉と呼ばれうるものをそこで現出させざるをえなかったのである。自我と社会との葛藤を最大のモチーフとするという意味において、上田秋成はまずこうした〈近代〉の小説家として自らを形成したのだ。

先走っていってしまえば、それは「物語作者」であるよりも以前に「小説家」であったということである。秋成にとっては通常の文学史に記述されているような「物語」から〈近代小説〉へというベクトルは逆向きのものとなっている。秋成の作品はまず社会批判、体制批判としてあったのであり、それを彼が「わやく」「癇癖」といった言葉で韜晦、あるいはカムフラージュしようとしたことはほぼ間違いない。彼は西鶴のように世間（社会）の表層の風俗を剝ぎ取り、〈世間〉そのものの仕組みを見出すことに興味を持ち続けるような根っからの「風俗小説家」ではなかった。西鶴にとって「形気」や「くせ」はある意味では〈世間〉と同じ構造、同じかたちをしているものにすぎなかったが、秋成は〈世間〉に対抗するものとして「形気」や「くせ」を持ち出さずにはいられなかったのである。秋成のいう「癇癖の病」すなわち「くせという病」は、〈近代〉に普遍的な「自我という病」にほかならず、『世間猿』『妾形気』の二篇は、こうした自我と世間（社会）とが軋みあう嘆き、憤りの声を主調低音として響かせているのである。

『世間猿』『妾形気』のどの短篇をとりあげてもよいのだが、これらの作品群を通じて「くせ」あるいは「形気」がそれらの主人公の身をほろぼす直接または間接の原因となっているという基本的な構造を指摘することができる。たとえば『世間猿』の「宗旨は一向目の見えぬ信心者」は、一向信心に凝り固った百姓太郎右衛門が二人の息子に先立たれる話だが、長子の場合は性来の芝居好きが昂じて素人狂言舞台にのぼり、そこで足をすべらせての墜落死であり、次子は坊主まさりの有難屋ぶりから御旧跡めぐりを思いたち、その途次に賊に襲われたことがもとでの急死といった筋立てである。もちろん、この二人の息子の一方の芝居好き、もう一方の坊主まさりの有難屋という性癖（形気、くせ）が、親の太郎右衛門の「目の見えぬ信心」の陰画と陽画であることは明らかだろう。芝居好きがたんに「くせ」にしかすぎないように、信心もまた「くせ」にほかならないのだ。そうした親の信心という「くせ」をストレートに引き継いだのが次子であり、長子はそれを逆のあらわれとして受け継いだのである。つまり、ここでは「くせ」「形気」がもたらした二代にわたっての身を持ち崩す有様が、滑稽さや諷刺によそおわれた姿で書きとめられているのだ。

　これはまた〝擬き〟の失敗というふうに読みとることができるかもしれない。すなわち、長子の役者擬き、親の太郎右衛門の、あるいは次子の信心者擬きの失敗譚なのであり、あくまでも「本もの」についてではなく、その「擬いもの」についてのパロディーなのであるというふうに。実際、『世間猿』に登場してくる人物の多くは、武道狂いの商人とか、目利自慢の米問屋の息子、武芸好きの町人の娘とかいった一癖も二癖もある者たちで、それらの人物は結局は「本もの」の武士、風流人、武芸者の「擬いもの」にほかならないのである。

　だが、これはけっして秋成が「本もの」志向を持っていたことをあらわすものではあるまい。秋成はたしかに「擬いもの」としてのエセ武士道やエセ風流、あるいはエセ信心を笑ったが、それと同時に「本もの」と「擬いもの」とを峻別しようとする精神の硬直性をも笑っているのである。おそらく秋成が「わやく」の世界として描こうとしたのは、まこととうそとが截然と区分された世界、すなわち「擬くもの」と「擬かれるもの」とが明確に分離されうるような秩序立った世界ではなかった。それは『世間猿』の序にあるように「偽めきし真」と「真くさき虚言」とが紙一重のすれすれのところで隣合わせた世界であり、さらに「うそのまことの真のうそ」といった転倒、逆転が日常的であるような世界なのである。だから、秋成の世界において「擬くもの」と「擬かれるもの」、「本もの」と「擬いもの」との本質的な差異はありえず、彼の「わやく」の世界とは現実と現実擬き、物語と物語擬きとが混淆、混在する世界にほかならなかったのである。

　いずれにせよ、この「宗旨は一向」の篇を仏教批判、あるいは形骸化し趣味化した仏教擬きへの批判としてイデオロギー的に読むことは、たとえ可能であるにせよ無意味である。同じように『世間猿』

の中の「要害は間にあはぬ町人の城廓」や「器量は見るに煩悩の雨舎」などの短篇を武士道批判、あるいは武士道のパロディーとして読むこと、また「文盲は昔づくりの家蔵」や「兄弟は気のあはぬ他人の始」などの作品をエセ古典主義（風流擬き）への批判として読むことも同様に退けられるべきことだろう。読みとるべきなのは、「くせ」「形気」が秋成にとっての社会批判にほかならぬことであり、彼が仏教や武士道や風流（およびそれらの擬き）といった個々のイデオロギーを撃ったことではなく、そうした個別的なイデオロギーを成立させている〈世間〉そのものの在り方に的を絞っていることである。

いうまでもなく、それはストレートに表現されれば社会的な価値体系の紊乱者として秋成自身の社会的な生存を危うくするものにほかならなかった。だが、彼が「わやく」といい「癇癖の病」というのは、たんにそうした危険を回避するためのカムフラージュの手段としてだけのことではない。彼はイデオロギーそれ自体に対抗し、観念や意味を笑うこと、すなわち社会批判そのものがやはり「くせ」から出てきたものであり、「形気」にしかすぎないことを語っているのだから。そうした意味で、秋成の社会批判（憤り）はつねに「己れにかへつてくる」（保田與重郎）のである。これを秋成の社会批判の限界であるということはたやすい。しかし、社会批判の主体がたんに体制に対する反体制、すなわち儒教という官許のイデオロギーに対しての草莽の国学イデオロギーであったり、漢文に対しての和文であったりするような二項対立としてあるのならば、それは結局は相補的なものとして体制の内側にからめとられてしまうだろう。

ここでひとつ注意しておいてよいことがある。それは上田秋成の作品集（浮世草子、物語集を問わず）が、必ず体制的なイデオロギー讃美というハッピーエンドで締め括られていることだ。『雨月』『春雨』については後述するとして、『世間猿』五之巻最終話の「浮気は一花嵯峨野の片折戸」は、遊び好きのためとうとう家から勘当された男が、身受けした花魁とともに〝滝口入道〟〝笛〟を気どって嵯峨野に住んでみたものの、物騒な隣人たちにおそれをなして家へ戻り、それからは商売に身を入れて家を富み栄えさせたという放蕩息子の改心譚といえるものだが、その結びの文章は「槌で打出すやうな金まうけして、大黒屋富太郎が長暖簾。五日の風のそよそよと、十日の雨にしつぽりと、夫婦中よく富み昌え、豊に住めるぞ目でたけれ」というものだ。また、『妾形気』の最終話「貧苦に身をしぼる油扇の絵」の結末も、主人公の二人姉妹がそれぞれ幸運な嫁入りをし、零落した武士であった二人の父親も「萩山殿（姉娘の嫁入り先）より五百石の御とりたて、むかしの武士にかへりしも、治まる御代のかたり草也けり」といった具合である。いずれも、始末、孝行、繁昌といった当時の市民レベルの体制イデオロギーの讃美で終っており、それまでに『世間猿』『妾形気』ともあまり救いのない幕切れの話が多いだけに、このような手ばなしの〝目出たし目出たし〟はむしろ異様とも思われる結び方なのである。

もちろん、このハッピーエンドがアイロニカルなものであることをみぬくのは、それほどの鑑賞眼を必要とはしないだろう。たとえばこの「貧苦に身をしぼる油扇の絵」は、ちょうど先述した「宗旨は一向目の見えぬ信心者」（『世間猿』）を裏がえしたような構成であり、信仰心の厚い姉娘がその信心によって玉の輿に乗り、芸事の好きな妹娘も篤実な旦那に身受けされるという主人公姉妹の幸運は、まさに「宗旨は一向」の兄弟の不運と対照的なのである。もし、この話を「信心の物語」、すなわち信心深い姉娘のシンデレラ・ストーリーとして成立させようとするならば、八文字を踏みたがる（芸妓にあこがれる）軽薄な妹娘を対比的に零落させるといった筋立てが考えられてしかるべきだろう。ところが、ここでは逆に派手好き、お洒落好きの妹娘も『妾形気』の話の中ではほとんど例外的に「妾」としてのハッピーエンドを迎えるのである。こうした姉妹の幸運をもたらしたものが、「宗旨は一向」の兄弟の不運をもたらしたものと同じく、それぞれの主人公の性癖（くせ、形気）であったことは強調しておいてよいことだろう。

だが、これらの場合の登場人物たちの「くせ」はあくまでも幸運もしくは不運という結果に対しての原因、すなわち因果としてあるわけだが、それがけっしていわゆる応報というかたちにはなっていないことに注意すべきだろう。因果はいうまでもなく因果律という論理にほかならず、応報はそうした論理に接続する倫理のあらわれである。すなわち、よい行為、あるいはよい性質（悪い行為、悪い性質）が原因となって、よい（悪い）結果を生み出すというのが因果応報の論理と倫理にほかならないのだが、秋成的な世界では、因果という論理的な関係性こそ否定されないが、応報という倫理性は否定されるという論理と倫理との切り離しがはかられているのである。もちろん、これはたんに因果応報を裏がえしただけのものではない。よい（悪い）原因が必然的によい（悪い）結果をもたらすというのではなく、それはその時どきによっていずれの結果とも結びつきうるのだ。これは論理と倫理とが因果関係ではありえないことを示しているものといえよう。「くせ」が因果として幸運にも、不運にも結びつくということは、逆にいえば幸運と不運との際立った差異を見失わせるものであり、因果性そのものをあいまい化させるものといえよう。なぜなら、それは別のレベルからみれば、まさに恣意性以外のものにはみえないからだ。少なくとも、秋成にとっては幸運と不運とは一枚の貨幣の裏とおもてほどにも差異のあるものとは思えなかった。彼には極端にいえば学問もイデオロギーも「くせ」の産物としか思えなかったのであり、幸運あるいは不運といった観念こそ、その時代のもっとも支配的なイデオロギーによって浸透させられたものにほかならなかったからである。つまり、それを幸運と呼ぶのも不運と呼ぶのも（あるいは善と悪、真と偽と呼ぼうとも）「くせ」がもたらす観念でしかありえない以上、そのいずれもが等価なのであり、そうした意味でたとえ因果応報の論理が成り立ったところで、それがそのまま「わやく」の論理へと転化してしまうのが秋成的な小説世界なのである。

秋成がその作品集の大尾をハッピーエンドで締め括ったというのは、たんに当時の小説の約束ごととしての「型」をそのまま踏襲したというだけのことではない。彼の「わやく」の論理、方法論がこうした因果と応報の論理、あるいは倫理を踏み越えてゆくものであることを示しているのだ。つまり、彼はいかにも〝虚言（うそ）くさき虚言（うそ）〟の例話を作品集の末尾に置くことによって、仏教的な因果応報の論理、儒教的な勧善懲悪の倫理といった当時の支配的なイデオロギーを笑い、その基盤そのものを解体、無力化させることを目指したのである。もちろん、こうした論理に対してはでたらめとしてのわやく、倫理に対してはいたずらとしてのわやく、という「わやく」の方法論が、イデオロギー批判が反イデオロギーのイデオロギーに、物語批判が反物語に転化されてしまうように、逆説的に体制擁護の支配的イデオロギーの肯定へと横滑りしてゆく危険性を孕んだものであることはいうまでもない。それはその「わやく」の論理、方法論自体をわやく化してしまうという両刃の剣なのである。だが、秋成はそれをほとんど気にとめなかった。なぜなら、彼には誤解のしようもなく明瞭に自らの「くせ」、すなわち「癇癖の病」が生み出す「物語」というデーモンがみえていたのであり、そうした魔的なものが彼の「わやく」の方法論をささえていることに気づかざるをえなかったからだ。ただ、秋成はそうした「わやく」の方法論が彼のイデオロギーであるかのように誤って読みとられることをおそれただけである。『春雨物語』の中の一篇「海賊」の末尾の文章に倣っていうならば、イデオロギーは互いに人を刺しあうが、ともに血をみない。だが、「怪異」の物語は秋成の身のうちにつねに血を流すものとしてあったのだから。

2

『世間猿』『妾形気』の秋成初期の浮世草子二篇に対し、『雨月物語』が作品史的に断絶していることを強調するのがこれまでの秋成研究の常識であり、そこに小説家上田秋成の誕生をみることはほとんど疑われることのない前提であった。もちろん、私はこうした常識にあえて異を立てるつもりはない。『世間猿』『妾形気』と『雨月』とでは、その題材、文体そのものに画然とした懸隔があり、ほとんど別人の作と思われるほどの差異があることは否定しようがないからだ。しかし、初期浮世草子から『雨月』へと細い道筋が通じており、それをたどってみることを唆すものがあることもまた否定しがたいのである。たとえば、『妾形気』刊本の後付に和訳太郎作の近刊として予告されている『西行歌枕染風呂敷』が素材的に『雨月』冒頭の「白峯」につながっていることは明らかであるし、また『世間猿』の「貧乏は神とどまり在す裏かし家」に「可愛いゝ外に欲心魔王、崇徳院様ほど爪がのびて」といった文章があることも、こうした素材的なレベルでの両者の関連性を例証するものである（重友毅「怪談小説としての『雨月物語』」）。さらに、『妾形気』の「敷金の二百両はあいた口へ焼餅屋」の書き出しの「蜘の園にあれたる駒は繋ぐとも、ふたみちかける人はたのまじ」といった漢訳調の文章が「菊花の約」の有名な冒頭をほうふつとさせるものであることなどは指摘しておいてよいだろう。

だが、こうした素材、文体の些細な影響関係、反映作用だけをみて、それによってこの両者の関連性を主張しようといった瑣末主義的な研究の姿勢は私には無縁である。問題は素材レベル、文体レベル、ではなく、作品の基底にあるものにおいてこの両者がつながっているのか、断ち切れているのか、ということである。いわば、その質的な連続、あるいは断続が問われているのだ。

こうした問いに対して私がいいたいのは、すでに触れておいたことだが「小説」から「物語」への転換ということである。もちろん、これは作者の秋成自身にとっては「小説家」から「物語作家」への翻身にほかならなかった。問題なのは浮世草子と読本との取り扱う世界といった素材的な差でもなく、また戯作文と和漢・雅俗混淆文といった文体の違いでもない。それはひとえに、秋成の創作意識における「小説」から「物語」へという志向の転移なのである。もっとも、この場合の小説、物語という言葉は、〈近代文学史〉的な意味での文学ジャンルの進化論・進歩史観とは無縁のものである。物語が進化して小説になったわけでも、小説がつねにその元型（アーキタイプ）としての物語に還元されるわけでもない。むしろ、それらをひとつの作品の別な側面をあらわすものとしてとらえることのほうが適切であるといえるだろう。むろん、この場合でも物語がその作品の遅れた部分、または未開な部分を指していると一義的に解することは誤っている。創作という行為の中での、より意識的な部分とより無意識的な部分、あるいは伝統にひたされた定型的な部分と非定型的な、いわゆる独創に属する部分との乖離に照応するものとして、「小説」と「物語」との区別をいちおうつけることができるかもしれない。

だが、それはいわば物語という基層の上に浮かんだ小説という表層というように、作品の二重構造を指摘するだけで終るものではない。秋成にとっての「物語」とは作品そのものを生み出す源泉、〝根拠〟それ自身を明るみに引き出してくるという作用を含んでいる。小説の起源が物語であるならば、そうした物語としての〝根拠〟を可視的なものとして物語ることこそ、秋成が「小説」から「物語」へと転移したということの内実を示すものにほかならないのである。つまり、和訳太郎が『世間猿』『妾形気』という小説を書いた根拠そのもの、すなわち社会批判、イデオロギー批判としての「憤り」、あるいは〈世間〉と対峙せざるをえない〈自我〉のかたちとしての「くせ」、こうした小説の源泉そのものを具体的なものとして物語化する作業が『雨月物語』という九篇の短篇を書くということにほかならなかったのである。

ここで、あらかじめ上田秋成の物語論をみておくことも無駄ではあるまい。『ぬば玉の巻』『よしやあしや』といった古典研究の中で、彼はいくどか「物語」について言及している。『雨月』『春雨』のそれぞれの序文もひとつの物語であるとみてよいだろう。しかし、注意しておかなければならないのは、秋成の物語作品そのものを彼の物語論で割り切ろうとする姿勢についてである。「彼の物語論は当然創作の作品観に一致する」と中村幸彦は何のこだわりもなく書いているが（「秋成の物語観」）、私は秋成にとっての理論と実作との関わりあいをこのように一義的にとらえ、彼の物語とその物語論とを順接したものであると考えることはいささか単純すぎるものであると思う。むろん、秋成の物語論を彼の実作とは何の関わりもない純理論的なものとするのも偏狭にすぎようが。

私が考えるのは秋成にとっての物語と物語論とはむしろ逆接した関わりにあるのではないかということだ。つまり、彼の物語論は『雨月』『春雨』といった彼の物語作品の成り立ちを明らかにするのではなく、逆にそうした成立をカムフラージュするために本来の「物語」への志向とは逆向きに展開させられているのではないか、ということである。こうした意味で、彼の理論と実作とは転倒した関係にあるといえるのではないか。それは理論が実作を生み、実作が理論をさらに展開させるという順当な相互関係に対し、理論が実作の成り立ちを蔽い隠し、実作が理論を裏切るという逆説的な関わりあいなのだ。そして、文学における理論と実作とは本来的にはそうした齟齬においてこそ接合するものにほかならぬのではないか。

ともあれ、秋成の物語論としてもっともまとまっていると思われる一文を引いておこう。

日本であれ中国であれ、人の心は異ならないものである。あちら（中国）では演義小説といい、こちら（日本）では物語とよぶが、それを作り出す人の心は、自分の身に幸運がないのを嘆くというよりは、むしろ世の中を憤っては昔を恋いしのび、あるいは今の世が咲く花のにおうが如く栄えるのをみて、やがてはうつろいゆき、衰えることを思うのである。また、今の時代に時めいている人がこの先どうなることやらとひそかにみくびり、これまでに例のない長寿をのぞむものには、所詮は玉手箱のむなしさであることをさとし、手に入れがたい宝をさがしもとめる痴(し)れものを恥かしめるといった具合で、ただ今の世の聞えをはばかって、何の罪とがもありえない跡なしごととして書きつづけるのである。

これは『伊勢物語』に註釈をほどこした『よしやあしや』の中の一節で、「寓言論」と呼ばれる秋成の物語論＝文学論を展開した文章だが、ここで秋成は中国(もろこし)では「演義小説」といい、日本(やまと)では「物語」と呼ばれるものが本質的にはひとつのものを指しているという前提からその物語論を始めている。もちろん、ここで語られている小説、物語がそれぞれ『水滸伝』『伊勢物語』といった実在の特定の作品を想定していることは明らかだが、しかし、秋成が小説＝物語の〝根拠〟として空間的、あるいは時間的なへだたりを消去しうる「人の心」、すなわち「やまともろこしの人の心は異ならぬもの也けり」という〝普遍性〟にあると考えていることは見逃せないものであるといえよう。秋成がここで中国の演義小説にも、日本の物語にも普遍的に妥当する文学原理として示しているのが彼の「寓言論」にほかならず、それは要約すれば次のようにいえる。つまり、小説＝物語は作者の現実世界に対する「憤り」を主要なモチーフとして生み出されるものであるが、しかし「たゞ今の世の聞えをはゞか」るために、それを直截的に、露骨に表現することを避け、「むかし〳〵の跡なし事」として「何の罪なげなる物がたり」に書きあらわす、ということだ。ここには〈世〉に対する二様の姿勢をみることができる。すなわち、世を憤ることと、世を憚ることの二つである。この両者は一見すると逆向きの衝動であるかのように思われるがじつはひとつのものの表裏の表現にしかすぎない。それは、反撥というかたちであれ忌避というかたちであれ、つねに外界の〈世〉に対立してしまうという自意識なのであり、「くせ」として形成されざるをえない〈自我〉にほかならないのだ。秋成はこういう〈自我〉が普遍的なものであるとして、「やまともろこしの人の心は異ならぬ」と書いたのである。もちろん、中国と日本、あるいは中国人と日本人の「心」、すなわち人情、言語、風俗をも含んだものにおいて「異ならぬもの」であるわけはない。もし、秋成にほんとうにそのようにみえたのだとしたら、それは彼が結果として彼我の「人の心」に同一性を見出したのではなく、大前提としての「人の心の普遍性」というイデオロギーから出発したためである。むろん、そうしたイデオロギーが儒・仏といった舶来の「漢意（からごころ）」であることはいうまでもない。つまり、秋成は「寓言論」という中国文学（演義小説）のイデオロギーによって日本の物語を読もうとしたのであり、そしてそれは、中国人も日本人もその〈精神〉〈人間性〉において同一であるという〝普遍性〟のイデオロギーにささえられていたのである。

こうした「人の心」の〝普遍〟的な同一性というイデオロギーが、具体的にはどのような思想的文脈をたどって秋成の中へ流れこんで来たのか、というのは私の手に余る問いである。ただし、世界精神として当時の思想界を席巻していた朱子学的な人間学、あるいはその朱子学に対峙する内面心理の学としての陽明学といった「漢意」がそれぞれ秋成に大きなインパクトを与えていることは間違いあるまい。秋成にとっての小説＝物語は、まさにこのような〈精神性〉〈人間性〉というイデオロギーに裏打ちされたものであるからこそ〝普遍的〟なのであり、それはもはや〈近代的〉といって遜色のない人間中心主義にささえられていたものといえよう。

こうした意味で、秋成のいう「小説」がすでに中国の演義小説という狭い意味にとどまらず、〈近代小説〉の内実をそなえたものになっているということができる。つまり、それは近代日本において〈近代小説（近代文学）〉が西欧的な人間中心主義というイデオロギーの〝普遍性〟として登場してくるのを先取りするかたちで、すでに秋成が普遍性（人間性、精神性）としての小説＝物語（＝文学）をとらえていたことを示しているのである。

だが、はたして日本の「物語」をこのような〝普遍性〟のイデオロギーによって、すなわち「漢意」で読むことは肯（うべな）われるべきことだろうか。秋成の同時代人である本居宣長が口をきわめて論難したのは、このようなイデオロギーによって物語を読解しようとする「物語論」にほかならなかった。『源氏物語玉の小櫛』の中で宣長はこういっている。

この物語（源氏）の全般的なテーマとするところのものは昔からいろいろな説がとなえられているが、みな〈物語〉というものの本質的なこころばえを究明しようということもなく、ただ一般的な儒・仏などの書物の趣向を借りて論じるといったことは、作者の本意とするところではあるまい。たまたまそうした儒・仏の書物に書かれていることと似たような意味あいや合致した趣向があったとしても、それだけをとらえて全体のことをいうべきではない。全体的なモチーフはそうしたたぐいのものとは全然違ったものであり、すべての〈物語〉は物語としての独自な趣きを持っていることは、はじめにいささか述べたとおりである。

ここで宣長は「物語」を漢意によって論じることの当否を語っているのではない。物語の「趣き」がそうした儒・仏の書物に書かれているイデオロギーとたまたま似通っていたり、合致したりすることがあるかもしれない。そうした意味では「漢意」による読解も有効であるといえるだろう。しかし、「物語」にとってはそれは本質的にまったく無縁であり、無関係なのである、と宣長は語っているのだ。つまり、宣長はそうした儒・仏のイデオロギーと「物語」とを本質的に結びつけるような〝普遍性〟をまったく認めていないのであり、「物語」の〝独自性〟のみを主張しているのである。これが秋成の、中国の演義小説は日本の物語と同じものであり、その「心は異ならぬ」とする論と真っ向から対立するものであることはいうまでもないだろう。『呵刈葭』の論争の中で激しく応酬しあった秋成と宣長との対立点は、たんに仮名遣いや神話解釈の細かな意見の食い違いにあっただけではなく、おそらく秋成の普遍に対し、宣長の特殊を求める志向性にあったのだといえよう。だが、そうした対立の表層的な論拠だけをみて秋成を普遍論者に、宣長を特殊論者にしたてあげてみてもそれで納得しうるような単純な問題ではないのだ。なぜなら、秋成は普遍を希求することによって逆に「くせ」あるいは自意識という特殊性(個別性)により強くとらわれてしまったのだし、宣長は反対にその論理の隘路をやすやすと「物語」の普遍性という方向へすりぬけさせてしまったのだから。

ふつう『呵刈葭』論争は、秋成の論弁の圧倒的な正当さにもかかわらず(逆にいえば、宣長の詭弁、強弁的な論弁の不当さにもかかわらず)、宣長の側が論争的に勝ったとされている。なぜなら、宣長の側にはたんに論争技術において秋成より優位にあったというだけではなく、小林秀雄がいうように、秋成の論理がいかに正当なものであろうともそうした「正確さなどいまさらとやかく言ふことはな」く、「徹底的な拒否」(『本居宣長』)という姿勢を宣長が貫いたからである。つまり、「この拒否のないところに彼の学問もない」のであり、それは狂信とさえいいうる確信の絶対的な強さにほかならないのである。裏がえしていえば、秋成にはそうした宣長のような夜郎自大的な確信がなかったからこそ、その論争においては自ら沈黙の側へと敗退してゆかざるをえなかったのである。もちろん、秋成の確信のなさは、論争の個々の問題点、主張点についてのことではない。彼はじつは自分の依拠する〝普遍〟というイデオロギーそのものが信じられなかったのであり、「学問」という枠それ自体が危うい「くせ」という砂上に成り立っている楼閣としかみえていなかったのである。たとえば『呵刈葭』後篇で秋成は宣長と仮名遣いについての論争を延々と続けているわけだが、一方彼は自らの仮名遣いについての著述『霊語通』でこんなことをいっているのだ。

わが浪花の契沖が古言の学業を開いてから、元禄以来古則の仮名遣いを使う人が多くなって、それによって古語の意味がこれによって納得がゆくようになったということも少なくないといえるが、ただ、このことをもって法則は厳密であると考え、古語の注解にもっぱら役立てようとするのはいかがなものだろうか。仮名遣いの法則によってこういうふうになったと、いかにも理論めいて説明できることもあるが、一方ではうまくゆかないことも出てくることを思えば、たんに一例とだけ考え、法則とはいうべきものではないのではないか。今の方法は自然の発音どおりに書くこともあれば、またその理屈どおりでないものも多い。古則、今法のいずれによっても、人工のわたくし物であるのならば、どうしてその是非をいう必要があろうか。ただ歌をよみ、文章をなだらかに匂いたつようにしたい人は、今古のどちらの仮名遣いでもかまわないということを、思うままに書きつけておくのだ。

つまり、秋成がここでいっているのは仮名遣いというものは、「人工のわたくし物」であって普遍的な法則などではないこと、それは恣意的なものであり、いってしまえば「書き癖」にしかすぎないということなのである。〈わたくし物〉の〈くせ〉であってみれば、それをどのように論じたところでたいした意味はないといっているのだ。これを読んでむしろ不思議に思えるのは、秋成が『霊語通』という〝仮名遣い〟の書を書いたというそのこと自体であり、また仮名遣いをめぐって宣長とよく果敢に渡りあったということであろう。少なくとも、こうした秋成の仮名遣いに対する基本的な考え、態度をみれば、彼がわざわざ仮名遣いについて論ずるというそのことが、すでに無益のわざとしかいいようのないものであることは明らかだろう。秋成は「是非を論ずるまでもないこと」の是非を論じ、無意味、無益のことに筆を費やし、時を冗費しているのであり、それはまさに再び「わやく」（いたずら事）の語にふさわしい振舞いといえるのである。

〝仮名遣い〟についてばかりではない。秋成の歴史論、古典論といった「学問」の根もとには〈わたくし〉という偏執がわだかまっていた。いや、〈わたくし〉というくせであり、偏執であるものがすべての「学問」を成り立たせているのだ、と秋成は考えていたのである。『霊語通』について村田春海が「そなたは学文に私（わたくし）する人じや」といって寄こしたのに対し、秋成は「私とは才能のあざ名也。むかしよりわたくしせぬ人、智者にも才士にもなし」とうそぶいている（『胆大小心録・書おきの事』）。もとより、ここで秋成がいっているのは学問の独創性といったものではない。学問の根底に〈わたくし〉があり、そうした〈わたくし〉については口をぬぐって、小賢しい説をなしている者たちに対しての逆説的な批判なのである。だからこそ、彼は宣長の大いなる〈わたくし〉に強く反発しながらも、それをついに論破することができなかったのである。「くせ」と「くせ」との対決ならば、夜郎自大的な〝ふところおやじ〟のほうが優勢であることは火をみるよりも明らかだろう。だから、負け惜しみ的にいえば、宣長が論争に勝ったのではなく、秋成が自分の中の偏執＝くせに敗北したというのが『呵刈葭』論争の決算にほかならない。秋成はただそうした論争の中で鋭く己れの偏執と対峙しなければならなかったのである。

さて、ここでもう一度秋成の「寓言論」に立ち戻って、彼の物語論のゆくえをみることにしよう。上田秋成の物語論＝寓言論において重要な鍵となっているのは、寓意（寓されるもの）が「憤り」という名の〈自我〉にほかならぬこと、すなわち寓言そのものが一種の〈自己表現〉であることと、また、その寓言がそのままで「そらごと」にほかならぬことという二面性であると思われる。寓意という面において、秋成の物語論が異端の陽明学者であった李卓吾（李贄）や、その精神的な継承者金聖嘆らの「発憤論」に依拠していることはすでに明らかにされている（中野三敏「寓言論の展開」）。秋成が「もろこしの演義小説」といったとき、こうした寓言＝発憤論を踏まえていたことは間違いあるまい。しかし、もうひとつ秋成の物語論で特徴的なのは、この中国文学（演義小説）のイデオロギーである「寓言」を「そらごと」と和訳しているということだ。つまり、それはあくまでも虚構意識と切り離すことのできない「憤り」ということにほかならないのである。もうひとつの物語論である『源氏物語・ぬば玉の巻』で秋成はこういっている。

> そもそも物語とはいったいどのようなものというべきなのか。中国においてもこうしたたぐいのものは、ひたすらそらごと（寓言）をつとめとし、もっぱらその非現実性を強調するものだが、それでも必ず作者の思い察するところや、あるいは世の中の有様のあだめく（うわつく）のを悲しみ、あるいは国の負担が大きくなるのを嘆くものの、時の勢いは押しかえすことができぬことを思い、位の高い人に悪(にく)まれるのを恐れて、まるで昔の事のようにとりなして、今の現実のことにそれとなくふれるといったかたちで、おぼろ気に書きあらわしたものである。

　ここには寓意されるものとしての「憤り」と、寓意するものとしての物語そのもの（虚構としての作品）との関わりの構図が示されている。しかし、この両者がその先端において相矛盾するものであることは論を俟たないだろう。なぜなら、寓意という面を強調すればそれはたんなるそらごとでも虚構でもありえず、まさに「憤り」を表現する演義小説でしかありえないだろうし、また、その虚構性、そらごとであることをあくまでも強調すれば、それが寓意しようとするところのものは雲散霧消してしまうに違いないからだ。

　秋成の小説＝物語論はつねにこのような不安定さを孕んでいるといえよう。つまり、彼にとって寓意性と虚構性とは文学の原理として欠かすことのできない二大要素であるのにもかかわらず、この両者は互いに浸透し、相反しあう概念同士にほかならないのである。こうした原理的な不整合さはいったいどこからくるのか。私にはそれが秋成がいわゆる「小説」と「物語」とをあえて混同視しているところからくるものであると思われる。いいかえれば、中国文学＝演義小説のイデオロギーである寓意論と、日本の「そらごとのためしなる物語」という虚構意識を媒介なしに同一であるとみなそうとする混乱にあるのである。もちろん、この場合、中国の小説と呼ばれるものがすでに〝普遍性〟というイデオロギーにささえられた〈近代小説〉と同質のものであり、日本の物語がこうした〈近代小説〉を起源的に遡行した「物語」の本質を意味していることはここでつけ加えておかなければなるまい。すなわち、近代的な普遍性としての〈自我〉、人間に依拠する小説に対し、物語はけっしてそれとイコールで結ばれうるようなものではなく、逆にそうした〝普遍性〟というイデオロギーこそそらごとであるとして否定してゆく方向へ働く力にほかならないのだ。こうした意味で、中国と日本の「人の心（あるいは言葉・文化）」が「異ならぬもの」ではありえないように、小説と物語とは同じものについてのたんなるいい換えではありえないのである。

しかし、それはほんとうは「寓言」をそらごとと和訳したとき、あるいは、そらごとに寓言という漢字を振ったときに、すでに秋成の内部でつかまえられていた事実なのである。『雨月物語』において、あれほどたくみに中国の白話小説を換骨奪胎し、和訳した彼が中国語としての「寓言」と、日本語としての「そらごと」との意味の差異に気づかないわけはなかった。だが、彼はあえて寓言をそらごとといい換え、そらごとを寓言といい換えることによって、彼の小説=物語論を成立させようとしたのである。もちろん、それは彼が自らの物語作品の成り立ちを隠蔽するためのものにほかならなかったのだ。秋成は彼の「物語」があたかも普遍としての〈自我〉に依拠し、〈世間〉に対する「憤り」の表現であるかのようにみせかけようとした。しかも、それはあくまでも「そらごとのためしなる」物語でもありえなければならなかったのである。むろん「位の高い人に悪まれるのを恐れる」ため、あるいは「今の世の聞えをはばかる」ため、などというのは理由にもなっておらず、思いつきのものとしても拙劣なものだろう。たんなる社会批判としてだけの「憤り」であるのならば、秋成の「憤り」ほど迫力のないものもまた少ないといわざるをえない。秋成が日頃胸中に抱いていた「憤り」とは、たとえば言葉に出してみれば、すでに『癇癖談』でみたように「人は心のひろきまゝに、あしきといふことも、いつはりも、世の害にだにならぬことは、たくまずして、なすまゝなるを、それらを見聞くたびごとにうち歎き、あるひはいかりなどもしつつ」などと語っているようなもので、有体にいえば偏屈老人の繰りごとにしかすぎないのである。また「身幸ひなきを歎くより、世をもいきどほりて」ともあるように、それはたかだか「身幸ひなき」という私的な嘆きの境遇に等置されるような「憤り」にしかすぎなかったのだ。秋成の「憤り」が、李卓吾や金聖嘆らが示したような公憤ではなく、私憤であるといわれるゆえんもこのあたりにある。陽明学左派といわれる李卓吾には明らかに社会変革のヴィジョンがあり、そうした〃革命思想〃の彼岸へと向かうこちら側（此岸）において「憤り」が発せられるのである。これに対して秋成の場合をみれば、彼には近松や南北にあった千年王国的な「楽土」への志向はおろか西鶴の〃女護の島〃ほどのユートピア願望さえも認めることはできない。こうした意味で秋成ほど彼岸のヴィジョンを徹底的に排除した文学者も珍しいのである。彼がたとえば怪異の世界を描いても、それが彼岸や幽冥界といった「他界」についての関心から生み出されたものでないことは明らかだろう。

秋成の「憤り」はつねにこちら側の世界に、すなわち〈わたくし〉の世界に還ってくる。彼の「憤り」は現実的にはせいぜいのら者として世間の底辺近くを徘徊することや、諷刺や皮肉や滑稽のオブラートでつつんだ社会批判の「小説」を書いたりすることでしかなかった。だから、彼がその物語論の中で「位の高い人に悪まれるのを恐れる」だの「今の世の聞えをはばかる」だのといったことを強調したとしても、それはいささか過剰な防禦意識からの弁明としか聞こえざるをえないのである。だが、秋成がその本音としていいたかったことはたぶん別のことである。秋成が寓意されるもの、すなわち意味としての「憤り」そのものを書くことをはばかったのは、たんに社会批判に対する社会の側からのリアクションを恐れたからではなく、「憤り」がそのままこちら側に還流してきて、秋成自身にとって危険なものとして作用すること、すなわち「憤り」それ自体が自分の身を焼き、己れの血を流させる要因となりかねなかったからにほかならないのである。『雨月』にあらわれるさまざまな怨霊たち――「白峯」の崇徳院や「吉備津の釜」の磯良など――が、その忿怒の炎によってまず自分自身を焼き尽くしてしまったことを忘れるわけにはゆかない。つまり、それは一方では〈社会‐世間〉と対峙し、そうした外界を燃えあがらせようとする〈自我〉の衝動であり、もう一方では同時にそうした〈自我〉をも焼尽してしまおうとする「物語」の衝動にほかならないのである。

ここで秋成にとっての物語が二重の構造を持っていることを指摘しておくべきであろう。すなわち、彼にとっては小説＝文学の背後にある「癇癖の病＝くせ」そのものが〈自我〉という物語にほかならず、そしてまた、そうした物語の根拠をそらごととして括ってしまうのも物語なのである、と。『雨月物語』という標題自体が、九つの怪異な〝夢〟をそらごととしての物語に括るためのものであることはすでに明らかなことであると思われる。この怪異の夢がたとえば夏目漱石の『夢十夜』に書かれた夢のように、秋成の内側での存在論的なレベルでみられた幻想のあらわれであり、それは現象的には「くせ」として、偏執として、〈自我〉として表現されるものであることはいうまでもないだろう。秋成が「月は朦朧の夜」にみた奔放な幻想を、あえて「物語」と名づけたのは、こうした彼の内部から奔出する物語の衝動を鎮めるための呪符のようなものであったのだ。つまり、秋成にとっての物語論とは、自らの内部からデモーニッシュなかたちであらわれざるをえない物語の衝動を「そらごとのためしなる物がたり」として、すなわちフィクションとして括ろうとする試みにほかならなかったのである。もちろん、「くせ」という物語、〈自我〉という物語がそれによって無化されることはありえない。ただ、彼はこうした物語の原基的なものをその物語の中でさらすことによって、物語をものがたる彼自身の位置を限りなく物語の中心から遠ざけようと試みたのである。

3

『雨月物語』という作品は、さまざまな批評家、研究家によって切りとられた切り口をすでに何か所も私たちの目の前にさらしている。たとえば、「かだましき女」と「さかしめ」という女の類型に関わるテーマがあり、それは秋成の母性思慕、あるいは「水の女」といった神話論的主題と重なり、さらに『雨月』における雨と月、水と火のテーマといった神話論的な考察が繰りひろげられる。あるいは、変身、異類、異界に関する一連のテーマについての鑑賞、考察、解釈があり、そこに民俗学、宗教学、神話学といった学が援用される。さらに、その文体に「幻語」や「詩的実験」をみる人たちによって詩学的、言語論的な分析がつけ加えられる。

こうした解釈学的な切り口とは別に、仏教的、儒教的、国学的イデオロギーを作品の背後、深層において読みとろうとする古典的な研究、評論の類いもあとをたつことはなく、また、そこに精神分析学的、あるいは病跡学的な「異常心理」「病理」を読みとろうとする現代的な試みも忘れられてはいない。つまり『雨月物語』、および上田秋成はさまざまな角度、さまざまな側面において切り刻まれ、その切り口をさらし続けているのである。

もちろん、これらの試みがすべて誤まりであると決めつけるような確信と論証を私が持っているわけではない。『雨月』の魅力とは、ひとつの宇宙空間に擬せられた多様性にほかならないということが可能であり、それぞれの側面の魅力について語ることがそのままひとつの批評となり、研究となるという読み手側の至福さとでもいえるものが、たぶん『雨月』の場合は保証されているといってよいだろう。だから、『雨月』の短篇の中でどれが一番よいか、といった評定自体が一種の批評でありうるということがそこではおこりうるのである。

だが、私はここで『雨月』の魅力について、その蠱惑的な中味について語ることを自分に禁じようと思う。なぜなら、その魅力について語ることはとりもなおさず「物語」そのものにからめとられてしまうことを意味しているからだ。私たちが『雨月』の中にみているものとは、おそらくそのほとんどが物語的なものから派生しているものに違いないのである。『雨月』に女たちの、母の影をみるもの、変身願望をみるもの、〈異界〉をみるもの、それらの読み手たちはまさに「雨霽(は)れて月は朦朧の夜」をひとつの〈水鏡〉〈月鏡〉として、そこに自分自身の影像としての物語を読みとろうとしているのにほかならないのだ。つまり、秋成が物語として括った〈自我〉という影の中に安住し、私たち自身が語りの立場に憑依して物語を語り始めてしまうのである。たとえば、『雨月』と秋成についての熱烈な讃美者であった三島由紀夫はこんなことを書いている。

高座の海軍工廠で私は疎開工場の穴掘り作業に使役されてゐた。台湾人の十二三の少年工たちが私の子分である。恐るべき子供たちに私は雨月のわかりやすい物語を話してきかせた。掘りかへされた生々しい赤土の上、わづかな樹影をおとす松の根方に陣取つて、私が砕いて話す雨月のいくつかの怪異譚が、この異邦の子供たちにどんな影響を与へたか知る由もない。私は話しかける人間がゐないので、誰にともなく雨月を語りかけてゐたのに相違ない。それほど雨月は、当時の私のたえざる独白、夢中のうは言のやうな親身なものになりかはつた。(「雨月物語について」——傍点引用者)

こうした三島由紀夫の『雨月』の享受のしかたこそ、まさに正統的なものであるといえよう。物語とはそれに憑依するものによって物語られるような何ものかにほかならない。なぜなら、物語とは虚構(そらごと)であり、パターンであり、その内容としての「語られるもの(意味されるもの)」よりも、つねに「語るもの(意味するもの)」=語り手、言葉」のほうがより本質的なものとして意識され続けてきたのだから。これは物語が「語る」という構えや姿勢、行為そのものから発生してきたという起源からして必然的なことである。三谷栄一はその『物語文学史論』でこう書いている。

神秘的な霊力をモノと感じてゐた当時、この対社会的なカタリをモノガタリと考へたのである。

　つまりその一族が信仰してゐる間は、あくまでもカタリゴトであり、それを語る人々は、その氏族の長老やカタリ部であつたが、一度信仰される一族から遊離して社会的に普及性をもち、好奇心の慰みとなるところにモノガタリなる名称と、モノガタリ文学なるものの発生があつたのだ。

むろん、私たちがここでおさえなければならないのはカタリからモノガタリへの発展形態であって、その逆ではない。つまり、モノガタリという内容があって、それがカタられることによってモノガタリとなるのではない、ということの確認なのだ。〝竹取りの翁〟が「語る」という原初的な形態をうかがわせる『竹取物語』という標題、あるいは『伊勢物語』『大和物語』の題名について、〝伊勢〟〝大和〟という名の女官の筆による物語であるための命名とする「説」が根強く生き延びているのも、こうした「語るもの」の優位性を例証するものにほかならないといえよう。もちろん、この時点での〝伊勢〟〝大和〟という名がいわゆる作者をイメージするのではなく、「語り継ぐもの」（＝語り部）といった色合いの濃いものであることはいうまでもない。つまり、物語は「語られるもの＝内容」ではなく、つねに「語るもの＝語り手、言葉」についての物語なのである（ついでにいっておけば、その「語るもの」の側から『伊勢物語』と呼ばれる作品は、「語られるもの」の側に寄ったものとして『在五中将の日記』とよばれうるはずである）。

　三島由紀夫が『雨月』を自分の独白、自分のうわ言のように〝語〟り続けたということは、こうした物語の本質的な在り方にのっとったものであるといえよう。そして、このことはまさに『雨月』という物語の成り立ちを例示するものであるといえるのだ。おそらく『雨月物語』という作品の中に、物語以外のものをみようとする読み方は必然的に誤ってしまわざるをえないのである。なぜなら、すでに述べたように物語はパターンであり、「美の秩序」（三島由紀夫）であり、そうした形式の中をくぐりながら読み手自身が「物語」を物語ってしまうような構造にほかならないからである。読者は「白峯」の冒頭ですでに物語の山中に足を踏み入れている自分に気がつく。あるいは「夢応の鯉魚」の中で一尾の鯉となって物語の湖中を自由自在に遊泳する自分をみつけるのである。むろん、これはたんに物語のからくりにしかすぎないが、こうしたからくり以外のところに秋成が表現しようとした何ものかを見出そうとする試みは無益であり、ただちに「物語」の外側（それもまた別のレベルで〝物語〟的世界であるわけだが）へと逸脱してしまわざるをえないのである。

では、『雨月』の魅力について語ることを禁じ、そこに物語以外のものをみようとすることを断念したのならば、いったい私に可能なものとして残される『雨月』の読み方とはどのようなものなのか。それはおそらく、ただ物語の論理、その構造を読みとくという作業でしかありえないだろう。『雨月物語』の情念、あるいは怪異といった言葉は私たちの耳に入りやすいものだ。しかし、秋成が怪異そのもの、情念そのものをストレートに信じ、また、それを自らの物語世界の中心点に位置させたとは考えにくいのである。たしかに彼は幻想者としていくつかの「幻」をみたことをその手記（『麻知文』『よもつ文』『哭梅厓子』など）の中に書きとめているが、それはいわば夢中幻覚や精神病理学的な意味での妄想として、容易に怪異の論理、幻想の構造に還元可能な姿を示している。いってみればそれらの怪異、幻想は〈この世〉の論理性、構造性の延長上にあるものなのだ。秋成の描く物語世界がつねに確固とした論理性、構造性をそなえているというのも、だから別に不思議でも、異常なことでもなく、ただ彼がひたすら論理を追いつめることによって、その先端において非論理（情念などの）に転化しうるようなものを「怪異」ととらえていたことを示しているのである。

『雨月』で示される怪異の論理は、原型的には『世間猿』『妾形気』を貫く「わやく」の論理、方法論と重ねあわせることが可能なものであろう。つまり、それは「わやく」の論理がのら者としての和訳太郎のきわめて個人幻想的な「くせ」の構造へと還元できるように、怪異の論理は剪枝畸人が「月は朦朧の夜」にみた夢の構造に還元されうるものであるということだ。それは時代の支配的なイデオロギー、あるいは共同幻想としての「他界＝彼岸」の観念とはじつは対立するものとしてあったのである。そうした意味で「わやく」「怪異」の論理とも、きわめて不穏であり、かつ反動的なものであるといわざるをえないのだ。

『雨月』はぎりぎりのところまで論理的な世界である。だが、それが弁証法的ではありえないのは、物語を展開させる言葉と言葉、論理と論理との嚙みあい、関わりあいがほとんど決定的に乖離したままであるからだ。そしてそれは「あまりに合理的なものはしばしばいきなり非合理なものへ転化する」（古井由吉「先導獣の話」）ように、論理の世界から非論理の世界へとカタストロフィー的に転化するのである。こうした論理と非論理との切断された切り口が「怪異」という現象にほかならない。だから「怪異」の論理とは、「わやく」の論理がその論理自体をわやく化するように、論理そのものを切断し、怪異化することを意味しているのである。

たとえば、こうした論理（ロゴス）劇の骨格をほとんど直截的なかたちで示しているのが『雨月』第一夜の夢「白峯」であるといえよう。この短篇はまさに論理で成り立っている怪異譚であり、形式的には夢幻能に倣った（シテ＝西行、ワキ＝崇徳院、ツレ＝相模）といわれるこのディスカッション・ドラマをささえているのは、西行の語る王道＝人道の論理と、崇徳院の語る天道＝覇道の論理との一見ディアレクティークな論争の興趣にほかならない。もちろん、崇徳院の簒奪＝革命の論理には、孟子を源流とする易姓革命のイデオロギーが底流しており、それは西行の論理の底流にある体制擁護的な御用朱子学、および御用国学のイデオロギーと鋭く対立するものなのである。だが、おそらく秋成の意図は、こうした論理、イデオロギーのいずれの一方を優位とするような思想的な評定にあったのではなく、論理が論理自体を踏み破ってゆくという働きそのもの、すなわち論理自体が孕む反論理性、非論理性の現出をうながすという過程にあったのだ。

西行が崇徳院に問い糺したのは、崇徳院が中心人物としてひきおこした保元の乱（保元の御謀叛）が、天意・天道にのっとったものであるか、あるいは私欲・人欲から出たものであるか、ということである。これに対し崇徳院は、後白河天皇（鳥羽四の宮）の即位こそが鳥羽天皇、美福門院の人欲・非理から出たものであり、それに対する謀叛＝放伐こそが天意・天道の本旨に違うことのないものであると主張する。しかし、西行はこうした崇徳院の論舌を「人道のことわりをかりて欲塵をのがれ給はず」と批判する。彼は大鷦鷯の王（仁徳天皇）と菟道の王との兄弟が互いに皇位を譲りあったという「仁徳記」に記された故事を引き「此兄弟の王の御心ぞ、即漢土の聖の御心ともいふべし」と語り、崇徳院と後白河天皇という同腹の兄弟の争いを暗に批判し、さらに崇徳院が論拠とする孟子の易姓革命論が日本に馴染まないことの例証として『孟子』の書の日本不伝来説があることをあげる。だが、おそらく最終的に崇徳院の論理の急所を抉ったのは、叛乱そのものが結果的に敗北し、院自らが配流の身となって白峯で果てたということ自体が、ついに天意・天道が院の側になかったことを物語っているのではないか、という西行の論点なのである。天道を行おうとしたものがなぜ戦いに敗れ、配所、流竄の憂き目にあわなければならなかったのか。おそらく崇徳院自身の敗残、遠流の日々に胸を噛む難問としてあったのがこの問いなのだ。

ひるがえって考えてみれば、すべての覇道、非道の戦い、行動もまた天意・天道の大義名分のもとで行われたのに違いないのである。そうであるならば、天意・天道とは究極的にはその結果から演繹されるような観念ということにほかならなくなるだろう。すなわち、それはつねに現実的なものが合理的なものであるとする逆立した「現実－観念」の関わりにしかすぎないのだ。魔王崇徳院が「長嘘（ながきいき）をつがせ給ひ」て「今事を正して罪をとふ、ことわりなきにあらず」と西行の論難に自ら譲る姿勢をあらわしているのも、院の論理自体にこのような重大な弱点が孕まれていたからなのだ。しかし、これを論理的な矛盾、弱点としてだけとらえることはむしろ問題を過小評価することにしかならない。これはむろん論理自体が矛盾的な存在でしかありえないことを意味しているのである。論理的な欠陥についていうのならば、西行の論旨にそれを指摘することも難しいことではない。日本に『孟子』のテキストが伝わっていないというのは明らかに虚説であるし、また皇位の禅譲がなされないために放伐＝革命がひきおこされるのであって、鳥羽－崇徳－近衛－後白河と続く皇位継承の複雑怪奇さに「仁徳記」の仮構的な故事を対比させてみても、それがレベルの異なる領域のものであることは自明だろう。しかし、問題なのは崇徳院の場合と同じく、西行の論理がその先端において論理の不可能性に逢着してしまうことだ。つまり、もし天意・天道がある事がらの結果からしか証明されえないものだとしたら、物ごとの結果がすべてその結果の結果として無限に延長されうるものである以上は、私たちが天意・天道を定立させようとすることは論理的に不可能なのである。

　すなわち、崇徳院、西行の論理のいずれともが、論理そのものの不可能性に出逢わざるをえないのである。だから、儒教的イデオロギーの論理がその極限的なかたちにまで突きつめられ、論理としての不可能性にまでたどりつかざるをえなかったとき、その普遍的な原理である〝仁〟が、その対極としての〝恨〟という情念（自然）へと逆転する事態がひきおこされるのである。崇徳院は自らの論理の陥穽に思い至ると、敢然として魔王の道を選んだ。すなわち「猶嗔火熾（さかん）にして尽ざるまゝに、終（つひ）に大魔王となりて、三百余類の巨魁（かみ）となる」のである。それは、〝仁〟〝天道〟を根本的な原理とする儒教イデオロギーにおいて、その窮理を推し進めれば必然的に〝仁〟が〝恨〟に〝天道＝人道〟が〝魔道〟に転換しうる瞬間があらわれてくるということであり、それはそうした意味においてきわめて論理的な筋道といえるのである。だから、西行もついに「君かくまで魔界の悪業につながれて、仏土に億万里を隔給へばふたゝびいはじ」と緘黙するのであり、もとよりここでの西行の緘黙が自らの儒・神・仏の混淆的イデオロギーの論理的切断であることは、崇徳院の場合とほとんど相似形の在り方を示しているのである。「白峯」が対話劇（ダイアローグ）のかたちをとりながら、じつは独言（モノローグ）でしかありえない（松田修）というのも、この崇徳院、西行のロゴス（論理）が、最終的に非ロゴス（非論理）の世界へと拉し去られるという意味において、同一の構造を指し示しているからである。

さて、こうした「論理的切断」の劇としての「白峯」という作品は、いったい『雨月物語』という物語全体に対してどのような序幕としての位置を占めているものなのか。朝鳥の声によって明けてゆく「越えにくい一夜」の夢がこれ以後、「菊花の約」「浅茅が宿」「夢応の鯉魚」「仏法僧」「吉備津の釜」「蛇性の婬」「青頭巾」「貧福論」と〝八夜〟にわたって続けられるのだが、表面的に論理（ロゴス）を中心として語られるのは最後の「貧福論」だけで、あとの作品には直接的には論理と論理との葛藤といった主題はみあたらない。だが、これらの作品に共通している物語の構造性を指摘することは可能だろう。それは、二元的世界の一元化の論理ということに収斂させることができるのである。「白峯」での西行と崇徳院とのディスカッション・ドラマの中心論題が「易姓革命論」であろうと「天道＝人道論」であろうと、その内容的なものが秋成の物語にとって真に重要な問題であるとは私にはあまり思えない。むしろ、秋成の物語の中心はこうした二元論的な世界の否定というところに、大きく力点を置いていたのではないか。それは、「わやく」の論理がうそとまことの箍（たが）をはずすものであったのと同じように〝仁〟と〝恨〟との、〝神・仏〟と〝魔〟との、あるいはそらごと（虚）とまめごと（実）

との二元論的な範疇の対立をこそ、踏み破るようなものではなかったか。個々の作品に即していえば、「浅茅が宿」では待つ女とさすらう男との、「仏法僧」では荒ぶる死者と生者、「吉備津の釜」ではかだましき女とたわけたる男、「蛇性の婬」では人間と異類、「青頭巾」では仏心と妖魔といった二元的世界を一元化する論理が、「怪異」の論理なのである。つまり、こうした二元論的世界の対立、抗争こそが秋成にとって物語を生み出す〝根拠〟なのであり、物語の衝動とはこの二元的世界を論理的に一元化しようとするパッションにその原理的な衝迫力を負っているのである。「白峯」はそういう意味で二元的なロゴスの対立を極限にまで際立たせ、その対立そのものを一元的な「怪異」へと転化させるということによって、秋成的な物語の原型を示したものといえるのである。

『雨月物語』の各短篇の中でも「吉備津の釜」「蛇性の婬」といった作品は、こうした二元的世界の対立、抗争といった図柄が比較的みえやすいかたちになっているといえよう。「吉備津の釜」の磯良と正太郎はほとんど典型的な貞淑な妻と不実な夫として登場し、物語の進展とともに磯良の貞淑さはかだましさへ、正太郎の不実さは雄々しさとは逆に心的脆弱さへと変化してゆく。この作品はきわめてありふれた男と女との葛藤を描いているといえるわけで、逃げまどう男に対し、女の恨みがますますエスカレートしてゆくというのはまさに物語として常套的なパターンにほかならない。しかし、この物語の展開に意外性があるとしたら、磯良の怨恨がほとんど神話論的にまで拡大され、たんに女のかだましさということだけではすまない異形さを獲得してゆくところにあるのだ。「吉備津の釜」の終末に近い「怪異」の場面は、古来『雨月』第一の凄絶、恐怖の描写として賞讃されているが、いってみればこの場面の凄絶さは不実なたわけたる男を取り殺すためのものとしてはいささかバランスを失しているのである。エリオットのハムレット論の言葉を借りていえば、磯良の怨恨はそれに「相応する外的対象」を欠如しているのだ。むろん、これを秋成のバランス感覚の欠陥、失調としてとらえることは意味がない。たぶん、ここで秋成があらわそうとしていたのは、より深い世界の断絶が、より凄絶な「怪異」によって一元化されるという論理なのである。だから、この「怪異」の論理にとっては、〝かだましき女〟としての磯良、〝たわけたる男〟としての正太郎といった主人公たちのその物語上の役割り、性格などはほとんど無視されるのであり、磯良はひたすらに怨恨、報復の論理として純化され、正太郎は恐怖、逃亡の論理として抽象化されざるをえなかったのである。このことは「蛇性の婬」の豊雄と真女子についても同様にいえることだが、ただしこの場合の「怪異」はその二元論的世界の乖離を際立たせ、凄絶化されるという方向性よりは、人間と異類との妖しい融合のほうへと作品的な傾きを持っているというべきだろう。

さて、『雨月』の中にはこれらの「吉備津の釜」や「蛇性の婬」とは異なって一見こうした二元的世界の乖離という構図のみられない作品があることもたしかである。ここではその例として「夢応の鯉魚」をみてみよう。この作品は『雨月』の中でもとりわけ怪奇色の少ない、いわばファンタスティックな作品であると評されるわけだが、私はこれをそれほど幸福な作品であると考えることはできないのだ。なぜなら、この作品には明らかに、異なる二つの世界に引き裂かれた魂の苦渋といったものがもっとも強くうかがわれるからである。それはおそらく、「吉備津の釜」や「蛇性の婬」で描かれた「男」と「女」との間の乖離、深淵に比しても劣ることのない苛烈さを孕んだものと思われるのである。たしかに夢応の鯉魚と化して湖中を遊泳する場面の体験的な描写などは昔から多くの評者が讃美しているように闊達な名文で、読者はその水中の波のうねりに身を委ねる思いを味わうのだが、むろん秋成の筆はそれだけにとどまっているのではない。この作品の中心点となっているのは、たとえば次のような場面にあると私には思われる。

文四はやく糸を収めて我を捕ふ。「こはいかにするぞ」と叫びぬれども、他かつて聞ず顔にもてなして縄をもて我腮を貫ぬき、芦間に船を繋ぎ、我を籠に押入て君が門に進み入。君は賢弟と南面の間に奕して遊ばせ給ふ。掃守傍に侍りて菓を啗ふ。文四がもて来し大魚を見て人〲大に感させ給ふ。我其とき人〲にむかひ声をはり上て、「旁等は興義をわすれ給ふか。宥させ給へ。寺にかへさせ給へ」と連りに叫びぬれど、人〲しらぬ形にもてなして、只手を拍て喜び給ふ。

もちろん、秋成はこうした〝夢中体験〟を経たあと、この画僧興義が深刻な厭人癖におちいったとか、人間不信をつのらせたとかいった蛇足をつけ加えていない。ただ、「これより病愈て杳の後天年をもて死ける」と書くだけである。しかし、秋成がこの作品を物語としてつつましやかに仕上げたということが、この作品の幸福さを保証するものではあるまい。興義が夢からさめて一部始終を物語ると、人びとは「大に感異」しんで、「師が物がたりにつきて思ふに、其度ごとに魚の口の動くを見れど、更に声を出す事なし」と納得するわけだが、ここに「みるもの」と「みられるもの」との残酷なまでに隔絶した世界の亀裂をみるのは深読みにすぎるだろうか。興義の〝悪夢〟はたぶんどのようなかたちであれ現実には還元されえない体験としてあったのであり、だからそれは一見幸福な物語としてのスタイルしかとりえなかったのである。ここでは『世間猿』『妾形気』でおさえようとしておさえきれなかった「憤り」が、いともたやすくおさえられているのだが、しかし、それが「憤り」の消失を意味するものでないことは明らかだろう。ただ、秋成はそうした「憤り」の深さを、「みるもの」と「みられるもの」との世界観の落差としてわずかに推測しうるかたちで書きとどめただけにすぎないのである。

「夢応の鯉魚」では、〝夢〟という水面に対してこちら側にあるものと、むこう側にあるものとの断絶と接続という二元的な世界の構造が示されている。むろん、水面のむこう側にあるのも「異界＝他界」ではなく、こちら側の世界の距離的延長上にあることは明らかである。だが、そうした「距離」こそが鯉と化した興義と人びととを、あるいは人びとと鯉としかみえぬものとを、さらにいえば切実な「憤り」とそらごととしての物語とを隔てているのである。

　こうした距離をいっきょに消去しようとするのが「怪異」の論理の働きにほかならないのだ。人間が鯉魚と化し、鯉魚がまた人間と化す瞬間が「怪異」なのであり、いったん鯉魚と化してしまえばそこにはすでに鯉魚の世界の論理が通底している。つまり、そこでは論理の転換がもとめられているのであり、それはけっして空想とか想像とかいった範疇の問題ではないのである。物語が「寓言」であり、「そらごと」であるとは、こうした固定的な世界の絆を解きはなし、魔界へ、あるいは湖中の世界へと直截に入りこんでゆくための前提なのであり、それはまさに寓喩、あるいは虚構としてしか成立しえないものなのである。

　こうしてみてゆけば、たとえば「菊花の約」という作品は究極的には百里という現実的な距離がもたらす悲劇であるわけだが、それが人の心の千里、万里といった径庭をあらわしていることに気がつかざるをえないだろう。つまり、ふつうには信義と友情の物語として読まれているこの作品は、じつは〝不信〟をテーマとしたものにほかならないのだ。再びエリオットの言葉を借りていえば、赤穴宗右衛門の「死」を賭してまでの信義への忠実ぶりは「相応する外的対象」を欠いているのである。重陽の日に帰るという約束自体がさほどの根拠もなく偶然的に結ばれたにしかすぎないわりには、その「信義」は異様なまでに重いのだ。それはなぜか。むろん、赤穴は抽象的な武士道とか義兄弟といった観念に殉じたわけではない。彼が殉じたのはむしろ丈部左門の不信の大きさについてであるといってよい。つまり、彼は左門と自分とを隔てる百里の現実的な距離ではなく、人の心と心とを隔絶させる「億万里」の距離を「怪異」の論理、すなわち「人一日に千里ゆくことあたはず、魂よく一日に千里をもゆく」という譬喩の論理によっていっきょに踏み破ろうとしたのである。

こうした「菊花の約」と対比させてみれば、「浅茅が宿」が一見破約と不信の物語でありながら、じつは〝信〟をその中心点においていることが明らかとなるだろう。もちろん、勝四郎と宮木とが、逃亡、流浪する男と、定往、待機する女という原型的な二つの世界をそれぞれあらわしていることは、いうまでもなく「白峯」の西行と崇徳院、「夢応の鯉魚」の変身した世界と現実の世界、「菊花の約」の左門と赤穴といった対立的な二元論の世界を継承したものであることは明らかだろう。「浅茅が宿」の怪異とは、こうした二元的な世界が、七年という年月、また下総・真間と京都という時間的、空間的な距離を隔てながら信愛という一元的な世界に融合されるさまを示したものなのである。もちろん、この信が、宮木の「死」と、その「かだましき心」（怨恨）に代わりうる「さかしめの心」といった代償によってあがなわれたものであることを私たちは忘れることはできない。それは、まさに「菊花の約」の不信が赤穴の死という犠牲によって逆証明された事態と逆の面において一致するものにほかならないのである。

『雨月物語』のいくつかの短篇を通じて私がみてきたものは、二元論的な世界が一元化されるという「怪異の論理」を孕んだ作品世界の構造にほかならないが、ここでこれらの作品がひそやかに指し示しているテーマとして、人間と人間との関わりにおける断絶と不信とを指摘しておいてもよいと思われる。むろんこれは論理的なものの断絶であり、言葉、表現というものへの不信といい換えることができるだろう。さらにここで私たちは上田秋成自身の狷介峭直の性格、寒酸孤独の性癖を思い浮かべることができるわけだが、たぶんそうした秋成の〈くせ〉に『雨月』という物語を還元してしまえば、それは秋成が『雨月』を物語として括ったという、もうひとつの重要な側面を見逃すこととなるだろう。秋成が示しているのは、「くせ」が物語なのであり、〈世〉と人とに対する不信、絶望的な断絶感こそが物語にしかすぎない、ということだ。つまり、そうしたもろもろの主題、内面的な表現、物語の深層といわれるものが、「寓言(そらごと)」としての物語にほかならないということである。だから、彼はきわめて注意深く〈本の本〉、〈物語の物語〉として『雨月』を構成したのであり、いわゆる自己表現、内面性の表出といった〈近代小説〉的な文学性を排除したところに成り立つ物語を目指したのである。つまり、それが秋成の創作意識における「小説」から「物語」への転換ということにほかならないのだ。『雨月』の序文で秋成はすでにそうした心構えを述べている。すなわち「雉雊(な)き竜戦ふ。自ら以て杜撰と為す。則ち之を摘読する者も、固より当(まさ)に信と謂はざるべき也」と。つまり、秋成は『雨月』の一篇一篇に縮小されたかたちの二元論的宇宙を繰りかえしこしらえ続けたように、この世界とは論理において断絶し、その再現の方法については不信を抱かざるをえないもうひとつの世界である「物語世界」を『雨月物語』トータルとしてつくり出そうとしたのである。

『雨月物語』については最後に「貧福論」をみておきたい。「白峯」で始まり、「貧福論」で締め括られるこの物語集の構成が無雑作に束ねられたものでありえないことは自明であり、「貧福論」はまさしく「白峯」が論理(ロゴス)による怪異譚であるのに対し、怪異そのもの、論理そのものの消滅を語る物語にほかならない。むろん、怪異の消滅が物語そのものの消滅をも意味していることはいうまでもないだろう。それはまた観念やイデオロギーの終焉をも意味している。つまり、『雨月』の物語世界はこの「貧福論」によって、明らかに現実のこちら側の世界へと〝帰家〟してくるのである。この作品のテーマは一見してわかるとおり、「貧」と「福」との〝根拠〟をめぐる問答にほかならない。すなわち「貧」と「福」という二元論的世界の成立に対する問いと、その答えというかたちで、そうした二元論的な論理そのものを問うているのである。検約を旨とし、蓄財を心得とする奇人の武士岡左内はある夜枕辺にあらわれた老翁の姿をした黄金の精霊に対し、積年の疑問であった「貪酷残忍の人が多く富貴を得、清廉潔白の人がえてして貧窮にあえぐ」という不合理、不平等の起源について問う。この問いに対する黄金の精霊の答えはきわめて明快である。老翁はこういう。

> 私はもともと神でもなければ仏でもなく、ただこれ非情のものなのです。非情のものとしては人の善悪を糾(ただ)し、それにしたがわねばならないといういわれはありません。善を撫(な)で悪を罪するというのは天であり、神であり、仏です。この三つのものは「道」であり、私たちのともがらの関与すべきものではありません。ただ人びとの私たちにつかえ傅(かしず)くことがうやうやしいほうへと集まるのだということを知るべきなのです。これは金に霊があるといっても人びとの心とは異なるところなのです。

ここで秋成が擬人化した貨幣に語らせているのは、貨幣流通にはそれなりの制度、流通の法則があるという貨幣の論理にほかならない。むろん、それは儒・神・仏といったイデオロギーや倫理とは関わりのない経済学的なものなのだ。儒教では世上の富貴・貧困は天命であると説き、仏教では前世の因縁であると教える。だが、前世で善根を植えて富貴の家に生まれたものが「貪酷残忍」の者になりさがるということは理解しがたいことであるし、儒教の天命論はただ現状肯定を意味しているだけで何ごとをも語っていないのに等しい。つまり、貧福をそうしたイデオロギーによって語りうると考えること自体が誤っているのだ。「金に霊あれども人とこゝろの異なる所なり」とは、たんに貨幣流通の法則がイデオロギーや倫理に左右されない、ということだけではなく、貨幣そのものがひとつのイデオロギーであると語っているのだ。もちろん、秋成にこうした貨幣というイデオロギーが十全にみえていたわけではない。ただ、彼は自分の観念世界（人のこころ）とは隔絶した〈観念的な世界〉がこの世の中にはありうるのだ、という自覚を語ったまでのことである。貨幣が「人の心とは異なる」〝霊〟を持っている、という考え方は、「貧」と「福」という二元論的な対立が究極的にはイデオロギーによる対立にではなく、多元的な世界そのものの在り方に還元されざるをえないことを示している。この「貧福論」に怪異がないのは、ここで秋成は無理にこうした二元対立を一元化する必要がなかったからである。ただ、彼は貨幣がひとつのイデオロギーであることを指し示し、それが二元的な世界ではなく、多元的でありかつ一元的な世界の構造に還元されることを示唆したのである。『雨月物語』をハッピーエンドとして締め括る「貧福論」の末尾に示された、「堯蓂日杲百姓帰家（ぎやうめいひにあきらかにひやくせいいへによる）」の詩句を、たんに家康（徳川支配体制）に帰服する太平の現世を寿いだものとしてすませることのできる評者は、たぶん秋成の逆説家としての皮肉な顔つきをみていないのだ。秋成はただ現実のこちら側の〈世〉に帰ってきたといっているだけだ。そして、この世の中に「怪異」の世界、「わやく」の世界をあらためて発見したからこそ、彼は「そらごと」としての物語からはいったんは脱け出すことができたのである。それは自らの「こころ」の在り方とは関わりなしに成立する現世の「おひかり（負債、あるいは御威光）」の論理であり、貨幣というイデオロギーにほかならないのであった。いってみれば、秋成はキリストが「カイザルのものはカイザルへ」といったように「家康のものは家康へ」といっているのにすぎないのである。それはまた、現実の〝根拠〟はついに現実の中にしか見出すことはできないという秋成のその時点での達成点を示しているのであり、『雨月』という「物語」の消滅をあざやかに指し示すものにほかならないのである。

4

秋成が「くせの人」として終生を過ごしたことは最晩年に書かれたエッセー集『胆大小心録』をみれば明らかである。よい意味でも悪い意味でも秋成は己れの「くせ」をむき出しにして生きざるをえなかった。それはこのエッセー集の文体ひとつみても明白なことだ。

老が幽霊ばなしをしたら、後で「そなたはさつても文盲なわろじや。ゆう霊の狐つきじやのと云事はない事じや。狐つきといふは皆かん症やみじや」と、大に恥しめられた。書生等と一しよに、「門を出ると、うきよの事にくらいのが、学校のふところ子」といふたを、雪鵬といふおどけ者が、「善太は黙していたりけり」と、大きにたかくきこへて、履軒が立腹じやといふ事。其後にも度々あへど、何ともよういわぬ。

同時代人の儒者中井履軒についての人物月旦だが、「学校のふところ子」と悪口をたれるなど「癇症やみ」秋成の面目躍如たるものだろう。しかし、もちろんここでは中井履軒のほうが理においてまさっているのである。「幽霊や狐憑きなどというものはない。それはただ異常な心理がもたらしたものである」という中井履軒の言葉は「怪力乱神を語らず」という儒教的な合理主義に裏打ちされており、秋成はそうした理にうまく反論することができなかったため「大に恥しめられた」のである。だが、秋成がたんに「文盲」の固陋さから幽霊や狐憑きを信じていたと考えることはいささか片手落ちだろう。宣長を「ふところおやじ」と呼び、太陽を「ゾンガラスでのぞけば炎のかたまりだ」と喝破した秋成は、本質的には中井履軒にまさるともおとらない合理思想の持ち主であった。それは朱子学といった伝統的な合理主義をさらに越えたところに形成された合理的な批判精神にほかならない。だから、それは逆に「目にみえるものしか信じられぬ」といった近代的な合理主義思想の範疇をやすやすと打ち破ることができたのである。幽霊や狐憑現象を「癇症やみじや」として心理（あるいは病理）に還元するだけでとくとくとしている履軒に対し、秋成が語らずして語っているのは、そうした心理に還元することのできない「くせ」の存在であり、それはまた〈自我〉といっても「物語」といってもよかったのである。つまり、秋成にとっては幽霊や狐憑きの現象の実在ではなく、そうした迷信というかたちであらわれる心理を超えたものの実在が問題だったのである。たとえば中唐の詩人李長吉（李賀）はこんな詩を書いている。

天は迷迷
地は密密
熊虺　人魂を食い
雪霜　人骨を断つ
嗾犬　狺狺　相索索
掌を舐めては　偏えに佩蘭を客に宜しとす

「公、門を出づる無かれ（公無出門）」と詩う李長吉の「門」は、おそらく秋成が「門を出ると、うきよの事にくらい」といったときの「門」に対応している。くろぐろとした天とすきまなく横たわる大地、人間の魂を食う化け物と骨を断つ寒さとが襲いかかり、猛り狂う犬たちのうなり声に追いまわされる。手のひらを舐められるようなひどい目にあうのは、きまって蘭の花を身に帯びるような高貴な精神の持ち主なのだ……（書き下し、および解釈は荒井健『李賀』中国詩人選集に拠る）。

秋成と李長吉とに共通しているのは、「門」の外の世界、すなわち彼らにとっての「現実」がいわゆるリアリストのいう現実ではなく、むしろ反現実、超現実をも含んだ意味での現実にほかならないことだ。それはたんに「まめまめしき」現実ではなく、秋成がその物語論で使った言葉を借りていえば、「ゆめゆめしき」現実の相ということなのである。つまり、それは単純な意味での現実と虚構という二元論の枠を取り払ったところにあらわれる現実の光景にほかならないのである。「門を出ると、うきよの事にくらい」というのは、別に秋成が中井履軒などの同時代の学者たちに比して、したたかな生活者であったことを意味しているのではない。秋成は履軒たちが儒教なら儒教というイデオロギーの「門内」にしかいないことを笑っているのだ。そうした「門」の内側から「幽霊や狐憑きはない事じゃ」などときいた風なことをいっているのを揶揄しているのである。もちろん、これは心理学だの科学的思考だのといった「門」の内側から迷信を解釈し、説明しようとしている近代主義者たちにも十分あてはまる批判であるといえよう。

秋成は自ら「狐狸に魅せらる」体験を語っている。『胆大小心録』に書かれたものによるとそれは次のような体験である（秋成は似たような〈あるいは同一の〉体験を『北野賀茂に詣づる記』という手記にも記（しる）している）。

北野天神に詣でるために朝はやく庵をたち、お参りをすませてから東を指して帰途についたが、「春雨蕭々とふり来たりて、老の足よわく、眼又くらきに煩」うといった状態となったので近くの大賀家に立ち寄った。今夜はここでお泊りになるか、それとも駕籠になされたらといってくれるのだが、雨もちょうど小止みとなり、帰り道もわずかばかりなので「春雨も面白い」と東を指して歩いてゆくことにした。途中また雨が強くなり、傘をさしたままで行くと堀川のさわら木丁に出てしまった。傘をかたむけていたので東と南とを誤ったのかと思い、また東を指してゆくと今度は堀川の西を歩いている。どうしたことか、と気持を落着けて、あとは丸太町の大通りをひたすら東を指して庵に帰りついた。「足つかれ眼くらみ、心いよゝ暗し」、すぐに床を延べさせ、明け方にいたるまでぐっすりと寝た。

秋成はこうした体験を反芻して書いたあと、「是亦きつねの道うしなはせしか。半斎も我も性神たがわずして、一日をわするる事、狐が術の人のこへたる所也」と述べて、この異様な体験を「狐が憑いたため」と自己分析しているのである。もちろん、一部の秋成研究者たちのように、この体験を「癲癇症」の発作として病跡学的にたどってみることは可能だろう。だが、「癲癇症」を持ち出そうと、「現存在分析」を持ち出そうと、それが履軒のいっている「かん症やみじや」というレベルでの発言と本質的にはほとんど変らぬものであることは明らかだろう。おそらく、秋成はこうした解釈をも十分に承知したうえで、自分の体験を「狐憑き」と呼んだのである。秋成がここで語っているのは「心忙然たらずして」あるいは「性神たがわずして」、すなわち、自分としてはあくまでも平常の精神状態にあると思いながらも、しかも自分のゆく道がそれてしまうという不可解な体験なのだ。これを心理学的なレベルで解釈してみれば、雨と疲労という悪コンディションが重なったため秋成の自己統覚的な意識が失われ、いわば彼の〈自我〉と方向感覚とを司る意識にずれが生じたために、誤った道を行きつ戻りつするような心的な体験がなされたのだとみるべきだろう。登山者が山中で遭難したときにこうした心的状態に陥ることはよく知られたことである。しかし、肝腎なのはこうした現象を秋成が自らの心理的な分裂として、つまり心的なものに還元して考えようとはせずに、「狐狸に魅せられる」というように、心的なもの以外の、いわば外部に原因を求めようとしていることなのである。むろん、これを秋成は自我意識が強く、自らの精神の惑乱状態をそうと認めたがらない頑迷な人間なのだ、といってしまえば、こんどは問題は秋成の「性格」に還元されてしまうだろう。秋成はこうした体験を心理にも病理にも還元することなく、ひとつの「現象」としてとらえてみようとしたのである。逆にいえば、「狐憑き」という現象があるとしたら、それには個人の心理や病理には還元しきれない何かが残るはずだと考えたのである。

秋成の語っている体験はいわば悪夢の構造を持っている。これは夢であり、悪夢にしかすぎないと気づき、醒めたと思った瞬間にそれがまだ夢の中であることに気がつく。ちょうど入れ子細工の箱のように、夢から醒めてもそこがまた夢の中というのが悪夢の典型的な構造なのである。これはまた荘周のみた胡蝶の夢のパラドックス、すなわち、荘周が夢の中で胡蝶となったのか、あるいは胡蝶が夢の中で荘周となっているのか不分明であるというパラドックスに通じている。もちろん、これはたんに「心的」な問題として解かれうるものではなく、むしろ「心的」なものを成り立たせているものの問題なのだ。つまり、私たちの精神にとって明晰であるとはどういうことか、あるいは自明性とは何か、という問いにほかならないのである。むろん、それを「心的」なものの下方に、すなわち無意識や深層心理に探ろうとすることは無益である。極端ないい方をすれば、そうした無意識、深層心理といったものこそが〈心理学〉や〈精神分析学〉によってつくり出された上部構造にしかすぎないのだから。ゆえに、それは心理学がその対象として枠取った「心的なもの」の世界を超えて働くもの――たとえば法、制度、政治といったもの――に対しては無力なのだ。秋成は自分では明晰であると思いながらも、なお錯誤してしまうという「現象」を、こうした「心的なもの」に還元するのではなく、それはむしろ心的なものを超えた存在に憑かれ、誑された結果であると考えたのだ。そうした意味で、彼は「狐が道をまよわす」「狐狸が人に憑く」という共同幻想としての物語（俗信）を、自らの錯誤の原因であると受けとめたのである。なぜなら、もし明晰であり、かつ錯誤であるようなものが「心的」な原因によるものであるならば、私たちの精神の明晰さ、あるいは自明性は、玉ねぎの皮を剝くような下降的な探索の途中でついに見失われざるをえないからだ。つまり、私たちの意識の自明性（自意識）とは「心理的なもの」の中ではその根拠を見出すことはできないのである。

秋成は心的なものも含めて、この〈世〉に「物語」が遍在していることに気がつかざるをえなかった。それは、たとえば「狐が人に憑く」ということと同様に、貨幣が人に憑く、あるいは易姓革命という観念が人に憑くという「憑依」の物語なのであり、また、イデオロギーという物語でもあるのだ。秋成はそうした物語に対抗するために、ぎりぎりのところまで明晰であり、かつ自明的であらざるをえないようなものを持ち出さずにはいられなかったのである。それは、むろん論理でも心理的なものでもなく、そうしたものに還元することのできない「くせ」あるいは〈わたくし〉というものにほかならなかったのだ。なぜなら、それが秋成にとって、デカルト的な意味においてコギト（我思う）、すなわち、かかるがゆえに我あり、といえるものであったのだから。

だが、そうした「くせ」あるいは〈わたくし〉というものが、またひとつの「物語」にほかならないことは、すでにこれまでいくどか触れてきたとおりである。秋成が「くせ」あるいは〈わたくし〉といっているものは、私たちがいう個性とか〈近代的自我〉とは異なったものだ。それは「癖」であり、「形気」であり、「気質」であるという意味において、個別的な人間がその共同的な社会に関わろうとする際のひとつの型、パターンにほかならないのである。ただ、これが、イデオロギーという物語、あるいは「心理的なもの」といった物語と区別されうるのは、そうした物語が私たちが無自覚的に物語ってしまうようなものであるのに対し、「くせ」あるいは〈わたくし〉という物語が、自ら物語として紡ぎ出してくるものという、いわば自覚的な物語であることだ。つまり、それは秋成にとって「門」の外へと出て、ありのままの現実＝物語的世界をみようとする意志にほかならなかったのである。

ところで、私は、秋成が書いている次のような〝物語批判〟をきわめて興味深いものであると考える。

この事件（源太騒動）をなまさかしらな人が『西山物語』という物語にして作ったのだが、かえってよき人（渡辺源太）を誤解させてしまうようないたずらな書物である。中国の演義小説、日本の物語とも、その作者の賢愚によって世に残るものと、つかの間に跡もなく亡びてしまうものと、その違いは著しく今更いうまでもないが、これ（『西山物語』）ははやく亡ぶほうの数に入るものだ。さて、この「まさし事」（事実、真実）はいい加減な気持で書きとどめるべきことではなく、いつわりではない語りごととして、後のちまで長くつたえるべきものである。

これは、現在『ますらを物語』として知られる文章の一節で、直接的には建部綾足の『西山物語』を批判したものだが、ここで注意すべきことは、秋成が「物語」に対して「まさし事」、すなわち事実、あるいは真実を強調しているということである。いうまでもなく、『西山物語』は建部綾足がいわゆる源太騒動と呼ばれる現実の事件に想を得て、擬古物語として書いたもので、秋成はこれに対し、そのあまりのなまさかしらさに憤って『ますらを物語』を書いたのである。ここで誤解をふせぐ意味でもいっておかねばならないのは、秋成はこの『ますらを物語』をけっして物語として書いたのではなく、まさに「西山物語」といった俗悪な物語に対する批判として書いたということである。もともと『ますらを物語』という題名は、この文章が『秋成遺文』に収められる際に編纂者の藤井乙男が仮題としてつけたもので、本来は『一乗寺詣の記』とでも呼ばれるべきものなのだ（現存する秋成自筆本には、後人の手になる『秋成翁一乗寺詣の記』という題簽が附されている）。この文章が書かれる発端となったのは、秋成がその没年の三年前に京都・一乗寺の円光寺で源太騒動の主人公であった渡辺源太という老人に出会ったことで、その容貌の「いとうるはしく（端正）」、その話しぶりの「いたくかはらか（さっぱりしている）」なことに感心して、往年の事件での彼の「ますらをぶり」を顕賞する意味で筆をとったのがこの『ますらを物語』なのである。むろん、たんにそればかりではなく、秋成の内部にはこの事件にヒントを得て書かれ、その後盛んに流布されていた『西山物語』（あるいは、建部綾足その人）に対する対抗意識、批判が蓄積されていたことを指摘しておくべきだろう（高田衛は『雨月』の「貧福論」における創作の動機としてこの『西山物語』に対する批判をあげており、この当時から秋成には綾足批判の意図があったとしている）。秋成は、渡辺源太という「よきひと」の「ますらをぶり」をかえって誤解させてしまうような「物語」を批判し、それに対する「まさし事」（事実、真実）を強調し、それを「後長くつたへよ」としているのである。もちろん、『西山物語』が非難されなければならなかったのは、この物語が事件そのものの背景を勝手にデッチあげ、作者が恣意的にその「まさし事」を歪曲したからにほかならないが、しかし、秋成は必ずしも現実の事件に忠実であることを要求しているわけではなかった。『西山物語』はまさに物語としても「愚か」なのであり、その物語が「まさし事」を蔽い隠してしまうように働いているために、秋成はこれを全面否定せざるをえなかったのだ。逆にいえば、もし「物語」によって「まさし事」（事実、真実）が書きあらわされうるものであるならば、物語であることを一概に退けるいわれはないのである。秋成が『ますらを物語』に描かれた事件の輪郭をそのまま使って、『春雨』中の一篇「死首のゑがほ」という物語を書いたのも、「まさし事」がたんなる事実ではなく、秋成がそうした事実から汲み出そうとする人間的真実にほかならないからである。ただ、秋成は綾足の『西山物語』にみられる物語化への意志が、この世に遍在する物語に対してまったく無防備なままに「物語」を物語ってしまうようなものであったからこそ、その「物語」を批判、否定しようとしたのである。

　では、『西山物語』がなぜ「よき人をあやまついたづら文」なのであり、また、秋成がその『ますらを物語』によって書きあらわそうとした「まさし事」とはいったいどのような「事実＝真実」であるのか。

　まず、この『西山物語』『ますらを物語』「死首のゑがほ」三篇の素材となった源太騒動とはいかなる事件であったのかをみておこう。中村幸彦が土地の古老から聞いた話として紹介（『春雨物語』）しているものによると、事件は明和四年（一七六七）十二月三日に山城国愛宕郡一乗寺村で起こったもので「代々同所に住む郷士渡辺源太が、一族の渡辺団治長男右内に自分の妹つやを縁づけることに約束していたに拘らず、団治家では無断で他家から嫁をもらうと云うことを聞いた源太は右内の結婚式当日つやを花嫁姿に盛装させ同家へつれ、『お約束の花嫁を、しかとお渡し申した』と口上し妹の首を斬り落し」たというものである。むろん、当時としてもこれはきわめてセンセーショナルな事件であり、この事件に取材した『西山物語』が事件後わずか一か月の明和五年二月初めにスピード出版されているのも、そうしたショッキングな事件の顚末を知りたいという当時の読者の需（もと）めに応じたものであるといえよう。だが、作者の建部綾足は、その序にいう「古へを以て今を御し、俗に即して雅を為す」ために、この物語の時代、舞台をそれぞれ中世、山背の国乙訓の郡松の尾（この地域名から『西山物語』の題名をえている）に遷し変え、雅文脈に古語、古歌をちりばめるという、作者の古典の素養をいかした典雅な擬古物語として一篇を仕上げている。このため、その動機的な意味では際物（きわもの）的性格を持つとはいいながらも、ひとつの完成した物語作品として自立していることもまた疑えないのである。刊本は上、中、下の三巻にわかれ、上、中の巻はもっぱら事件の背景としての大森七郎（渡辺源太）、大森八郎（団治）の両家の由来とその交渉、およびかへ（つや）と宇須美（右内）との恋愛を描いている。むろん、この上、中の巻に書かれているのはほとんどが綾足が創作したフィクションなのだが、ここで注意をひくのは、彼がこの物語全体を一種の因縁譚、あるいは〝運命悲劇〟に仕立てあげようとの底意を隠そうとしていないことである。主人公の大森七郎の家には代々楠正成の持刀であった宝刀が伝わっていたのだが、正成の執心がこもっているためか家内に怪事が起こるので、七代前にある山寺に奉納した。それを惜しんだ七郎が策略によってこの宝刀を奪い返すことから因縁譚としての「物語」は始まっている。宝刀奪取以来、七郎の家には奇怪な事が続くのだが、気丈な彼は気にも留めず「よろづ常のごとく」なので、ついに業を煮やしたのか楠正成の怨霊そのものが七郎の前にあらわれ、刀を寺へ返せとせまる。七郎があくまでも拒むと、怨霊はこんなことをいう。「それほどまでに拒むのならば、汝が兄弟（はらから）の間に祟りが出て来て、この太刀によって刺されて死ぬようなことになるだろう。強情を張らずにすなおに我のいうところに随え」と。

もちろん、下巻に描かれるクライマックスの事件では、怨霊の予言したとおりに、兄の七郎はこの宝刀で自らの妹かへを刺し殺すのである。さらに、秋成の『ますらを物語』「死首のゑがほ」では「貪酷残忍」の敵役とされている大森八郎（渡辺団治）もここではけっして悪人ではなく、じつは占い師の見立てによって、宇須美‐かへの二人の相性が極端に悪いことがわかっていたために、心ならずも二人の間を裂くように振舞ったのだという種明かしがなされている。このことからも、この物語が綾足によって、いっそう〝運命悲劇〟化されているものといえよう。つまり、建部綾足は源太騒動という実在のモデルから借りた人間関係の横糸に対し、宝刀の祟り、怨霊の予言とその成就という縦糸をその物語の筋に織りこんでいるのである。

たぶん、秋成が「いたづら文」として『西山物語』を全面的に否定したのも、こうした出来あいの因縁譚、運命悲劇といった物語を、綾足があまりにも不用意にその物語作品の骨格に据えたということから来ているのである。むろん、これは綾足の「趣向のたてざま」(馬琴)の勇み足などではなく、秋成にとっては綾足が「物語」に対してまったく無防備であったこと、すなわち本質的に「物語」にからめとられていることを意味するものであった。

上田秋成が『ますらを物語』を書いたのは、この源太騒動の中に、『西山物語』とはまったく別の(ある意味ではまったく逆の)意味をみつけていたからである。それはまさに、この事件の主人公である、渡辺源太の「ますらをぶり」に収斂されてゆくものにほかならない。秋成はこの文章で、〝ますらをぶり〟と、その対極にあるいわば〝かだましさ〟の対立を描いてみせたのであり、こうした二項対立が「ますらを」に一元化されてゆくことが秋成にとっての「まさし事」だったのである。

「まさし事」(事実)を書こうとしながらも、たぶん秋成が無意識のうちに事実よりも誇張してしまった個所が『ますらを物語』の中に二か所あると私は思う。ひとつは敵役の渡辺団治の「貪酷残忍」ぶりであり、もうひとつは源太の妹(弟姫)のその恋情の〝一途さ〟ぶりである。浅野三平の研究(「源太騒動と綾足、秋成」)によれば、秋成の『ますらを物語』は一方的に源太側から事件をみており、団治側からみた事件の輪郭とは明らかに異なったものになっているという。とくにその差異の著しいのが、渡辺団治の〝性格〟と、つやと右内の〝恋愛〟であるとされている。つまり、団治は秋成が強調しているほどの「貪酷残忍」な人間ではなく、むしろ家族思いの温厚な人柄と推測されており、また若い男女の〝恋愛〟は、男（右内）の側が女（つや）を嫌ったという「一方通行」のようなものであったというのが真相に近いとされている。むろん、実際の事件の真実なるものをとらえられるはずもないわけで、客観的な事実の立場から、秋成が源太寄りのサイドに立っていることを批判しても始まらないのだ。問題は、事実が源太－秋成という回路を経ることによって結果としてあらわしてしまうその偏差なのである。渡辺団治が「貪酷残忍」の性格となってしまうのも、そうした偏差がもたらしたひとつの帰結なのだ。

団治について『ますらを物語』ではこう書いている。

　今の翁は幸運な人で、年々富み栄えてゆくにつれ、我が家（源太家）の貧乏なのをうとましく思い、今までの交際の習慣などもあらためて、よそよそしくする一方へ持ってゆこうとする。こうしたことはあの人に限ったことではなく、世に栄えようとする人は必ず、「ひがみねぢけておにく〳〵しきよ」とみて間違いなく、自分の心にかなうものには親しく交際をし、一族の人にはむしろ嫌われ、悪（にく）まれようとするものなのだ。

この渡辺団治のひととなりを描いた部分に、『雨月』の「貧福論」で岡左内が黄金の精霊に語っている論旨がそっくりそのまま使われていることは見逃せないものであるといえよう。秋成は、ここでまさに、「貪酷残忍」な人間こそ富貴であるという、一種の〝典型〟として団治を描いているのである。逆にいえば、渡辺団治という実在の人物をそうした〝典型〟によってデフォルメしているのであり、それが秋成が「事実」に対して示している偏差なのだ。私のいい方によれば、これはもちろん、貨幣

（富）に憑かれた人間という「物語」にほかならないのである。

　さて、こうした団治の「おにおにしさ」に匹敵するものとして、対比されているのが源太の妹（弟姫）の恋情の〝一途さ〟ぶりなのである。このことは、この作品においてもはっきりと意識されていることである。団治の冷厳な拒否に出会った段階で弟姫は母親にこう述懐する。「たびたびの御さとしは、骨身にしみて有難く思われますが、ただ（向こうの親＝団治の）おにおにしき心にかえって私の思いが燃やされて、死ねといわんばかりの態度に、胸もつぶれてどうしてよいのやらわかりません」。団治の息子であり、弟姫の恋情の相手である男は、この『ますらを物語』では奇妙に影が薄く、父親に叱られては臥戸にこもり、母親にさとされてはしぶしぶと仕事に出るといった腑甲斐のなさで、女のほうから「いひがひなき人の音づれは待たじ」と見限られている始末だ。つまり、弟姫の心はもはやすでに男のところにあるのではなく、もっぱら団治に向かって、その「おに〳〵しき心のおもひをもやさせて」いるのである。だから、母親はすでに〝恋情〟を越えた弟姫の〝かだましさ〟に対して「此子は物のつきたるぞ」というほかなかったのだ。この物語の人間的な葛藤は、団治の拒否と弟姫の一途さということに収斂される。そして、これはいいかえてみれば、貨幣（富）が憑いている団治の「おにおにしさ」と、弟姫の〝恋情〟を越えたもののつきたる「かだましさ」との葛藤にほかならないのである。すなわち、これはものに憑かれた人間同士の解決のしようのないジレンマなのだ。秋成が『ますらを物語』で主題としているのは、こうした「貨幣」あるいは「恋情」という物語に憑かれた人間たちに対して、そうした物語の葛藤を一刀両断にするところの「ますらを心」にほかならないのである。

　源太が妹の首を切り落したことを聞きつけて、その土地の里おさが走り惑いながら彼の家へたどりつき、なかで機を織っている母親に「源太殿こそ物狂ひとなりてしかじか」と伝える。すると、母親は驚きもせず「さてはしかつかうまつりつるとか、いかにせん不便の事よ」と機織る音の乱れもない。これをみて里おさは「実に此氏人は鬼にもまさりておはす」と立ち去るのだが、この場面がまた、ここでいう「ますらを心」がどのようなものであるのかを証しているといえよう。「おにおにしき」、あるいは「もののつきたる」観念という物語に対して、それを断ち切ろうとする「ますらを心」こそが、世間一般の目からみれば「もの狂ひ」とも「鬼にもまさりて」ともみえるのである。いいかえてみれば、貨幣とか恋愛とかイデオロギーとかの物語の中にどっぷりとひたりこんでいる人間こそ、そうした「物語」に抗がうますらをに対して、むしろ物語に憑かれているとみなすのである。

秋成は、こうした世の中に遍在する物語に対して、つねに醒めた意識を持ち続ける人間を「ますらを」と呼んだのである。むろん、それは「門」の内側にいて「イデオロギーは人に憑かない」などとうそぶいている現実主義者でも、なまさかしらに現実を物語によって解釈してみせる小説家でもなく、むしろ無告の民草の中に「人に交りていとうらやかに心よげなる」姿としてあるのである。

だが、物語に対する「まさし事」として『ますらを物語』を書いてきた秋成は、それがまた物語となっていることに気がつかざるをえない。「老がたど〳〵しき筆には又も瑾つけやすらん、さるはあぢきなかるさかしら言なりけり」と秋成は『ますらを物語』の末尾近くに夢から醒めたように書きつける。物語とは逆のほうへと向かいながら、気づいてみればまた物語の中に入りこんでいる。そして物語から醒めてみれば、そこがまた物語の世界にほかならない。秋成はそのような物語に憑かれていたのである。

5

上田秋成の「物語論」のほぼ終極的な姿を示しているのは、おそらく次の文章であるといえるだろう。

春雨は今日でいく日降り続いたことか。静かで趣き深いものだ。使いなれた筆硯を取り出してみたけれど、思いめぐらしても別に書くべきこともない。物がたりのさまを真似てみようとするのは初めてのこと。だが、山人めいた境遇の自分としてはいったい何が語り出せるものだろうか。昔のこと、今のことについて、人にあざむかれ、自分もまたそれをいつわりと知らないまま人をあざむく結果となる。よしやよし、寓(そら)ごとを語り続けて、それが正式の史書(ふみ)であるとおしいただかせる人もいるのだからと、ものを書き続けていれば、なお春雨はふる、ふる……。

いうまでもなく、『春雨物語』の序文であり、この物語がどのような創作意識のもとで書かれたものであるのかを物語るものとして、見逃すことのできない資料であるといえよう。だが、この序文があるために、『春雨物語』の解釈について錯綜した問題がひきおこされているといえなくもないのである。問題とされているのは、「物がたりざまのまねびはうひ事也」という一節にほかならず、大袈裟にいえばこれをどう解釈するかで、『春雨』という物語全体に対するみかたが変ってくるともいえるのだ。字義どおりの意味としては、たぶん「物語のスタイルを真似てものを書くのは初めてのことである」ということだろうが、それでは『春雨』以前に秋成が『雨月物語』を書いていることの説明がつかなくなるのである。そこで中村幸彦はこの「物がたり」を「擬古文体の小説」ということに限定し、少なくとも「擬古文体の小説は初めてだ」と解釈する。しかし、『世間猿』や『妾形気』ならともかく、『雨月』までをも非・擬古文体として括ることにはいささか抵抗があろうし、それに秋成がはたして『春雨』を擬古文体の小説として意識していたかどうかわからない以上、「擬古文体」を取り出すこと自体が恣意的なことでしかあるまい。これに対し、重友毅は「物語めいた書きぶりは初心者のすること」と解し、この一句を『雨月』を物語として書いたことの反省であるとしている。だが、これもまた「うひ事なり」を「初心者のすること」と解釈することは恣意的とのそしりを受けることをまぬがれないだろうし、だいいちこれではこれを受けて「されどおのが世の……」と続く逆接続詞以降の文章との文脈的なつながりをうまくとらえることができない。次に、この先学二氏の両説を排して出て来た堺光一は「秋成の学殖、信念または感懐を演義小説の方法（体裁）を真似て書くのは、初めての事である」という解釈を主張している。たしかに秋成は中国の演義小説＝日本の物語という等式をたてていたのだが、だからといって「物がたりざま」を「演義小説の方法（体裁）」と文字通りに翻訳することはいささか単純すぎるだろう。秋成がいっているのは、その文学原理論的な意味で普遍的に同一であるといっているのであって、ウーロン茶もほうじ茶もまったく同じお茶だというような乱暴なことをとなえているのではないのだ。なんなら、西欧のロマンス・イコール・日本の物語としてもよいわけで、この〝イコール〟から秋成が西欧のロマンスの方法で『春雨』を書いたと主張することがいかに無茶であるかがわかるだろう。

　さらに本質的にこの「演義小説の方法（体裁）」説を批判すれば、いったい『春雨物語』のどこに演べられるべき義があるのだろうか。私は『春雨』の中に、秋成があらわそうとした学殖、信念、感懐のいずれも見出すことができない。むしろ、秋成は己れの中のそうした表現すべき〈義〉であり、〈自己〉であるものを抹殺することによって、『春雨』という物語を書き始めたのだと思われるのである。

　秋成が「物がたりざまのまねびはうひ事也」と書いたのは、まさに彼が自らの「物語」を書こうとして書くことが初めてであったからにほかならないのである。たとえば、『雨月』の場合には、秋成は自らの内部から奔出してくる物語の衝動を抑え、それを「そらごと」として括るために「物語」という題名を冠したのであり、彼としては、言葉の一般的な意味において物語を書いたわけではなかったのだ。あるいは、そうした物語意識は彼には欠落していたのである。むしろ、秋成の内部ではそれは反物語的なものと意識されていたのではないだろうか。つまり、逆からいえば秋成が書き続けてきたのは、まさに自分という物語の「まさし事」だったのであり、それは、いわゆる「まさし事」と「そらごと」とがないまぜとなった「物語」と鋭どく対峙するものとしてあったのではないか。

こうした虚と実の対立という二元論的な緊張感を基盤とする『雨月』に対し、『春雨』からはすでにこのような緊張感は失われているといえよう。つまり、そこには『ますらを物語』のなかの『西山物語』批判などにみられたような、「まさし事」と「物語」との対立といった枠取りさえも見失われ、虚も実もひたすら秋成の物語るままに不可分のものとしてあるのであり、そこには駘蕩としながらもなおかつ雄勁な物語世界が繰りひろげられるばかりなのである。

このことを、秋成がその晩年に傾注した史論というかたちで理論的に確認することも可能だろう。

国史は正実の証とすべきものであるのはもとよりの例なのだが、時を憚るためいささか（事実と）違えてあるところなどが、他の史書によって知られることは、わが国にも中国にも数多くあることである。すでにいったことだが、正史といえども「時にあたりては、実をしりぞけ諂りを設く」（「金砂」）ということ、これはまた人の力で天をたぶらかそうとすることであるから、ついにはそれは露見してしまう。だが、「さるにても、世はまことによる方なき知られぬものよと」ものを思う心のわずらうままにこのものがたりはしてみるのである。

（『遠駎延五登』）

もちろん、秋成は別段懐疑論に陥っているわけではないのだ。彼にとってあくまでも「まさし事」は「まさし事」、「ふみ（正史）」は「ふみ」としてあったのであり、もし「そらごと」を「まさし事」

であるとしたり、「ふみ」に違えるところがあれば、それは「遂に其事見あらはさる」はずのことなのである。ただ、彼はそうした歴史上の虚と実とを振りわけるような修史には、もはや興味が持てなかったというだけのことなのだ。つまり、渡辺源太と対面したことの感動から、あるいは『西山物語』への反感から、つい「まさし事」としての『ますらを物語』を書いてしまうようなこともあるのだが、それは例外として、彼はすでにあくまでも「まさし事」をつらぬくといった、いわば事実に憑かれた立場からは遠いところにいたのである。

『春雨』という物語集は、秋成が年来読みこんできた日本の史書から、自分と交差すると思われた部分だけを取り出して、物語ろうとしたものといってよいだろう。むろん、現存の『春雨物語』の構成にたどりつくまでにはかなりの紆余曲折があったわけだが、基本的には彼には「何事をかいふべきことなし」という、ただ物語ろうとするその構えがあっただけなのであり、そうした物語の構えこそが、逆に「二世の縁」「捨石丸」「樊噲」といった非・歴史物語的な〝原・物語〟群ともいうべき作品を生み出していったと思われるのである。

『春雨』の中の歴史ものと称される「血かたびら」「天津処女」「海賊」の三篇は、私には「歴史」という物語から限りなく遠離ろうとした試みであるとしか思われない。むろん、それは物語という物語に近付くことの逆説にほかならないのだが。この三篇がいわゆる筋らしい筋を持たないことは明らかなことだろう。そういう意味で、これらの作品を反・歴史物語といってもよい。別に極端な不自然さはないのだが、次から次へと持ち出されてくる歴史的な、物語的なエピソードはどことなくちぐはぐで、読者はいったいどこに焦点をあててこの作品を読んでいいものかととまどわざるをえないのだ。平城帝の話かと思うと、知らぬ間に藤原仲成、薬子の謀反に話柄の重心がずれてゆく「血かたびら」、嵯峨帝、仁明帝、空海、和気清麻呂、良峯宗貞とやはり焦点の定まらぬままに挿話だけが奔走する「天津処女」、正体不審のままの海賊が紀貫之に長々と文学論を吹っかけるという「海賊」といった具合に、そこにいわゆる一貫した物語性（ストーリー性）をみようとすれば、そうした読み手側の期待を次つぎとはぐらかしてゆくような仕組みを物語自体が持っているといわざるをえないのである。もちろん、「血かたびら」に『雨月』の「白峯」を重ねあわせてみようとも、儒・仏二道への批判、皇位簒奪論への反論などといった読みとられるべき思想が透けてみえることはありえないのである。一般にいわれているように、平城帝が直き心の持ち主であり、そうした性格描写、性格像の創出がこの作品のひとつの狙いであったのだとしたら、それはただ平城帝が「歴史」という物語から降りようとしていることを示すものにしかすぎないのであり、物語というパターンに対する脱臼効果といったものを期待しているとしか思われないのだ。

秋成は、こうした反・歴史物語的な作品で、「物語」とは言葉でしかありえない、ということを実感したのではないだろうか。「血かたびら」の終末部、謀反の張本人の薬子が自刃する場面は次のように書かれている。

薬子おのれが罪はくやまずして、怨気ほむらなし、ついに刃に伏て死ぬ。此血の帳かたびらに飛走りそゝぎて、ぬれ〳〵と乾かず。たけき若者は弓に射れどなびかず。剣にうてば刃欠こぼれて、たゞおそろしさのみまさりしとなん。

むろん、こうした文章はたんなる描写でもなければ、叙述でもない。ここでは言葉自体が「物語」を物語ってしまうのであり、それは、あらゆる歴史的、物語的な意味づけによっても意味を持つことのない「ぬれぬれと乾」くことのない血そのもの＝物語の源泉、原型を指し示しているものにほかならないのである。だから、比喩的にいってしまえば、薬子の謀反は歴史という物語への謀反なのであり、だからこそ「血かたびら」という物語の中で言葉としての血はいつまでも乾くことなく、「物語」に抗い続けているのである。

薬子が歴史という物語への謀反人であるとしたら、「天津処女」の良峯宗貞（僧正遍昭）は、歴史からの遁走者にほかならないだろう。（ついでにいっておけば、「海賊」の文屋の秋津は「歴史」からの脱落者である）。近世文学研究者である田中優子は、その「天津処女」についての論考（「宗貞出奔」『日本文学』28号）で、この作品の魅力は〝疾走〟し、〝奔走〟する色好みの良峯宗貞の後姿であるとし、次のように書いている。

宗貞の出奔は篇全体にとって重要な役割を帯びてくる。それはひと言で言うならば、〝意味づけからの奔走〟あるいは〝筋書きからの奔走〟とでも言うべき力の存在である……結び目を解かれた宗貞の世界は、再びあてなく奔走して行ってしまう。われわれはまた彼を見失う、宗貞を解釈しそこない、そのかわり解釈とは異質な次元に宗貞がまた創られて行く。従来見知っているはずの「物語」の成り立ちは、宗貞が創られて行くに従って内部から崩壊して行こうとする。

まさに、秋成が創造した良峯宗貞という主人公は、こうした「歴史」という物語を「内部から崩壊」させようとする登場人物にほかならない。そして、これは「天津処女」の宗貞についてだけいえることではなく、多かれ少なかれ「物語」を従来の解釈（一元的な解釈）から解き放し、逆転させる可能性を待った両義的な登場人物の系譜として、『春雨』の各篇にみられるものなのである（たとえば、「二世の縁」を入定の定助を見る立場からではなく、定助に見られる立場から解釈すること、その時この

〝沈黙の愚か者〟がどのような両義的な存在としてみえてくるか。あるいは、「死首のゑがほ」を敵役としてだけみられてきた鬼曾次の最後のセリフ「おのれはいかで貧乏神のつきしよ。財宝なくしたれば、又稼たらば、元の如くならん。難波に出て商人とならん。勘当の子也。我しりにつきて来な」からあらためて読みかえすと、そこにもうひとつの別の物語を読みとることが可能なのではないか）。

こうした意味で、『春雨物語』という物語集は、その「物語」の内部に反物語を内蔵したような物語にほかならず、その主人公たちは物語自体について謀反、遁走、批判、脱落、叛乱するような登場人物にほかならないのである。もちろん、それは秋成が物語を物語り続けるということのなかから必然的に生み出されてくるようなものなのだ。つまり、それは物語自体が孕む反物語であり、物語が物語に叛乱する事態であるといえるだろう。秋成はそうした「物語」にひたすら身を委ねることによってその晩年を全うしたといってよい。そこに、『世間猿』や『妾形気』の〈わやく〉、『雨月』の〈怪異〉があみあたらないことを、私たちは訝しむ必要はないのである。なぜなら、そうした秋成の「くせ」、あるいは〈わたくし〉といった「物語」に還元しうるものは、すでに秋成の内部において自らの物語る「物語」のなかに――物がたりざまのまねびの中に――収斂されてしまっているのだから。むろん、それは物語に解消されたのではなく、物語ることとそれ自体が秋成の「くせ」であり、〈わたくし〉であるということ、さらにそれがそうした〈自我〉という物語についての反物語であるようなものへと、そのまま転化していることを意味しているのである。

もちろん、それを秋成がもはや自らを「くせの人」であり、物語に憑かれていることを全面的に受けいれ、ある意味ではこの世に遍在する物語に敗北し、「まさし事」から撤退したことを示すものであるといってもよいのである。『雨月』と『春雨』という二つの物語集の間に横たわる懸隔は、『雨月』が「物語」の〝根拠〟を明らかにするという意味で、きわめて反物語的な物語であるのに対し、『春雨』

は物語ることを全面的に肯定し、そこにはほとんど抗いもなく、ましてや寓意すべき憤り（＝社会批判）などを見出しようもない境地に達していることにあるのである。もとより、それを秋成の肉体的、精神的な老化によって説明することはある程度可能であろう。また、糟糠の妻瑚璉尼に先立たれ、隻眼の明を失うという秋成の〝寒酸孤独〟のその晩年の境遇を考えあわせてもよい。ただ、重要なことは、秋成のそうした物語の受容がきわめて意識的な、方法的な背景を持って行われたということである。たとえば、秋成が七十四歳の秋に草稿類を「五くゝりばかり、庵中の古井へどんぶりことし」たのも、彼にとって物語ること以外に、どのような意味であれ「くせ」や〈わたくし〉の産物にほかならぬ学問、創作がもはやほとんど意味を持っていないことを明瞭に意識していたからである。『ますらを物語』といった「まさし事」を書くという試みさえも、物語と化してしまうこの「憑きもの」の力をいかに払い落とすことができるか。それはただ、言葉が言葉に憑き、物語が物語に憑くことによって、逆説的に実現しうるようなものではないのか。「くせ」という物語、〈わたくし〉という物語の中で、孤独に〈自我〉を抱えねばならなかった最晩年の秋成にとって、もはや「まさし事」も「そらごと」も関わりなく、ただ物語ることのみが残されたといってよいのである。つまり、物語が〈私〉に憑くのではなく、〈私〉が物語に憑くことによって、物語それ自体を反物語へと転化させうる方途をきわめようとしたのである。それが、『春雨物語』という、物語ることそれ自身の働きによって物語の極北へ至ろうとする試みと、そうした物語に憑依した〈私〉についての自注である『胆大小心録』という二つの作品によって実践されているという点においても、そこに秋成の方法意識をみることは不可能ではないはずである。

さて、この『春雨物語』と『胆大小心録』との関わりをみる意味においても、『胆大小心録』に書きとめられているこんな話をみておくことも無駄ではあるまい。

美濃の国のことで、神祭りに村人がこぞって社前に集まり、穀物類を供え物にすると、白蛇が出てきてそれを食べるというならわしの神事があった。一人の男童がそれをみていきなり悪心をおこし、とびかかって白蛇の頭を殴った。白蛇はたちまちに雲を呼んで天にのぼった。雨は盆をくつがえしたように降り注いだ。童の親はいったいこの子はどうなることやらと歎き、かつ怒りながら子を家に連れて帰った。子は高熱を発し、うわ言をいいながらも三日目にしてようやく治った。次の年の祭りに、前年の男童の罪をわびるために、いつもより多くの供え物を社前にうずたかく盛りあげた。白蛇がやはり出てきて、これを食べた。耳がひとつなかった。童がまた大声で叫んでとびかかり、懐から小刀をとり出して、蛇をずたずたに切った。雨も雲もおこらず、童も無事だった。村人は驚き、親は悲しんだが、病もせずに月日がたった。国守がこれを召していった。「この童はますらを心である。よく養い、よく目をかけよ」と。祭事はこれで中止となった。結語は「西竺の天部、日本の神と同じきか。是又善悪邪正人とこと也」である。

おそらく、『ますらを物語』と『春雨物語』最後の雄篇「樊噲」とを結びつけるものとして、この聞き書き風の説話を位置させることができるだろう。さきにみたように、秋成にとっての「ますらを」が、世の中に遍在し、跳梁跋扈する「物語」に対して抗うこと、そうした物語という憑き物に対して醒めた意識を持つことであるのならば、この男童の行動こそ、「ますらを心」であるというのは十分にうなずけることである。一度ならず二度までも、しかも一度目は高熱を発し、死ぬような目にあいながらも、再び物語＝共同幻想の権化である白蛇に飛びかかってゆく時に少年が大声で叫んだのは、たぶん樊噲＝大蔵と同じく「それ何事かは（それが何だ）」という神をも恐れぬ瀆神の言葉であったに違いない。そして、秋成にとって、こうした無邪気とも蛮勇ともいいようのない行為そのものが、生涯最後の夢にほかならなかったのである。秋成がその物語のなかで生み出した主人公の中で、この〈わがままな大男〉の樊噲ほど、倫理、道徳、法、制度という物語を打ち破るものはいない。神域を冒瀆し、親殺しの大罪を犯し、博奕、強盗、殺人、傷害を繰りかえすこの物語はあまりに放埒であり、そのためになまさかしらなある江戸期の文人は、自分の『春雨』の筆写本には「捨石丸」とこの「樊噲」を書き写すことを拒絶したぐらいである（「全部二巻十回の中第七捨石丸、第十回樊噲、此二条いと放埒なる事どもにて、殊ににくさげなるすぢもことぐ〱し。みるにうるさく思ふまゝ、こゝにもらしつ」漆山本『春雨物語』奥書）。もっとも、こうしたなまさかしらな研究者、批評家は現在でもいるわけで、たとえば「樊噲」について「人間的成長」をみたり、「原初的人間像」をみたり、はては「雨月物語では殆どなかった悪人が、この書では殆どの篇に出現するのも、その例であるが、作品の格を低下せしめるものと評されよう」（傍点引用者）という評言に至っては、『春雨』研究についてむしろ江戸期より後退しているというべきであるのかもしれない。

　秋成はその『春雨物語』十篇の物語にほとんど何の意味を付与しようともしなかった。彼はただ物語の世界が自分の目の前に開けてくるままに、それを書きとどめただけであった。それは、怨みの血が飛びはしって「ぬれぬれ」となった血かたびらであり、風に雲の通い路を吹き閉じさせ、しばしの間愛でようとする天女の姿であり、また神崎の港の橋柱に「波にゆりよせられ」て浮かぶ入水した遊女のなきがらなのであり、秋成はそうした物語の一瞬の場面を言葉という現在において凝固させたのである。歴史、あるいは物語的時間が反歴史、反物語の一瞬に凝縮されるのは、まさにこうした「こめられはて」た物語としての「歌」の姿にほかならなかったのである（田中優子は前掲論文で、〈天津処女〉たちが「伊勢・加茂のいつきの宮のためしに、老ゆくまでこめられはてたまひき」とあるのに着目し、ここに「花咲く」時と「老い果てる」時が同時に存在する「こめられ果てゆく」時空が創り出されると論じている)。『春雨物語』の一篇として「歌のほまれ」という、一見非・作品的な、他の篇に対してなだらかな繋がりを持たない文章が挿しこまれているのも、こうした物語とそれに対する反物語的時間としての「歌」の言葉についての自注を、秋成がここでつけ加えておきたかったというゆえんによるものだろう。

つまり、赤人の詠んだ「たづ鳴わたる」の歌、聖武帝の「たづ啼わたる」の歌、また黒人の「たづなき渡る」の歌、さらに『万葉集』読み人知らずの「たづ鳴わたる」の歌は、いずれとも同じような情景を歌ったものだが、そのいずれの作者とも別に本歌取り、模倣、剽窃などを意図したものではないこと、すなわち対象を前にして一瞬の時間を凝固させるために一回性として「歌」い出されるのであり、それは赤人、聖武帝、黒人、読み人知らずといった作者のその詞書き的な物語がいかにさまざまな異なったものであろうと、言葉という現在に「歌」が「こめられはて」るという意味において同義であることを意味しているのである。つまり、ここで秋成は「物語」と「歌」との本質に関わる自注を行っているのであり、「歌」が言葉という現在にのみ凝縮されたものだとしたら、そうした言葉、現在を再びなぞり、繰りかえすことが物語であるともいっているのだ。「歌」が「まことの道」であるとは、物語作者上田秋成の苦い自省にほかならない。

さて、話を「樊噲」に戻せば、この作品は普通いわれているように『雨月』の「青頭巾」に関連させて考えるよりも、むしろ「夢応の鯉魚」にひきつけて考えるほうがふさわしいものと私には思われる。すなわち、現世、人身の絆(ほだし)から逃れて、僧興義が鯉魚となって湖中に遊ぶように、秋成もまた樊噲=大蔵とともに倫理、道徳という絆から逃れ、背徳の物語世界に遊んでいると思われるからである。だが、明らかに「樊噲」という作品が「夢応の鯉魚」と異なっているのは、ここにはもはや二元的に対立するような物語の論理がありえないということである。この世界には分裂がない。つまり、「悪」が樊噲として目覚ましく活躍するのに対し、それに見合うだけの「善」はこの物語のどこにも描かれていない。せいぜい、一分の残し金を樊噲に与えた僧の「直き心」がそれらしきものといえるかもしれないが、むろんこれを積極的な「善」というにはあたらないだろう。そういう意味では「捨石丸」のほうがまだ「悪」と「善」との拮抗する自立的な物語世界を構築しているといえるのである。「樊噲」では秋成はすでに物語と反物語といった対立にも頭を悩ませてはいないのだ。秋成はただ「物語る」ことの行きつくままに樊噲＝大蔵を暴れまわらせていたのであり、たぶん、「むかし今をしらず」と書き始めた時には、秋成にとってもこの「樊噲」の物語が大徳の大和尚の臨終譚として締め括られることは予想のつかなかったことではないか。「捨石丸」の場合には、「『みちのく山にこがね花さく』と云古ことは、まこと也けり」という冒頭と、「此ゐやまひに、こがね玉をきざみて作りたりしかば、荘厳のきら〳〵しきによりて、隣の国までも、夜ひるまうでゝちか言す」という終末部とは完全に照応したものとなっており、一貫した構成のもとに物語られたことは疑えないが、「樊噲」の場合はこうした緊密な構成があらかじめ立てられていたとは思えないのだ。樊噲の「悪」、あるいは放埒さは物語の最後の最後まで収束することなく、一見すると末尾において急転直下に「善」に収斂するかのようにみえるが、それもほんとうのハッピーエンドではなく、物語として無理矢理にそのパターンのひとつとして収拾されたという感が強い。すなわち、それまでの樊噲の悪行に対して、この作品は最後の数行でそうした悪行のことごとくを逆転させ、相対化する立場を固めたといえるわけだが、むろん、それは堅固なイデオロギー的な足場を意味しているものではないのだ。いってみれば、「樊噲」はその末尾において秋成の物語ることそれ自体を、まさに物語のパターンのなかに陥しこむことによって、ようやく「心納れば誰も仏心也。放てば妖魔」という結語にたどりついたのである。もちろん、この言葉は「青頭巾」でも語られているように、秋成の物語に対するひとつの結論でもあり、また「物語的世界」に対する前提であったともいえよう。つまり、己れの内部から奔出し、わが身を焼尽する〈魔〉としての物語の衝動と、それを「そらごと」であり、フィクションであるとして、すなわち物語として括ろうとする意志との二極として自らの精神をとらえ、それが畢竟は自分の内と外との物語に対抗する物語論の究極的な姿にほかならないことを指し示しているのである。

最後に、秋成における「物語の死滅」を暗示する文章を引いてこの稿を締め括ろうと思う。先にあげた「ますらを心」の少年と白蛇の話のひとつ前におかれた『胆大小心録』の中の一篇で、秋成の終極的な「物語」の姿を示していると思われる短章である。

河内の国の山中に一村あり。樵者あり、母一人、男子二人、女子一人ともに親につかへて孝養足る。一日(ひとひ)村中の古き林の木をきり来たる。翌日兄狂を発して母を斧にて打殺す。弟亦これを快しとして段々にす。女子も又俎板をさゝげ、庖刃をもて細に刻む。血一雫も見ず。大坂の牢獄につながれて、一二年をへて死す。公朝その罪なきをあわれんで刑名なし。

恐怖という面からいえば、おそらく『雨月』のどの一篇のクライマックス・シーンを持ってきても、この枯れ切ったような淡々としたわずか百六十字足らずの文章に敵うものはないだろう。むろん、秋成はこれを恐怖譚とも怪異譚とも考えて書きとどめたわけではない。彼の意識においては、これはたんなる奇譚であり、物語としての現実において起こりうる、いわばありふれた事件にしかすぎなかったのだ（たとえば、私たちはこうした「ありふれた事件」を『日本霊異記』、『今昔物語』、『発心集』、『遠野物語』といった、「説話文学」の系譜に見出すことが可能だろう)。この話を、たとえば笠原伸夫のように〈血のオブセッション〉として読みとることは明らかに逆さまなかたちの誤読にしかすぎない。秋成はここでわざわざ「血一雫も見ず」と書いているのだ。つまり、「吉備津の釜」や「血かたびら」のように、血だけを残すことによってその酸鼻さをいっそう際立たせることとは逆に、流れるべき血を消去することによって、そこに〈深さ〉として、〈闇〉として、あるいは〈自然〉として読みとりうるような物語の意味(意義)をことごとく消し去ろうとしているのである。むろん、〈血〉とは秋成にとって物語の原型を象徴するものにほかならず、それを「一雫も見ず」ということは、そこで物語が消滅していることを指し示しているのである。兄弟は一日じゅう林の中で古い木を切り倒していた。翌日、兄は狂気に駆られてその母を斧で打ち殺し、弟は倒した木の枝葉を払い落すように段々(ずたずた)にし、妹はまるで山の獣か山菜を刻むように俎板のうえで切り刻んだ。そして、血は一雫も見なかった。むろん、これを「子供達が血をすすって、一雫も残さなかったのである」と注釈することは愚かさをこえてグロテスクでありうるだろう。なぜ、血を見ずなのか。それは「筆、人を刺す。又人にさゝるれども、相共に血を不見」とあるように、この話自体が究極的に言葉であり、物語でしかないからである。あるいは、秋成にとって最終的な「物語」の〝根拠〟の死滅を意味するものにほかならないからだ。兄に斧で打ち殺された一瞬、老母はひとつの古い木の切り株となったのであり、兄弟たちはそうした切り株を、前日の山仕事のように嬉々として、潑剌として始末したのに違いないのである。ここに〈親殺し〉という物語をみるもの、あるいは〈狂気〉という物語をみるものも、この兄弟たちの行為をそのような物語としては認めず、「刑名」をつけようとはしなかった時の司法者(公朝)よりもはるかに遅れているといわざるをえないだろう。司法者たちは、この兄弟たちの行為が〈法〉や〈制度〉を成り立たせている物語といかなる意味でも抵触するものではなく、まったく無縁でしかありえないために、〈法〉という物語の側からは、どのようにも名づけることが不可能であることを知っていたのである。

　この兄弟たちの行為に重ねあわせて、秋成が自らの〝根拠〟としての物語を死滅させようとしていたこと、あるいは、そうした物語の〝根拠〟を掘り起こして、棄て去ろうとしていたことをみることは、必ずしも私の恣意的な読み方ではないであろう。そういう意味で、『胆大小心録』は、『春雨』が物語ることそれ自体の極北を目指す試みであるのに対し、そうした物語ることのはるか前方で、「物語」を成り立たせる〈自我〉〈世間〉〈人間〉〈歴史〉といったものを、もう一度「段々に」「寸々に」してみようとする試みにほかならなかったのである。そこで秋成がとらえてみせたのが、このような「説話」的な世界であったことが私には興味深く思われるのだ。むろん、これを秋成が民俗、土俗の〈闇〉に還っていったというならば、私たちは再び『雨月』的な物語にとらわれてしまっているといわざるをえないだろう。秋成は粗木（あらき）のような生なましい切り口を持った物語によって「物語」の死滅を語っているのであり、そこから再び物語の〝根〟に立ち帰ることを不可能とするために、もはや言葉としてもぎりぎりのところまでこの物語を刈りこんでいったのである。母なる「物語」を殺戮する物語によって、秋成はおそらく「孤児」と呼ばれ、「不具」と呼ばれる自らの物語にもとどめを刺したのである。そしてそこには、すでに上田秋成という物語は消え去っているのだ。

　「物語」の〝根〟を断ち切った秋成は、『春雨物語』および『胆大小心録』を書きあげて「一二年をへて」没している。

戯作のユートピア――江戸作者の〈言葉〉

曲亭馬琴が黄表紙作者から読本（よみほん）作者へと転身した契機には、むろん山東京伝の場合と同じように時代相に敏感に反応した面もうかがわれるのだが、本質的に黄表紙というジャンルに収まり切らない馬琴の物之本作者としての〈戯作精神〉があったからに違いない。この場合の戯作精神とは、〝戯作者魂〟といったアルチザン的な気質（かたぎ）というより、もっと近代的な意味での〈文学精神〉に近いものであったと思う。

「文学」という近代的な観念（の制度）が成立したのはほぼ明治二十年代以降のことに属するといわれているのだが、もちろん「近代文学」成立以前にも小説や詩歌や演劇はあったわけで、ただそれらが「文学」という一種のイデオロギーによって括られるのではなく、〈戯作＝戯れに作る〉といういわば卑称によって自らを意識していたことが重要なのである。そういう意味では、〈戯作〉から「文学」へという流れのなかには質的な断絶があり、たとえばそこには、帝国大学出身の文学士・坪内逍遥が〈戯作者〉にまで身を落としたといった世間的な取沙汰とは逆に、作者側の内的な「文学」への飛躍が必要とされていたのである。

だが、一介の稗史小説家、戯作者にしかすぎなかった曲亭馬琴にも、〈戯作〉から「文学」へという飛躍はいささか意味合いを異にしながらも、やはりそこにあったといえるのだ。『近世物之本江戸作者部類』（以後『作者部類』と略記）で馬琴はこう書いている。

しかりとて、吾も素より戯墨もて日暮に給するを、好技なりとおもふにあらねど、性僻にして斗米に腰を折めんことを願はず。又往くを送り来ぬるを迎ふる商賈の所為を要せず。かゝれば意に織り筆に耕す毎に、只勧懲を旨として、蒙昧を醒さんと欲す。さるにより、世の愚夫愚婦の、吾編述の稗史によりて、仁義忠信孝悌廉恥の八行会得したりとて、そを徳として歓を告るものはあれども、吾稗史を見て賊となり、或は奸淫の資けにせしといふものあることを聞かず。かゝれば名教に稗益なしといへども、小補なくはあるべからず。憶に今江戸に戯作者多かるに、只吾をのみ咎めしは文学あるをもてならん。（傍点引用者）

これは大阪在住の五島恵迪による馬琴論について語ったもので、恵迪がその論の中で馬琴を「賊」とまで罵っていることに対して、見ず知らずの人間にこれほどまで悪まれるというのも「文学」のない職人的な戯作者ならばともかく、「文学ある」者が戯作風情に手を染めていること自体が、恵迪などには甚しく気にさわるのだろうといっているのである。むろん、馬琴がここでいう「文学」が現在使われている意味とは違って、漢文による学問、すなわち漢文学の素養、蘊蓄といったものを指していることは明らかだろう。つまり、ここで馬琴は他の戯作者たちと自分とを「文学ある」という一線を引くことによって区別したのであり、だからこそ稗史小説あるいは戯作を書き綴るということに対する非難を、自らの問題として真っ向から受けとめねばならなかったのである。

他の戯作者たち――たとえば『作者部類』の中で「学問は無けれ共才子なれば」と評された式亭三馬、「させる学力も無けれど狂才は余の作者の白眉たる」柳亭種彦、「浮薄の浮世人にて文人墨客の如くならざれば」と書かれた十返舎一九、「吾は素より経書史伝を読まざりければ」と自ら述懐したという山東京伝、などの馬琴と同時代の戯作者たちは、馬琴にいわせればみな「文学」のない連中にほかならず、そのために彼らは「勧懲を旨として、蒙昧を醒さんと欲す」といった戯作の目的意識、すなわち「何故書くか」という作者としての反省意識とは究極的には無縁でありえたのである。このとき、馬琴のいう「文学」がすでに漢文学の知識、儒学的な教養を意味しているだけではなく、〈戯作〉すなわち書くことの向こう側にあるものを希求しようとする働きそのものを指し示したものであることは明らかだろう。つまり、馬琴が自ら「文学ある」といっているのは、別に他の職人的な戯作者たちに比しておのれに〝学問〟あることを誇示しているのではなく、彼にとって「文学ある」ということが「何故書くのか」という近代的な意味での「文学意識」を持つこととほとんど同義的であったからなのである。

書かれている言葉、あるいは描かれている人物、事件、物語の向こう側に「義」があり、そこに作者の「隠微」があるのだというのが、『水滸伝』や『三国志』などの中国の演義小説（義を演べる）、およびそれに対する批評（金聖嘆などの）から摑みとってきた馬琴の〝文学観〟にほかならない。彼はそれを「勧懲」といった通俗的なイデオロギーの言語で語ったわけだが、それはあくまで〈戯作〉という書くことの彼岸にあるもの、あるいは描かれた世界の向こう側の、ある種の〝ユートピア〟的な理想の境地を目指すという志向性にこそ重点が置かれていたのである。馬琴にとって〈戯作〉という行為および作品がつねに否定的なものとしか語られていないのは、それを否定的媒介として「文学」（学問）の理想とする世界への〝飛躍〟が試みられねばならなかったからだ。むろん、それは一部の馬琴研究者たちがいうような〝政治的ユートピア〟（『近世説美少年録』を〝妙義山ユートピア〟と括り、『八犬伝』を〝里見王国〟ととらえるような）であるより以前に、「言語的ユートピア」であることは疑う余地がない。馬琴はそうした〝言語的ユートピア〟において、戯作がたんに戯作としてではなく、「文学」（学問）の目指すものと究極的に結びつくこと、そして〈戯作〉がそのまま「文学」でもありうるような理想郷（無何有郷）であることを求めていたのだ。もちろん、馬琴のこうした考え方は、戯作の世界についての厳しい自省であると同時に、現実世界との繋がりを断って自足的に成立していた当時の「文学」（学問）の世界に対する批判をも内包するものにほかならなかったのである。

こうした〝言語的ユートピア〟という観点において、馬琴が黄表紙の作者から読本の作者へと転向した経緯をみてゆけば、そこにはたんに馬琴個人の問題だけではなく、江戸中期から明治期に至るまでの、すなわち近世の終りから近代にかけての〝日本語〟の問題が浮き彫りにされてくると思われる。黄表紙、黒表紙などの草双紙類、洒落本、滑稽本、人情本、読本などの小説類、さらに歌舞伎狂言の台本から狂歌、川柳、小咄、また随筆、考証、記録に至るまでの夥しい〝言語〟による生産物が江戸期後半において生み出され、流通し、消費されたというのは、一見〈言葉〉の大いなる隆盛とみえながらじつは〈言葉〉の頽廃した状況といえるのであり、終末論的な言語状況として括ることのできるものではなかったか。

そういう意味において、恋川春町（こいかわはるまち）から朋誠堂喜三二（ほうせいどうきさんじ）、芝全交（しばぜんこう）、唐来参和（とうらいさんな）、山東京伝（さんとうきょうでん）へと受け継がれた黄表紙というジャンルは、江戸期の戯作文学のひとつの極点を形造っているといえるだろう。もちろん、京伝・馬琴の読本、一九・三馬の滑稽本、種彦・春水の人情本などの各種の〈戯作〉ジャンルの母胎となったのも、この黄表紙にほかならなかったのである。

江戸戯作、とりわけ黄表紙の本質が〈言語遊戯〉にあることはすでに井上ひさしなどが指摘していることだが、〝低級〟な戯作絵本として貶められてきた黄表紙を〈言語遊戯〉ということで〝高級化〟しようとも、それはたんに、江戸の戯作文学の世界を「白痴の天国」とよんだ正宗白鳥、あるいはそれを追認してそこにある「根本的」な「救いがたさ」を強調した杉浦明平などの〈戯作〉評価を逆立させたものとしかならないだろう。黄表紙をも含めて滑稽本や狂歌や川柳などの言語遊戯を成り立たせている言語状況、すなわち意味するもの（言葉）と意味されるもの（意味＝義）との結びつきが弛緩し、〈言葉〉が言葉そのものとして対象化されうる状況がそこに現出してきたことを視野に入れなければ、「しゃれ」や「地口」、あるいは「うがち」「くすぐり」「見立て」といった末期的な言語表現のなかから、馬琴の『八犬伝』のような〝言語ユートピア〟の試みが生まれてきたことを説明することはできないのだ。こうした黄表紙の言語的な特徴をもっとも極限的な形で示しているのが初期黄表紙本の傑作のひとつ、恋川春町の『辞闘戦新根（ことばたたかひあたらしいのね）』（安永七年＝一七七八年）という作品であると私は思う。

　これは、当時の江戸での流行語であった「大木の切口ふといの根」（図太い、とんでもない）、「どやき・さつまいも」（うまい）、「鯛の味噌ず」「四方のあか」「一ぱい飲みかけ山のかんがらす」（一ぱいやろう）、「放下師ののみこみ印」（のみこんだ、合点だ）、「ならずの森の尾長鳥」（できない）、「天井みたか」（思い知ったか）、「とんだ茶釜」（あてがはずれた）、といった地口、しゃれの類いの言葉たちが、自分たちを酷使するだけで茶の一ぱいも振舞わない「草双紙」の関係者たち――画工、草紙屋、板木屋などを脅そうとするという話で、むろんそこにその頃から顕在化し始めた作者（作家）と出版ジャーナリズムの側との確執といった背景を読みとることはたやすいのだが、本質的にはたとえば「大木の切口ふといの根」という〈言葉〉と、それの指し示している〝図太い、とんでもない〟というしゃれとしての〈意味〉とが遊離しているということに、その時代的な言語の病的な状況を読みとるべきなのだ。ここでは言葉とその意味とのずれとが一篇の作品の「趣向」となっているわけであり、春町自身によって視覚化されているそれらの言葉たちの現身(うつしみ)は、まさにその文字通りの意味と、しゃれとしての意味とがないまぜとなった「化け物」の姿をとらざるをえないのである。

たとえば「大木の切口ふといの根」は切株に目鼻のついた顔だちでいかにも親分格の化け物、「鯛の味噌ず」は顔がお椀の化け物で、手足のある鯛の半魚人とのコンビネーション、「とんだ茶釜」は湯呑みと五徳の模様をあしらった着物の茶釜頭といった絵像で表現されており、それはルイス・キャロル‐ジョン・テニエルのコンビによる『不思議の国のアリス』の〝チェシャ猫〟や〝まがい海亀〟などの挿画を想起させるものといえるだろう。

むろん恋川春町としては、唐代小説『枕中記』あるいは謡曲『邯鄲』の「世界」という縦糸に、〝金々先生〟という流行語を「趣向」として横糸を織りこんで喝采を受けた彼の出世作『金々先生栄花夢(きんきんせんせいえいぐわのゆめ)』と同様の仕立てで、やや楽屋落ち風にハメをはずしてみせたというのがこの作品の狙いどころだったのだろうが、たとえばこれらの当世語、流行語の「化け物」を退治するのが、坂田金平、渡辺の武綱、牛若丸といった浄瑠璃本、仮名草子などの由緒正しい登場人物たちであったという結末に、春町の正統的な〈言葉〉についての規範意識がうかがわれるように思えるのだ。降参した流行語の化け物たちに対して金平本の正統的な主人公・坂田金平はこう意見する。

> 当世洒落の世の中ゆゑ、汝らごときいやしきやつらを草双紙にも書きのせたり。我らがではじめ、昔の草双紙にかりにもいやしき言葉をつかはず、薄雪物語、猿源氏のたぐひ、みな古歌を引用ひ書きたり。しからば汝らごときもの、此せつ、草紙に書きのせらるるを有難しと思ひ、以後きつとつつしみをらうぞ。憎さも憎いやつなれども、これなくしては、草双紙の趣向はあがつた

りぢや。

正体も知れぬいやしき地口、しゃれ言葉が幅をきかす「洒落の世の中」に、駿河小島藩百石御内用人・倉橋格（恋川春町の本名）が何の疑念も抱かずにいたと考えることこそ不自然なことだろう。だが、所詮はそうした浮薄な言葉が流通する「お子様乳母様ごぞんじある草双紙」の世界にしか、恋川春町こと倉橋格、あるいは朋誠堂喜三二こと秋田藩江戸藩邸詰め留守居役・平沢常富などの黄表紙作者たちは〝活きた言葉〟を見出すことができなかったのである。こうした作者たちがどれほどの〈醒めた熱狂〉を持ちながらたんなる言語遊戯に没入していったのか。彼らはそこで旧来の言語規範から自立して動き始めた〈言葉〉という化け物を発見したのであり、その異類としての〈言葉〉の化け物性を、あたうる限りで実証してみせることが彼らの〈戯作〉における情熱にほかならなかったのである。そうした意味において彼らはあくまでも〈言葉〉への偏執を貫いた戯作者たちであるのだが、それをまた戯作という範囲にとどめおいたということにおいて、彼らの現実の〈言葉〉の規範、秩序への回路は保たれていたのである。

ところで、私たちはここで坪内逍遥が曲亭馬琴の作品について語った次のような評言を思い出すべきかもしれない。

彼の曲亭の傑作なりける『八犬伝』中の八士の如きは、仁義八行の化物にて、決して人間とはいひ難かり。作者の本意も、もとよりして、彼の八行を人に擬して小説をなすべき心得なるから、あくまで八士の行をば完全無欠の者となして、勧懲の意を寓せしなり。

（傍点引用者）

明治期における馬琴否定のマニフェストともいえる『小説神髄』の中の有名な一節だが、むろん逍遥は単純な〝西洋かぶれの文学観〟で馬琴の小説を否定、排斥しようとしたわけではない。ただ彼は馬琴の中に息苦しいまでの〈言葉〉という化け物についてのこだわりをみたのであり、そこから〝人間〟あるいは〝写実〟といった、ある意味では〈言葉〉の軛（くびき）をそれほどに意識しないで済まされる〝ゆるやかな方法〟へと逃れ去ろうとしただけなのだ。もちろん、馬琴にとってみれば『八犬伝』の八犬士はまだまだ〈仁義八行の化物〉である度合いが少ないのであり、そういう意味では〝人間的〟すぎるのである。

先走っていってしまえば、犬江親兵衛仁、犬川荘助義任、犬村大角礼義、犬坂毛野胤智、犬山道節忠与、犬飼現八信道、犬塚信乃戍孝、犬田小文吾悌順の八犬士は、黄表紙の流行語の化け物たちと同じように、「仁義礼智忠信孝悌」という儒教道徳の徳目の〈言葉＝文字〉の化け物にほかならない。つまり、これらの八犬士はそれぞれの持つ玉に浮き彫りされた〈言葉＝文字〉を体現することを運命として背負わされた存在なのであり、そうした意味ではまさに黄表紙の〈言語遊戯〉をその底辺でささえていた言語状況、すなわち意味するものと意味されるものとが乖離しあい、〈意味＝義〉との〝ふとい根〟を断ち切られた〈言葉〉のみが、出版ジャーナリズムの拡大、膨張とともに浮遊しているという状況と共通したところから生み出されたものといわざるをえないのだ。

あらためていえば、黄表紙は戯作が〈言葉〉そのものを対象にしたということと、そこから鏡に映った姿をみるように戯作者自らの姿を見出したということにおいて、馬琴あるいはその他の黄表紙あがりの小説家（京伝、三馬、一九、種彦、春水など）にとって重要な意味を持っていたのである。ここで馬琴とこれらの黄表紙作者たちとを対比的にみてみれば、馬琴が黄表紙というジャンルの中でいかに〝不自由さ〟を感じていたかが明らかとなるだろう。

馬琴の黄表紙作品『曲亭一風京伝張』が、黄表紙、合巻、読本のいずれのジャンルにおいても彼の先導者であった山東京伝への反撥を底意として隠したものであることは明らかだろう。真山青果がその『随筆滝沢馬琴』で指摘しているように、この黄表紙本の最初の見開きの丁で京伝と馬琴とが対坐している「著作堂」の居室の壁には「事取凡近義発勧懲」なる聯が掲げられている。むろんこれはこの頃から馬琴が「勧懲」の説を自己のものとしていたことを示すと同時に、彼がこの勧懲という〝イデオロギー〟を手に入れることによって初めて京伝張りの戯作と対峙しうる観点を持ちえたことをあらわしているのである。つまり、馬琴はその黄表紙作品の中で、わざわざ京伝の目の前に勧懲の文字を掲げることで、その意義を悟れるはずもない京伝に当てつけているのだ。また、最後の丁にはいわゆる京伝鼻の馬琴自身が、京伝の店の扱い物である烟草入れの上に乗り、烟管を捧げ持つという観音菩薩風の〝見立て〟の図があるのだが、その丁の余白には「文章無一物(ブンシヤウムイチモツ)、趣向本来空(シユカウホンライクウ)」の文字が書かれているのである。馬琴の許へ京伝が烟草入れと烟管を持ってきて、これを趣向にどうか一篇を綴ってほしいと頼むのがこの黄表紙の発端なのだから、最後に「趣向本来空」の文句でうっちゃりを喰わされるのは、むろん読者であると同時にダシにされた京伝そのひとでもあるといえるだろう。さらに、京伝がその「趣向」の巧みさ、奇抜さによって京伝張り黄表紙を作りあげていたのに対し、馬琴がその糟粕をなめるような黄表紙しか書いていないことを考えあわせれば、ここで馬琴は京伝のそうした「趣向」「見立て」を〈空(くう)〉であると語ることによって、黄表紙そのものを内在的に否定してしまったといえるのである。

『作者部類』の中で馬琴は唐来参和の言としてこんな言葉を紹介している。

臭草紙(くさざうし)は馬琴、京伝に及ばず、読本は京伝、馬琴に及ばず、そをかにかくといふ者は、好憎親疎によりて私論をなすのみ、然ども、京伝はさまてもなき趣向にても、見てくれを旨として、よくかき活るをもて、人其拙に心づかず、馬琴は臭草紙といへ、よく根組(ねぐみ)を堅固にして、勧懲を正しくす。

少なくとも黄表紙（臭草紙）において、何かを何かに〝見立てる〟、すなわち「うがち」「なぞらへる」言葉の働きが「趣向」の中心を成すものであり、黄表紙の本質であるという意味において、この唐来参和の、特に後半の部分がほんとうに彼の言葉であるかは疑わしい。「根組の堅固さ」はともかくとして「勧懲を正しくす」ということは、黄表紙の本質的なものをむしろ否定してしまうことに繋がるからだ。しかし、馬琴にとって必ずしも黄表紙を否定したところから、読本が始められたというべきではないことはこうした文章からも明らかだろう。彼は京伝張りの「趣向」を内在的に否定することによって、本質的には黄表紙というジャンルを揚棄してしまったといえるわけだが、その黄表紙をささえていた〈言語意識〉あるいは〈言語状況〉は勧懲というイデオロギーによって止揚されるはずもなかったからである。つまり馬琴は、黄表紙における「趣向」を否定したところで〈言葉〉の問題に突きあたらざるをえなかったのである。

馬琴と同様におそらく京伝の黄表紙の圧倒的な影響下から出発したのが式亭三馬である。そして彼が京伝の代表する黄表紙というジャンルから離れて『浮世風呂』『浮世床』といった滑稽本の第一人者となっていったという道筋において、読本の大家となった馬琴と対極的なところへ進んでいった小説家であるといえるだろう。しかし、馬琴が封建制社会の露骨なイデオローグであったのに対し、三馬は『浮世風呂』『浮世床』といった作品で江戸の庶民生活、庶民感情を活写した〝写実主義(リアリズム)〟の作家であるという、しばしば行われる誤解は、馬琴に悪意的であると同時に三馬をも見誤ったものといわざるをえないだろう。三馬は『浮世風呂』『浮世床』でそうした世界に流通している〈言葉〉を忠実に再現してみせようとしたのであり、むろんそれは京伝が〝吉原言葉〟をその洒落本において見事に再現してみせたことの顰みに倣ったのと同時に、さかのぼって黄表紙の言語遊戯から受けとってきた〈言葉〉へのあくなき関心（ある意味では盲目的な）にささえられたものにほかならなかったのである。

だが、こうした〈言葉〉への関心という点においても、馬琴と三馬とではそのベクトルがまったく逆向きとなっていることを強調しておかなくてはなるまい。つまり三馬の場合は、流通し、消費される〈言葉〉の現状をほとんど何の批判意識もなく再現してみせたのであり、それは馬琴にとって止揚すべき戯作の言語状況にそのまま安住すること以外の何ものでもなかったのだ。

『作者部類』の中で馬琴は三馬について「京伝馬琴等と交らず、就中馬琴を忌むこと讐敵の如しと聞えたり」と書きつけているが、これはむしろ馬琴が三馬に対して抱いていた感情を投影したものといえよう。つまり、馬琴にとって三馬の作品は戯作の中でももっとも堕落した形態としかみえなかったのであり、そうした意味で馬琴の実現しようとした〝言語ユートピア〟とほとんど対蹠的であるのが三馬作品の〈言語世界〉であったのだ。さらに、馬琴は三馬評の結語として「かゝれば純粋の戯作者也、明の謝肇淛が所謂才子書を読ざるの類なるべし」と結んでいる。むろん「純粋の戯作者也」を手離しの賞め言葉とするわけにはゆくまい。むしろ馬琴が強調したかったのは、三馬の戯作者としての〝度し難さ〟といったものではなかっただろうか。少なくとも馬琴の戯作においては、たとえば『浮世風呂』の〝よいよいのぶた七〟のような明らかな〈不具の言葉〉〈差別された言葉〉が登場するわけはなかったのだ。「勧懲を正しくす」とは一方ではこうした〈言葉〉の秩序意識を回復しようとすることであり、だからこそ三馬という戯作者は「文学」（学問）がないばかりでなく、「文学」が目指すべき〝ユートピア〟、すなわち〈言葉〉がそれの意味するものと完全に一致するという世界を希みみることさえもできない戯作者にしかすぎなかったのである。

馬琴の『八犬伝』が〈言の咎〉を発端としていることは、この長篇小説を読むにあたってもっとも留意すべきことのひとつだろう。一種のユートピアである〝里見王国〟の創始者・里見義実は逆臣・山下定包とその情婦玉梓を捕え斬首するのだが、義実はいったんは玉梓の命乞いを受けて「女子なれば」と刑を許すが、金碗八郎の諫言を受け入れて再び処刑を命ずるのである。玉梓はそれを怨み斬首の際に次のような呪詛の言葉を吐く。

「又義実もいふがひなし、赦せといひし、舌も得引ず、孝吉に説破られて、人の命を弄ぶ。聞しには似ぬ愚将なり。殺さば殺せ。児孫まで、畜生道に導きて、この世からなる煩悩の、犬となさん」（傍点引用者）

むろんこの後に続く「伏姫」の一連の物語がこの玉梓の呪詛に導かれたものであることは明らかだが、この「児孫まで……犬となさん」という呪言が、霊魂的なレベルでは伏姫の子（つまりは義実の孫）である「八犬士」の出生にまで及んでいることもまた明らかだろう。そういう意味では、その姓に「犬」の一字を共有する八犬士は、まさに人と犬との間に生まれ出た〝異類〟に分類されるべきなのであり、そうした八犬士の存在そのものが義実の〈言の咎〉、さらに玉梓の呪言に収斂されるものといえるのである。

ここで示されているのは、義実の二度目の〈言の咎〉、すなわち八房に伏姫をあたえるという約束を反故にしようとした時に伏姫が諫める言葉「仮令そのこと苟且のおん戯れにましますとも、一トたび約束し給ひては、出でかへらず、馬も及ばず」からうかがわれるような、〈言葉〉に対する絶対的な信仰を要請するものにほかならない。「かりそめ」であろうと「戯れ」であろうといったん口から出た〈言葉〉は実現されなければならぬというリゴリズムは、黄表紙風の浮遊した〈言葉〉とは対極的なところにあるものだが、むろんこうした〈言葉〉のリゴリズムこそが実現されることのない〈言葉〉、浮遊し、気ままなしゃれとして流通、消費される〈言葉〉の現況を逆説的に映し出しているのである。そしてじつは『八犬伝』の全篇を貫くのも、こうした現実の浮薄な言語状況に苛立ちながら、なおかつその〈言葉〉の状況を通して〝言語ユートピア〟を実現しようとする馬琴の〈言葉〉についての渇望にほかならないのである。

『八犬伝』に登場する夥しい鳥獣虫魚の類の名前を持った人物たち――たとえば亀篠、大塚蟇六、舩虫、石亀屋次団太、鮫守磯九郎、泥海土丈二、百堀鮒三、馬加蠅六郎、鮹船貝六郎、浦安牛助、堀内雑魚太郎、奥利狼之介、野幕沙雁太、河鯉佐太郎、といった人物たちの命名法も、原理的にはじつは犬江、犬川、犬村、犬坂、犬山、犬飼、犬塚、犬田といった犬士たちの命名法と異なるところはないのである。なぜならば、八犬士たちも、あるいは動物名を付与された『八犬伝』世界の底辺で蠢めく登場人物たちも、所詮は〈言の咎〉によって生み出された〝異類〟としての〈言葉〉の被造物にほかならないのだから。つまり、〈言葉〉がその内容の真実性を失い、いわば虚言と化してしまうことの〈咎〉として生み出されたものたちは、人間でありながらも人間としての名を持つことができず、一種の化け物としてしかありえないのである。だから、人間であるはずのものがたとえば「舩虫」という名を持ち、逆に妖狸が「妙椿」、怪猫が「赤岩一角武遠」といった一見まともな名前を持つといった転倒的な出来事さえ起こりうるのだ。

『八犬伝』の〈アニミズム世界〉として語られるこうした人獣混合の物語的な景観が、けっして馬琴の無意識的な〝土着〟〝民俗〟的と形容されうる神話論的深層から浮かびあがってきたものではないことは、彼自身が証言している。『八犬伝』第九輯巻之二十九簡端或説贅弁では、このところ（第九十九回から第百四十九回にかけて）「怪談」が多すぎるのではないか、という読者側の批判に対して馬琴はこう答えている。

本伝も亦始より、鬼話怪談もて趣向を建たり。豈啻九十九回以下のみならんや。所云始に役行者の利益あり、又伏姫腹を劈て、竟に八犬士の張本になれる奇談あり。是よりして後、多く怪談に渉る者、事皆勧懲の意もせざるはなし……然るを怪談多しといへるは、右てもいまだ覚ざるか、弁ずるともいふかひなかるべし。

ここで馬琴が語っているのは、『八犬伝』という作品がもともと「鬼話怪談」として構想されたものであるということだ。そしてそれはすでに役行者、伏姫の説話的部分で明らかとなっている事柄にほかならないのである。馬琴が「いふかひなかるべし」と苛立っているのは、明白に〈アレゴリー〉であるものを〝リアリズム〟で読もうとする者たちについてであり、そうした『八犬伝』の〈陰微〉について思いを廻らせようともしない怠惰な読み手に対してである。役行者の利益とは何か。むろんそれは伏姫に「仁義礼智忠信孝悌」の八文字が浮き彫りにされた数珠（文字＝言葉）を与えることによって、玉梓の「犬とならん」という呪言を〝中和〟させたことにあったのだ。高田衛がその『八犬伝の世界』で指摘しているように、役行者が一言主神の上位にある神格であることを馬琴は当然ここで意識していたのであり、そして一言主神が「吾は悪事も一言、善事も一言、言離の神、葛城の一言主の大神なり」（『古事記』）と名のり出る神であれば、役行者が伏姫の未来を見通していう「禍福は糾（あざなへ）る縄（なは）の如し」の諺は、いかにも「悪事一言、善事一言」をコントロールしうる神にふさわしいものといえよう。つまり、義実の〈言の咎〉あるいは玉梓の呪言によって、伏姫は八房とともに隠世する（異類婚姻－畜生道）のだが、そうした禍事（まがごと）（禍言（まがごと））は、役行者のもたらした仁義八行の〈聖語〉によって八犬士出生という善事（よごと）（善言（よごと））に逆転されるのである。ここで私たちは「犬とならん」すなわち〝犬子〟が〝犬士〟となる〈言葉〉の秘蹟をみるのである。

馬琴が『八犬伝』で実現しようとしたのはこのような〈言葉〉についてのアレゴリーにほかならない。つまり大ざっぱにいってしまえば『八犬伝』の骨子となっているのは、〈言の咎〉〈呪言〉といった〝闇の言葉〟に対する、光り輝やく水晶の数珠に刻まれた〈聖語〉という〝光の言葉〟との角逐、相克なのであり、黄表紙風にいえばまさに〝辞闘争（ことばたたかひ）〟にほかならないのだ。もちろん、馬琴はこうした〈言葉〉のアレゴリーを通じて、さまざまなレベルでのユートピア願望をその作品世界の中にすくいとってみせたのである。それは、あるいは『八犬伝』世界の底辺に棲みつく人間とも獣ともしれない〈言葉〉の化け物たちを復権させることであるかもしれないし、また文字通り曼陀羅世界の構図に、「上求菩提」の意図をひそめることであったのかもしれない。さらに、頼りとしていた一人息子の琴嶺に先立たれ、〝婦女幼童〟をひきいて〈家〉を守りぬかねばならなかった馬琴の私的な生活から浮かびあがってくる「祈りのようなもの」がそこに込められていたのかもしれない。

いずれにしても、馬琴が『八犬伝』によって実現しようとしたのが、私たちが今日「文学」とよんでいるものの、その究極的なユートピア形態であることは間違いないと思われるのである。

「世界」の構造――鶴屋南北

1

　四世鶴屋南北の歌舞伎狂言の代表作『東海道四谷怪談』およびその姉妹篇ともいえる『盟三五大切』が、〝忠臣蔵〟を「世界」としていることはよく知られたことである。世界とは歌舞伎用語でその劇の内容となっている時代、事件、および登場人物たちのカテゴリーを指しているもので、たとえば王代、時代、世話（当代もの）といったごく大まかな時代的な類別のほか、さらに時代ものの中に曾我物語、義経記、太平記のような事件、物語ごとのそれぞれパターン化された「世界」が形造られているのである。忠臣蔵の「世界」とは、いうまでもなく竹田出雲らによる当たり狂言『仮名手本忠臣蔵』を嚆矢とする忠臣蔵劇の背景のパターンとしてあるわけで、南北劇の中では『四谷怪談』『盟三五大切』のほか『菊宴月白浪』がこの忠臣蔵を「世界」とした作品に属している。

　大ざっぱにいってしまえば、この「世界」という言葉のあらわすものは、もともと作劇法の便法にほかならなかった。つまり、完全に独創的な物語と登場人物たちとの類型をあらたにつくりあげるより、既知の「物語」「歴史」「伝説」などの中から登場人物や背景世界を借りて来たほうが演劇をつくりあげる（生産者）側、それの享受者（消費者）側のいずれにも便利だったのである。〈近代芸術〈文学〉に特有なオリジナリティーの尊重などはここにはない。外題、すなわち芝居の題名を替えるだけでほとんど同内容のものを新作ものとして興行を打ち直すといった事例は歌舞伎界では日常茶飯のことであり、それを別に剽窃、盗作ととがめることなどありえなかったのである。

だが、南北劇の場合はこうした「世界」に対しての考え方が、それまでの歌舞伎劇とはかなり違って来ているといえると思う。南北の時代にはそれは作劇の便法というより、すでに因襲的な類型となっていたわけだが、南北はそれを逆手にとり、「世界」を強調することによって劇の本質としての「世界」の様式性を際だたせようとしたのである。いいかえれば、それは今まで大枠の約束事としての中で劇が行われていたのに対し、「世界」そのものを劇の対象にしてしまうということだ。南北最晩年の作品『独道中五十三駅（ひとりたびごじゅうさんつぎ）』は、大もとは膝栗毛という「世界」を借りて、それにさまざまな「世界」を重ねながら舞台上に東海道五十三駅をつぎつぎと繰りひろげてゆくという斬新な趣向の作品であり、ここではたとえば亀山、染分手綱といった「世界」自体が、役者や大道具や鳴物と同じように、芝居の一要素としてとらえられているといわざるをえない。この作品が、重ねあわされた「世界」の数の多さにおいて空前絶後であるといわれることも、こうした南北の「世界」のとらえ方の独自性に由来するものであるといえる。つまり、南北にとってはそれは強いられた枠組というより、むしろ彼の劇の自由自在さを保証する手段にほかならなかったのである。

〝忠臣蔵〟が歌舞伎狂言の代表的な「世界」であることはいうまでもないが、歌舞伎というジャンルを離れて、ひとつの共同幻想の世界をつくりあげていることもまた確かである。渡辺保がその『忠臣蔵――もう一つの歴史感覚』で指摘しているように、忠臣蔵という言葉自体が「歴史的事実からフィクションまで、すべてを包含した」ものとして使われており、そこに「大勢の人間の、いわば無名性の織りなす時代の夢」が集約された〈もうひとつの歴史空間〉をみることは可能なのである。むろん、ここでの歴史的事実とフィクションとは不可分のものであり、明確な境界線を引きうるものではない。『仮名手本忠臣蔵』の観客たち、あるいはさまざまの形で書き替えられ、作り替えられて来た忠臣蔵のドラマをみる人びとは、目の前の虚構をみていると同時に歴史的事実をもみているのであり、さらにそのこと自体が共同幻想としての〈歴史空間〉をつくり出しているのである。だから、私たちはあらためてそうした〝忠臣蔵劇〟の向こう側にあるものを忠臣蔵の「世界」と呼ぶのだといってもよいだろう。そして、それはほとんど江戸期における日本人の世界観、世界像の原型をなしていたといってもよいのである。

あらかじめいってしまえば、私がここで四世鶴屋南北の忠臣蔵劇について語ろうとするのは、南北劇がこうした忠臣蔵という共同幻想のコスミックな「世界」に対する徹底した侵犯、叛逆にほかならないと思われるからだ。忠臣蔵の「世界」を使って、そうした「世界」そのものをひっくりかえそうとする試み、私が南北の〝忠臣蔵劇〟にみるのはそうした〈悪意〉にほかならない。もちろん、それはたんに先行作品としての『仮名手本忠臣蔵』に対する〝茶番（パロディー）〟〝書き替え（改竄、逆転）〟ということだけではなく、『忠臣蔵』の依拠している共同幻想的な世界観そのものの茶番化、書き替えなのである。なぜ〝忠臣蔵〟なのか、とは問うまでもあるまい。それが南北にとってもっとも広義の意味において「世界」にほかならなかったからだ。そこには儒教的な忠孝の倫理といったイデオロギーとともに、「金」と「恋」とに対する常民たちの感覚が息づいており、あるいは義理と人情との劇的葛藤、そのカタルシスまでが余すところなく包含されている。一言でいえばそれは日本人の感受性の様式そのものなのだ。むろん、南北はそうした感受性に雁字搦めにからめとられていたからこそ、それに叛逆し、侵犯しようとしたのである。そういう意味で、南北劇は壮大な「反世界」でしかありえない。ここで『東海道四谷怪談』がその初演の際に、『仮名手本忠臣蔵』と交互に半分ずつ、二日間にわたって上演されたということを思い起こしてもよい。つまり、『忠臣蔵』が〝表〟であれば『四谷怪談』は〝裏〟であり、あるいはそれを〝昼〟と〝夜〟、〝光〟と〝影〟というふうに呼んでもよく、むろん南北は自分の演劇世界がプラスに対するマイナスの世界であることを充分に意識していたのであり、それをもっともあざやかに示すために、こうした奇抜な上演方式を考え出したのである。

だが、まずはじめに私たちは『菊宴月白浪』をとりあげるべきだろう。文政四年（一八二一）に初演されたこの芝居は、『四谷怪談』『盟三五大切』上演に先立つこと四年、立作者・鶴屋南北が忠臣蔵の「世界」に本格的に取り組んだ最初の作品なのである。もっとも、この劇が時間的にいえば『忠臣蔵』の後日譚にあたることはいささか注意しておくべきことだろう（『四谷怪談』『盟三五大切』は、『忠臣蔵』と〝同時進行〟形式のドラマである）。この作品では開幕そうそうすでに『忠臣蔵』のクライマックスである塩冶浪人四十七士による高家討入が行われ、義士たちの切腹後一年という時が過ぎていることが知らされるのである。いわば、この劇は大星由良之助以下四十六人の義士たちの討入後の〈もうひとつ〉の四十七士の討入劇なのであり、むろんそれは「一度目は悲劇、二度目は喜劇」の言葉に違わず、『忠臣蔵』の〝茶番（パロディー）狂言〟でしかありえないのである。

南北がこの劇を積極的に茶番に仕立てあげようとした作為性を随所に指摘することができる。たとえば、七段目の柳橋の場は『仮名手本忠臣蔵』五段目の当込みであり、『忠臣蔵』の猪のかわりに越後獅子が花道から登場すると、早野勘平の鉄砲のかわりに舞台裏でドンと鉄砲の音、すると花火があがって「玉屋ァ」の科白になるという場面は、いささか悪ふざけめいたパロディーといわざるをえないだろう。あるいは、二段目の斧閑居の場が『忠臣蔵』四段目の判官切腹の当込みだけではなく、七段目の由良之助の〝蛸肴〟のエピソードなども織りこんで観客の笑いを引き出す工夫をこらしている。

しかし、この劇が「忠臣蔵」を逆転させたものとなっていることの中心としてあるのは、これが不義士たちの芝居であるということだ。主人公の斧定九郎が『忠臣蔵』において、その父・斧九郎兵衛（『仮名手本忠臣蔵』では斧九太夫）とともに不義士の代表格の烙印を押された人物であることはいうまでもないだろう。高師直、鷺坂伴内などの敵役とくらべても、なまじっか塩冶浪人であるだけに「裏切者」「変節漢」のイメージは強く、〝不人気〟の度合いははなはだしく大きいのである。こういう不義士を主人公に据え、さらに不義士の代表格の人物が、じつは大星由良之助にも劣らぬ忠義の士であったという〝価値転換〟の逆転劇がこの芝居の眼目なのだが、むろんそれだけではたんに〝忠〟と〝不忠〟、〝善〟と〝悪〟とのどんでん返しという単純な、ありふれた趣向にしかすぎない。たとえば、定九郎の父・九郎兵衛はその死の間ぎわにこういう科白を残す。

「それゆへわれは卑怯にも、命のばはり大星はじめ、義士の面〳〵が成行を見届けて、すは師直をうち洩せしと聞ならば、後詰に扣（ひか）へて本望と、思ひの外に、世に類ひなき立派の仇うち、武士の鑑みと世上の風聞。われは空敷この年月、本意にあらぬ不義士の汚名」

もちろん、私たちはこうした本音をいささか疑わしく思ってもよいはずだ。事実、徳富蘇峰の『赤穂義士』（『近世日本国民史－元禄時代』）によれば、赤穂義士討入後に、この後詰め論の風説が流され、いわゆる不義士の側の正当化がなされたそうだが、むろんそれは世間の白眼視に対する不義士たち、あるいはその同情者によるやむにやまれぬ方便であったのだろう。

だが、ここで重要なのは定九郎や九郎兵衛の所詮はうかがい知れぬ本音の問題ではなく、義士が出たからこそ不義士となってしまったという彼らの社会的な関係における〝受動性〟の問題なのである。一部の偏狭な〈武士道〉に凝り固まった狂信者による〝義挙〟が行われたからこそ、そこに不義士なるものが出て来たのであり、そういう意味でここで九郎兵衛が「思ひの外に」「本意にあらぬ」と繰りかえすその口吻に込められたものは少なくとも本音なのだ。すなわち、彼らは不義士であったのではなく、四十七士が義士となってゆく過程において、不義士となってしまったのである。

南北がみているのも、こうした不義士となってしまった人びとのそれ以後の行動、生き方についてにほかならない。義士の名を残して切腹した四十七士とは違って、不義士の烙印を押されたものたちは、切腹して死ぬことさえも許されてはいない。もちろん、その不義を雪ごうにもすでに、〝仇敵〟の首はあげられており、汚名挽回の機会は永久にありえないのである。彼らに残されている道は何か、南北の出した結論は明快だ。彼らはただ、ひたすら四十七人の義士の茶番（パロディー）として生きなければならない、ということにほかならなかった。斧定九郎は決然とこう語る。

「国のみだれはこの身の本懐。しからば五星をわが名に呼び、今より暁星五郎と改名して、富家の家々大小名、宝詮議は差当たる、山名の館へ乱入の、今より賊の張本人。宝取得て塩冶の家国、引き興さんは目のあたり。あら〳〵喜ばしやナア」

大星ならぬ暁星と名を変え、ちょうど四十六人の不義士の仲間を引き連れて、討入ならぬ家尻切、斧定九郎が選んだのはこうした茶番を生きるということであった。むろん、最低限の建て前として御家再興のための宝詮議という目的はあるのだが、それも「国のみだれはこの身の本懐」などという自らの言葉によってすでに馬脚をあらわしているというべきだろう。ここからうかがわれる彼の本音は、「乱を待ち望む」意志にほかならず、それは所詮御家再興のイデオロギーとは最終的には擦れ違ってしまわざるをえないのだ。逆にいえば暁星五郎こと斧定九郎にとって「国家」という共同幻想そのものを相手としない限り、彼らの汚名は拭い去られることはありえないのである。

国家の転覆、内乱騒擾のくわだてといえば、私たちはすぐに南北の出世作『天竺徳兵衛韓噺』を思い起こすだろう。朝鮮の臣・木曾官すなわち吉岡宗観の遺子である天竺徳兵衛は、ガマの妖術を駆使して〈国家転覆〉をくわだてる大悪人なのだが、南北は、忠孝という体制のイデオロギーを最終的に貫こうとすれば、そのイデオロギーそのものの依拠する体制を覆さねばならなくなる、というはなはだ矛盾にみちた立場にその主人公を置いたのだ。同じようなことは、暁星五郎こと斧定九郎についてもいえる。つまり、彼の忠孝に殉じようとするイデオロギーへの絶対的な帰依が、彼自身をそうしたイデオロギーの基盤である共同幻想としての国家体制を踏み破らせる方向へと導くのである。こうしたアイロニカルな、宙吊りにされた人間存在の立場といったものが、南北のドラマトゥルギーの出発点となっていることはすでに明らかだろう。敷衍していえば、南北劇のほとんどの登場人物たちは、いささかなりともこうしたアイロニカルな立場を生きる矛盾的存在なのである。

「直助」「権兵衛」の役名を持つ登場人物が南北劇において、とりわけこのような〈矛盾〉を孕んだ存在であることは、しばしば指摘されていることである。『菊宴月白浪』においても、石屋・権兵衛こと垣坂三平は、斧定九郎の実の兄でありながら、塩冶判官の弟の縫殿介が自分の妹（養子先の）・浮橋に孕ませた塩冶の〝血筋〟たる胎児の命を断つために浮橋を手にかけるのである。むろん、浮橋や縫殿介を殺害しようとする時点では権兵衛は自らの出自を知らず高師直の石碑をつくるという仕事を得ようとするばかりに、結果的にははなはだしい不忠を行ってしまうこととなるのだ。

直助こと与五郎の場合も状況的にはほとんど同様である。幼い頃から肌身につけていた守袋によって自分が高師直の落胤であることを教えられた彼は、弟にあたる嶋五郎が自分の主人筋の斧定九郎の手にかかって殺された以上、高家の正統の後継ぎが自分だけであることを知って煩悶するのである。むろん、それは〝忠〟と〝孝〟との葛藤にほかならない。すなわち、〝孝〟であろうとすれば、現在の主人である加古川（斧定九郎の妾、すなわち与五郎にとって塩冶家は主家筋にあたる）に対する〝不忠〟となり、〝忠〟であろうとすれば、それが自らの血筋に対する〝不孝〟になるという二律背反的な立場に、彼はここで立たされてしまうのだ。結果的には彼はその主人・加古川を殺すことによって不忠の道を選んでしまうのだが、そこに至るまでの彼の心的なプロセスはそれほど単純なものではない。彼は断末魔の加古川に向かってこういう科白を吐く。

「いかにもこなたの推量の通り、今迄尽せし忠義の道も、乳母(めのと)が咄しにわが素性、明かして見ればこの与五郎、師直公の落胤と、聞ひたる時は五体は悩乱。知らぬこととて今日までも、現在敵(かたき)に膝を屈し、月日も送った無念さゆへ、縫殿介浮橋めをおびきいだし、道でばらす手つがへして、宝を隠せば塩冶は埋もれ木。そのうち系図の菅家の正筆手にいれて、父の家名はおれが相続するだハ」

この「五体は悩乱」という言葉をたんなる修辞と受けとめるべきではないだろう。塩冶家の宝物・花筐の短刀に思わず彼は手を伸ばしてしまうのだが、そこを加古川にみとがめられる。「欲心がきざしたのじやな」と詰寄る加古川に向かって彼は「成ほど、その思召は御尤ではござりまするが、貧乏すれば現在の、お主さまにもそのよふに、疑れるが口惜しふござりますわいな」と弁明するのだが、彼の心底に裏切りの念が萌したのは、むしろこの瞬間であったといってよいだろう。このとき直助は自らのアイロニカルな立場から不忠の側へと寝返っていったわけだが、むろん、そうした不忠は大切においていて忠臣・斧定九郎によって成敗されることで作品上のイデオロギーとしては落着するのである（権兵衛も自ら進んで実弟・定九郎の刃にかかることで、おのれの〝不忠〟を清算する）。

いってみれば、「直助」「権兵衛」は、自らの宙吊りにされたアイロニカルな立場に耐えることができずに、自ら滅び去ってしまうものの謂にほかならない。つまり、彼らは自らが〈矛盾的存在〉であることに耐え切れず、一方の極へ身を投げかけてしまうことで破滅するのである。もっとも、それは必ずしも彼らにとって不幸なことではあるまい。実弟の伴侶（おかる）に横恋慕していた権兵衛にとって、死はむしろ生よりも望ましいものであったかもしれないし、先走っていってしまうことになるが、『四谷怪談』において実妹・お袖と畜生道の交わり（近親相姦）を行った「直助権兵衛」にとっては、この世のほうこそが、彼を知らぬ間に地獄へとたたき落とそうとする悪意の世界にほかならなかったのではないか。〝善〟と〝悪〟との二元論的な世界にあって、彼らはそのどちらかの極点に近づこうとすることで〈矛盾的存在〉であることから逃れようとするのだが、むろん、そうした二元論を本質的に解決するのは死にほかならないのである。

だが、天竺徳兵衛、暁星五郎、民谷伊右衛門といった南北劇の主人公たちはどうか。彼らはむしろおのれのアイロニカルであり、矛盾的な立場をそのままに引き受け、生きようとする登場人物たちの系譜であるといえよう。そして、このことは南北劇にあらわされている彼の人間観の根本的な性格を示すものといえる。たとえば、暁星五郎は〈遅れて来た義士〉として、忠の側にも、不忠の側のいずれにも安住することのできない登場人物であり、彼は劇の中において、ひたすら〈義士（大星）〉を模倣し、その人間のもじり、茶番（パロディー）として生きることを自らに課しているのである。暁星五郎と直助、権兵衛といった人物たちが、その行為の結果面からみれば同じような悪役でありながらも、なおそこに差違があるのは、すなわち一方が一方に対して優位にあるのは、直助、権兵衛たちが、宙吊りにされた「生」の形に耐えることができずに死へと走り込んでいってしまうのに対し、あくまでも宙吊りの生をそのまま生きようとする暁星五郎の意志の力によるのである。つまり、『菊宴月白浪』において、あくまでも暁星五郎が主人公であるのは、彼のみが自分にわりふられた茶番劇をまっとうに演じようとしている人物であるからにほかならない。むろん、このことは南北劇の他の主人公と、直助、権兵衛系統との人物たちとの対照についてもいえることなのである。

2

『東海道四谷怪談』は、文政八年（一八二五）の七月に江戸中村座で初演された。この初演は、前述したように『仮名手本忠臣蔵』とともに前半と後半との二つに分け、二日間にわたって交互に演じるという珍しい興行方法をとった。具体的にいえば、初日は『忠臣蔵』の初段から六段目（おかる・勘平の場）までと、『四谷怪談』の序幕、中幕、三幕目の「隠亡堀の場」までを上演し、後日のほうは『四谷怪談』三幕目の「隠亡堀の場」をもういちど演じたあとに、『忠臣蔵』七段目、九段目、十段目を上演し、続いて『四谷怪談』の後日二番目序幕、中幕ののち、『忠臣蔵』十一段目の大切・討入でしめくくったのである。

ここで私たちが忘れてならないことは、この時代の南北劇の観客にとって、げんに舞台のうえにかかっている芝居こそが、その劇のすべてであったということだ。初演の『四谷怪談』をみたものは、否が応でもそれを『忠臣蔵』とひきくらべてみなければならなかったのであり、たやすく一冊本の『四谷怪談』という戯曲作品を読み、その作品世界を完結的なものとしてとらえることのできる近代的読者とは異質の場所にいたのである。南北が自らのドラマトゥルギーの根幹に置いたのは、「世界」をひっくりかえし、そこに〈反世界〉を対置させることにほかならなかったが、もちろん〈反世界〉の裏側にあるのも、またひとつの「世界」なのであり、それはまさに一枚の〝戸板〟の裏と表のように両義的で、切り離すことのできない存在なのである。

とすると、私たちは『四谷怪談』という劇を、たんにひとつの劇作品としてだけみるわけにはゆかなくなるだろう。従来からこの芝居は、対照的な場面づくり、あくどいまでに二元論的論理にこだわった作劇法を持っていることが指摘されているのだが、むろん、私たちはそれをこの『四谷怪談』という一個の作品世界の外側へと拡張して考えてもよいのである。

たとえば、初日一番目の『忠臣蔵』六段目は、五段目の山中の暗闇の場を受けて、やはり山村の陋屋でのおかる・勘平の別れの場であり、そうした愁嘆場の余情が残っている劇場の中で、続く二番目の演し物『四谷怪談』の序幕・浅草境内の場は、はなやかな「大拍子にて、幕明」きとなるのである。この舞台の転換が、山村と都会、愁嘆場とにぎやかな雑沓場、といった対照になっていることは明らかだろう。また本筋とはあまり関係のない幕開きの仕出しの会話に「年中大筒の額の下、商売をしてゐるから、鉄炮は当りめえよ」「ほんに鉄砲といへば、奥州の猟人が、素敵な木兎をいけ捕つて来て、奥山で見せるさうだ」といった言葉があるのだが、むろん、これがこの芝居のすぐ前にみた演し物『忠臣蔵』五段目の当込みであることに観客たちは気づかずにはいられないのだ（「大筒」と「大星」の音のしゃれを考えてもよいだろう）。逆に、後日の『忠臣蔵』十段目と『四谷怪談』序幕とには、道具屋の天川屋義平、古着屋の庄七といった商人の登場によって連繫され、義平の子よし松、蜆売りの次郎吉というそれぞれ子役の登場によって媒介されるという連関性をみることが可能だろう。さらに『四谷怪談』の幕切れと、『忠臣蔵』大切・討入の場の幕開きが雪の情景によって繋がることは一目瞭然のことといえる。

もちろん、こうした『忠臣蔵』と『四谷怪談』という二つの劇の、その絡みあった構成の面白さだけを南北が狙っていたわけではない。ある意味での建て前の世界である『忠臣蔵』と、人間の本音を抉り出した『四谷怪談』の世界との対照が肝腎なのであり、それはあるいは義士と不義士、封建イデオロギーの表層と、その現実世界の深層との対立というように図式化することは可能であると思う。だが、しかし、ほんとうはこうした二元論的対立こそが、南北劇の中でついに宙吊りにされてしまうものにほかならない。『菊宴月白浪』ではそうした二元論を逃れる工夫を茶番（パロディー）として出して来たわけだが、『四谷怪談』の場合は、それはドラマの不在という意味での二元論的対立の揚棄であるといえよう。たしかに、民谷伊右衛門－佐藤与茂七を不義士と義士といった対照としてみてゆけば、この劇の中で〝善〟と〝悪〟、〝光〟と〝闇〟との角逐、抗争をみることはたやすい。しかし、民谷伊右衛門といったキャラクターは、はたして〝善〟に対する〝悪〟としてだけ表象されたものと受けとることができるだろうか。そこには私たちには何かしら欠落したもの、劇の成立に不可欠なドラマの〈様式〉の不在といったものが感じられないだろうか。南北劇における〝悪〟についてはしばしば語られているが、じつはそこには〝善〟が決定的に欠落していること、そのために民谷伊右衛門が〝悪〟とみえてしまうことの省察が欠けているように思われる。問題は善悪といった倫理的なものではなく、〈劇的なるもの〉すなわちドラマトゥルギーそのものの解体、不在なのである。

ところで、『四谷怪談』の「反世界」としての『忠臣蔵』とはいったいどんなドラマなのか。たとえば、先にあげた渡辺保の『忠臣蔵――もう一つの歴史感覚』では、基本的な忠臣蔵劇の骨子をつくりあげたのが吾妻三八という、現在ではまったく埋もれた狂言作者であったことを述べたうえで、次のようにいっている。

しかももっとも大きなことは、トラブルの原因は「恋」と「金」とであるという忠臣蔵の主題がここで三八によってつくられたものだということである。すでにふれたように実際の事件では浅野内匠頭の刃傷の原因は、私のうらみであって、「恋」でも「金」でもなかった。原因を「恋」と「金」にしたのは、三八の歌舞伎作者としての、庶民のもっともわかりやすく根づよく生きる感覚なのである。

ここでいわれている「恋」と「金」とが必ずしも対立的なものではないことは注意しておくべきことだろう。高師直が塩冶判官の妻・顔世に横恋慕することから、『仮名手本忠臣蔵』の〃悲劇〃は始まるのだが、師直のもう一方の欲望の対象である金次第ではこの悲劇が未然に防がれていた可能性もあったのである。むろん、ドラマが始まるためには師直に思い直されては困るのだが、ここでは恋と金とが相補的な関係にあることを私たちはみておくべきなのである（ここでの「恋」はありていにいえば「色」「女」といいかえられるものだ）。もっとも、たとえばおかる・勘平のエピソードにおいては、恋と金とは背反する要素として受けとめられるかもしれない。百両の金のためにおかるは泣く泣く勘平のもとを去って、わが身を苦界に売りに出すのであり、そういう意味ではここでは金と恋とは〃仇敵〃であるかのようにみえる。だが、実際は百両という金は、いわば勘平が義士の資格を買うための資本なのであり、いわゆる金に対する欲望から生まれ出たものではない。勘平は忠義のために妻を売ったのであり、そのためには彼にとって恋も金もたかだか〃手段〃であるにしかすぎなかったのである。

しかし、勘平はむしろそうした手段によって復讐されたというべきなのだ。義士の資格を買いとろうとして用意した金が、逆に彼に不義士の烙印を押そうとするのである。このとき、金が両義的な〝記号〟としてこの劇中に存在していることが明らかとなるだろう。同様に、おかるにとっても恋は両義的な意味合いを持っていたといえる。彼女はその恋によって夫の勘平をのっぴきならない状況に追い込み（第三段目）、次には逆に勘平を義士とするためにいいしれぬ働きをみせるのである（第六段目）。

こうしてみてゆくと、『仮名手本忠臣蔵』の恋と金とのドラマが劇の表面にあらわれた〈意味〉と、その背後に隠された〈意味〉との二重構造を持っていることが明らかとなってくるだろう。つまり、恋も金もその表層の一義的な意味ではとらえられない〝深層の意味〟を持っており、そうしたドラマの〝背後〟をみることこそが劇をみることにほかならないのだ。たとえば、「イエ〳〵なんぼ別れても、主(ぬし)の為に身を売(うれ)ば、悲しうも何共(なんとも)ない。わしや勇んで行母様(ゆくかかさん)、したが父様に逢ずに行くのが」というおかるの科白は、その言葉の表面上の意味とは逆の、いわば〝内面の劇〟（悲しうも何共ない＝悲しうてやり切れない、勇んで＝いやいやながら）をあらわしているといえるだろう。つまり、おかるや勘平などの登場人物の内面の劇は、ほとんど裏返しの形で舞台の上にあらわされているのである。

同じようなことは、この劇の中心人物である大星由良之助についてもいえる。『忠臣蔵』第七段目の祇園一力茶屋の場が、この劇において第十一段目の大切に次ぐ要(かなめ)となるべき段であることは明らかだろうが、そこでの変節漢・斧九太夫とのやりとりの中で、心中を気どられまいとする大星は、「けもない事〳〵。家国(いえくに)を渡す折から、城を枕に討死といふたのは、御台様への追従」と心にもない偽悪的な科白を吐き、旧主の命日に蛸を食べるという〈演技〉までさえしてみせるのである。

私たちは、そうした舞台上の由良之助をみて、その内面の劇をみようとしているのだ、といえるだろう。そして、これまでの由良之助役者は、そうした演技のコツを〝性根〟とか、肚(はら)とか呼びならわしてみせたのである。表面においては軽薄に、いかにも戯れ事めいて振る舞う遊蕩者・大星の演技を、大星を演じている役者がさらに演じるのだ。観客たちはそうした由良之助の内心での悲泣や、心中の血の泪といったみえない演技に対して、観客側のほうから「思入れ」をするのである。思入れとは、文字どおり内面の劇ということにほかならない。そして、そこでやりとりされる言葉は、けっして内面の劇を直接的にあらわさないという禁忌のうえで、劇の科白という〈様式言語〉となるのである。さらにそれは、〈様式〉であることによって、逆にどんな告白や独言よりもむしろあざやかに内面の劇がそこに存在することを示唆するのである。

こうした内面の劇を、舞台表面で演じられている〈演技＝劇〉の裏側にみることが、『忠臣蔵』という劇をささえている本質的な〈様式〉といえるだろう。むろん、それは現在の私たちからみれば比較的単純な二重構造であり、観客たちはただ舞台上の劇の裏目を読んでゆけばよいとさえいえる。だが、もちろんのこと、これは出来あがった「ドラマ」としての単純化に基づくものであり、〝劇〟の本質構造そのものの単純さということではない。小林秀雄は『考えるヒント』に収められた「忠臣蔵Ⅰ」という短いエッセーの中でこう書いている。

事件をめぐって、当時の儒者達が、内匠頭と内蔵助との行動が、正しいか不正であるかを、やかましく論じていた時、近松門左衛門は、ただこれは芝居になると考えていた。事件は、先ず何を措いても劇的であると考えていた。(中略) 彼には、史実とは劇の結果に過ぎなかった。というのは史実は別様でもあり得たという事であった。劇作家のこの根本の考えの何処に空想的なものがあろう。私達は、同じ考えに基いてその日その日を送っている。先ず内匠頭の心中に劇が起らなかったなら、又、その最も鋭敏な見物人内蔵助の心中に劇が起らなかったなら、何事も始りはしなかった。のみならず、それがまさに二人の自ら欲したものでなかったなら、それを劇と呼ぶ事も出来まい。

小林秀雄がここでいっているのは、「忠臣蔵」という事件が、主役としての内匠頭、内蔵助の「心中劇」としてあり、また近松門左衛門のような観客にとって、まさしく芝居にほかならぬものとしてあったということだ。つまり、それは二重三重に〝劇〟の構造を持ったものであり、竹田出雲らの『仮名手本忠臣蔵』とは、そうした劇をただ目にみえる形に様式化しただけのものにしかすぎない。このことはいったい何を意味しているのか。『忠臣蔵』という劇が劇である、というトートロジーではなく、「世界」や「歴史」が劇として立ちあらわれてくることを忠臣蔵が自らあかそうとしているということである。さらにいってしまえば、私たちはここで「現実」こそ劇なのだ、ということもできよう。つまり、それは「現実的なもの」としてあらわれてくるものは、すべて劇的な構造の中にあるということだ。そして、このことは『忠臣蔵』に限らず、歌舞伎劇の伝統のなかにも、あるいは歌舞伎劇を克服しえたと無邪気に信じこむことから始まった〈近代劇〉（新劇）においても一貫してつらぬかれている「現実」と「劇」との転倒した関わりあいであるといえよう。すなわち、私たちは現実の向こう側につねに内的な劇を予想しているのであり、舞台上の演劇とはその内的な劇を示唆するものにほかならないのだ。『忠臣蔵』が歌舞伎の当たり狂言として、いわば歌舞伎という劇そのものを象徴しているというのも、こうしたことと無縁ではない。大石内蔵助が内面の劇を経過しているように、大星由良之助はそうした内面の劇を外部での劇として演じることで、歌舞伎劇の代表的な登場人物となったのである。すなわち、そこでは〝劇の劇〟が行われているのであり、観客たちはそこにおいて容易に自らの劇を紡ぎ出すことができるのである。

ところで、『忠臣蔵』が〝内面の劇〟と〝外面＝言葉〟とを逆接させたという点において時代狂言としての古典的な〈様式〉をあみ出したのに対し、『四谷怪談』はいってみればすでに内面の劇さえも失い、〈様式〉そのものが変形し、変貌するところで世話狂言として成立しているということができる。つまり、逆にいえば『忠臣蔵』はその磨きぬかれて来た〈様式〉、「型」によってかろうじて内面の劇を成立させているわけだが、むろん、『四谷怪談』には内面の劇を保証してくれるような〈様式〉などありえるはずもないのだ。『四谷怪談』にあるのは、〈様式〉が崩壊化してゆく状況下の、その様式の世界をささえて来たさまざまなものたちの変貌ぶりなのである。武士が物乞いをし、その娘が地獄宿で春をひさぐ……あるいは兄が実の妹と知らずに女を追いまわし、策略をもちいてついに思いを遂げる……むろん、これらのことは「儒教倫理」「武士道」といった〝イデオロギー〟が崩れ去ったから引き起こされた事態であるのではなく、そうしたイデオロギーをささえて来た内面と外面、現実と劇、人間と非人間、善と悪といった二元論の中軸が軋み、相互に侵犯、逆転、溶解する事態に随伴して来るものなのだ。

こうした状況を象徴しているのが、『四谷怪談』の主人公・民谷伊右衛門という人物にほかならない。伊右衛門が塩冶浪人であること、これは大枠としての忠臣蔵の「世界」ということをのぞけばあまり重要なことではない。つまり、彼はむろん義士でありえなければ、『菊宴月白浪』の暁星五郎のような不義士でもありえないのだ。このことはそのまま、『四谷怪談』における義士が、すでに義士たりえていないことをもあらわすものといえよう。いわゆる善役である義士・佐藤与茂七は、地獄宿へ女を買いに行き、はからずも自分の女房・お袖が相方であることに気づく。この、やや薄汚いながらも、話のもってゆきようでは義士の艱難辛苦譚のひとつにもなりそうなエピソードがそうならないのは、与茂七やお袖にはすでに『忠臣蔵』でみたような内面の劇が欠落しているからである。

「（お袖）イエ〳〵、その便りのない事は、実は、恨みは致しません。といふ訳は、由良之助様の思し召し立ち、御主人の仇敵を」
「（与茂）コレサ。（思入）訳もない事を聞きはづゝて、ずわら〳〵と、外の浪人にそんな噂があるか知らぬが、おれはちつともそんな気はない。今は商人小間物屋。なにしに敵討ちなぞとは」
「（お袖）サ、女は口のさがないもの、お隠しあるは尤もながら、かうしたところへうか〳〵と、遊びあるくも、敵へ油断さする為」

どのような意味であれ、この与茂七・お袖の会話を、たとえばおかる・勘平のものとなぞらえて語ることはできない。なぜなら、ここには義士、節婦をなぞろうという意志はむろんのこと、内面の劇に対する演技の意識が徹底して欠け落ちているからだ。式亭三馬の『忠臣蔵偏癡気論』の論法でいえば、与茂七はいくら「敵へ油断さする為」とはいえ、地獄宿へはまり込む必要はないはずで、もっと品のよい、効果的なカムフラージュの方法はいくらでもあるはずなのだ。おそらく、与茂七はなぜかそこへ行ってみたかったのであり、またそこで「地獄」を買ってみたかったのである。もちろん、それは強いて問いつめてゆけば、結局ほんとうにそうしたかったのか、そうでないのかも彼自身に不明のことなのだ。それはちょうど、伊右衛門がお岩を殺したかったのか、そうでなかったのか、自分ながらいささか頼りなく思えてしまう心情に酷似しているはずである。つまり、与茂七にも伊右衛門にも、〝外面〟に逆接、逆立する内面の劇といったものはなく、どこからどこまでをとってみたところで〝内〟とも〝外〟とも、〝表〟とも〝裏〟ともいいようのない「世界」があるばかりなのである。

もし、『忠臣蔵』において、浪士たちがそれぞれの〝内面の劇〟を経ずに討入を行ったならば、それは小林秀雄のいうような「喧嘩」か、蘇峰の語るような「戦争」のようなもので、そこに劇空間などの成り立ちようのないものだったに違いない。むろん、実際の喧嘩や戦争であろうともそこに臥薪嘗胆はつきものだろうが、少なくとも内面の劇が中心問題となることはありえないはずだ。〝忠臣蔵〟の本質が「討入」にではなく、それに至るまでのプロセスにある、というのはこうしたことである。だから、内面の劇がなく、それが逆接的に外面に繋がっていない人物はすでに義士であるとはいえない。与茂七はたしかに高家討入を画策して仲間たちと連絡をとりあったりしているかもしれないが、内面の劇を決定的に欠落させていることによって義士ではありえないのである。

与茂七が義士でないのとほぼ同様の理由によって、民谷伊右衛門は不義士ではない。それは義士にも不義士にもなりそこなった（すなわち、なろうとしたことはあった）ということではなく、彼には初めから「義」も「不義」もみえていなかったのである。伊右衛門は塩冶浪人だが、塩冶家の騒動が起こる前に御用金を盗み、どさくさにまぎれて逃げ出したという経歴の持ち主で、いうならば、ただの小悪党なのだ。その御用金盗みも、四谷左門の娘・お岩を嫁にとるための結納金に使おうとしたものらしく、「色悪」としてもいささか迫力に欠けるのである。

だが、そうした小悪党・民谷伊右衛門が『四谷怪談』という劇において主人公であるというのは、彼のみがまるで昆虫類の生態変化のようなお岩の〝変貌ぶり〟を、目のあたりにする登場人物であるからだ。義も不義もなく、おそらく、本質的には「善」と「悪」との二元論をも認めることのないリアリスト・伊右衛門にとって、〝貞淑な妻〟から〝邪悪な怨霊〟へと変身するお岩は、むしろ不可解な存在であるという意味において、おのれの〈心の中〉をのぞきこむような好奇をそそられる対象なのだ。むろん、お岩にとってそれは〈心の中〉の変化などではなく、彼女の外面に突如ふりかかってくる〝変化(へんげ)〟のドラマにほかならないのである。内面の劇があり、そこで内面が変化することによって外面に〝変化(へんげ)〟が引き起こされるというのが、それまでの〈様式〉的な演劇の基本法則であったわけだが、『四谷怪談』では、まず外貌がいっきょに変化することによって、いわゆる〈内面〉と呼ばれうるものが変化したようにみえるのだ。むろん、ここに変化しうるのは外貌だけだ、という南北の透徹したリアリズムの眼を想定することは可能である。伊右衛門の目(ま)ざしを通して南北がみているのは、内面の劇の不可能性なのであり、だからこそ彼にとって劇の可能性は、あくどく、おどろおどろしい「怪談劇」「白浪劇」などにしかありえなかったのである。

伊右衛門がお岩の中にみているのは、外面の変貌にもかかわらず、いわゆる内面が変らずにあることの〝悲劇性〟にほかならない。そして、それはちょうど鏡に映したように、伊右衛門の悲劇を左右対称にして映し出したものといえるのである。『四谷怪談』の終幕近く、自分を苦しめに来るお岩の亡霊に向かって伊右衛門はこういう。

「ハテ執念の深い女。これ、亡者ながらもよく聞けよ。喜兵衛が娘を嫁に取ったのも、高野の家へ入り込む心。義士のめん〳〵手引きしようと、不義士と見せても心は忠義。それをあざとい女の恨み、舅も嫁もおれが手にかけさせたのも、我がなすわざ。その上、伊藤の後家も乳母(めのと)も水死したのも死霊のたゝり。ことに水子の男子まで横死させたも、根葉を絶やさん亡者のたゝりか。エゝおそろしい女めだな」

もちろん、伊右衛門はここで自分が口走っているおのれの内面の劇をいささかも信じているわけではない。ただ、もし内面の真実というものがあるならば、そういう形をとるだろうということをしゃべっているにしかすぎないのだ。彼はここで自分の心底を仮構することで、これまでのおのれの行った行為を少なくとも理由づけようとしたのである。だが、彼は最初から最後までどのような形であれ外面的に変化することはありえないし、また内面を自らの行為の形としてつかむことはありえなかったのだ。そういう意味では、お岩の悲劇性が文字通り「ドラマ」の可能性を孕んでいるのに対し、伊右衛門のそれはいわゆる〝劇〟にすらなりえないものといわざるをえないだろう。だから、『四谷怪談』という劇において、民谷伊右衛門はお岩の悲劇をみる存在であっても、何らかの積極的な「ドラマ」をつくりだしうる存在ではないのである。むろん、それは伊右衛門自身、あるいは南北自身が自らの劇の中に仕掛けた劇的世界への叛逆にほかならないのだ。

3

『盟三五大切』と『四谷怪談』とは、〝忠臣蔵〟という「世界」において、ほぼ同時進行的にそのドラマを展開させており、並行的な劇世界をつくりあげている。たとえば『盟三五大切』の四谷鬼横町の場には、「近頃まで神谷仁右衛門さまが、この家を借りて居られました。その時分もお内儀の、お岩どのゝ幽霊が出ました。一体仁右衛門さまは、わしが為には古主ゆゑ、その縁によって、暫らく住まはれました」などという科白があって、この作品と『四谷怪談』とが、いわば隣合せの世界であることを示しているのである。むろん、たんに時間的、空間的な当込みが仕組まれているだけではなく、この『盟三五大切』の主人公・薩摩源五兵衛じつは不破数右衛門と神谷仁右衛門とは、いささか因縁めいた結び糸によって繋がれた間柄なのである。すなわち、塩冶浪人・不破数右衛門はお金番でありながら御用金を何ものかに盗まれ、その落度によって「義士」の連判からはずされているのだが、ここに『四谷怪談』の話を重ねあわせると、民谷伊右衛門つまり『盟三五大切』では神谷仁右衛門がその盗賊の張本人であり、数右衛門にとっていわば〝仇敵〟であることを知ることができるのである。
『盟三五大切』を『四谷怪談』の姉妹作と呼ぶのもこうした二つの劇作品の浅からぬ関係のためだが、むろん、たんにその内部の連関性だけの問題ではなく、忠臣蔵という劇的な「世界」に対しての、この両者における関わりかたといったものが、一方では相似的であり、他方では対照的であるという意味においてきわめて興味深い性質を持っているからだ。たとえば、『四谷怪談』の民谷伊右衛門がもともと義士でも不義士でもないという宙吊りにされた立場にいるのに対し、『盟三五大切』の薩摩源五兵衛は、その行状、素行においてむしろ積極的に「反義士」というべき登場人物なのである。『四谷怪談』に描かれた伊右衛門からは、自らの内面を信じ切れずに、行為と行為との間の不連続な繋がりを綱渡りしているようなイメージを受けるのだが、それにくらべて源五兵衛にはたとえそれが悪事であろうとも、自分のやりたいことをやる、という能動性、行動力はより大きいといえるだろう。

　だが、やはり民谷伊右衛門と薩摩源五兵衛とは基本的には同じタイプの登場人物というべきである。なぜなら、彼ら二人の間には内面の劇に対する思い込みが微塵もなく、つねに一元化された行為のみがそこに示されるのだから。いいかえればそれは、彼らが自分のやりとげた行動、冒した行為についてほとんど「内的」な把握をなしていないということである。つまり、彼らは何ごとかを行う必然性のないままに何かをしでかしてしまい、そしてそのことによってドラマのなかへ、すなわち劇的葛藤のただなかへと追いこまれてしまうのである。伊右衛門もそうであるが、源五兵衛はまず初めに「恋」に憑かれた人間として登場する。伊右衛門は心ならずも去られたお岩が帰ることを望んでおり、源五兵衛は芸者・小万を何とかものにしようと考えあぐんでいる。そして、両者に共通しているのはそのための必要条件としての「金」がないことだ。もちろん、実際に彼らの恋路のネックとなっているのは金ではなく、お岩についていえばその父親の四谷左門、小万についてはその情人の三五郎の存在にほかならない。だが、とくに源五兵衛の場合についていては金がその恋についての切り札であるかのような様相をみせるのである（じつはそれは小万、三五郎によってたくみに仕掛けられたものなのだが）。源五兵衛は義士の連判への資格を買うための資金ともいえる百両を、小万のために投げ出そうとする。もちろん、これは『忠臣蔵』のおかる・勘平の逆パターンであり、恋と金という『忠臣蔵』の主題を逆説的に生かしてみせたものにほかならない。

こういう意味で、『盟三五大切』は『四谷怪談』よりも積極的に〝パロディー〟の方法を取り入れているといえるだろう。むろん、それはたとえば『菊宴月白浪』のように、まったく「義士」たちの行為、行動のもじり、茶番を不義士たちが生きるということではなく、『忠臣蔵』という劇作品の中心的な構造としてある内面の劇の仕組みそのものを、劇の中でパロディーとしてしまうのである。

たとえば、源五兵衛じつは不破数右衛門の主人思いの若党・八右衛門が、彼の遊蕩をみるにみかねて「初めの程は敵を計る、計略と思つて居ましたが、今はほんまの身持ち放埒」「サア、此やうに下郎の云ふのが腹が立つなら、あの小万とやらを、思ひ切つて下され、コレ、拝みます」と意見するのを、さらっと受け流して、「ハ、、、、、。心あつての身持ち放埒、朝夕召仕ふ其方までが、誠と思ふ程に致さねば、なかなか敵に油断はさせられぬ」と源五兵衛＝数右衛門はうそぶく。むろん、これは『忠臣蔵』の義士たちの内面の劇の仕組みを悪用して、人のよい忠臣を誑しているといえるだろう。ここで示されているのは、「本心」「胸中」「誠」といったものの両義的な在り方であり、むしろ本心や誠として示されるものこそ、その対極としての「虚偽」にほかならないという逆説なのである。だが、〝逆説劇〟としての『盟三五大切』はこうした逆転だけにとどまらず劇中の〝逆説〟自体を自らつぎつぎと逆転させてゆく。源五兵衛を騙し、百両を手に入れた三五郎はその金を父親・了心に渡す。その了心はじつは不破数右衛門の家来で、賊に奪われた御用金調達を息子に頼んだのである。こうして百両という金子は廻りめぐって源五兵衛＝数右衛門の手に返るわけだが、その間に源五兵衛の手にかかって幾人かの男女が殺されてしまうのだ。

　もっとも、この源五兵衛＝数右衛門の大量殺人がもののはずみで行われたものであることは、注意しておくべきことだろう。小万、三五郎に騙されたことに気がついた彼は、いったんその場を引きあげるが、どうにも気がおさまらず、とってかえして二人を襲うのだが、結局は彼らを打ちもらし、代りに無関係の人間を数多く殺めてしまうのだ。むろん、ここにおいてはいずれの側にも「大義名分」や「正義」などはない。そこにあるのは、〝逆説〟がもたらした無差別の殺人なのであり、一種の〈不条理劇〉ともいえるようなナンセンスな誤解、逆説、アイロニーが〝劇〟そのものの中心構造をなしているのである。

　ところで、『盟三五大切』は並木五瓶の『略三五大切』の書き替え狂言でもあるわけだが、その『略三五大切』も標題どおり五瓶自身の当たり狂言『五大力恋緘』を書き直したものにほかならない。これらの狂言はもともと「曾根崎新地五人斬り」とよばれる殺人事件の実話にもとづくもので、薩摩藩の武士が馴染の遊女とその巻き添えとして四人を斬り殺したという「事実」を骨子とし、それぞれその〝五人斬り〟事件の背景をこしらえあげてみせたものなのである。たとえば、『略三五大切』では源五兵衛が小万の首を打ち落すのは、主家の若殿千太郎が小万の色香に迷って「お家相続」の〝大事〟を顧みないため、その迷いを絶ち切るために源五兵衛が悪役を買って出たということになっている。むろん敵役である三五郎も〝忠〟に篤い武士として登場するわけであり、芝居全体が「大義名分」によってよそおわれているといってもよいのである。

　だが、これはむしろ『五大力恋緘』の改悪というべきだろう。『五大力』では源五兵衛は堅物で忠義一途の、面白味のない田舎武士であり、それがひょんなことから小万（別本では菊野）の「色」となるのだが、恋敵の三五郎のたくらみにはまって小万が心変わりをしたと思いこみ、有無をもいわさずに小万の首をたたき切るという凄惨な場面を展開させるのである。堅物といわれている男がいったん「恋」の中に落込んだら、〝忠〟も〝義〟も眼中になくなり、ただひたすら「愛憎」を募らすという筋運びにまさに「生世話」狂言としてのリアリティーがあるといえよう。作者並木五瓶は、むしろそれがあまりにも〝リアリズム〟すぎるために、『略三五大切』では勧懲風に「大義名分」で中和させようとしたといってよいだろう。そういう意味では、南北の『盟三五大切』は『略三五大切』の書き替えというよりむしろ原型としての『五大力』のほうに直接的に繫がっているのである。薩摩源五兵衛の〝小万殺し〟は明らかに単なる私憤によるものであり、それも本来ならば源五兵衛はおのれの愚かさかげんを自省するようなものであって、他人への憎悪となるべき筋合いのものではないのだ。

しかし、むろん源五兵衛は自省したり、あるいは行為を迷うような登場人物ではありえない。彼は『四谷怪談』の民谷伊右衛門と同様に内面的に自分をつかむことも、また外面として自ら振舞うことも不能なのであり、ただ、たとえば「恋」なら恋が自分を衝き動かすものであることを知っているだけなのである。だが、源五兵衛の「恋」はほとんどそれらしき形を持たぬままに、「憎しみ」へと〝逆転〟される。薩摩源五兵衛は『五大力』の勝間源五兵衛のように「小万」を「恋」するばっかりに「憎しみ」を募らせて自分の手にかけたのではなく、彼の胸のうちの「恋」はその時すでにまったく「憎しみ」へと逆転、変化させられているのである。むろん、このことから、源五兵衛にとって「恋」も「憎しみ」も何ら実体的なものではないということもできるだろう。それはただ源五兵衛の〝劇〟を推し進めるためだけのひとつの〝きっかけ〟にしかすぎないのである。

こうした意味で源五兵衛は劇の展開そのものに裏切られる主人公といえる。つまり、彼の生きてゆこうとする「世界」はつねに逆転、暗転してゆく世界であり、彼はそうした〝逆転〟そのものに身をまかせることによって劇の主人公たりえているのである。

『菊宴月白浪』が『忠臣蔵』の〝茶番劇〟を目指したものといえるならば、こうした意味で『盟三五大切』はその〝逆説劇〟を試みたものといえよう。そして、この劇はさらに南北自身の前作である『四谷怪談』の〝逆説〟でもあるのだ。民谷伊右衛門が神谷仁右衛門としてこの芝居でも名前があげられていることは前述したが、伊右衛門が義士にも不義士にもならず、そうした二元論的対立を揚棄して「しかしいつたん逃るゝだけは」と〝劇的なもの〟の呪縛から逃れ去ろうとしたのに対し、その精神的継承者である源五兵衛はむしろ自らの役割をすすんで受けとろうとする登場人物であるといえるのである。

「可愛さあまつて憎さ百倍」というように、源五兵衛は小万を隠れ家に捜しあて、なぶり殺しにするのだが、そのときの小万と源五兵衛とのやりとりは次のようなものだ。

「(小万) エ、、こなたはなう。なんにも知らぬその子まで。如何に憎しと思へばとて、現在水子をその如く、こなたは鬼ぢや、鬼ぢやぞいやい」
「(源五) 如何にも鬼ぢや。身共を鬼には、おのれら二人が致したぞよ。人外めが」

この科白で示されているのは、源五兵衛が、鬼となることも辞さずに、その憎悪のおもむくままに振る舞っているということだ。むろん、それは源五兵衛＝数右衛門を突き動かしているデモーニッシュなものの働きにほかならず、彼はそれをどのような形であれ制御することができないのである。鬼と呼びたければ鬼と呼べ、という彼の言い方は、普通ならば絶望的な響きをともなわずにはいられないものだが、彼の場合にはそこに不逞さの原初的な発動をみるばかりである。そして、こうした彼の

「強さ」が、この劇の大詰において最大の〝逆転〟を呼び起こすことになる。つまり、百両の御用金を調達し、あまつさえ高師直邸の絵図面さえ手に入れた源五兵衛こと不破数右衛門は、みごと義士の仲間に加え入れられ、討入に参加するのである。

女子供を惨殺して鬼の名前に恥じることのない彼が、今度は義士の名に恥じずに討入をはたす、というこの劇の結末に私たちは啞然とせずにはいられないだろう。女に狂い、あまたの人間を殺傷した源五兵衛こそ、義士からもっとも遠い存在であるといえるだろう。しかし、南北の〝逆説劇〟では、こうした〈遠さ〉こそがもっとも〈近い〉ものとして逆転されるのである。それはあるいは「南北」という両極点を孕んだ名前を持つ歌舞伎狂言作者がひそかに抱いた「世界」についての悪意といえるかもしれない。『四谷怪談』が、『忠臣蔵』を〝昼〟としたらその対極の〝夜〟であり、〝光〟に対しての〝闇〟、〝善〟に対しての〝悪〟であることはすでに述べたが、『盟三五大切』という劇は、こうした固定的な昼と夜、光と闇とを逆転させて、逆説的に舞台の上に出現させるものであるということができよう。このとき、疑われ始めるのは、『盟三五大切』が反義士のドラマであるということより、むしろ『忠臣蔵』がまさに忠臣たちのドラマ、義士たちのドラマであるという通念であり、そうしたものをささえる共同幻想的な「世界」の構造そのものなのだ。『菊宴月白浪』『東海道四谷怪談』においては、南北も義士が義士であることをさすがに疑うことはなかった。義士が義士でない世界、すなわちそれは「反秩序」の世界にほかならず、現実と劇とが、生と死とが、そしてあらゆる二元論が解消され、廃棄されてしまう世界となってしまうからだ。だからこそ、暁星五郎は義士のパロディーとして、あるいは民谷伊右衛門は義士でも不義士でもありえないものとして、「劇的世界」をかろうじて生きてゆかなければならなかったのである。

しかし、南北がその〝忠臣蔵劇〟で究極的に目指そうとしていたのは、そうした演劇の「世界」の地平を逆転させ、そこにあらたな〝南北〟的な「世界」を垣間みさせることであった。そのために、南北は忠臣蔵という共同幻想的な「世界」を舞台としてそうした舞台そのものが暗転して現実となり、さらに現実が逆転して劇となるような「劇的世界」の構造を考え出したのである。

源五兵衛こと不破数右衛門は、南北がこのような逆転する「世界」に導き入れた異形の主人公であったといえる。むろん、そこには暁星五郎、民谷伊右衛門といった人物像もたしかに重ねられており、彼らは時代の幻想と南北の極私的な幻想との間に宙吊りにされた主人公たちにほかならないのである。彼らが最終的に逃れようとしたのは、「現実」と「劇」とが二元論的対立として固定され、そこに劇として閉ざされてしまうことからなのだ。南北劇が茶番（パロディー）、逆説を多用することによって実現しようとしたのは、こうした劇的世界としての現実からの逸脱なのである。もっとも、『盟三五大切』の反義士・薩摩源五兵衛は、義士・不破数右衛門としてもう一度『忠臣蔵』という共同幻想空間としての「世界」へ還ってゆく。だがむろん、そこで彼は「世界」が再び暗転し、逆転してゆくものであることを、忘れ去るはずはないのである。

黄表紙王国の崩壊——恋川春町その他

1

天明以後の作者たちはみな黄表紙に手を染めた。黄表紙の代表的な作者であった恋川春町、朋誠堂喜三二、芝全交、唐来参和はむろんのこと、絵師と作者の二役をこなし、黄表紙、洒落本、読本のいずれにおいても天才的だった山東京伝や、黄表紙作者としてはあまり才なく、やがて新興の読本の一流作家となった曲亭馬琴、同じように合巻や滑稽本にその才を開花させていった式亭三馬や十返舎一九、さらに葛飾北斎までも黄表紙作者として名を連らねている。江戸の天明、寛政年間はまさに黄表紙の全盛時代であり、その時代に遭遇した才能は、とりあえずはその才の向き、不向きにかかわらず、黄表紙作者として登場せざるをえなかったといえるのである。

絵と文章の組合せによる、大衆的な娯楽作品としての絵本。滑稽、うがち、くすぐりといった要素を追った黄表紙というジャンル（出版形態）は、その出発からサブ・カルチャー、カウンター・カルチャーの性格を刻印されずにはいなかった。黄表紙の嚆矢と掉尾とははっきりしている。安永四年（一七七五）の刊行の恋川春町の『金々先生栄花夢』を最初として、式亭三馬が『浅草観音利益仇討雷太郎強悪物語（あさくさかんのんりやくのあだうち いかづちたろうごうあくものがたり）』を合巻仕立てとして出版する文化三年（一八〇六）までのほぼ三十年間、黄表紙は娯楽文芸の雄として書かれ、刊行され続けてきたのである。

このようにその始まりと終わりとがはっきりと示されるという文芸ジャンルの存在も珍しいだろう。それに短歌や俳句や小説、あるいは川柳や狂歌に比べても〝三十年〟という寿命は短かすぎる気がする。黄表紙の盛衰は一つの文芸ジャンルの消長ということだけでなく、江戸の文学意識そのものの栄枯盛衰を象徴的に表現している。それは日本の近代（近世＝モダン）文学の一つの圧縮された、勃興から隆盛、そして没落、崩壊という〝全過程〟を表しているのであり、これほど鮮明に社会と時代の言語意識と社会的規制と禁圧とが、直接的に文芸作品にその変質をもたらしたということも珍しいのではないかと思われるのである。

もっとも、私はここで社会的環境、時代状況の変化が、直接的に黄表紙の変質、そして没落をもたらしたという〝社会決定論〟にはやや違和感を持っている。たとえば、田沼時代から松平定信の登場による寛政の改革が、黄表紙などの大衆的な文芸について大きな規制、規範力として働き、事実そうした〝整風運動〟によって有力な黄表紙作者たちが、筆を折ったり、筆禍に遭ったりという現実的な影響が現れ、武士作者であった恋川春町と朋誠堂喜三二とがともに創作の現場から離れる（春町は召喚されるが、まもなく病死。自殺説が流れる。喜三二は主君の命により筆を折り、喜三二の号を他人に譲り渡す）という事態が引き起こされるが、そのこと自体が黄表紙という文芸ジャンルの本質的な部分を変質させたとも、また大きくその価値を滅失させたとも思えないのである。

黄表紙の変化、そしてその没落という現象は、黄表紙自身の内部的な問題だったのではないか。それは社会的な外圧を語る前に、まず黄表紙というジャンルに内在する問題としてとらえるべきではないのか。黄表紙は明らかに収縮と拡散という二つの過程を経て、やがて雲散霧消した。収縮期には恋川春町、朋誠堂喜三二、芝全交、唐来参和などの、もっぱら黄表紙のみにその才を傾けた作者たちがいた。拡散期には、京伝を筆頭として馬琴、三馬、一九などの作者が輩出した。拡散期の作者たちは黄表紙的な問題意識、文芸意識を先鋭化することによって、それぞれ洒落本、読本、合巻、滑稽本といった別の形態、別のジャンルの文芸（戯作）の創作へと抜け出して行った。〝黄表紙王国〟の崩壊とは、こうした収縮と拡散という運動の最終過程を表現するものとして語られなければならないのである。

黄表紙の嚆矢である恋川春町の『金々先生栄花夢』。まず、ここから黄表紙の黄表紙たる特質を抽出してみよう。この作品は、謡曲『邯鄲』として知られる中国の故事である〝盧生一炊の夢〟（唐代小説『枕中記』）の物語を縦糸とし、〝金々先生〟という当時の流行語（現在風にいえば、まさに金ピカ先生ということになるだろう。金満家であり、〝流行りのファッション〟によって身を飾った当世流洒落男といった意味である）の世界を横糸とし、盧生の夢の一種のパロディーとして創作されたのである。

片田舎に住む金むらや金兵衛という男が、「生まれつき心優にして浮世の楽しみをつくさんと思へども、いたって貧しくして心にまかせず。よってつくづく思いつき、繁栄の都へ出て奉公をかせぎ、世に出て思うままに浮世の楽しみをきはめん」と思い立って、江戸に上ろうとする。途中、目黒不動に寄って参詣しようとするが、空腹になったので名物の粟餅を食べようとする。粟餅屋の座敷で餅の出来上がる間、金兵衛は旅の疲れもあって、うとうとと眠りに入る。以下はその夢の中の出来事である。

神田八丁堀の豪商・和泉屋の番頭がたくさんの手代、小僧を従え金兵衛のところにやってきて、仏のお告げで当家の跡取りとして迎えにきたという。行ってみると、目の覚めんばかりの豪邸で、主人と親子の縁を結ぶ。金兵衛は家督を継ぎ、何一つ不自由のない身となり、毎日酒宴という日が続く。人は皆、彼を〝金々先生〟と呼んで持てはやす。吉原へ行ってお大尽遊びをし、さらに深川、品川といった岡場所に入り込み、遊蕩三昧を行なったため、とうとう義父から勘当され、もとの着のみ着のままで家を追い出される。立ち寄るところもなく、途方に暮れているうちに、粟餅の杵の音に驚いて目を覚ましてみれば、まだ粟餅の出来上がらない間の一瞬の夢だったというのである。

いかにも〝浮世〟という言葉が流行言葉となった江戸後半期の世相にふさわしい話といえるわけだが、このように醒めてみればすべては夢だったという趣向が、黄表紙というジャンルにおいて、パターンとか紋切型ということさえ陳腐なほどに、繰り返し登場していることは注目に価するだろう。十返舎一九の黄表紙『化物太平記(ばけものたいへいき)』の発端には「作者の夢を見るやつもよくある趣向古けれど」という言葉があって、夢と黄表紙とは不即不離といってもいいほどの関係があったといえるのである。同様の趣向としては、京伝の『京伝憂世之酔醒(きょうでんうきよのえいざめ)』のように狐に化かされていた。あるいは『江戸生艶気樺焼(えどうまれうわきのかばやき)』のように周囲の人々のお芝居によってだまされていたというのがあって、こうした〝オチ〟こそ、黄表紙的な趣向に沿うものであると考えられていたと思われるのである。

もっとも、江戸のどんな素朴な読者といえども、滑稽さと笑いを狙った戯作絵本にシリアスな願望や、リアルな夢を託するようなことはしないだろう。金々先生や京伝や艶二郎が夢を見るのは、それがあくまでも〝夢の国〟であることを、作者も読者も十分了解している範囲内においてであって、黄表紙というジャンルは、まさに〝酔生夢死〟の浮世を描き出したものにほかならないのである。

ところで、『金々先生栄花夢』には、この後に続出することになる黄表紙の基本的な特徴が、すでにほぼ出揃っていると考えることができる。一つには、唐来参和の『順廻能名代家莫切自根金生木』や京伝の『孔子縞干時藍染』の趣向にある「あべこべ」の世界という発想を基本としているということで、現実の世界を一回だけ単純に裏返し、逆転してみせた世界こそが、黄表紙のホーム・グラウンドというべきなのである。俗人が聖人となり、人が金銭を嫌悪し、富裕を厄介に思う〝浮き世〟。あるいは努力や辛苦ではなく、偶然や幸運、強運がもたらす栄耀栄華。これはむろん〝憂き世〟としての現実世界の単なる裏返しであり、動物と人間の世界、男と女の世界とを互いにあべこべに取り変えるといった、単純で素朴な逆転の発想法にしかすぎないのである。

もう一つは、前にも述べたことだが、〝金々先生〟といった流行語、当時のまさに最新流行の言葉が、その作品世界の趣向と切り離せない大きな要素としてあるということだ。これは流行語だけではなく、地口、駄洒落、語呂合わせ、成句、モジリといった言葉遊びの要素として、黄表紙には欠かせないものとなっており、喜三二の『親敵討腹鞁』のように、ウサギが一刀両断されて「ウ（鵜）」と「サギ（鷺）」とになって飛びたって行き、その鳥がウナギとドジョウを吐き出したから、「へど前（江戸前のモジリ）大樺焼」となったというような〝洒落オチ〟の作品をも多数輩出させたのである。

2

こうした〝言語遊戯〟的な趣向を極限的に推し進めたものとして、私はやはり春町の黄表紙『辞闘戦新根』という作品を挙げておきたいと思う。これは安永七年に出版されたもので、黄表紙の嚆矢といわれる『金々先生栄花夢』からわずか三年後のものである。これは当時江戸市中で流行り言葉となっていた「大木の切口太いの根」「どら焼・さつま芋」「鯛の味噌ず」「四方のあか」「一杯飲みかけ山のかんがらす」「放下師の小刀のみこみ印」「ならずの森の尾長鳥」「天井みたか」「とんだ茶釜」

といった地口、語呂合わせ、洒落言葉が主な〝登場人物〟たちで、これらの「流行語」たちが、日頃自分たちを酷使して商売としている草双紙の関係者、すなわち画工や彫師、草紙屋、板木屋などから挨拶一つないことを怒り、一同で懲らしめようと相談がまとまるところから始まるのである。

そういう意味では、これは〝異類合戦〟ものや〝化物退治〟ものといわれる、人間ならざる動物や器物、観念などの〝化物〟（異類）たちが合戦、戦いを行なうといった、黄表紙以前の赤本・黒本の草双紙類の趣向を取り入れたものといえるだろう。明和期を中心として黒本の『化物曾我物語』『金平化物退治』『化物秘密問答』『化物大福帳』『化物役者附』などの書名が『日本小説書目年表』（近代日本文学大系・第二十五巻）には見られ、その中の『化物とんだ茶釜』といった書名は、春町がこうした黒本をプレ・テクストとして『辞闘戦新根』を創作したという事情を明らかにするだろう。流行語を擬人化するという発想は、必ずしも春町の独創とはいえないのである。

春町自身もこの『辞闘戦新根』の前に「うどんそば」という角書のある『化物大江山（ばけものおおえやま）』（安永五年）という黄表紙を書いている。これは「そば掻きの院」の御代に武将「摂津守源のそばこ」が、四天王の「渡辺のちんぴ」「碓井のだいこん」「卜部のかつおぶし」「坂田のとうがらし」を率いて、「よそば童子」の頭領である「とんだ山」の「うどん童子」を退治するという、源頼光の酒呑童子退治譚のパロディーだが、これは黒本の〝化物退治〟から黄表紙の滑稽、パロディー、見立てものへの転換を示す作品ということができる。もちろん、ここには「京坂は饂飩を好む人」が多く、「江戸は蕎麦を好む人」が多いという〝東西〟の差を念頭に置いたものであり、春町の江戸贔屓、蕎麦贔屓が作品世界の底流にあることはいうまでもないのである。

『辞闘戦新根』も、こうした「うどんそば」の擬人化と同様に、流行語そのものの擬人化がなされているわけだが、しかし同じように発想されながらも、うどん・そばの類いと言葉とでは、その現実の社会、時代を映しだすという意味合いにおいて、大きく異なっているということができるのではないか。「大木の切口」がまずこういう。

「そもそも我を始として手下のものども、かりそめに草双紙にいでしより、諸人あまねくその名を知り、寝惚(ねぼけ)先生の詩集にもいで、芝居でも引ごとにいわれ、誰あつて知らぬ者なし。しかれば我々は、草双紙の氏神、中興の開山なれば、画工はもとより、草紙屋、板木屋、我々をあがむべきを、ぬるい茶一ぱい飲ませたることなし。よつてこの春は珍しき化け様して、職人どもを見しらせん」と発議するのである。

ここで、画工、草紙屋、板木屋は出てくるけれど、肝心の言葉そのものを取り扱う〝作者〟が出ていないことに注意すべきだろう。つまり、流行語たちがその酷使、冷遇をまず一番に怒るべき作者そのものは、ここでは故意に忘れられている。むろん、それはこれら〝言葉〟たちの不満の背後には黄表紙作者としての春町自身の不満があり、不遇感があったと見てもよいだろう。苦労の割りには実入りの少ない作者稼業、意のままにならない画工や摺師(すりし)、板木屋へのレジスタンスの気分が、〝言葉〟たちのそれらの商売人たちへの乱暴狼藉の場面には漂っているのである。

もちろん、ここには黄表紙世界の〝楽屋落ち〟的な滑稽味を狙っているという機微もある。出版産業として成立途上にあった地本問屋制の、零細製造業者たる文筆業者への慇懃無礼な抑圧というカラクリを告発するという意味合いもあるのかもしれない。こうした黄表紙、草双紙の世界の〝楽屋落ち〟ということでは、後の京伝の『手前勝手御存商売物(てまえかってごぞんじのしょうばいもの)』や三馬の『又焼直鉢冠姫稗史億説年代記(またやきなおすはちかつぎひめくさぞうしこじつけねんだいき)』、あるいは一九の『的中地本問屋(あたりやしたじほんどんや)』に受容されてゆく本尽くしものの黄表紙という発展形式を取るのだが、しかしそれは黄表紙ジャンルの自己言及的な狭隘さをも、やがて示さずにはいられなくなってくるのである。

ところで、『辞闘戦新根』では、流行語たちのあまりにも無頼な狼藉の結果、草紙屋の蔵の中から突如現れた「正本の親玉坂田金平、渡辺の武綱、牛若丸、はちかつき姫」などの由緒正しい「金平本」の主人公らが、流行語の化物たちを踏み散らすという結末になるのだが、その時、坂田金平は命乞いする彼らにこんな意見をする。

「当世洒落の世の中ゆゑ、汝らごときいやしきやつらを草双紙にも書きのせたり。我らがではじめ、昔の草双紙にかりにもいやしき言葉をつかはず、薄雪物語、猿源氏のたぐひ、みな古歌を引用ひ書きたり。しからば汝らごときもの、此せつ、草紙に書きのせらるるを有難しと思ひ、以後きつとつつしみをろうぞ。憎さも憎いやつなれども、これなくしては、草双紙の趣向はあがつたりぢや」と。

こうした言葉には、駿河藩江戸留守居役のれっきとした武士であった恋川春町（本名・倉橋格）の、言語の〝秩序意識〟、すなわち「いやしき言葉」と、由緒正しい言葉（たとえば、古歌のような）との対立という図式がある。当世流行ということで思い上がった「大木の切口太いの根」（顔は木の切り株。格子縞の着物の大男として描かれる）や「鯛の味噌ず」（手足の生えた鯛）「どら焼き・さつま芋」（どらやき・さつまいもに目鼻をつけて着物を着ている）「一ぱい飲みかけ山のかんがらす」（鳥の頭の着物姿）「天井みたか」（天井いっぱいに広がる顔）といった〝いやしき言葉〟たちが、その身分を忘れて、狼藉を働くことは、言語的規範、文化的秩序が乱れた〝当世〟の社会においても、無制限に許容されるものではなかった。古浄瑠璃本、仮名草紙の古歌や古典の物語世界の主人公たちが、こうした秩序の破壊者、身分、階級の紊乱者を懲らしめるのは、まさに新旧の言語意識の〝闘戦（たたかい）〟なのであり、それはひとまずは古典的な「正しい言葉」が、「いやしい言葉」を懲戒する物語として結末を見たのである。

もっとも坂田金平が最後にいっているように、最新流行のこうした〝いやしき言葉〟を使わずには黄表紙の趣向は〝あがったり〟となるのが、あくまでも当世の現実だった。古浄瑠璃本や仮名草紙は蔵の中にしまわれ、意味不明で、語呂のいい化物としての言葉が羽振りを利かせる時代がすでに始まっていたのである。この黄表紙作品の中で「作者」の立場が、言葉の側にも、画工や草紙屋の側のいずれにもないことは、そういう意味では興味深いことかもしれない。つまり、春町はその仮りの姿としての狂言綺語の作者とすれば〝いやしき言葉〟の側に立っているのであり、実の姿としての武士、身分制社会に雁字搦めに縛られた侍という立場にあっては、言語的秩序を保守する伝統的教養人、文化人としての場所から大きくはみ出すことはできなかったのである（これらの流行語も十年後にはやはりパロディーとしかならない。寛政四年の京伝作『昔々桃太郎発端話説』では「御大根ふと印」「ならずの森の鷦鷯」「ひきの屋の銅鑼焼、薩摩藷」「四方の瀧水」「鯛の味噌吸」「牛の角の切口、ふといの根付」「天井を見たか」「おなかゞへこつき山の寒鳥」「こつちの顳顬がい、、いた印いたいのね」「のみ込山の墨壺」といった、明らかに『辞闘戦新根』を意識したパロディー語が頻出するのである）。

3

ここで時代は少々下るが、もう一つの江戸期の〝辞闘戦〟の例を見ておいてよいかもしれない。それは古代には「ん」などという〝不正な音〟はなかったという本居宣長と、「古の人の言語にんの音なしといふは、私の甚しき物也」と論難した上田秋成との間の〝呵刈葭〟論争という〝辞闘戦〟である。つまり、宣長は「ん」という五十音図の中の継子扱いのような字音について「連声に随ひて自然にんの音あるは、中古以来音便にくづれたる訛言にして、本の正しき言にはあらず」と主張したのに対し、秋成は「元来ひとへなるが正しきといふも、音の長きが不正といふも、曳一人の心にてこそあれ」と反論し、本居宣長のいう〝正しき音・不正の音〟という二分法を否定したのである。

この宣長がまとめた論争の書『呵刈葭』は、天明六年（一七八六）に行なわれた宣長・秋成両者の論争を寛政二年（一七九〇）までの間にまとめたものとされているので、春町の『辞闘戦新根』の刊行から八年後に日本の近世を代表する国学者と小説家の間で〝辞闘戦〟が行なわれたと考えることができる。そして、それらの辞闘戦の主題が、一方は〝いやしき言葉〟と〝古歌〟、一方は〝正しき音〟と〝不正な音〟との対立となっていることに、この時代の辞闘戦の共通項を指摘することが可能であると思われるのだ。つまり、それは角逐する新旧の言語観、言葉や音韻の秩序についての論争であり、闘戦であって、そこにはむろん、現実の世界で繰り広げられている言葉同士の新旧交替や秩序破壊、大きな規模での言語変化、転換といったものを反映していると考えることができるのである。

『呵刈葭』については、近年いくつかの論考が発表されており、「ん」の音をめぐる宣長・秋成両者の対決が、単なる国語学史上の論争ということでなしに、日本の近代（近世）の精神史、言語観に深く根を下ろしたものであったことが明らかにされてきた（拙著『言霊と他界』〈講談社〉、樋口覚『「の」の音幻論』〈五柳書院〉など）が、宣長、秋成の両者に彼らの生きていた江戸中期の現実の言語状況に対する、一種の危機感が共通していると思われる。宣長のいわゆる〝漢意（からごころ）〟批判が、表面的には漢字、漢語、漢文に対する批判であって、宣長は〝大和魂〟すなわち〝大和言葉〟によっていかに「思想」が語られうるかという実験を、その厖大な著述を通じて行なっていたといえるのである。

また、秋成が仮名遣いということを、〈私（わたくし）〉のものであり、本来的なものではなく、どのような仮名遣いを使おうと本質的にはかまわないのだという論理（『霊語通』）を展開したというのも、言葉が時代とともに変化してゆくことを、彼が直観的に洞察していたことを表しているように思われる。むろん、言語変化ということを直接的に認めているのは宣長で、ただし彼はそうした変化に対して「くづれたる訛言にして、本の正しき言にはあらず」という価値判断を持っていたのである。それに対し、秋成の論そのものには言語変化を認める言葉はない。これは秋成が本質的に言語変化を認めなかったということではなく（それは古代から当代への歴史的な文献を見れば、明らか過ぎるほどに明らかなことなのだから）、言語変化が宣長のように常に「正しい言語」と「いやしい言語」との二分法によってのみ語られることへの反感があったからだと思われるのである。

こうした二つの江戸中期の〝辞闘戦〟が、いずれも「正しい言葉」と「いやしい言葉（不正な言葉）」との角逐であったということは、逆説的にいえば、言葉の〝正しさ〟という基準がこの時代において見失われ始めているということを表しているのではないだろうか。「大道廃れて仁義有り」とは『老子』にある言葉だが、この場合〝正しい言葉〟あるいは〝言葉の正しさ〟という〈大道〉が見失われることによって、宣長のような古典学者はそうした言葉の秩序の混乱、春町などの黄表紙に見られるアナーキーな言語秩序の解体に、〈仁義〉すなわち「正しき音」「正しい言葉」をあくまでも対峙させなければならないと考えたのではないだろうか。

日本語の歴史において、その変動の波の高い時期として、室町以降の近世の出発点、さらに江戸の中期から幕末期、そして現代をあげるという論点が提出されているが、黄表紙が多く生み出され、また国語に対する自覚の表現としての国学が目覚ましい展開を見せたのは、日本語という言語が、中世的なものから近世、そしてさらに近代的なものへと変貌を遂げようとする過渡期的な時代においてであったといってもいいだろう。

黄表紙の言語状況が体現しているのは、文学、演劇などの文化面において上方言葉から江戸言葉へと文化的言語としての日本語の重心が移動したということであり、また書き言葉と話し言葉の乖離ということが顕著になってきたという、当時の日本語の変化の状況を強く反映したものである。それは日本の近代における言文一致の運動や文学、演劇改良運動と密接に関連したものであり、日本の近代文学はその流れの中から生み出されたものにほかならない。そうした日本語の近世中期の大きな変化の状況を無意識的に受けとめ、言語秩序のアナーキズムを逆手(さかて)に取って言語〝表現〟として定着させてみたのが、黄表紙作者たちであり、それを意識的な言語そのものへの探求へと導いていったのが、宣長を代表とする国学の、その国語学を基礎づける研究を行なった一群の学者たちだったのである。

とすると、〝辞闘戦〟は単に「正しい言葉」と「いやしい言葉」の〝闘戦〟という二項対立で終わるのではなくて、そこから新しい言語秩序、言語の体系を作り出そうとする胎動ということにほかならず、既成の秩序の解体と混乱とは、生み出される新しい言語と表現のための陣痛ということになる。黄表紙の既成の言語秩序の解体や、あるいは世間的な倫理や道徳への揶揄や逆転、常識や世間体や建(たて)前(まえ)の世界への反発と嘲笑、皮肉や逆説は、それ自体としては一過的な庶民レベルの娯楽、消暇的なサブ・カルチャーとして消費され尽くしてしまったといえるわけだが、そこから〝新しい言語意識〟を持った、いわゆる「近世文学」の作者たちを生み出したという意味において、きわめて重大な役割を担っていたということができるのではないか。

黄表紙から読本への転換は、山東京伝、曲亭馬琴、式亭三馬、十返舎一九などの〝近世文学者〟たちがほぼ同様に歩んだ道筋であって、黄表紙王国の解体は、こうした才能たちを、ある者は読本へ、ある者は滑稽本へ、ある者は人情本へ、ある者は随筆、考証の世界へと、それぞれそのジャンルの第一人者と呼ばれるような得意の分野へと転換させる契機となったのである。もちろん、それは単なるジャンルの変更、一人の戯作者の内部における針路変更ということだけを意味するものではない。黄表紙が抱えていた流通する言語についての危機意識のようなものが、それぞれの創作の根に潜んでいたのであり、彼らはそうした言語の危機をそれぞれの方法によって乗り超えようとしたのである。

たとえば、曲亭馬琴は、まさに言語的秩序をその作品世界の中で回復しようとすることで、この言語の危機的状況を超克しようとした。すなわち、文語と口語とが乖離し、言葉がその意味（価値）と形式（外形）とに分離した時代状況において、彼はもう一度〝文〟の秩序、書き言葉の優位性と本質性を回復しようとすることで、そうした「いやしい言葉」からの「正しい言葉」の切り離しを図ったのである。

「仁義礼智忠信孝悌」という儒教道徳の徳目の〈言葉＝文字〉を一身に担った八人の少年剣士が活躍する曲亭馬琴の『南総里見八犬伝』のもっとも根柢にあるモチーフは、まさに〈言葉＝文字〉がその意味、価値を自己実現するということにかかっている。犬江、犬川、犬村、犬坂、犬山、犬飼、犬塚、犬田という犬の字を姓に持ち、それぞれ「仁義礼智忠信孝悌」の一字を名に持つ八犬士はもちろんのこと、伏姫、丶大法師といった登場人物や亀篠、大塚蟇六、鮫守磯九郎、泥海土丈二、奥利狼之介といった端役に至るまで、彼らは「名詮自性」、すなわち名が体を表すということ、言葉がその本質を文字通りに表しているという〝原理〟によって命名されている。つまり、『八犬伝』の登場人物たちは、坪内逍遥がその『小説神髄』の中でいった「仁義八行の化物」である以前に、まず「言葉（文字）の化物」にほかならないのだ。彼らは人と犬、善なる言葉と悪なる言葉、光の言葉と闇の言葉という二つの陣営に分かれた〈言葉（辞）〉そのものであって、それらの言葉同士の〝闘戦〟が、『八犬伝』という近世日本文学を代表する小説の作品世界を貫く構成原理にほかならないのである。

『八犬伝』は、その発端として〈言の咎〉というエピソードを持っている。すなわち〝里見王国〟

の創始者である里見義実は逆臣・山下定包とその情婦の玉梓を捕えて斬首しようとするのだが、いったんは玉梓の命乞いを受け入れて「女子なれば」と許そうとする。しかし、忠臣・金碗八郎の諫言を容れて再び処刑を命じるのである。首を斬られようとする玉梓は、その死の間際にこんな呪咀の言葉を口にする。「又義実もいふがひなし、赦せといひし、舌を得引ず、孝吉に説破られて、人の命を弄ぶ。聞しには似ぬ愚将なり。殺さば殺せ。児孫まで、畜生道に導きて、この世からなる煩悩の、犬となさん」と。

　この「犬となさん」という玉梓の呪言が伏姫と八房、そして霊的な意味でその子供である「八犬士」たちに及んでいることはいうまでもないだろう。彼らは人にして犬であり、人と犬との間に生まれた〝異類〟であることは確かなのだ。この玉梓の呪言は、『八犬伝』の世界全体を覆う〝運命〟であり、この呪いに対する〝聖語〟として伏姫の八字の数珠の「仁義八行」があるのだ。

　里見義実の〈言の咎〉はこれだけではない。敵将・安西景連の軍に包囲された里見義実は、飼い犬の八房に向かって「敵将安西景連を、啖殺さばわが城中の、士卒の必死を救ふに至らん」といい、そうすればその報償として「わが女婿にして伏姫を、妻せんか」と戯言を吐くのである。その言葉通りに敵将の首を持ってきた八房は、義実に約束の実行を迫るような振る舞いを見せる。激怒した義実は八房を突き殺そうとするが、伏姫の諫言によってそれを思い止まる。伏姫の言葉はこうである。
「綸言汗の如しとは、出てかへさぬ喩に侍らん。又君子の一言は四馬も及びがたし、と聖経にありとなん、物の本にも引て侍る（中略）仮令そのこと苟且のおん戯れにましますとも、一トたび約束し給ひては、出てかへらず、馬も及ばず」。

　里見義実の不用意な〈言の咎〉。一度ならず二度までも義実は、〈言葉〉で失敗している。一度口から出た言葉は、馬を走らせて追いかけてみたところで追いつくことはできない。『八犬伝』という物語は、言葉として語ったことはすべて実現される、あるいは実現されなければならないという作者の確信がこめられたものなのであり、そしてそれは現実の言語世界がむしろ〈言葉〉の力や〈言霊〉といったものがほとんど信じられなくなってしまったことを逆説的に表していると思われるのである。『八犬伝』の神話的底流に役行者(えんのぎょうじゃ)の伝承があることも、こうした言葉の霊力に関わっているといえるだろう。高田衛が指摘しているように(『八犬伝の世界』中公新書)、役行者は「一言主神(ひとことぬし)」の上位に立つ仙人であって、一言主神は、「吾(あ)は悪事(まがごと)も一言、善事(よごと)も一言、言離(ことさか)の神、葛城の一言主の大神なり」と『古事記』で自ら名乗るように、「悪事一言、善事一言」を支配する言語の神であることは明らかなのである。その一言主神を使役する役行者が、人間の言語をコントロールする霊力を持っていることはいうまでもないだろう。「悪事(まがごと)(悪言)」を「善事(よごと)(善言)」に逆転しうる神こそ一言主であり、役行者は『八犬伝』の発端において、その神霊力によって玉梓の呪言(じゅげん)を〝寿言(じゅげん)〟に転化する利益をもたらすものとして、伏姫神話の中に登場してくるのである。

黄表紙的な言語観と、馬琴が『八犬伝』で示そうとした言語についての考え方は、むしろ逆立するものといえるだろう。〝浮世〟の中に浮游する、意味や実体から離れてしまった記号としての言葉。そうした意味から遊離した言葉が、駄洒落や地口、モジリや語呂合わせとして黄表紙の世界で「いやしき言葉」となって活発に活躍することになったのである。言いっぱなし、語りっぱなしで何の責任も、負担も負うことのない〝軽い〟言葉の世界。もちろん、そこには言葉がその意味や価値を自己実現してゆくという「名詮自性」的な言語への信頼は本来ない。言葉は言語遊戯のための素材としてあるのであって、馬琴流の勧善懲悪を実現するための倫理的、思想的な意味を担おうとするものではなかったのである。

言葉がひたすら駄洒落、語呂合わせとして娯楽のために流通する黄表紙世界。そうした言葉の世界にもう一度意味や価値、表現の論理や道徳といった〝原理〟や〝思想〟を回復しようとしたのが馬琴流の読本であり、そこで彼は言葉がその意味を全面的に実現する「名詮自性」をモットーとし、〝勧懲を正しくする〟すなわち言葉と思想の混乱したアナーキーな秩序崩壊の世界へ、再び秩序を導き入れようとしたのである。

もちろん、それは山東京伝や式亭三馬がその作品で行なった、現実に流通している言語の状況を、リアリズムによって再現してみせるといった方向とは完全に逆行するものであった。京伝の洒落本や三馬の滑稽本は、当時の人々の世界を克明に再現する。そこにはさしあたり倫理や道徳を語る言葉はなく、ただ狭い小世界、遊廓なら遊廓という世界での隠語の流通する世界があるのであり、その言語を共有する者と、そうでない者との峻別とがあるだけなのだ。言語秩序の再建や普遍的な価値への模索といった課題は、そこではむしろ野暮で武張(ぶば)ったものとして嘲笑されるのである。

馬琴の勧善懲悪の理念は、こうした脱色されたイデオロギーの世界に対しての反動的、復古的な言語的ルネサンスの試みということもできるのである。馬琴が夢見たのは、言葉とその〈意味〉とが切っても切れない関係として堅く結びついている世界、「名詮自性」が実現されるような世界にほかならなかった。そうした言葉の世界の堅固な秩序が、彼の戯作の精神を支える原理なのだった。

しかし、もちろん、馬琴が同時代において見聞きしていたのは、原理も秩序もない、アナーキーな記号の戯れ、言語遊戯としての戯作、戯筆の類いにしか過ぎなかった。馬琴が最終的に夢見たのは、江戸の徳川幕府と一線を劃した房総半島に半ば独立国として自立する〝里見王国〟や『近世説美少年録(きんせせつびしょうねんろく)』の〝妙義山王国〟、あるいは為朝の〝八丈島王国〟〝琉球王国〟(『椿説弓張月』)といった武家的ユートピアであったが、それはまた〝言語的ユートピア〟にほかならない。「正しい言葉」、勧懲を正しくする〝正義の言葉〟の最終的な勝利は、この戯作者の戯作三昧の果てに夢見られるものだった。それは黄表紙王国、すなわち言葉のアナーキズム、言葉の無秩序という、駄洒落と地口とモジリと語呂合わせの黄表紙的言語の咲きわう世界の崩壊による、混乱、混迷の中から生み出された〝言語ユートピア〟という夢想王国にほかならなかったのである。

遊ぶ京伝──山東京伝

1

内田百閒の小説に「山東京伝」という短篇がある。作品集『冥途』に収められたもので、他の作品と同じく夢を記述した、ごく短いものだが、これがなぜ〝山東京伝〟と題されているのか、ちょっと不思議な気がする。中に確かに〝山東京伝〟は出てくるのだが、この登場人物はいわゆる黄表紙作家であり、絵師、洒落本、読本作者であり、考証家であった、文学史上〝山東京伝〟として知られている現実の人物とは、ほとんど似るところなく描かれていると思われるのだ。

〈私〉は、京伝のところに書生として入っている。御飯の時に、〈私〉は京伝が食べろともなんとも言ってくれないので、もじもじと迷っている。その時、玄関口に誰か来たようなので、行ってみたが誰もいなかった。また不意に「小さい人」が訪ねて来たので、京伝に伝えると、彼はあわてて玄関へ飛び出し、それが「山蟻」であるといって〈私〉を叱責する。京伝のところを追い出された〈私〉は、道の真ん中で途方に暮れながら、京伝があんなにうろたえ、怒ったのは、山蟻が彼の作っている丸薬を盗みにくるからだと気がついた。

ほとんど荒唐無稽な夢の中の出来事をそのままスケッチしたものと考えてもよく、そういう意味では夢の中の登場人物や、出来事を真剣に考えても始まらないといえるわけだが、この百閒の夢の中の京伝像に、私はその黄表紙や洒落本といった作品からイメージされる作者像とは別の部分、いわばその陰画が見えてくるような気がするのだ。

もちろん、それは現実の山東京伝の人間の裏面といったことではない。書生になった〈私〉が尊敬し、崇拝している京伝は、無愛想で、取っ付き難く、癇性的なところの見える人物である。強いていえば、これは京伝より馬琴の実際上の人物像に近いものかもしれない。ここには芥川龍之介の「戯作三昧」につながるような、百閒や龍之介の時代や場所から見える京伝や馬琴などの江戸戯作の世界ということの意味が少しは含まれているのかもしれないのだ。「戯作三昧」で描かれた馬琴が、近代人的な憂鬱な文学者の相貌をしていたように、百閒の京伝も、何やらひどく〝実存〟的な風貌を帯びているのである。

百閒の作品論としてなら、これを「盡頭子」などの作品と同様に、師、先生に対する弟子、書生の根源的な畏怖の感覚を書いたものとして、百閒が漱石に対して抱いていた感情の一端などを見ることも可能だろう。それはほとんど親に見捨てられる孤児のような不安と恐怖に怯える感覚であって、百閒の個人的な資質に多くを負っているものといえるのだ。もちろん、近代から見た近代以前の徒弟制度に、こうした理不尽な精神生活の側面があったかもしれないのだが、少なくとも百閒が表現したのは、〝実存〟的な不安、不条理な感覚だったのである。

しかし、これをもう一度〝山東京伝〟そのものの像ということに返してみたらどうだろうか。たとえば、作中の〈私〉を百閒そのものとしてではなく、実際に京伝の弟子筋にあたる馬琴であると想定したら、どういうことになるか。そうした遠近法の視角からしか見ることの不可能な近世戯作の世界があるように思えるのだ。つまり、馬琴のような書生、弟子にとって京伝はつかみ所のない、不条理で圧迫的な存在であり、それが夢魔として自分にのしかかってくるように感じられたのではないか。「山東京伝は大きな顔で、髯も何もない。睫(まつげ)がみんな抜けてしまって、眶(まぶち)の赤くなった目茶茶である」というのが、百閒の描いた京伝の顔だが、これはほとんど〝のっぺらぼう〟に近いものだろう。つまり、ここには京伝の黄表紙、洒落本、読本といった作品の、ほとんど白痴的な空虚さの背後に、何か人を不安に陥れるような虚無があり、さらにその背後に、現在社会での挫折、失意といったものでも見出さなければ、それは〝のっぺらぼう〟の球面のようにとらえどころもなく、近代的な文学の理念からは理解し難いのである。

光があれば影がある。その影の部分を強調することによって、一人の人間を気難しい、憂鬱な人物として、立体的に浮かび上がらせる。すなわち〝彫りの深さ〟とは、専ら陰影表現なのであり、陰影がなければすべては卵のような〝のっぺらぼう〟のままなのだ。そうした百物語の中に出てくるような〝のっぺらぼう〟に対する恐怖を百閒は、生理感覚として書いたのだが、その時に〝山東京伝〟という名前が使われたことに、私は本質的ではありえなくても、きわめて示唆的なものをみざるをえない。すなわち、それは近代以前と以後との言葉、戯作についての感受性の大幅な変革ということなのだ。つまり、いってみれば内田百閒は、近代文学の立場から、近代以前の文学の影の部分、後ろ姿から振り返ったその顔に〝のっぺらぼう〟を見出したのである。

次は同時代の京伝観である。

曲亭馬琴の黄表紙に『曲亭一風京伝張(きょくていいっぷうきょうでんばり)』(享和元=一八〇一年、蔦屋重三郎刊)というのがある。

標題からも明らかな通り、馬琴が〝京伝〟張りの黄表紙を作ってみたというもので、京伝が商売物の烟管、烟草入れを馬琴のところへ持ってきて、これを「趣向」の種として、一つ黄表紙を作ってくれと持ちかけ、それを馬琴が承諾するというのが発端である。京伝の店で売られていた烟管と烟草入れとをそれぞれ相愛の男女に見立て、その浮き沈みを描いたものだが、この作品を馬琴の「思想変化の初期」にあたるものだと主張したのは、真山青果である。

馬琴はこの黄表紙の口絵に京伝と対座する自分を描き、その彼の書斎（著作堂という額が掛かっている）の正面に「事取凡近而義発勧懲」という句を書いた聯を掲げている。馬琴の文学世界のキーワードである「勧懲」という言葉がここで初めて使われたことを語り、青果はさらにこういう。

> その内容からいつても京伝売出しの煙管の広告のために趣向を立てゝ、情なきまで下劣に女小児の読者に媚びてゐる戯作者生活をいとなみながらも、なほこの聯句を標榜せずにゐられないところに、彼が渡世芸術に対するところの疚しさと痛みとが見られると思ふ。（『随筆瀧澤馬琴』）

しかし、享和元年、馬琴三十五歳の時に出版されたこの黄表紙については、私はまず馬琴の京伝に対するライバル意識のようなもの、その戯作に対する反発と否定とを含んだものであるとみるのが、順当ではないかと思う。もちろん、ここから馬琴の「思想変化」を見出すことは間違いではないだろうが、〝京伝張り〟の黄表紙に対する不満、反発が、馬琴を〝事取凡近而義発勧懲〟へと押しやったともいえるのではないか。「京伝門人大栄山人」として、黄表紙作者のスタートを切った馬琴にとって、所詮自分は京伝の黄表紙を超えるだけのものは持たないと観念させられたのではないだろうか。『御存商売物』、『江戸生艶気樺焼』、『大極上請合売心学早染草（だいごくじょううけあいうりしんがくはやそめくさ）』といったそれぞれの一時期を画する黄表紙の傑作を作り出した京伝にとって、馬琴の黄表紙など問題にもならなかった。趣向の斬新さ、見立ての鮮やかさ、無尽蔵に繰り出される洒落、くすぐり、うがち。つまり、黄表紙の身上であるその〝軽さ〟、軽妙さにおいて、馬琴はどう転んでも京伝の敵ではなかったのだ。

馬琴が京伝を凌駕しようとすれば、それは〝軽さ〟ではなく〝重さ〟、〝粋(いき)〟に対しての〝野暮(やぼ)〟、「洒落」に対して「勧懲」を対峙させる以外にはなかったのだ。それは馬琴が黄表紙というジャンルでは、もはや京伝を乗り超えることは不可能であるという自覚であり、それが馬琴を合巻から読本へと転移させていった理由であったと思える。

もちろん、ほとんどの文学者がそうであるように、馬琴もきわめて己れを恃むところの強い、偏狭な性格であったことは疑いえない。彼はどんな意味においても京伝に〝負けている〟ことを認めようとはしなかった。馬琴と京伝との内的な葛藤については、『近世物之本江戸作者部類(きんせいもののほんえどさくしゃぶるい)』の中に書かれた、唐来参和の言葉という、次のような文章を見落とせないだろう。

> 臭草紙は馬琴、京伝に及ばず、読本は京伝、馬琴に及ばず、そをかにかくといふものは、好憎親疎によりて私論をなすのみ、しかれども、京伝はさまでもなき趣向にても、見てくれを旨として、よくかき活るをもて、人その拙に心づかず、馬琴は臭草紙といへども、よく根組を堅固にして、勧懲を正しくす、なれども京伝は戯作の行はるゝこと、馬琴より五六年先たちたるに、且その年歳も兄なれば、世の人幷書賈まで、これをもて甲乙を定むれども、吾おそらく後世に至りて論定らば必団扇を馬琴の方に揚られんといひしとぞ。

『近世物之本江戸作者部類』が馬琴の著作であることは今では確定されているが、そこで馬琴は自分の名を秘めることによって、この著作に〝客観性〟を持たせようとした。だが、無意識であっても、自分についての記述などは、自然に〝筆が曲がってしまう〟ことは十分にありうる。だから、ここでの唐来参和の言葉も、そのまま参和が語った通りのものとは思われない。特に後段の「馬琴は臭草紙とはいへども、よく根組を堅固にして、勧懲を正しくす」というのは、黄表紙（臭草紙）が、〝うがち〟〝なぞらへ〟を「趣向」として、その趣向の斬新さ、ひねりの効き具合に生命を賭けたジャンルのものであるだけに、黄表紙作者の参和のものとは受け取れないのである。参和は『江戸生艶気樺焼』の主人公・艶二郎が作者の京伝に〝返報〟するために、さんざん京伝をコケにする黄表紙を作ってもらうという趣向の『東産返報通町御江戸鼻筋（えどうまれへんぽうとおりちょうおえどのはなすじ）』を書いているが、その作品の画工は北尾政演（まさのぶ）、すなわち京伝自身である。このことから見ても、参和と京伝の間はかなり接近したものであって、参和があえて京伝との比較において馬琴のほうに団扇をあげるとは考えにくいのだ。

「根組を堅固にし」とは、物語の構成をしっかりとしたものにし、という意味であろうし、「勧懲を正しくす」とは、物語のテーマ、倫理に基づいた主題表現ということだろう。すると、これは黄表紙よりも読本（稗史（はいし）小説）についての言にふさわしい。つまり、これは唐来参和の言葉を借りて、馬琴が自らと京伝との差異を明らかにしたものということができるのだ。

馬琴が京伝に対抗するためにつかみとってきたのが、「勧懲」という原理であり、それによって京伝の洒落た、華麗な作風を超えようとした。だから、馬琴は自分の黄表紙の中に、まるで京伝に当てつけのように、最終ページに「文章無一物（ブンショウムイチモツ）、趣向本来空（シュコウホンライクウ）」などと書いてみせたのだ。趣向に始まり、趣向に終わるのが、黄表紙の本質なのであり、その意味では馬琴がここで「趣向本来空」と書いたことは、黄表紙的なものの自己否定にほかならない。つまり、馬琴は自分が黄表紙作者として、凡庸で面白みのない作者でしかないことを逆手にとって、京伝のものは〝面白すぎる〟といわんばかりの批判を浴びせたというわけなのだ。「勧懲」がないことは、馬琴にとって作品を構成する背骨が欠けていることを意味する。すなわち、京伝は、いわば〝骨なしカエル〟であり、自立した（文学）作品たりえないのだ。

それはまさに、「根組」や「勧懲」を知らずに「趣向」のみに作品の生死を賭けている京伝的な作品観そのものへのアンチ・テーゼなのであり、思想のない小説、単に洒落や言葉遊びに終始する〝戯作〟の否定にほかならないのである。つまり、馬琴はここでほとんど〝近代文学〟の立場から、〝近代以前の文学〟を弾劾している。そして時代はすでに「洒落」に浮かれた浮き世から、幕末への動乱の憂き世へと動き出していた。馬琴の京伝否定は、そうした時代背景を負いながら武士的世界の最後の光芒としての読本の隆盛に棹さしたものだったのである（馬琴が京伝のことを書いた文章として、もう一つ『伊波伝毛乃記（いわでものき）』という著作を忘れることはできない。これは匿名で京伝の伝記を綴ったもので、その履歴、作品、人となり、妻百合との関わりなど、京伝の伝記研究資料としてもっともまとまったものといえよう。しかし、そこでも馬琴は自らを孤高の存在として、京伝の俗人ぶりを対照的に描き出すという方法をとっている。京伝死後の伝記として馬琴のライバル意識の強さを逆に証明するものといえるかもしれない）。

2

百閒と馬琴の描き出した京伝の姿を見てきたわけだが、彼らが期せずして語っているのは、京伝という作者がいわゆる〝文学的な意味〟からいえばほとんど「のっぺらぼう」であり、「無一物」であり、「空」なるものに見えるということだろう。つまり、彼は馬琴から始まる近世の本格的な小説の世界、および百閒のようにどこかに草双紙的な匂いを残した近代小説の世界から見ても、ほとんどマイナスの札ばかりで作られた作品世界という感じを与えるのだ。彼がもっともその才能を発揮したのは、黄表紙の創作においてであると思われるのだが、絵師も兼ね、「趣向」を工夫することにおいては天才的であった京伝が、単に面白おかしい、今でいう〝コミック〟作者としてその才気、能力を振るったということに、今の私たちからすれば、何やら痛ましいものさえ感じる。井上ひさしの『手鎖心中』が描こうとしたのは、そうした京伝の〝影〟の画像のようなものであり、それは一種悲壮なまでの「無意味なこと」に賭ける情熱だったのだ。

「ばからしき事を心がけ、命がけの思い付きをしける」のは、『江戸生艶気樺焼』の主人公、艶二郎だが、この主人公は浄瑠璃節の正本を読みあさり、そこに出てくる男女のような色恋沙汰に憧れ、浮名の立つことを願う。この黄表紙ジャンルの最大のスーパー・スターである艶二郎の姿の特徴ある鼻が、艶二郎鼻、別名〝京伝鼻〟といわれることからも明らかな通り、艶二郎はまた作者である京伝自身の一種の自画像でもありうるのだ。つまり、北里喜之介、悪井志庵などの悪友とともに、「ばからしき事を心がけ」ているのは、また、こうした黄表紙を書こうとしている京伝自身でもあったのだ。艶二郎は〝浮気な浮名の立つ〟ことに「命がけ」であり、京伝はそうした主人公の滑稽で悲惨な姿を描くことで〝浮名を立〟てようとしたのである。現実的なモデルはどうあれ、艶二郎は、京伝自身の似姿にほかならなかったのであり、奇矯な言い方かもしれないが、この作品は京伝の〈私小説〉といってもよいのである。

あまたの騎士道ロマンスに読み耽り、ついには自分をそうした中世騎士物語の主人公と錯覚して、従者サンチョ・パンサを伴って冒険の旅へ出たのは、セルバンテス描くところのラ・マンチャの郷士、ドン・キホーテだが、艶二郎もまた〝ドン・キホーテ〟的な人物であることは明らかだろう。彼は〝玉木屋伊太八〟〝浮世猪之介〟といった心中もののロマンスの主人公に陶酔し、彼らに自分を同一化しようとして「ばからしき」苦労を重ねる。色恋沙汰にはムードが肝心という喜之介の言葉に従って当時の流行歌「めりやす」を練習し、「色男になるのも、とんだつらいものだ」といいながら腕や指に情人の名前を彫る。金をやって芸者に自分の家へ駆け込んでもらい、それを自ら瓦版にして評判をあげようとする。

また、色男というものは、とかく殴られるものだということで、わざわざ地回りに金をやり、吉原の人目の多いところで狂言の喧嘩をし、うち所が悪くひどい目にあい、さすがこの時だけは、「よっぽど馬鹿者だという浮名、少しばかり立」ったと京伝は書く。親に勘当を迫り、反対も何もないのに、人目を忍び、さらに思い余ったあげく、駆け落ちをする。それは当人が本気であればあるほど周囲からは滑稽視され、笑いものとされるものなのだ。

この黄表紙の最後では、艶二郎の浮気狂言は駆け落ち、道行き、心中へとエスカレートしてゆき、そしてあわやというところで止め手が入るという筋書になっていたのに、どういう手違いか黒装束の泥棒二人が現れ、どうせ心中ならば介錯してやろうと刀を振りかざす。艶二郎と相方の雇われ情人・浮名はほうほうの態でその場を切り抜ける。身ぐるみ剥がれて帰る時の、浮名にいう艶二郎の台詞はこうだ。「俺はほんの粋狂でした事だから是非がないが、そちはさぞ寒かろう」。つまり、ここで艶二郎は自分の〝粋狂〟をはっきりと自覚しており、それが人を巻き込んだ傍迷惑な〈浮気ごっこ〉であることを知っているのだ。そういう意味では、彼は狂気と正気の間に振れ続けるドン・キホーテとは、やはり何程かの差異のあることを示している。

勘当の日限りも切れ、艶二郎は家に帰り、二人組の泥棒が実は、艶二郎の目を覚まさせるために、父親と番頭とが狂言として仕組んだものであることを知り、そこで彼は「初めて世の中をあきらめ、本当の人とな」るのである。この物語が、こうした〝放蕩息子の帰還〟というめでたしめでたしのパターンで終わるのは、当時の黄表紙の約束事だが、これが「現実世界」の「物語世界」への優位、あるいは「遊び」が結局は「世の中」の「本当」のことに屈服するという構成になっていることに、やはり私は注意せずにはいられないのである。

ここで主人公の艶二郎は、初めから自分の振る舞いが〝粋狂〟なことであり、〝ばからしき事〟であることを知っている。そのうえで、あえて色恋沙汰による浮名の中に生きること、洒落の世界に身を置いてみることが、艶二郎の〈浮気ごっこ〉だったのである。それはまさに〈遊び〉にほかならない。彼は現実と物語の世界を混同したわけではなかった。あるいは、現実の世界を否定することによって、物語世界の、理念や空想の世界のリアリティーを獲得しようとしたわけでもなかった。彼はただ現実世界の延長の上で、「ばからしき事」をして、〈遊〉ぼうとしただけなのだ。京伝の物語世界が、こうした〈遊び〉感覚によって作りあげられていることは、今更いうまでもない。だが、そうした〈遊び〉の中に、「命がけ」ともいえるような真剣さが漂い、悲壮感さえみなぎってしまうところに、京伝の黄表紙や洒落本の真骨頂があるといえるだろう。それが百閒にとって得体の知れない、不気味な〝虚無〟や〝空白〟と見え、馬琴にとっては見てくれだけの〝でたらめ〟で〝無意味(ナンセンス)なもの〟と見えたのだ。

京伝には、確かに馬琴のように「堅固な根組」、言い換えれば物語世界を自立させるような構成力や、あるいはイデオロギーとしての勧善懲悪、倫理の骨太な背骨はなかった。すなわち、馬琴が小説世界の現実世界からの絶対的自立を志そうとしたのに対し、京伝は最初からあっさりと現実の側に寄り添っていたのである。現実の遊廓の世界と、粋狂な遊び人たちがいなければ、京伝の黄表紙世界も洒落本世界も成立するはずがない。つまり、彼の物語世界は、つねに現実世界からそのリアリティーを汲んできたのであり、そうした現実を作品の中で〝うがち〟〝なぞらへ〟〝みたて〟ることによって、相対的な物語世界、物語の空間を作り出したのである。

たとえば、『通言総籬(つうげんそうまがき)』のような洒落本は、青楼の世界に流通する言葉をそのまま紙の上に書き表してみることで、成り立った作品なのである。

〔夏いろ〕いつそもふ酔いきつて、ねてしまいゝした。いつそすかねへ近眼ぼうづでおすよ。すかねへぞよゥ引。〔川波〕おやばからしい。何もたべるものが、おつせんよゥ引。〔夏いろ〕となりへ梅づけをとりにやれば、ようしたねへ。これ〱、その子はだれだ。此土びんへ茶を一ッもつてきてくりや。いゝ子だぞよゥ引。(中略)〔玉夕〕もふいつてねや。また長火鉢へあたつて、べん〲と起(おき)て居めへよ。ト書きあり〔秀ことの〕さやうならお休なんし。

黙読するよりは、一度声にして読み上げなければ意味がとれないほど、〝言文一致〟の度合いの強い文章なのだ。もちろん、これは京伝が、青楼の世界で交わされる言葉を、その〝耳の良さ〟によって、すばやく聞き取り、それを紙の上に書き移したものである。このことは、一見、きわめて簡単、単純なものであると思われそうだが、実はそうではない。なぜならば、そこには言葉に対するある意味では、斬新な発想の転換があったからだ。つまり、現実の社会に流通する言葉が、曲がりなりにでも〝書き言葉〟の世界へと入り込み、そうしたリアルな口語の世界の豊かさに、物之本作者の眼が見開かれていったということがあるからだ。

むろん、『通言総籬』の凡例にある通り、こうした会話の糞リアリズムともいうべき方法は、実際的には「妹妓及雛妓少妓ノ言。其儘ヲ記ガ故ニ。詑ヲ不レ改仮名違ヲ正ザルハ。其音ノ訛ヲ知シメンガ為ナリ」という意図によっているわけで、忠実に口真似をすることによってその訛言を笑おうとするのだが、しかし、そういう意味では〝青楼の通言〟もまた訛言のようなものにほかならない。〝野暮〟にはわからない〝通〟の言葉を得意気に振り回してみることも、鄙びた訛りを再現してみることも、現実の言語社会をベースに築き上げられた現実相似の世界にしかすぎない。

逆にいえば、京伝はそうした現実によって枠取られた「世界」しか、表現することができなかったのだ。彼が得意としたのは、あくまでも現実に相似した言葉の世界であり、それを歪曲したり、別のものに見立てたりすることによって、一篇の作品を作りあげた。それは京伝が自分の生きている現実、社会、言語から切り離されたところにある、普遍的なイデオロギーなど信じてはいなかったし、そこから生み出される物語の構成力に依拠して作品を作り出すことができなかったことを表している。そうした彼の自立した「物語世界」の破綻ぶりを示しているのが、京伝のいわゆる読本にほかならないのである。

3

「根組」「勧懲」のなさという、山東京伝の作品への批評は、彼の読本についてもっともふさわしい。黄表紙、洒落本、合巻、読本という京伝が手を染めたジャンルのうちで、とりわけ小説的な構築力を必要とするのが読本にほかならないからだ。馬琴はその小説原理としての「稗史七法則」に、主客、伏線、襯染、照応、反対、省筆、隠微の七項目をあげているが、これらはむろん小説の手法についての述べているのであり、その意味では巧拙はともあれ、小説の創作においてそれらの手法が用いられないことはありえないだろう。ただその中で、「隠微」とある一項目が、他の技術的な法則とは、やや異なった意味合いを持っているように思われる。

文章外に隠され、秘められたもの。根組を構成、勧懲をテーマ、あるいはイデオロギーというふうに置き換えてみれば、隠微は秘められた作品のモチーフとでもいえようか。そして、馬琴にとってこの「隠微」こそが、小説を小説たらしめるような根源的なものにほかならなかった。もちろん、それは作者の与り知らぬ無意識世界でのモチーフということではない。あくまでも、意識されながら、なおかつ作品の背後に隠され、そこにおいて物語世界の脊梁をなすものなのである。たとえば、馬琴の読本世界を貫く〝名詮自性〟のように。

では、京伝の読本にはこうした「隠微」が秘められているだろうか。馬琴のいうような意味での隠微は、京伝の読本作品には見当たらない。これがむしろ京伝の小説世界の特徴であると思える。言い換えてみれば、京伝の読本には、物語の全体を貫くような思想はもとより、物語を組み立ててゆく構成力の根にある〝隠微〟のようなもの、作品世界の土台にあって、作者の意識の中に潜む倫理、道徳、イデオロギー、〈私=自我〉といった「堅固」なものを見つけ出すことができないのだ。これは近代的な小説観からすれば、まさにモチーフの欠落ということにほかならない。つまり、京伝の読本には、彼の黄表紙にありえたような彼自身の〈私〉性といったものさえ、見失われているのだ。

もっとも、このことは京伝だけに限ったことではなく、半ば読本というジャンルそのものに内在したものであるともいえる。「日本名著全集」で『読本集』を編んだ山口剛は、その解説の中でこんなことをいっている。

> 特に京伝馬琴等がよつて以て範とした諢詞小説は支那民衆生活を如実にうつし出してゐるものを、支那の実状を知ること少い彼等は、たゞ文辞の上を辿つて、事件の奇と趣向の妙とをのみ求めるのであつた。その実の相を棄てゝ、その虚の影をのみ追ふのであつた。その虚をわれに移す時に、足すでに地を離れてゐる今の武士の生活を対象としながら、更に遠い過去の事としてしまふ。（中略）こゝに読本の紙上に二重にも三重にも空虚の影のみがはびこる。

この山口剛の見解は、いささか悲観的な決定論に過ぎるような気もするが、たとえば京伝の『桜姫(さくらひめ)全伝曙草紙(ぜんでんあけぼのそうし)』、『昔話稲妻表紙(むかしがたりいなづまびょうし)』、『本朝酔菩提全伝(ほんちょうすいぼだいぜんでん)』といった読本を読めば、ある程度納得させられる。京伝は中国のいわゆる白話小説を下敷きにこれらの物語を編んでゆくが、その典拠となった中国小説の〝民衆生活〟のリアリティーに学ぶのではなく、エピソードや登場人物の換骨奪胎、筋の展開や文辞の模倣だけに終わってしまっているのである。つまり、その「構成」の妙（根組）や、「思想」の表現（勧懲）といった小説の根幹を倣うのではなく、いたずらな枝葉末節の模倣や摂取が目につくだけなのだ。

馬琴は京伝の作品世界の「勧懲」を問題にしたのだが、確かに勧善懲悪という観点から見れば、京伝の読本ではいわゆる善玉が悪玉に無慈悲に殺戮されてしまうというケースが少なくない。たとえば、『本朝酔菩提』は、『昔話稲妻表紙』の続篇ということなのだが、この一篇を背後で支配しているのは、蜘手の方、道犬伴左衛門、頼豪院、笹野蟹蔵、藻屑三平、土子泥助、犬上雁八といった、名前からして悪役的な死霊たちであり、彼らは自らの悪業によって『昔話稲妻表紙』の世界において、善玉の梅津嘉門や名古屋山三郎に誅戮されたことを怨み、彼らを非業の死へと陥れ、さらにその妻、子にまで祟ろうとするのである。

どれが主筋ともわからないまでに、副筋の入り乱れ、輻輳した京伝の読本世界にあって、かろうじて物語の展開の筋道を担っているのは、こうした怨恨（復讐）の論理と、因果の論理であるのだ。しかし、非業の死の悪玉の怨恨はいつまでも「因果」としてその妻子に祟り、善玉はそのまま祟られて死ぬということでは、馬琴ならずとも「勧懲正しからず」といいたくなるだろう。むろん、京伝の思惑では、『本朝酔菩提』にはさらに続篇が予定されており、そこで悪役の死霊たちが相応に「懲悪」されることになっていたのだろうが、それもそれまでの物語の展開の仕方を見れば、最終的なつじつま合わせという感が強いのである。

京伝の読本世界のこうした「勧懲」の欠落を弁護していえば、もともと京伝は小説を道徳心の涵養や「勧懲」の宣伝の具とする考えなど、毛頭なかったのだ。彼が読本に手を染めたのは（染めざるをえなかったのは）、彼の手がけていた黄表紙、洒落本などが時の権力の忌避に触れ、心ならずも「勧懲」を表看板とした読本創作に移行せざるをえなかったからである。その意味では、読本というジャンルによってこそ、水を得た魚のように溌剌となった馬琴とは、そもそも土台が違っている。だから、京伝は、勧懲といった借り物のイデオロギーではなく、まさに物語の細部や文辞そのものに自分の精力を注いだのであり、それが彼の読本作品の世界が、歪み、作品としてのバランスを失している原因ともなっていると思われるのだ。

馬琴にも細部の挿話や人物、小道具に拘る（こだわる）トリヴィアリズムがないとはいわれないが、基本的に善と悪、光と影、勧善と懲悪とは、その大長篇においても二筋の色糸のように縺れ、絡み合いながらも、紛れることはないのである。馬琴はそういう意味では中国小説からそのイデーを学んだが、京伝は単に技術的な細部を摂取しただけなのだ。彼が読本世界で展開しようとしたのは、黄表紙や洒落本における「趣向」であって、それは意表を突いた展開、どんでん返し、ケレン味の強い場面、グロテスクでエロティックな描写といった、いわば局所的な部分にこそ、精魂を傾けることであった。
たとえば、京伝の読本でもっとも精彩のある場面といえば、こんな箇所である。

　緑の黒髪をかいつかみ引倒して、額さきを畳にすり付け〳〵しつれば、額の皮やぶれて血をながしぬ。扨兵藤太にむかひ「此女なぶり殺にして、苦痛をうけしめよ」とて突きはなしければ、兵藤太やがて氷なす刀をぬいて斬りかけたり。（中略）無慙や玉琴は手を負ひて、総身は朱に染りながらはひ廻り、一度は野分の方に向かひ、一度は兵藤太にむかひ、掌を合して「しばし命をのべ給はれ」と願へど、野分の方は答もせず、只うち笑ひてこゝろよげに見やりけるが（中略）「あなかしまし、もはや殺せ」と命ずるにぞ、兵藤太ふたゝび刀をとりなほして、玉琴が吭にぐさと突きとほしければ、血しほ、さとほとばしり、手足をもがき牙をかむ断末魔の苦しみ、目もあてられぬありさまなり。

『曙草紙』の発端の部分、鷲尾義治の妾の玉琴が、本妻の野分の方によって嬲り殺しにされる場面である。この玉琴の怨恨が、この物語の地下の筋書きを支配するということになるのだが、そうしたストーリー上のことより、京伝はこうした嗜虐的な場面を作品の中に取り込むことを好んでいたと思われるフシがあるのだ。子を孕んだ女を強殺して、腹の子を取り出すという話は京伝の読本にはよく見られるし、そうした残虐場面の描写は、この引用文からも窺われるように、あざといまでに念入りなのだ。ひょっとすると、彼はこうした血糊に塗れた情景を描きたいばかりに、物語を作っているのではないかと思われるほどだ。
　京伝の読本世界に特徴的なのは、このような嗜虐的な残酷シーンが少なくないこと、そしてまたそれが〝女子供〟の悲劇であるということだろう。『曙草紙』が野分の方の玉琴への嫉妬から始まるように、『稲妻表紙』は蜘手の方と銀杏の前という二人の女の確執から始まり、善女、悪女入り乱れての物語が展開されるのだが、『酔菩提』の岩芝の悪女ぶり、『稲妻表紙』の蛇に見込まれた楓のグロテスクなエロティシズムあるいは『梅花氷裂』の妊娠した藻の花を縄で吊し、さらに蹴殺すといったシーンなどは、まさに江戸期の女性的なものに対する頽唐趣味の横溢したものといわざるをえない。妊娠の腹裂きシーンはもとより、美女や美少女は殺され、いじめられ、はては〝阿曾比〟（遊び女）として売られ、肌身を汚す生業を続ける。悪女たちは思うがままに悪事を働くが、ついには『曙草紙』の野分の方のように、「体を宙にひきあげられ、二つにさつと裂」かれて死んでしまうという結末を迎えるのである。

継子いじめ、女の執念、悋気といった挿話には、特に京伝の読本の専売特許ということではないが、物語の因果の論理や、エピソードの組み合わせがいささかご都合主義的なのに対し、こうした〝女〟の悲劇には迫真性があると思われるのだ。つまり、読本世界全体としては、「空虚の影」といった感覚から免れず、散漫な印象を禁じえない物語なのに、こと女に関わる残酷場面については、リアルなものを感じさせる。これは山東京伝という作者の個性的なものに還元されることだろうか。いや、そうではなく、空虚の影としての読本の世界の中で、そうした女たちの不幸さ、不遇さのみが、きわめて現実的なものであり、そこにおいてこそ、京伝の読本世界は一点、現実社会との紐帯を切り離してはいなかったと思われるのである。つまり、それは京伝の加虐趣味などではなく、時代と社会とが、〝女子供〟たちに与えていた立場がそうしたものだったからだ。京伝という作家は、そのような時代の感性を敏感に受けとめるという意味では、比類のない天才的な才能を持っていた。

『曙草紙』で京伝は、一体二形として、二人に分かれた桜姫を登場させている。善女と悪女、美女と醜女、老婆と娘。しかし、女は一体にしてその二身をそなえており、それはまた馬琴がその作品世界の前提とした「勧懲」、すなわち〝善〟と〝悪〟とがはっきりと区別させられた世界、いわば男たちの論理の世界とは違ったものを呈示していると思われる。『曙草紙』自体が、野分の方と玉琴という二人の〝女の決闘〟の物語という基本構造を成していることはすでに述べたが、この母親になりそこねた女（玉琴）と、母親としての苦楽をたっぷりと味わった女（野分の方）とは、やはり母性神話という意味においては、一体二形なのである（それはまた、桜姫の分身が象徴しているように、生と死とが女性において一如であること――出産と仮死――をも意味しているように思われる。『梅花氷裂』の藻の花と桟（かけはし）の関係も基本的にはこうした一体二形に還元されよう）。

つまり、京伝的な読本の世界では、善と悪とが重なり、聖母と鬼女とが双面であり、生と死とが連続したものであるという、〝女子供〟の論理がすべての背骨となるべきものであり、それは所詮は馬琴的な「勧懲」のイデオロギーとは、背馳してゆくものにほかならないのである。

4

山東京伝はその随筆集『近世奇跡考』の中で、いわゆる「累（かさね）」伝説をこう記録している。

下総国岡田郡羽生村百姓与右衛門妻かさね、正保四年亥八月十一日、夫与右衛門が為に、絹川において殺害せらる。其所を今にかさねが淵と云。与右衛門、後妻をむかふる事五人、みなかさねが為にとり殺さる。六人めの妻、娘きくをうむ。きく十三の年寛文十一年亥八月中旬、その母も又とり殺さる。翌寛文十二年子正月四日より、累が怨霊又きくにつきて苦しめけるを、同年三月十日、尊き教化にあひて、かさね成仏し、きく一命をたすかりし事、【死霊解脱物語】元禄三年板本。

さらにこの伝説の舞台となった絹川（鬼怒川）の累ケ淵と、累の墓所法蔵寺の略図と、累の怨霊の図などを、その著書の中に収録しているのだから、京伝がこの累伝説に並々ならぬ興味を示していたことは確かだろう。後に馬琴はこの累伝説を骨子として、読本『新累解脱物語』を書いているが、京伝の場合は、この累伝説を、事実そのものとして受け取り、そのことに好奇心をそそられたと思われるのである。

累伝説は、現在の私たちから見れば奇妙な矛盾に満ちている。累がその夫与右衛門に殺されたのだとしたら、怨む筋合いはその夫にあり、後妻やその娘ではありえないだろう。また、六人もの後妻がとり殺され、彼女たちの魂魄が、そのまま怨みも抱かずに成仏するというのは、累の場合とひき較べて不可解だ。などといっても、しかしそれは所詮は男の論理だという声が聞こえてきそうな気がする。怨みを抱いた前妻が、後妻に祟るということこそが、京伝にとって、そして江戸期の庶民たちにとって、リアルで、凄惨な〝事実〟として受容されたのである。その後の読本化され、歌舞伎狂言化された累モノは、こうした〝事実〟としての〝女〟の怨みの論理をどう物語化し、因果の論理の中で解消しようかと試みた結果であるといえるだろう。

京伝が累伝説に関心を寄せたのは、彼の読本が、〝女子供〟の論理をベースとしていることと無関係ではありえない。いわば、彼は自らの読本世界と同じ性質の事件を現実の中に見出したのであり、それで奇聞、綺譚を書き集めたその著書の中に、累伝説を書き留めたのである。それは京伝にとって、『曙草紙』が紙上の虚構譚ではなく、その深層の精神において、現実世界と通底していることを証明するものとしてあったのではないか。

京伝がその読本の中心に〝女子供〟の論理を据えたのは、たとえば馬琴が〝婦女幼童〟のため、その稗史小説を書き綴ったことと似て非なるものである。すなわち、京伝は自らの内なる〝女子供〟の感性に訴えるような形で、その小説世界を拵えあげようとしたのに対し、馬琴はあくまでも〝婦女幼童〟を啓蒙し、教化しようという教育的な意図を手離さなかったのだ。京伝にとっての現実は、累の伝説で示されるように、「勧懲」のイデオロギーとは違った、非論理としての論理が底に湛えられたものであり、それはたとえば怨恨がその対象を見失い、めったやたらに他人に取り憑くといった現象のように、私たちの目に見える。つまり、京伝にとっては「現実」とは、累の怨恨のように、ある意味ではきわめて理不尽なものであって、そうした脈絡のなさこそが、現実世界の本質そのものだった。『本朝酔菩提』では猟師・洞九郎に不用になったために殺された猟犬五匹の怨恨が、手負い熊に乗り移って洞九郎を岩穴へ落として飢え死にさせるのだが、それだけでは終わらず、彼の孫娘にあたる小田井に取り憑き、同腹の兄を恋慕させ、兄妹相姦の〝畜生道〟へと陥れようとする。こうした犬たちの怨恨は、現在の私たちの目からはお門違いのように思える。犬たちを残虐に殺した洞九郎自身が祟られるのは、それこそ因果応報だが、孫娘、孫息子に関しては、不当な怨恨の〝相続〟であると思われるのだ。つまり、そこにはほとんど気紛れで、八つ当たり的な祟りがあり、決して「勧懲を正しく」してなどいないのである。〝女子供〟どころか、そこにあるのはまさに〝犬畜生〟のあさましい怨恨ということだけなのである。

京伝は現実の世界を超越した観念の世界や、自立した想世界など、信じていなかったし、また、観念や言葉によって現実世界が変革されることは、考えてもみなかった。ただ、彼は言葉を縦横に、自由自在に扱うことによって、〈遊〉ぼうとしただけである。時には生真面目になってみたり、説教臭く、抹香臭いことを語ってみせたとしても、そのこと自体が京伝にとっての〈遊び〉だったのだ。子供たちがお葬式ごっこや、お坊さんごっこをするように。

真面目なものを茶化し、馬鹿らしき事に血道をあげる遊蕩児の世界。女や子供、あるいは獣たちの脈絡のない恨みや祟り。そうした世界に身を委ねる京伝の小説世界の主人公たちは、そういう意味では、あくまでも〝女子供〟と総称される、非論理的で、非社会的な、この世界の中心からもともと排除された〝異人性〟を身にまとわなければならない人物だったのである。艶二郎が〝道楽息子〟であり、桜姫がお乳母(うば)日傘(ひからかさ)の〝箱入娘〟であることは、偶然ではない。京伝の小説は、ほとんど〝子供〟という感性、被保護者という立場の感受性から書かれたものにほかならないからだ。

たとえば、京伝は黄表紙から洒落本、そして読本へとその文学の意匠を変えてゆき、最終的に考証、随筆の世界へと赴いていったが、その最終的に辿り着いた随筆の世界『骨董集』の中では、専ら子供の遊びについて蘊蓄が傾けられているといっていいのである。竹馬、冑(かぶと)人形、ちまき馬、祖父祖母之(おじおばの)物語(ものがたり)、猿蟹合戦、羽子板、雛遊び、雛人形、かくれあそび、手鞠のことなど、古書に見られるそれらの起源、由緒や来歴など、京伝はまるで童心に返ることを目的としているように、絵図を入れ、考証の世界そのもので〝遊んで〟いる。

特に、『骨董集』の上編下之巻のほとんどを占める雛遊び・雛人形についての考察、考証は、京伝の感性がまさに〝女子供〟に重ねられるものであることを物語っている。その中で、彼はこんなことを書く。

古のひいな遊びはたたはぶれのみなり。今のはたたはぶれの遊(わざ)にあらず。女は高きいやしき、嫁しては夫にしたがひ、男は外(ほか)をさめ、女は内をさむるものなれば、幼き時より嫁して夫につかふるわざ、家業の事も、ひいな遊にてそのまねびをなし、手馴れならはしむるを本意とすめれば、民の童はことに飯かしぐわざまでもこれに手馴れ、家内むつましき体をまねび、質素をむねとして美巧をこのむまじきことぞかし。

女大学のような〝婦徳〟について、京伝が説教を行なっていると見ることは短見だろう。京伝はここで、ただ子供の〈遊び〉であっても、どこかで現実の世界、人間の営む社会生活と通底していることを、語りたかったと思われるのだ。人形の衣服を着せ、ご飯を食べさせるといった〝ままごと遊び〟には、女としての基礎的な訓練、教育が自ずから含まれる。だから、それは単なる〈遊び〉ではない。こうした論理で、京伝が自ら納得しようとしていることに気づくべきだろう。それはそれまでのほとんどの作品を〈遊び〉の感覚で書き、書くことと遊ぶこととが、まさしく一体化していた自分の作品活動を、どこかで擁護しようとすることなのかもしれない。

京伝は、自分の言葉の世界が、現実の世界を基盤として、その上に成り立たせられたものであることを十分に知っていた。そうした現実世界が変革の余地のないほど、固定的で堅牢なものに思えたからこそ、彼はただ、軽く、しなやかな感性で、言葉による〈遊び〉を演じてみせたのだ。それは後ろ姿から見ると、まるで大きな虚無を呑み込んだ諦観や、無常に晒されたものに見えるのだ。つまり、そこでは近代的な遠近法はなく、ただ言葉の空虚な戯れという前景と、背景に広がる、刹那的なニヒルな魂が見えるばかりなのだ。

京伝が〝のっぺらぼう〟の不気味な実存感を持った作家のようにも、単にナンセンスを売り物とする職人的戯作者のようにも見えるのは、こうした近景と遠景とから、それぞれに別々に眺められているということがあるだろう。それは京伝の小説が、現実の不定形の複雑怪奇さと対応して、非秩序的で、アナーキーなものを孕んでいると思われることと別問題ではない。しかし、京伝の言葉の戯れとしての作品世界は、現実に浸透され、その戯れ自体が現実世界の具体的な構造を反映したものと思われるのだ。昼間の遊廓の世界を再現してみせた洒落本『青楼昼之世界錦之裏（にしきのうら）』のように、現実の延長から作品の世界が始まり、作品が終わったところから、また現実の世界が始まるのだ。

こうした現実と作品世界の二種構造が、京伝の小説を自立した一篇の〝文学作品〟としては、どこか失格しているように感じさせる理由である。それはただ現在の私たちからそう見えるだけではなく、最初にも述べたように、同時代の〝文学者〟馬琴においても、そう見えていた。しかし、そのことがそのまま、京伝の作品が馬琴の旧套さに較べて、〝新鮮〟であることの証明ともなっている。また、京伝は馬琴とは違って黄表紙、洒落本、読本、考証、随筆といった各ジャンルにあからさまな審級性を見出そうとはしなかった。それは彼にとってそれらがすべて言葉、精神の〈遊び〉にしかすぎなかったからであり、黄表紙的世界が小説世界へと〝昇華〟されるといったことは京伝にとって本質的にありえなかったのである。

〈遊び〉がそのまま「現実世界」に対応するものとして、定立されるのではなく、別個の価値基準と秩序を持っていること。それでいて、なお〈遊び〉は、自らを現実を土台とした〝遊び〟にしかすぎないことを自覚している。京伝の小説世界は、子供たちが〈遊び〉の世界の中で、時折透徹した現実認識を見せるように（子供たちは、自分たちの行なっていることが、〝遊び〟にしかすぎないことを、つねに認識している。むしろ、大人たちの方が、そうした〝遊び〟に足を掬われてしまう）、何もかもわかっていると思われるのだ。

郵便はがき

料金受取人払郵便

麹町支店承認

6747

差出有効期間
平成29年1月
9日まで

切手を貼らずに
お出しください

102-8790

102

［受取人］
東京都千代田区
飯田橋2－7－4

株式会社 作品社
営業部読者係　行

【書籍ご購入お申し込み欄】

お問い合わせ　作品社営業部
TEL 03(3262)9753／FAX 03(3262)9

小社へ直接ご注文の場合は、このはがきでお申し込み下さい。宅急便でご自宅までお届けいたしま
送料は冊数に関係なく300円（ただしご購入の金額が1500円以上の場合は無料）、手数料は一律2
です。お申し込みから一週間前後で宅配いたします。書籍代金（税込）、送料、手数料は、お届け
お支払い下さい。

書名	定価　　円	
書名	定価　　円	
書名	定価　　円	
お名前	TEL　（　　）	
ご住所	〒	

フリガナ
お名前
男・女　　歳

ご住所
〒

Eメール
アドレス

ご職業

ご購入図書名

●本書をお求めになった書店名

ご購読の新聞・雑誌名

●本書を何でお知りになりましたか。

イ　店頭で

ロ　友人・知人の推薦

ハ　広告をみて（　　　）

ニ　書評・紹介記事をみて（　　　）

ホ　その他（　　　）

●本書についてのご感想をお聞かせください。

購入ありがとうございました。このカードによる皆様のご意見は、今後の出版の貴重な資
して生かしていきたいと存じます。また、ご記入いただいたご住所、Eメールアドレス
小社の出版物のご案内をさしあげることがあります。上記以外の目的で、お客様の個人
を使用することはありません。

むろん、それは買い被りにしかすぎない。彼は、賽の河原で石積みをする子供たちのように、鬼か地蔵かの監視の目の届く限りにおいて、〝遊んで〟いるのであり、その〈遊び〉は、結局は現実との紐帯をどこまでも引きずっていかなければならぬものなのだ。それは、一見伸びやかな『骨董集』の世界が、限りなく過去へ遡り、幼年を思慕していることから見ても、明らかなことだろう。つまり、「現実」を引きずっているからこそ、京伝は過去の幼年の〈遊び〉へしか回帰できなかった。そして、そうした過去の幼年時代の考証こそが京伝、最後の〈遊び〉にほかならなかったのである。

美少年と悪少年——曲亭馬琴『近世説美少年録』

1

上田秋成の『胆大小心録』に「みのゝ国」のこととして、こんな話がある。

隣村の神祭として、家ごと穀物をささげ、社前に並べて吉祥を祈るという神事があった。神に仕える人が大きな声で祝詞を上げ、これをたてまつった。白蛇が現れ出て、このお供えの飯を食べた。不浄のある家のものは嫌って食べなかった。一人の男の童(おわらわ)が、これを見てたちまちに悪心を起こし、飛びかかって白蛇の頭を打った。白蛇はたちまちに雲を呼んで空へのぼった。雨は盆をくつがえしたようだった。童の親は大いに嘆き、また怒って家に連れて帰った。熱を出し、うわ言をいう状態が三日間続き、ようやく回復した。

翌年の祭事には、この童の罪を詫びるためということで、一村の人たちが例年より飯の盛りをうず高くして、うやうやしくたてまつった。白蛇が例によって出て来て飯をなめた。耳が一つ、打たれたためになかった。童がまた大いに叫んで飛びかかり、懐から小刀をとり出し、蛇をずたずたに切った。雨も雲も起こらず、童も無事だった。村民は驚き、親は悲しんだけれど、病気もせずに日が過ぎた。

国守が召して村長にいった。「この子はますらお心である。よく養ってよく育てよ」と。祭事はこれで中止された。天竺の神も、日本の神と同じか。これまた善悪正邪は人間と異なるのである。

『胆大小心録』上巻第三十三段のこの物語は、一段前の「河内の国」の〝母殺し〟の話に続いて、秋成の神秘観を見るのに恰好のものといえるかもしれない。話の眼目は国守が言ったという「此童は丈夫心也」という言葉と、「善悪邪正人とこと也」というところにあるだろう。神と人間の世界では、そもそもの善悪、正邪といった道徳、倫理の基準が異なっている。人間のさかしらな心で神の判断すべき善悪正邪を忖度することの非理を語ることが一つ。もう一つは、この「男童」の丈夫心が土俗的な〝白蛇信仰〟などを遥かに越えて「神的」であるということだ。

この場合の「神的」とは文字通り、神霊的なものであり、神秘的なことである。つまり、少年そのものが「白蛇」よりも神霊や神秘に近いのだ。大人の村人たちは、神としての白蛇というアニミズム的な土俗信仰に囚われているが、少年はそうした共同幻想よりももう少し幅の広い「神的」幻想の中にいる。秋成の神秘観とは、単に人間側の倫理や願望を投影した神の似姿を見ることではなく、人間の感情や理性とは断絶した〝超越性〟にこそ、神霊の神秘を見ようとすることなのである。

秋成にとって、人間の「罪」が共同体的な幻想に対する侵犯であって、神霊に対するそれではないことは、第三十二段の「河内の国」の木樵りの兄妹三人による〝母殺し〟の物語によっても明らかである。嬉々として母親殺しを実行した三人兄妹は「公朝その罪なきをあわれんで刑名なし」ということになった。彼らの「罪」はもはや人倫や共同体の想像力の域を遥かに超えている。だから共同体の幻想装置（公朝）は、その「刑名」（罪名）を付与することができなかったのだ。人間を超えたものの力がそこには働いているのであり、それを「狂気」といった名で共同体の側に回収しようとすることこそ、不遜なしわざにほかならないのである。

「男童」は〝丈夫心（ますらをごころ）〟によってその共同体の神（＝白蛇）を滅亡させた。秋成にとってますらお心そのものが、共同体的な規範や信仰に対する逸脱であり、反抗にほかならなかったのだ。「捨石丸」あるいは「樊噲（はんかい）」といったアウト・ローたちの物語が秋成によって書かれたのも、また無理のないことだったのである。

樊噲こと、旧名大蔵という「わかきあぶれ者」の一人はまさに「男童」の後身というべきだろう。彼は仲間の一人から「おのれは強き事いへど、お山に夜のぼりしるし置きて帰れ。さらずは、力ありとも心は臆したり」とからかわれて、「それ何事かは。こよひのぼりて、正しくしるしおきてかへらむ」と応じる。この「それ何事かは」＝「そんなのは何事でもない」という言葉に注目して樊噲＝大蔵の無頼性を語ったのは中上健次だが（「物語の系譜 上田秋成」『風景の向こうへ』〔冬樹社〕所収）、その捨て台詞めいた言葉が、「男童」がたちまちに起こした「悪心」と同質のものであり、共同幻想としてのタブーに触れるものであることは、「樊噲」の物語の展開を見れば明らかである。

大蔵は山の上の御堂へ行き、その賽銭箱を担いで帰ろうとするが、逆にその箱につかまえられて空に吊り下げられた。空中を飛んでゆく箱に彼は必死の思いでしがみつき、下ろされた所は伯耆の国とは海を隔てた隠岐の国の焼火（たくひ）神社の社の前だった。彼は隠岐の国、出雲の国の役人たちの手を経て、故郷の村へと戻ってくるのだが、「さても世のいたづら者也。にくし」と顔に唾を吐きかけられ、二人の男に護送されて来るのである。

この樊噲以前の大蔵としてのエピソードが、「男童」の最初の白蛇への攻撃に重ねられるものであると思われるのだ。少年が「熱症譫言」を三日間体験しなければならなかったのは、その〝瀆神〟が不徹底なものだったからにほかならない。すなわち、そのタブーの破り方が不完全であったからこそ、彼はそのタブーの側からの反撃としての罪を蒙ったのである。それと同じように、夜の山の神域を冒す大蔵の「それ何事かは」は、不敬、不逞の言葉であるというよりは、いまだ強がりというべきであって、だからこそ彼は山にたどりつき「此あたり何事もなし。山の僧の驚かすにこそあれ」と理性的に納得しようとするのである。むろん、「それが何だ」と本当に思っている人間に、こうした言葉は似つかわしくないものだ。

大蔵が「あぶれ者」「いたづら者」から、はっきりとアウト・ローの世界へと足を踏み出すのは、博奕に負け、その借金を返すために親のもとから銭を持ち出そうとするところからである。だが、それは単なる共同体的倫理からの逸脱だけにはとどまらず、人倫そのものの破壊へとつながってしまうのだ。追いすがる兄と父とを、大蔵は谷の流れの中へ蹴落して殺してしまう。大蔵は〝兄殺し〟〝父殺し〟という大罪を冒し、その烙印を額に負った者とならざるをえないのである。彼が大蔵という村落共同体内の一員から、無国籍的な「樊噲」という異形の者へと変身するのは、まさに共同体の絶対的な倫理の枠組みの外へと飛び出し、法や人倫という共同幻想の外側へと立ったからにほかならない。

そうした樊噲の目の前にたち現れてきたのは、いわば弱肉強食のアウト・ローそのものの世界だった。彼は盗賊の村雲に導かれて盗人の世界へと入ってゆき、小猿・月夜といった手下を従えて旅をする。そこには裏返しの教養小説としてのピカレスク・ロマン（悪漢小説）の常道通り、樊噲の〝悪漢〟としての外面的、内面的成長も欠いてはいないのである。

だが、村雲や小猿・月夜といった悪党仲間が、単に共同体的な倫理、道徳を侵犯し、そのタブーを踏み躙ることによって〝無法者〟であるのに対し、樊噲はすでにそうした共同体倫理の基盤そのものを踏み破っている。彼にはそこに「悪」というものがあり、だからこそその「悪」を行なうという意識はない。「それ何事かは」という不敬、不逞のますらお心があるだけであって、彼は「男童」のように〝無邪気(おもいよこしまなし)〟に共同体のタブーへと飛びかかってゆくだけなのだ。

「樊噲」の物語の最後で、それが「みちのくに古寺の大和尚」が、臨終の際に語り遺した「まことの事」であったという種明かしがなされている。すなわち、そこで秋成が言いたかったのは「心納むれば誰も仏心也。放てば妖魔」という理(ことわり)にほかならなかった。仏心と妖魔。魔界と仏界。むろんこれは善と悪、正と邪とが表裏一体のものであり、大悪と大善とがいわば同一のものの別の側面であることを語っているのである。

共同体の神である白蛇をずたずたに切り殺すことと、〝親殺し〟の大罪。それらのことが強固なタブーであればあるほど、そのタブー破りの衝撃は大きいのであり、それを行なった者はそうしたタブーそのものを支える共同体の幻想の外側へと逃れ去ってゆく。だからこそ、そのような人物を共同体的な倫理によって裁くことはできないのだ。『胆大小心録』第三十三段の「男童」と「樊噲」とは、自ら恣(ほし)いままに振る舞うことによってすべての規範や桎梏、禁忌そのものからも自由に自らを解き放す。それはほとんど「魔的」であると同時に「神的」なものであり、そうした二元論的な対立以前の〝超越的〟なものに触れているのである。

この時、「男童」はもちろんのこと、樊噲についても、彼らが〝少年〟あるいは若者宿に属する〝青年〟であって、いわゆる大人(成人)ではないことに注目すべきかもしれない。彼らはまさに世間的な規範や法に反抗する〝怖るべき子供たち〟であり、子、弟としての我がままで放恣な立場を目いっぱいに享受しているといえるのだ。兄、父に対する大蔵の振る舞いが、我がもの顔の得手勝手な弟、子のそれであり、「男童」の勇敢さが世間知らず、無鉄砲な怖いもの知らずからの行動であることは明らかだろう。そういう意味では、「少年」はつねに半ば共同体の外部にはみ出た存在なのであり、まさしく一つの共同体の内外の間にたたずむ〈境界人〉にほかならないのである。

秋成が「男童」や「樊噲」、あるいは「捨石丸」(「丸」という名前が童名であることはいうまでもないだろう)といった、郡司正勝のいうような意味での童子神の活躍を描いたことは、私にはきわめて興味深いものと思われる。秋成はそうした登場人物たちを設定することによって、善悪正邪の両世界、仏界と魔界の両域を行き来する往来者を具現してみようとしたのではないだろうか。それはまた「この世」と「あの世」、顕界と幽界の両界を踏破してゆく〝聖なる子供〟としての主人公たちにほかならなかったのである。

2

ところで、ここで私が語りたいのは、秋成の文章の中の「少年」たちについてではなく、曲亭馬琴の作品の中のそれについてなのだ。馬琴の作品世界の少年像については、すでに花田清輝や野口武彦によってある程度語られていることだが、それを秋成や平田篤胤といった江戸期の文人たちの世界を背景に置いて、もう少しくっきりと浮かびあがらせたいという気持ちがあるのだ。もちろん、そこに単なる江戸期の童子神信仰を見ようというのではない。信仰や神話に還元しきれないものこそ、近代文学者(近世物之本作者)としての馬琴の創作意識から生み出されてきたものに違いないはずだからである。馬琴はその時代や社会の神話的、信仰的空間に規制されてはいたものの、彼自らの「隠微」をそこに込めざるをえなかった。そうした「隠微」を読みとることこそ、馬琴の読本世界を渉猟することにほかならないのである。

たとえば、花田清輝は『南総里見八犬伝』について、前篇としての〝八犬士列伝〟と後篇の〝管領戦〟とを分け、前半の面白さに対して後半の退屈さを語る論者に対して、後半にも後半なりの面白さのあることを説いている。花田清輝にとって『八犬伝』後半の眼目は犬江親兵衛仁の活躍にあり、この八犬士中最年少の少年犬士の本格的な武勇譚こそが、『八犬伝』そのものの大きなテーマなのである。

この親兵衛が童子神といってもいいほどの童形の英雄であることは、今更いうまでもないだろう。房八、沼藺を父母として生まれた赤ん坊は、登場とほとんど同時に神隠しにあって作品の表面からは姿を消してしまう（第四輯巻之五）。そして再び姿を現す時には、「仁」の珠を持った、「八犬士の随一」として、犬士たちの中でもとりわけ別格の勇士犬江親兵衛仁として登場するのである。神隠しにあっていた間（四歳から九歳までの五年間）、親兵衛は八犬士の霊的な母としての伏姫に養育されていたことになっている。すなわち、親兵衛は顕界としての「この世」から神隠しにあって幽冥界（かくり世）へと住みかを移行し、時満ちてまた「この世」へと戻ってくるのだ。

ここで注目すべきことは『八犬伝』の中でも現実世界としての顕界の出来事と、幽冥界の出来事とは截然と区別されているのであって、神霊あるいは妖魔としての伏姫や妙椿など以外には、幽顕の両界を往き来するのはほとんど親兵衛のみであるということだ。幼児期からの異常体験と、童形の超能力少年。八犬士の中でも親兵衛が〝特別扱い〟されていることは今更いうまでもないだろうが、親兵衛には修業や努力には関わらない天賦の人間離れした能力があり、それはまさに「童子神」として人びとが〈境界人〉としての「少年」のうえに重ねかけていった聖性と超越性とに対応しているのである。

ここで私たちは、国学者平田篤胤が記録した〝仙童寅吉〟の物語を思い出してみてもよいだろう。天狗に誘われて仙境を往復するという仙童寅吉と出会った篤胤は、彼に手紙を托し、幽冥界の消息を天狗に教えてもらおうとするのである。早熟で利発な十六歳の寅吉は山人に教わったり、見聞きしたという知識を篤胤をはじめとする大人たちとの質疑応答という形で披露する。それはいってしまえば寄宿する篤胤の家で行なわれている師弟間の問答や、質問者自身の〝のぞんでいる答え〟を素早く察知するという寅吉の耳学問や勘の良さに帰着するものにほかならないのだが、篤胤自身はこの仙童寅吉の信奉者、後見者として、彼のいかがわしいところの多い〝仙境異聞〟をあえて疑おうとはしないのである。

これは寅吉の問題というよりは、むしろ平田篤胤自身の問題であるだろう。彼は「この世」と「あの世」、顕界と幽界との存在とその交渉を信じていたのであり、その両世界を媒介する霊能者の存在を確信していたのだ。彼が寅吉少年の出現に狂喜といってよいほどに熱中し、傾倒していったのは当然そうした素地があってのことだ。篤胤のみならず、そこには顕界と幽冥界、すなわち現実世界と超越世界を往来することのできる使者としての「少年」という観念があったのであり、そうした共同幻想のもとに寅吉少年の存在が、江戸末期の精神世界に強力にアピールしたのである。

平田篤胤が「少年」の超能力性に着目していたことは、この仙童寅吉の記録のみならず『勝五郎再生記聞』あるいは『稲生物怪録』などの著述を見ても明らかなことだ。とりわけ稲生平太郎という勇敢な少年を主人公とした『稲生物怪録』は、秋成の『胆大小心録』の「男童」と呼応するような物語であると思われる。すなわち、そこに描かれているのは超自然的現象に対する「少年」の「それ何事かは」という胆力であり、そうした怪異現象、神霊現象についての不敬、不遜なまでの迷信打破、偶像破壊のエネルギーなのである。

古屋敷に生ずるさまざまな怪奇現象（ポルターガイスト現象）に、平太郎少年はその名の通り〝平気〟なのであり、ついには天狗の頭領山ン本五郎左衛門のほうが根負けして、その屋敷を立ち去るというのが、この物語の骨子なのだが、むろんこれは実録という名の「物語」であることはいうを俟たない。しかし、平田篤胤にとって日常の現実社会に突出してくる怪奇現象（幽界の出来事）をめぐる「少年」と「天狗」（山人）の絡み合うストーリーが、仙童寅吉の場合と同様にある意味では切実なものであり、それは篤胤には自らの霊魂の行き着く先としての「幽冥界」を現世において垣間見せてくれるものにほかならなかったのである。

寅吉、勝五郎、平太郎といった少年たちは、「あらは世（顕界）」と「かくり世（幽界）」を往還する存在であり、他界の消息をこの世界にもたらす使者の役割をはたすのである。こうした「少年」の超自然、超現実的な能力が物語の一人物に凝集させられたのが、『八犬伝』の犬江親兵衛であるといっても過言ではないだろう。犬江親兵衛はそういう意味では江戸期に現れた童子神、少年神をもっとも原形的に体現した人物であり、実在と虚構の世界を問わず、最大に活躍する「少年」であることに間違いないのである。

この『八犬伝』の親兵衛説話について、花田清輝はさらにこんなことをいっている。すなわち、『八犬伝』後半における親兵衛の活躍は、一人息子の琴嶺を先立たせた老馬琴が、その幼い孫を盛りたてて瀧沢家を率いていかねばならなかったことの反映であって、視力を失い、未亡人の嫁みちに口述筆記させながら戯作の筆を休めない（休むことのできない）馬琴の家庭状況がそこに映し出されているというのである。具体的にいえば、童形の親兵衛とそれに影のようにつき従う老武士の姥雪与四郎とに、馬琴とその孫・太郎という組み合わせの理想形を見出しているのであり、親兵衛説話自体が、老馬琴最後の〝夢〟を紙上で実現させたものといえるのである（「犬夷評判記」『もう一つの修羅』所収）。

花田清輝のこうした見解が正鵠を射たものかどうかは、むろん実証的な意味で検証されうることがらではないだろう。それは馬琴にとってはほとんど無意識層の願望であり、「隠微」として意識されうることのない「隠微」であるからだ。しかし、一つだけいいうるとすれば、馬琴がこの親兵衛説話において、彼のいわゆる「仁義忠孝」八行の道徳的イデオロギーを完璧に実現しようとしたということだろう。つまり、親兵衛は馬琴の依拠した儒教的イデオロギーの理想形として形象化されているのであり、彼はまさに根源的な「仁」の実践者でなければならないのである。ここに、老馬琴が病弱だった一人息子に担わすことのできなかった、最大負荷としての〝夢〟を、実在の孫を介することによって「子孫」に托すという機微を読みとることが可能となるかもしれないのだ。

「婦女幼童」のために著わした『八犬伝』が後半において生彩をなくすという評があるのも、この親兵衛に負わされた儒教イデオロギーが、稗史小説の奔放な展開をむしろ妨げる方向に働いたためといってよいだろう。つまり、そこでは少年親兵衛は、作者の老馬琴が背負わせた「仁」という道徳、倫理によって、超現実や超自然の世界をも自由に通行するその自在さを阻まれているのだ。親兵衛は模範少年としてその「仁」という共同体理念を体現しなければならない。

その時、本来はこの世界のイデオロギー的制約からも超越しているはずの「少年」の存在が、まさに共同体の規範の〝権化〟として現れてくるという逆説が引き起こされてくる。犬江親兵衛が作者馬琴の「家族幻想」の中心的な象徴であり、また共同体的原理そのものとしてあることは、親兵衛自身の〝聖性〟を割引かせる。なぜなら、「善悪正邪」を超えたものこそ「神的」なものであって、倫理、道徳といった共同体の原理は所詮「人間」の側に属するものにほかならないからだ。

たとえば、伏姫と妙椿といった取り合わせならば、それは川村二郎が指摘しているように（『里見八犬伝』岩波書店）、幽冥の世界の根源的な「母神（女神）」としての光と影との両面を対比的に描き出したものといえるだろう。すなわち、この善と悪の両女神は、『八犬伝』の幽冥世界、地底の夜の世界において同一神であるという可能性を否定できないのである。この幽界を統（す）べる大地母神としての伏姫自身に愛育された親兵衛は、まさに童子神にほかならないのだが、彼には体現すべき「仁」という共同体的イデオロギーはあっても、その否定的媒介としての「不仁」、あるいは積極的な悪という対応物を持たず、単に〝仁義そのものの化け物〟にしかすぎなくなっているのだ。大人びた九歳の親兵衛の言動は、この世を超越した他界の消息をもたらすものではなく、共同体の原理の化身としての役割をしか果していない。馬琴の「少年像」は、こうした不安を孕んだまま次の作品世界へと持ち込まれるのである。

3

『南総里見八犬伝』と同時進行的に馬琴によって書き進められていたのが、『近世説美少年録（きんせせつびしょうねんろく）』という長篇小説であるということに、私はある種の暗号のようなものを感じずにはいられない。続篇として『新局玉石童子訓（しんきょくぎょくせきどうじくん）』と改題されることになるこの読本に、それぞれ「少年」と「童子」の語のあることに注目させざるをえないのだ。

馬琴自身、この長篇の序に「美少年」なる言葉に触れて、こう書いている。

> 近属院本雑劇に載て。美少年と称するものは。梅若。愛護。粂之助。吉三などいふ類に過ぎず。多は皆是眉目の美にして。真の美少年にはあらず。夫美は醜の対。悪は善の偶なり。然れば世に美少年あるときは。又悪少年なきことを得ず。且その美たるや。眉目の美あり。又禀性の美なるあり。悪にも亦相貌の醜悪あり。心術の醜悪あり。かゝれば容貌は美麗といふとも。その性毒悪なるものは。悪少年といはまくのみ。又容止は醜しとも。その性の美たらんものは。美少年とこれをいはん。況性と容止と。共に善美なるものは。是真の美少年ならずや。よりてこの書のはじめには。貌は美にして性の美ならぬ。少年等が伝を作りつ。後に性と容止と。美なる少年の伝をもて旨とす。

『美少年録』が未完にとどまり、「貌は美にして性の美ならぬ少年」、すなわち悪少年の物語のみで終わってしまっているのは不慮のことともいえるわけだが、犬江親兵衛を中心とする八犬士たちの物語を「性と容止と美なる少年」たちの伝といっても、ここではさほどの不都合はないように思える。『八犬伝』と『美少年録』はともに「少年」たちを主人公とする物語であり、いってみればその作品世界は美少年と悪少年のそれぞれの伝という〝対〟になっているのである。

『八犬伝』において、八犬士たちの〝美少年ぶり〟に対応する形での〝悪少年〟の存在が欠けていることはすでに指摘したが、こうした善と悪、美と醜という「少年」の二項対立的な側面が強調され、それが一篇のモチーフとなっているのが『美少年録』であるということができるだろう。元舞妓のお夏が瀬十郎と一夜の契を交して産み落した美少年の珠之介、後の陶晴賢と、大江杜四郎すなわち後の毛利元就という、悪少年と美少年との対決が小説の縦糸となっているわけだが、現在まで残されている『美少年録』においては、この悪少年としての珠之介を中心にもっぱら話が進められていて、その意味ではこれは「悪少年録」と題したほうがふさわしいのだ。いってしまえば、馬琴は美少年の対偶としての悪少年を描くうちに、そうした「悪」を描くこと自体に興趣を覚え、それにのめり込んでいったのであり、そのことが『美少年録』の名を途中で放棄させる原因となったのである。

この時、馬琴が『八犬伝』の親兵衛という、美少年そのものというべき存在の活躍を一方では書き続けていたということを思い合わせるべきだろう。八犬士たちは共同体原理としての儒教イデオロギーをほとんど一歩も出ることのない存在だった。そうしたリゴリズムにむしろ不自然で、不満な思いを持っていた者こそ、作者の馬琴ではなかっただろうか。もちろん、『八犬伝』において八犬士の〝仁義八行の化け物〟性が弱められることは、虚構の構築物としての『八犬伝』という小説世界自体の衰弱にほかならない。親兵衛は「仁」という徳目を実現することによってこそ、小説の登場人物（主人公）たりうるのであり、そうでなければ単に荒唐無稽なだけの稗史上の〝子役〟にしかすぎないのである。八犬士たちは友情、廉恥、義侠、胆力において模範的な「美少年」であって、馬琴はそこで「少年」というものの極限的な〝聖性〟〝純粋性〟を描き出そうとした。もちろん、それは善悪正邪という共同体原理から超越した「少年」の神的な世界の半面を閉ざすものであったわけだが。

『美少年録』の末松珠之介が「悪少年」であることは、語り手自体がその語によって作中人物を形容していることからも明らかだが、たとえば親兵衛がほとんど完璧な「仁」であるような意味で、彼は「悪」なのではない。珠之介の変転、流転する生い立ちを語る『美少年録』前半では、美貌に生まれついた彼がそれほどの悪意、悪心なしに「悪行」をなしてゆく過程が描かれていて、そういう意味ではそれは消極的で、気弱なピカレスク・ロマンなのである。小心で狡猾、自らの利得には敏感で、そのくせ投げやりで放縦な性格。おそらく普通の人間が持つ日常での些細な短所が、彼を「悪」へと押しやっているのである。だから、明治の文人・大町桂月は帝国文庫版『美少年録』に付録として付された「馬琴の美少年録と其人物」の中で、馬琴の小説が「多く善人悪人の模型を写して、活人間を描かず、所謂善玉悪玉を担ぎ出して」「人情自然の経路を経ず」という欠点があったのに対し、『美少年録』は「人を写せりと思はるゝ筋なきにあらず」「其主人公とせるお夏瀬十郎と其間に生れたる珠之介とに至ては、馬琴が平生描ける人物とは違ひて、稍異彩を放つものあるを見る」と書いたのである。

つまり、親兵衛が徹底した「善」であり、「仁」の模型としての登場人物にしかすぎないのに対し、珠之介はその「悪少年ぶり」においてきわめてリアルに描かれているのであり、先験的な善玉悪玉の二元論による勧懲のイデオロギーとは、ややその趣きを異にしているのである。大町桂月の批評が坪内逍遥の『小説神髄』における馬琴批判を念頭に置いたものであることは明らかだろうが、そうした逍遥的批判はすでに馬琴自身によって先取りされていたと考えることもできるのである。

4

「善」と「悪」との勧善懲悪流の二元論は、馬琴的読本の世界を特徴づけるものだが、いわゆる「善玉」と「悪玉」という分け方は、山東京伝の黄表紙『心学早染草』（寛政二＝一七九〇年、大和田安兵衛刊）の爆発的な流行から広く用いられるようになったものだ。人間には「善」の魂と「悪」の魂とがある。その善心と悪心とを擬人化したものが、「善玉」と「悪玉」で、「善玉」は顔に当たる丸に「善」という字を書いたものに、半裸の体と手足がついたもので、「悪玉」はその文字が入れ替わっただけのものである（つまり、㊲と㊺である）。

この黄表紙の主人公・理太郎は、律義者、孝行者で仕事熱心という近所の評判の息子だったが、うたた寝の間に「善」の魂が「悪」の魂すなわち「悪玉」に捕らえられ、理太郎はその「悪玉」に誘われて吉原見物へ行き、〝三浦屋の怪野（あやしの）〟という女郎を揚げて遊ぶのである。「善玉」に手を引かれて、家へ帰ろうとする理太郎を、「悪玉」は一所懸命引き止めようとする。まさに善悪二心の葛藤である。「善玉」を斬り殺した「悪玉」は、理太郎の心を支配し、吉原に〝流連（いつづけ）〟し、すっかり放蕩者となりはてるのだ。

「理太郎はだん〳〵悪魂ふえて、女郎買いの上に大酒を飲んで暴れ、ばくちをうち、かたりをし、親にも不幸にあたりければ、ついに勘当の身と」なり、親の家の土蔵の「家尻切り」（土蔵の隅を切り崩し、そこから内の品物を掠め盗る泥棒）を行なうようになる。ついには「宿無しとなり、なおさら悪増長して、今は盗賊となり、人家はなれたところへ出て、おいはぎをいたしける」までに転落する。

結末は、おいはぎに出た理太郎が、道理先生に捕らえられ、教訓を受けて真人間に立ち戻るというもので、〝魂〟の世界では「悪玉」に斬り殺された「善玉」の女房、子供が父親の仇として「悪玉」を討ち、めでたしめでたしということになるのである。『心学早染草』という題名そのものからして、この黄表紙が通俗道徳、教訓としての「心学」のてっとりばやい入門書というスタイルをとっていて、作者の京伝自身がその序でいっているとおり、「りくつ臭きをもて一ト趣向となし」た作品にほかならないのだが、通俗的、大衆的な「善」を勧める教訓話ということで、その「悪」もまことになまぬるく、常識的なものにしかすぎないのだ。

〈悪所・悪場所〉通いを始めた理太郎は、〈悪い遊び〉を覚え、酒、博奕、騙りという〈悪癖〉を身につけ、家尻切りという〈悪事〉をしでかす（しかし、これも自分の親の家の土蔵を狙うといった盗っ人としては、はなはだ気の弱いものだ）。〈悪銭〉身につかずということか、宿無しにまで落ちぶれ、〈悪に染まって〉おいはぎを働くようになる。しかし、〈善にも弱きは悪にも〉ということで、道理先生に捕まり、説教されるとたちまち〈悪心〉晴れて、〈悪の道〉から足を洗うということになるのである。

「悪」という言葉が、ここではきわめて卑小な意味をしか持たず、それは普通の人間が心の中に持っている「悪」の要素、「悪意」や「悪感情」程度のものでしかなく、ここから鶴屋南北の生世話狂言が生み出した悪役たち、たとえば『東海道四谷怪談』の民谷伊右衛門や『盟三五大切』の薩摩源五兵衛といった「色悪」たちなどはとうてい生み出されるとは考えられないのだ。いや、京伝自身の作品についていっても、『桜姫全伝曙草紙』や『昔話稲妻表紙』といった読本の、ブラッディーで毒々しいまでの「悪」の饗宴といった作品世界と較べると、不思議に思えるほどこれらの「悪」はひよわなのである。

むろん、このことは作者京伝が、寛政二年（一七九〇）五月に、前年に出した石部琴好作・北尾政演（山東京伝）画の黄表紙『世直大明神金塚之由来黒白水鏡（よなおしだいみょうじんかねづかのゆらいこくびゃくみずかがみ）』によって過料（罰金）の刑を受けたことと無縁ではない（石部琴好は手鎖、本はむろん絶版）。『心学早染草』は、その年に出版されているわけで、その「理屈臭き」通俗道徳、勧善懲悪的な内容は、こうした事件に対する京伝の謹慎、転向を意味するものと考えてもよいのである。もっとも、京伝は寛政三年に黄表紙ならぬ『錦之裏』『仕懸文庫』『娼妓絹籭』の洒落本三部作によって再度のお咎めを受け、手鎖五十日の刑を科されてしまったのだが。

京伝の〝心学〟転向のきっかけとなった『黒白水鏡』は、特別に「悪」を取り扱ったものではない。これは田沼意次の「悪政」とその失脚とを露骨に風刺した、いわば政治批判的な内容であって、「運上」と称して町人、農民層から税金を取り立てていたことを、「ふんじょう」ともじって揶揄したものである。時の執政者の松平定信も、いくら直接の揶揄の対象が田沼一派であったとしても、幕府支配そのもの、〝御政道〟そのものを批判するものとして、罰せざるをえなかったのだ。つまり、『黒白水鏡』は「悪政」に対しての「悪書」であって、「悪」そのものを描くということとか、「悪党、悪人、悪漢」を登場させるということとはほとんど無縁なのである。また、ここでは京伝はあくまでも絵師であって、作品の体現しているイデオロギーとはひとまず無関係といえるのだ。

「善玉・悪玉」といい、「黒白」といい、それらは単純な二元論的思考であることはいうまでもない。人間には善人も悪人もいるけれど、極端な「善人」「悪人」は稗史小説や物語の中だけにいるものであって、普通の人間はそれぞれに善の要素と悪の要素を持った、中途半端な存在にしか過ぎない。「善玉」と「悪玉」との心の内部での葛藤という発想は、こうした人間観からもたらされたものであって、それは京伝の思考法というより、当時の江戸期の町人層に遍く受け入れられていた通俗的なイデオロギーにほかならなかったのである。京伝の『心学早染草』は、その「善玉」「悪玉」のユーモラスで明快な〝教訓性〟によって、きわめて広範囲の評判を得て、後の黄表紙、あるいは戯作の世界に大きな影響を与えたと思われるのだが、私がそうした影響の一つとして考えているのが、曲亭馬琴の読本『近世説美少年録』（文政十二＝一八二九年、初輯刊行）そのものなのである。

先にも述べたように、この読本は、第三輯巻之五第三十一回以降は、『新局玉石童子訓』と改題されているのだが（弘化二＝一八四五年、初帙刊行）、この〝玉石〟すなわち「玉石混淆」の〝童子訓〟というところに、『心学早染草』の「善玉・悪玉」の遠い反響がうかがえるように思われるのだ。つまり、いかにも「善玉・悪玉」の明瞭な『八犬伝』的な読本小説に対して、〝玉石混淆〟の善玉と悪玉の不明瞭な小説世界をこそ、馬琴はこの『新局玉石童子訓』において実現しようとしたのではないか（『心学早染草』と馬琴とを結ぶものとしては、馬琴が善玉悪玉物の第四篇として寛政七年に出した黄表紙

『四遍摺心学草紙（しへんずりしんがくそうし）』がある。これは『心学早染草』の人気にあやかった作品で善、悪だけではなく、首、欲、肝、色、屁、手、珠、吉、凶など、玉の種類がやたらと多くなっている。近世文学研究者の坪田良江は、これらの「玉」に『八犬伝』の仁義礼智忠信孝悌の八つの玉の原型を見ている――「江戸の真実」）。

馬琴は、その序（『新局玉石童子訓』小序）において、「某名同くして、某物同じからざる」場合と、「其物同くして。其名異なり」という場合のあることを書いている。すなわち、同じ玉であっても磨かずにいれば石に異ならず、また元来玉と石は同じものの別の名にほかならないのだ。そのように「善玉」と「悪玉」、あるいは「美少年」と「悪少年」とは〝其物同くして。其名異〟なるものなのであり、また「少年」とは、〝其名同くして〟、善と悪とはやはり〝其物同じからざる〟のである。

「玉」と「石」とはもともとの性質は同じであり、「玉」は磨かなければ「石」と変わるところはない。玉石混淆の中から、「玉」が光を得て輝くのは、その先天的な出自よりも後天的な〝磨く〟ということ、環境、教育の力に与るところ大なのである。馬琴は、初め単なる善と悪との二つの類型の美少年を書き分けようとした。しかし、作品の後半に入ると、いわば善悪の要素を少しずつ持った美少年がその環境に決定されて、「悪少年」になってゆくという〝過程〟を描くことに創作の興味の中心が移っていったのではないか。つまり、珠之介は悪と善の魂の両方から両腕を引っ張られ、ついつい「悪」に染まってしまった『心学早染草』の理太郎のように、善と悪との綱引きに負けて、「悪」の側へと引き寄せられた人間であるということだ。むろん、善人とてもたかだか善の量が悪の量をわずかに上回っていたというだけにしかすぎないともいえるのである。

〝玉石〟の入り混じった「少年」たちの世界。馬琴が「仁義八行の化け物」である美少年犬士たちが活躍する物語の次に構想したのが、そうした善と悪、正と邪とが不分明、いってみれば勧懲のイデオロギーをもう一度混沌の現実世界へとつき戻し、そこから再び美と醜とが、善と悪とが明瞭に分離してくる過程を描く物語であったということはできないだろうか。もちろん、それを近代文学的な意味でのリアリズム、大町桂月のいうところの「活人間を描く」写実主義と直結させることはできないし、またその必要もない。ただ、馬琴は「少年」たちの世界に未分化で、秘められたカオスの地下水流を幻視していたのであり、そうした作品世界の地底層においてこそ、馬琴の「近世神話」の世界ともいうべき文学空間が構想されていたのである。

この時に、馬琴の読本小説の〈文学的意識〉が、やはり黄表紙的な戯作意識を土台として、その表層的な言葉遊びの否定もしくは超克という形で登場していることに、私は注意を促しておきたいと思うのだ。いってみれば、『心学早染草』の善悪二元論の具象化がなければ、『新局玉石童子訓』の善と悪の不分明なリアリズムもありえなかったのである。つまり、ここでも愚にもつかぬような軽薄な言語遊戯が、真剣な、生真面目な「文学空間」を支える思想原理として作り直されているのである。

それはむろん表面のイデオロギー表現においては、彼を取り巻く時代と社会との共同体原理と背馳することなく、むしろそうした共同体の神を支えようとする傾向を持つ。しかし、作品そのものはつねに善悪、正邪の固定的な原理をその極限において解体し、新たな二項対立としてそれを再生しようとするのである。『八犬伝』における聖なる言葉と邪悪なる言葉、人と犬（獣）、光と影とは、あざなえる縄のようにその位置をとってかわり、『美少年録』においては、美は醜を孕み、醜は美を生む。善と悪とはまさに社会の人間の関係性において変転するものにほかならない。馬琴の生み出した「少年」たちは、そうした昼と夜、光と影の両界を越境しながら駆け抜けてゆくのである。

異類と異界の物語——曲亭馬琴『南総里見八犬伝』

1

曲亭馬琴のまとめた奇談異聞の文集『兎園小説』に、こんな話がある。

下総相馬郡赤法華村の農民孫右衛門という者が江戸へ出た帰りに、なんとかいう原をゆきすぎる時、一人の若い女が彼に声をかけた。わたしは下総の何々という村に行く者だが、ゆき暮れてしまった。その近くへ行くならば、連れて行ってくださいと、孫右衛門に頼んだ。孫右衛門はしかたなく、彼女を家に連れ帰って泊めてやったが、孫右衛門の母が女の振る舞いを見て、息子の嫁になってくれないかと頼むと、ちょうど自分には身寄りがなく、遠い親戚を頼って訪ねてゆこうとしていたところです、といって承諾した。

孫右衛門と女はいっしょになり、二人には男の子が生まれ、その子が五歳の時に、また男の子が生まれた。赤ん坊に添乳して、炉辺でまどろんでいるのを、五歳の子が見て、父親のところへ行き、「かかさんの顔が〝おとうか（方言で狐のこと）〟によく似ているよ」と、知らせに来た。その声を聞きつけた母親は、たちまちに身を翻して、駆け去った。驚いてみんなが捜し回ると、山にある狐の穴の口に、子供のおもちゃの茶釜や焼き物のきせるなどが落ちていて、書き置きのようなものがあった。さては狐であったのかとわかったのだが、孫右衛門は哀慕の気持ちに耐え難かった。

男の子は大きくなってやはり孫右衛門を名乗ったが、老いてから廻国の旅に出たまま帰ってこなかったが、周囲の人たちは、後々まで「狐のおぢい」と呼んでいたという。

これは下谷長者町に住む万屋義兵衛の母みねから聞いた話で、みねの六代前の父祖のことで、みねは「わたしも狐の血筋です」といっていたという。


この話は、関源吾、号は東陽、『兎園小説』では海棠庵という名で登場している人物が報告したもので、『兎園小説』第六集に「狐孫右衛門が事」として収録されている。

『兎園小説』は、著作堂こと曲亭馬琴が好事家の仲間といっしょに奇事異聞の文稿を持ち帰り、回覧する兎園会を開き、それを馬琴がまとめたものであり、『兎園小説』の本集のほか『兎園小説外集』が続けて編纂された。また後には馬琴一人で『兎園小説別集』『兎園小説余録』『兎園小説拾遺』をまとめた。

創作ではなく、あくまでも実話として伝わっている奇事、奇聞、巷談、異聞を収録したものということであり、単なる稗史小説、伝説、昔話、小噺といったものとは感触が異なっていて、江戸随筆の現実性、考証癖、怪異なものへの興味、好奇心といった傾きがよくうかがえるわけだが、馬琴などの江戸期の文化人の周囲に、いかに前近代的な荒唐無稽な迷信や伝承、怪奇譚が渦巻いていたかを知るという意味でも興味深いのである。

この「狐孫右衛門が事」が『日本霊異記』や『今昔物語集』などに出てくる、いわゆる「狐妻説話」

のヴァリエーションの一つであり、「信太妻(しのだづま)」の物語の原形的なもの（その近代的な改訂版）であることは一目瞭然だろう。ここでは書き置きの内容については触れていないが、信太妻の話に共通する「恋しくばたずね来てみよ和泉なる信太の森のうらみ葛の葉」の歌に近いものが書かれていたことは、推測するに難くないのだ。

古典説話集に、説教節『信太妻』に、竹田出雲の浄瑠璃『蘆屋道満大内鑑(あしやどうまんおおうちかがみ)』に、さらに岡倉天心の英文戯曲『白狐』、谷崎潤一郎の『吉野葛』に至るまで（あるいは江藤淳の『一族再会』まで）、連綿と語り継がれ、書き継がれてきた信太妻伝承は、馬琴の時代にも、文字化された文献記録や古典の物語としてだけではなく、口碑文学として、まだ現実生活の隣に生き生きと息づいていたことを、この「狐孫右衛門が事」は証していると思われる。

話のパターンとしては、本田和子が『子別れのフォークロア』（勁草書房）で書いている『信濃奇談』の伝承に最も近く、それは子供が添乳して昼寝している母親に尻尾の生えているのを見て、狐の正体が発覚してしまうというものである（折口信夫はその「信太妻の話」の中で、この『兎園小説』の話を紹介しているが、「尻尾」によって発覚したというように、『信濃奇談』の話と混同している部分がある）。

信太妻伝説の集大成として、後の〝葛(くず)の葉子別れ〟の定型を作りだした浄瑠璃『蘆屋道満大内鑑』では、狐の本性に最初に気づくのは、子供ではなく夫の保名自身であり、それがその後の葛の葉ものに踏襲されてゆくわけだが、もっと古い形の信太妻では、『兎園小説』の話のように実の我が子に母親が自分の正体を見られ、それが破局の原因となるというのが、この説話のポイントであったと思われる。

無邪気な子供の発見が、母子の別れという悲劇の基(もとい)となる。そうした母と子の憐れを誘う物語が、長い間日本人の心の琴線に触れるものとして語り継がれてきたのである。

『蘆屋道満大内鑑』では、保名が家の外にいる葛の葉と、内にいる葛の葉の両方を見ながら、「あそこにも葛の葉、爰にも葛の葉、コリヤ如何ぢや、こは〳〵如何に」とうろたえる場面があって、観客の笑いを誘う趣向になっていて（葛の葉自身も、「おれがあの人か、あの人がおれかと思はれて、俄に胸が遣る瀬ない」などという台詞で、観客を湧かす）、お涙頂戴の部分は〝葛の葉子別れ〟の場として別仕立てとなっている。

そうした脚色が、この物語が本来、異類婚姻譚であり、常人ならざる人物の異常誕生譚という神話的背景を持つものであることを忘れさせる効果を持ったことは否めない。異常な婚姻、異常な誕生は、聖的であるか魔的であるかはともかく、凡俗の世界を超えたものであり、神話世界に属するものであることを、そこで観客たちは、笑いや涙に紛らされて見失ってしまったと思われるのである。

「狐孫右衛門が事」の話のもう一つの眼目が、〝狐の血筋〟を自認する子孫たちの存在にあるということは明らかだろう。自分の数代前の父祖に狐の血が混じっていることを、とくとくと語る老婆は、むしろそうした血筋を誇っているのであり、だからこそ、その話は家の伝承として語り続けられてきたのである。

これは信太妻伝説が、陰陽師・安倍晴明の誕生譚でもあることからわかる通り、狐という異類を母に持つことは、その子の超自然的能力を保証するものであっても、決してマイナスの差別を意味するものではなかったことを示しているだろう。

狐孫右衛門が「狐のおぢい」と近所の人から、後々までも呼ばれたというエピソードも、親しみや敬意を感じさせるものであっても、異端視や差別視を物語るものではありえない。そこでは、人と狐、人と異類とのいわば牧歌的な交感、交流があって、それが村落共同体の中で、共同の幻想として受容されていたのである。

これは、たとえば狐憑きとか、犬神憑きといった精神や身体の異常現象を家系、血筋に関わるものとして、〝狐筋〟とか〝犬神持ち〟と称し、排除、差別の構造へと繰り込んでいったこととは、まったく裏腹の関係にあるといえるだろう。

人の獣との交感、交流は、ある時は聖化されて神秘な物語として受容され、またある時には嫌悪されて白眼視される差別要因となる。異類との交感、交渉は、まさしく両義的な価値を持つものなのであり、それはウロボロスの輪のように、互いの尾を口にくわえているのだ。人と狐の関わりは、まさにその聖性、神秘性によって逆に畏怖され、排除され、嫌悪される対象として〝聖別（差別）〟されてゆくのである。

折口信夫は「信太妻の話」の中で、異類婚姻譚が三輪信仰のような神婚であったこと、さらに神と人とを媒介する動物信仰といった流れをたどったうえで、説経節が元来「本地物」であったことを述べて、こう言う。

> 「信田妻」は、どの社寺の由来・本地・霊験を語るのか明らかでない。強ひて言へば、信太ノ森の聖神社か、その末社らしい葛の葉社の由来から生れて、狐が畜生を解脱して、神に転生する事を説いた本地物だったのではなからうか。

信太妻伝説が、折口の言うように阿倍野、信太の森の聖神社、別名信太大明神の「本地物」であったとしたら、この神に仕える「神人」が自らの村の先祖であるとする、和泉国泉郡南王子村の伝承と何らかの関係、交渉があっても不思議ではないはずだ。

『ある被差別部落の歴史――和泉国南王子村』（盛田嘉徳・岡本良一・森杉夫著〈岩波新書〉）の中では、この南王子村の成立伝承として、霊亀年間にこの信太大明神がその地に鎮座した時に、お供をしてきた村人の先祖が、その境内に居住したのが始まりであって、後にやはり境内の「どうけが原」に移り、さらにそこから古屋敷と呼ばれていた「南王子村」の地に移ったと伝えられているという。

この南王子村の村人が、もと信太大明神の下級神人という隷属民の子孫として、周りの村人から差別され、いわゆる〝被差別部落民〟として苦闘の歴史を歩んでいたことは、前掲書に書かれてあるとおりであろうが、ここでは神社に対する労役を後の世にまでも果たしていた被差別民と、狐の子孫として超能力を持っていたとされている陰陽師・安倍晴明という、この神社に関わったとされる人たちの二つの方向への分化が注目されるのである。

こうした現象を〝聖なるもの〟と〝賤なるもの〟との両義性という、文化人類学的な知見によって、解き明かすことはそれほど困難ではないだろうが、信太妻伝説に関していえば、この物語が異類としての母、異界としての〝信太の森〟の側ではなく、遺された子、遺された歌という現実の人間界の〝悲傷〟が強調される形で、次々と変形、改変されて、伝承されてきたという点に私は着目せざるをえないのだ。

つまり、信太妻伝説は、他の異類婚姻譚と同じように、神と人、超越的なものと世俗的なるものとの分離が主題なのであって、神から離れて、零落した人間たちの宗教的な起源を求める物語こそが、一方では〝陰陽師〟という疑似的な神の力を模倣する〝技術〟を生み出し、また一方では〝被差別〟の神人（じにん）を排除する力学を構成したのである。

異類（人ならざるもの）に触れる者は、そのスティグマ（聖痕）を額に刻印されざるをえない。それは時代の変化によって、その由来、起源が忘れられることで、「聖」から「賤」へと転化を引き起こさざるをえないのである。

信太妻伝説は、そうした異類性、異形性から、〝子別れ〟という人間臭い、日常世俗の世界の要素にその物語の比重を移すことによって、葛の葉伝承として長い生命を保ったのだ。つまり、夫が妻を見失う「信太妻」伝説から、子が母を喪失する「葛の葉」伝説へと物語はその色合いを変え、それはいつしか異類としての狐、異界としての信太の森という〝起源〟を忘れてしまったのである。

それは一つの家、村といった共同体が、その外側の〝森〟からむしろその共同体の内部をはっきりと枠づけるような異質の分子を取り入れること、すなわち、その〝森〟と村との婚姻が、共同体の成立に欠かすことのできない要素であることを示唆している。そして、そうした異類、異質なものとの接触によって、家、村の共同体はその内外の線引きを明瞭にし、外側への排除と内側への締め付けを可能とするのである。

つまり、異類との婚姻を果たした共同体は、次には異類、異質のものを差別、敬遠し、排除しようとする。そこで忘却されるのは、共同体の成立の基となった〝森〟という異類、異界と呼応する〝被差別空間〟なのであり、そうした空間との関わりを、物語は母子の濃密で、後ろ向きの空間への思慕として、葛の葉子別れという演劇的、抒情的な物語に転化する。そして今度は狐憑き、犬神憑きといった、異類の人との関わりについての、別の意味での差別の文脈がそこでは形成されてくるのである。

『兎園小説』で、孫右衛門と女の出会うのが「何がしとかいふ原〔原の名を詳にせず〕」であり、南和泉村の先祖たちが、聖神社境内の「どうけが原」に住んでいたという伝承は、これらの異類と人との出会う〝差別空間〟が、森と里との中間にある〝野原〟であったという神話的な記憶を示しているといえるだろう。そういう意味でいえば、信太妻も葛の葉の伝説も、〝野原の物語〟であって、山中、海中といった古代的な異類感応譚とは、明らかに異なった次元を示すものにほかならないのだ。

この野原を、一つの家、村といった共同体と、他の共同体（〝森〟）との境界に広がる空白の地帯であるととらえることができるだろう。すなわち、共同体と共同体の間にある互いの外部領域が、この〝野原〟と呼ばれる地域なのであり、それは本来的に無主、無縁の場であったといってもいいのだ。こうした野原の領域こそが、狐や山犬たちの活躍する場所であって、それは間共同体的な空間なのである。信太妻は、基本的にこの野原から人間世界を訪れる異類の妻という、古代の異類婚姻譚の尻尾をどこかで引きずっており、葛の葉は、こうした野原に対する人の側の憧憬を表している。そこに古代から中世、そして近世にかけての異類、異質、さらに異界に対する人々の感性の変質が語られているのである。

「差別」はいつも境界としての野原の領域からやって来る。異類の母から生まれた子供たちは、その異類性の多寡によってではなく、その起源としての〝野原〟とのつながりによって山や里での暮らしを選びとらざるをえなくなるだろう。安倍晴明や「狐のおぢい」は明らかに里の共同体からの脱出を選んだわけだが、そうしなかった者たち、あるいは自らの〝野原〟性を中心に小さな共同体をつくりあげようとした人たちに、容赦なく差別はつきまとい、その「うらみ」は続いたのである。

2

ところで、曲亭馬琴も葛の葉伝説を基として、中篇の読本『敵討裏見葛葉（かたきうちうらみくずのは）』という作品を書いている。これは信太妻の伝説として伝わるものに、竹田出雲の『蘆屋道満大内鑑』の〝葛の葉子別れ〟の趣向を取り入れ、「敵討譚」として物語化したもので、細部にそれなりの工夫はあるものの、保名、道満の対決、二人の葛の葉や中臣・与勘平といった設定は、人口に膾炙したものをほぼそのまま使っているといってもいい。だが何といっても、馬琴の面目躍如たるのは、この異類感応譚、あるいは母子別離の〝涙もの〟を、勧善懲悪のイデーによって改作してみようとしていることだろう。巻之一第一回で、馬琴はこう書く。

　むかし和泉国信太(しのだ)の森に狐あり。彼再生の庇(めぐみ)と感じ。化(け)して人と契りしより。安倍晴明(あべのせいめい)を産(うめ)るといふ。一奇事は、原簠簋(もとほき)抄の忘誕(もうたん)に起り。更に浮屠(ふと)氏の寓言に成る。童蒙婦女口碑に伝へて。その顛末をしらざるものなし。これを説(とか)んもことふりにたれど此物語は趣異(かはり)て。亦是勧懲の糸(いとぐち)より出(いづ)。

　浄瑠璃がそうであるように、馬琴の読本でも、狐の神変自在の能力はかなり零落していて、清原定邦という領主に、二個の霊珠を奪われると、その神通力を失ってしまうほどなのだ。定邦は「今の世に神名帳に漏たる神あまたありといへども、狐を祭りし例を聞かず。この故にわれ彼祀を破却して。民の迷を解もの也」と、うそぶいて白狐を神体とする稲荷社を打ち壊させるのである。

　この定邦が、不合理な迷信に対して、むしろ近代的な合理主義を主張していると言えるのは、たとえば次のような台詞があるからだ。

　世に狐を稲荷の使令(つかはしめ)なりといふ事は。倉稲魂神(うかのみたまのかみ)。元明天皇の和銅年中はじめて。現れたりけるとき。三狐(さんこ)天降りといふをもつてならん。又鳩を八幡の使令とするものは。男山鳩峯(はとのみね)に鎮座の神なればにや。鹿を春日の使令なりと称するは彼(かの)山におほき故なるべし。されど鳩を祀りて八幡とし。鹿を崇(あが)めて春日とする事聞かず。只狐のみ淫婦の後身(うまれかはり)にして。動(やや)もすれば人を魅(ばか)すをもて。ふかくその祟(たたり)を怕(おそ)れ。これを稲荷と称して尊(たふとみ)信ずるこそ愚なれ。夫人(それひと)は万物(ばんもつ)の霊たるに。却(かへつ)て獣を神としつかへ欲を放(ほしいまま)にして幸福(さいはひ)を求るは何事ぞ。

こうした人間中心主義が、作者の馬琴のものであることはいうまでもないだろう。馬琴は儒教をバックボーンとした啓蒙家として、妄(みだ)りに「怪力乱神」を語ることを排斥している。狐や鹿や鳩を、万物の霊長たる人間が敬い、崇めることの愚を彼は知悉していたのである。だが、それを単に迷信打破、合理主義の主張とだけ見たら、馬琴の書き続けた物語世界を見損なってしまうことになるだろう。

馬琴には妻と夫の別離、母と子の別れという〝世態人情〟を描きながら、そこに勧懲のイデオロギーを実現させるという目論見以外には、素材としての葛の葉伝説そのものにそれほど興味を持っていたとは思われない。狐と人との夫婦、母子の情愛は、〈畜生でもそれを知る〉といった意味での譬喩ではあっても、そこに異類と人との〝交合〟〝姦淫〟を示すような文辞は注意深く避けているといえるだろう。

つまり、馬琴にとっては葛の葉伝説は、古代、中世的な信太妻伝説の異類婚姻譚的な要素の残存部分さえも、ほとんど譬喩のレベルへと移行させた竹田出雲の『蘆屋道満大内鑑』のように、単に動物報恩譚、母子別れのお涙頂戴劇のパターンを提供するものにほかならなかったのである。

馬琴の〝葛の葉物語〟では、〝敵打ち〟という大枠のパターンの中に、葛の葉の〝正体〟は、ほとんど埋没してしまい、同じく馬琴の、累伝説を基とした読本『新累解脱物語』のように、伝説的な素材を使っての奔放な改変によって、勧懲イデオロギーを表現しようという意図ばかりが目立つという結果となっている。

しかし、これは馬琴が葛の葉伝説や異伝説に孕まれている、人々の最も深い部分にある暗黒の神話的部分を、まったく捨象していたからであるとはいえないだろう。むしろ、彼はそうした葛の葉や累にまつわる、おどろおどろしい、悪夢のような陰惨さに彩られた日本近世の精神世界をよく知っていたからこそ、勧懲という強固なイデオロギーによって理論武装しなければならないと思ったのではないか。そして、そうした「理論」の確立こそが、馬琴にとって〝面白い〟小説を書くことよりも、より重要なことだったと思われるのである。

馬琴には別の小説作品においても、異類（獣）と人との婚姻譚をそのモチーフの底に潜めた作品がある。いうまでもなく、人と犬を組み合わせた「伏姫」という名詮自性の名を持つヒロインの物語から始まる『南総里見八犬伝』にほかならない。

馬琴の『八犬伝』については、馬琴自身が『八犬伝』発端で三種の典拠、種本をあげている。その三種とは一、里見軍記・房総地誌関係であり、二、槃瓠(はんこ)説話、三、唐山演義小説『水滸伝』である。高田衛はその『八犬伝の世界』（中公新書）の中で、やや図式化した言い方だとことわっているが、「里見関係資料は稗史の骨格としての史伝体構造の基礎」となり、「『水滸伝』は演義列伝体構想の壮大な世界構築の基礎」となったのだが、「何よりも槃瓠説話の導入は、伝奇幻想体小説構造に不可欠な、稗史家馬琴の神話的想像力を活性化する意味で決定的であった」と述べている。

槃瓠神話――昔、高幸氏は、侵略してきた犬戎国の敵将の首級を取ってきた者に、娘を与えると布告した。槃瓠という犬が首を取ってきたので、娘を与えなければならなくなった。槃瓠は女を負い、山の石室に去った。犬と女とは六男六女を産んだ。その子孫は蛮夷となった。これは犬の槃瓠を始祖神とする犬祖神話であり、古代中国の創世記神話である。

　高田衛は八房と伏姫の物語の典拠となった槃瓠神話が、直接の原典である宋の『五代史』から、その日本的な受容譚である『太平記』の「畑六郎左衛門ガ事」へと伝えられ、さらにそれが『花三升芳野深雪（はなをみますよしののみゆき）』『太平記御貢船諷（たいへいきおみつぎふなうた）』『大和錦吉野内裡（やまとにしきよしののだいり）』といった南朝物の歌舞伎狂言の世界に流れ込んでいることを指摘している。さらに、もう一方では、フォークロアとしての「犬聟入（いぬむこいり）」「狗宝（いぬのたま）」の説話が江戸期の怪談集や随筆類を通じて馬琴の知識・教養の範囲内に入っていたことをも指摘するのである。もちろん、それは最終的には槃瓠という犬祖神話だけではなく、三輪山の縁起や昔話に見られる蛇、蛙、田螺（たにし）といった異類の〝婿〟を迎える異類婚姻譚のパターンに還元されてゆくものであることはいうまでもない。

　つまり、『八犬伝』の伝奇・幻想小説的な想像力の世界には、当時の人々の意識層、無意識層の知識や教養、伝承やサブ・カルチャーに至るまでの、広い範囲の神話的、伝説的な〝深層〟があって、それが『八犬伝』を、近世文学においても稀な民族的（民俗的）な大長篇小説としている理由なのである。つまり、それは日本の〝近世神話〟の集大成であり、遍（ひろ）く「世界」の先端的な知識を湊合した江戸末期の「全体小説」であって、一つの時代、時期の文化的な総合体といっても必ずしも過言ではなかったのだ。

　しかし、馬琴がこうした伝承された物語（槃瓠神話や、その日本での受容、変容した神話、伝説、民譚）をその作品世界の神話的深層としたことは疑うべくもないが、彼がその伏姫物語を創作するのに、そうした原テキストとしての槃瓠説話という伝承物語、神話をどのように自分の文学理念を基として〝改造〟し、変形しようとしたのかが、ここで問われなければならないだろう。高田衛はこう書いている。

けれども、伏姫物語には愛の主題はなく、一種きわどい人獣同居譚なのである。伝説という次元では、異類婚姻譚は美しい。しかし、稗史小説の次元では、異類婚姻譚は、一歩まちがえば、ただ猟奇的でグロテスクな物語に堕する危険があった。

だから伏姫物語は、異類婚姻譚的形態を保ちつつも、それを変容せざるをえなかった。そして物語の裏側に、精巧な幻想発酵装置を作った。つまり特別な異類婚姻譚にしたのである。それゆえに、伏姫物語は普通の異類婚姻譚にはない美しさと悲劇性を持つことができた。

この「幻想発酵装置」とは、たとえば、伏姫が富山に八房とともに籠もり、ある日流れに向かって「うつるわが影を見給へば、その体は人にして、頭は正しく犬」となっていたというスリリングな場面や、「如是畜生発菩提心」の珠の文字が、もとの「仁義礼智忠信孝悌」に変わるといった、伏姫の処女懐胎の神聖性、犬士たちの異常出生による聖別などを強調しようとする〝隠微〟のことを指しているのだろうが、『南総里見八犬伝』には、まったく逆のベクトルを持つ〝幻想発酵装置〟も働いていると思われる。

すでに指摘されていることだが、富山の伏姫神話と〝対応〟しているのが、庚申山の化猫怪談であり、これは贋赤岩一角と船虫(ふなむし)とのすさまじいまでの、人獣相姦の物語にほかならない。八犬士の一人、犬村角太郎の父の一角は庚申山に登って、その山に棲む化猫に殺され、化猫は一角の姿を借り、彼の後妻窓井(まどゐ)さえ誑して、まんまと家に入り込み、「人間に交参(まじらひ)て、妻に狎れ子を産(うま)せ、夥(あまた)の人に敬れて、快楽(けらく)に光陰(つきひ)を送」っていたのである。そこに登場するのが、悪女船虫であり、犬士犬飼現八なのだ。

是より先に後妻窓井は、妖邪に精気を吸耗れて、病こと久しうして身まかりぬ。かゝりしかば仮一角は、婹妾をのみ物しつゝ近曾来たる婹妾の、船虫といふものを、後妻に執立たり。彼船虫の心ざま、邪智奸悪の淫婦なれば、同気かならず相求るにや、妖邪に触ても恙なし。

八房とともに富山の山奥に籠もっても、「淫心を挟みて、わが身に近づくことあらば、主を欺くの罪渠あり。只一ト刀に刺殺さん」と、護身刀を肌身離さず持ちながら、読経三昧に暮らす伏姫と、誑されてはいたものの、本当の夫を殺され、その仇に肌身を許し、牙二郎という子をまで設け、精気を吸い取られて死んだ窓井や、まして進んで妾となった毒婦船虫との対照は、際立ったものといえるだろう。そして、これは川村二郎や前田愛などの論者が指摘していることだが、こうした聖女伏姫と、悪女船虫とは、馬琴の物語世界の最も深層の地下世界において、善悪を超越した大地母神として〝原母〟の、光と影、陰陽の二つの表れの違いにほかならないのである。

こうした観点から伏姫神話、一角・船虫怪談を見れば、これが異類婚姻譚の、二つの極端に乖離したヴァリエーションであり、人獣相姦の曼荼羅図であることが明瞭となってくるだろう。つまり、馬琴の作品世界における異類と人そのものとの、文字通りの〝混淆〟〝混沌〟の世界を描き出そうとするものであることを示しているといえるだろう。

つまり、それはまさに異類婚姻、人獣相姦の世界なのであり、異質なもの、異類と人間とが出会う場であり、むしろそうした異界との触れ合いこそが、積極的に馬琴の小説空間では実現されているのである。伏姫神話においても、こうした異類との接触、交渉はテキストの表面上の次元を超えて、実は実現されていたのだといわなくてはならないだろう。山中の童子に姿を変えた役の行者は、伏姫にこういう。

> 皆是物類相感して致すところ、只目前の理をもて推べからず。おん身が懐胎し給ふも、この類なるものを、何疑ひの侍るべき。おん身は真に犯され給はず。八房も亦今は欲なし。しかれども、おん身既に渠に許して、この山中に伴れ、渠も亦おん身を獲て、こゝろにおのが妻とおもへり。渠はおん身を愛る故に、その経を聴くことを歓び、おん身は渠が帰依する所、われに等しきをもて憐み給ふ。この情既に相感ず、相倚ことなしといふとも、なぞ身おもくならざるべき。

この言葉を読めば、伏姫と八房の間に、異類間の感応があり、それがほとんど肉体的な接触に近いものであること、いや、肉体的な接触以上に親密な〝精神〟的な感応がそこで働いていたことを疑うことはできないのである。つまり、庚申山怪談が、異類間の肉と欲の〝恋〟を描いたものであったとしたら、富山神話は、まさに異類との〝魂の恋〟というべきではないだろうか。

つまり、馬琴は伏姫神話で、異類婚姻譚の痕跡を消そうとしたのではなく、むしろそれを完璧に成就するために、異類感応、物類相感の論理を紡ぎ出してみせたのである。もちろん、その舞台が山中であることは、こうした異類感応の物語が、まだ神話的思考に支えられていなければならないことを示している。それは、しかし、単に共同体的な幻想によってのみ支えられた世界ではない。むしろ、共同体を超えた普遍的な人類原理と、そうした共同体に風穴を明けようとする、異類たちの存在を積極的に認識しようとする、底辺のアナーキーな意志に支えられたもののような気がするのだ。

3

ところで、『八犬伝』の伏姫物語の典拠としてはすでに古代中国の槃瓠説話をあげたが、馬琴が直接に依拠したのは、彼があげている『五代史』などではなく、もっと馬琴に身近なところにあった〝種本〟だったのではないだろうか。それは『五代史』などの槃瓠説話から『太平記』へと流入してきた〝世界〟を使って歌舞伎化した『花三升芳野深雪』に関連したものと思われる山東京伝の黄表紙作品『先時怪談花芳野犬斑（せんじかいだんはなはみよしのいぬはぶち）』（寛政二＝一七九〇年）ではないだろうかというのが、ここでの私がいいたいことなのだ（ただ、典拠、種本という言い方が適切かどうかは、後にもう一度検討されるべきだろう）。

これはむろん「花はみ吉野人は武士」という諺のパロディーで、町人としての京伝の武士に対する揶揄の感覚の漂うものだが、この黄表紙作品に、『八犬伝』の発端に直接つながるような犬と女との婚姻、彼らの体から抜け出す「魂（玉）」、犬の子供、さらに八犬士たちの共通の徴である牡丹花の痣に関連する牡丹餅、牡丹絞といった要素が散見されるのである。

話の発端は中国の「狗国」のことで、この国では「男はみな狗にて、身にも毛生ひ衣を着ず。ものいひ犬のごとし。女はみな人にて能漢語をなすと云々」という。この国で「脳天に血の気の多い息子犬と箱入の娘」が駆け落ち、心中し、その差し違えた胸元から二つの魂が飛び出して日本へと向かう。舞台は変わって日本、鎌倉の北にある先時村に茶釜婆アという者がいて、犬神の妖術を覚え、旅人を犬に変身させ、それを犬好きの相模入道に売って金を儲けていた。その妖術とは冬の間に牡丹餅をこしらえ、それを旅人に食べさせるとたちまち犬となるというものだ。牡丹餅は犬の好物であるという伝承が、こうした設定の前提となっているのである。

さて、鎌倉の古着の仲買い商人の古手屋八郎兵衛は、茶釜婆アのところに泊り、牡丹餅を食べて気持ちが悪くなり、家に帰ろうと先時村から逃げる。八郎兵衛は犬の顔になって帰るが、本人はそのことに気が付かない。女房のおつまはびっくりするが、すぐに「子細あらんとさあらぬ体(てい)にして、近所の人にも口止めして、万事人間の取り扱い」をする。やがて、おつまが産んだ男の子は、四つんばいになって、わんわんと吠えかけるような子となり、八郎兵衛は鏡を見てようやく自分が犬になったことに気がつく。

八郎兵衛は書き置きを残し、家を出て里はずれで切腹するが、腹の中から牡丹餅の気が飛び出し、元の人間に戻る。茶釜婆アの妖術を知った彼は代官所へこれを訴え、代官は鉄砲の名人に茶釜婆アを撃たせると、口から二つの魂を吹き出す。これが狗国から飛んできて、八郎兵衛とおつまの体内に入った心中者の魂だったのである。八郎兵衛がその子に、犬に噛まれた時や犬を殺す時に使う薬の「馬(ま)銭(ちん)」（ストリキニーネ）を飲ますと、たちまちに犬の気が去って、人間の子供となるのである。最後は犬と傾城と鉄砲打という〝犬拳〟というものが鎌倉中に流行ったというところで終わるのである（テキストとしては『シリーズ江戸戯作　山東京伝』〔延広真治監修・山本陽史編〔桜楓社〕〕所収のものに拠り、補注・解題を参照した）。

色男の気取りでいる犬の顔をした男の面。『唐土訓蒙図彙』の絵をそのままなぞり、犬と女との道行きに仕立てた画面など、京伝の自作自画のこの黄表紙は、まさに黄表紙の天才・京伝の作品として優れたものの一つといえるだろうが、この作品が刊行された寛政二年は、ちょうど馬琴が京伝のところに黄表紙作者見習いとして弟子入りした年にあたっていて、黄表紙作者としての修業時代の馬琴がこの師の最新作を見て、強い印象を受けたという可能性はきわめて大きいといえるのだ。

中国にあるという「狗国」は、むろん槃瓠の神話を前提として空想の中でこしらえた架空国に過ぎないが、黄表紙の趣向に使われるほどに、その存在はよく知られていたものであるということが推測できる。犬と人という組合せは、だから伏姫物語以前にも人口に膾炙したものとしてあったのであり、それは『唐土訓蒙図彙』といった教養書から歌舞伎狂言や黄表紙という大衆文化の世界に至るまで、広い範囲にわたって流布していたと考えられるのである。

いずれにしても、犬と人間の女のカップル（八郎兵衛とおつま、八房と伏姫）。呪術（妖術）によって「犬となさん」という意志が実現されること（茶釜婆アと玉梓）。鏡に犬の顔が映るというエピソード。身体から飛び出した霊魂としての玉（それは丸の中に「心」という文字の書かれたものだ）。子供に伝承される呪術（八犬士の牡丹花の痣。八郎兵衛の子供にたたる牡丹餅）。鉄砲の狙撃による呪術破り（代官と鉄砲名人。金碗大輔による八房の狙撃）という要素などに、京伝の黄表紙『花芳野犬斑』と馬琴の読本『南総里見八犬伝』との共通項、対称性を見出すことが可能だと思われるのである。

管見の限りにおいては、『花芳野犬斑』が『八犬伝』の種本の一つであるとか、何らかの形で影響を与えた作品であるといった指摘は、これまでなされたことがない。これは黄表紙と読本というジャンルを積極的に分けてしまうという、これまでのジャンル分け的な近世文学研究の弊害の一つであろう。すでに「美少年と悪少年」で述べた通り、京伝の黄表紙‐馬琴の黄表紙‐馬琴の読本、という影響の系譜を考えることができるのであり、『花芳野犬斑』と『八犬伝』の場合も、同様なことが指摘されうると思われるのである。黄表紙というジャンルは低劣、卑俗なものであって思想性はもちろんのこと、文学としての構築性、構想力といったものを必要としない。こうした黄表紙への蔑視が、『八犬伝』の典拠として『花芳野犬斑』という影響関係を見落とさせてきた原因なのではないだろうか。

もちろん、このことには馬琴自身の解釈、解説といった文学理論が大いに関わっているだろう。すでに述べたように、馬琴は京伝の「趣向」に対して、自分の作品の「根組」と「勧懲の正しさ」を語っている（「遊ぶ京伝」）。これは思いつき、アイデアに対して、「構想力」「思想」の優位を説いた言葉と受け取ることができる。つまり、馬琴は京伝の趣向の〝軽さ〟に対して、自らの構想、思想の〝重さ〟を対峙させたのである。おそらく、馬琴の内部では『八犬伝』が『花芳野犬斑』という黄表紙ごときを〝種本〟としているということは承認しかねることであっただろう。よしやその「趣向」において重なる部分があったとしても、それは共通した中国の典拠を基にしたからであって、その他の類似は、同時代、同環境の社会においてはありうべき共同幻想や共通感覚によるものにほかならないのである。

むしろ、馬琴は彼の読本は、京伝的黄表紙や読本、京伝の作品世界に対しての根本的な批判であり、それを凌駕し、超克したものという意識があったはずだ。つまり、京伝が単なる現実世界のパロディーとしか書きえないものを、馬琴は同じ「趣向」を用いながら思想のレベル、理念や理想を求める形而上の世界にまでそれを高めたのである。

単なる猟奇、耽奇の対象としての人と犬との異類婚姻譚。人と獣との相姦話となってしまう京伝の黄表紙に対して、伏姫物語には北村透谷がいうように（「『八犬伝』一部の脳髄なり、伏姫の中に因果あり、伏姫の中に業報あり」『処女の純潔を論ず』）、馬琴の文学の根本的な〝隠微〟、その思想性、宗教性を問いかけさせる本質的な〝義〟が隠されている。それは馬琴が槃瓠説話や「狗宝」の伝承から読み取ってきたものであり、単に見かけだけの趣向の類似ということだけでは語り切れないものなのだ。京伝の黄表紙の中には、異類婚姻譚の持つ異類や異界への感受性は欠如しており、そこに異類感応、物類感応という形而上性や宗教性へまで超越してゆくような思想性は、まったくといっていいほど見かけることはできないのである。

『花芳野犬斑』はむしろ、犬の顔となった夫を、おつまがあっさりと受け入れるというところに、この作品の重心があるだろう。異類を異類とは気がつかずに（気がつかせずに）、日常的な世界で受容すること。だからこそ、彼女は犬の夫の胤を受け、犬の子供（犬神の妖術に祟られた）を生んだのである。これは本質的に京伝の思考が共同体内部にとどまっていることを表しているだろう。夫が犬となったことをその妻は本人にも知らせず、「近所の人」にも口止めする。あくまでも共同体の内部でことは処理されようとするのである。それに対し、『八犬伝』では犬と人とはぎりぎりの境界の彼我の場所に立ちすくむのである。そして、それは物語の中で侵犯される。異類との婚姻、相姦は物語の中で実行され、実行されることによって、作品をのっぴきならないところまで追い詰めてゆく。むろんそれは、馬琴の思想そのもの、倫理や勧懲が鋭く問われる場所であることはいうまでもない。共同体のテリトリーの外側にある場所、空間である山中、野原、森、河川こそ八犬士たちの活躍する舞台であることはいうまでもない。そこでこそ異類のものたちとの感応、交錯は引き起こされるのだ。馬琴はそうしたスリリングなところでこそ、稗史小説は書かれなければならないと考えていたのである。

馬琴には、おそらく異界としての「世界」が、日本という島国の共同体の周りにひしひしと押し寄せて来ていることの不安や恐怖がまざまざと見えていた。境界線は曖昧となり、それはいつでもたやすく侵犯されうる。そういう状況の中で、「趣向」の裏でのんびりと寝そべっていることが可能だろうか。そうした境界の侵犯や、異類や異界そのものをどのようにかして自らの内部に取り込まなければ、自分たちの立ってゆく場所がないことを馬琴は見据えていた。

異類の者たちと感応し、交流し、混淆する彼の物語世界は、無意識世界での鋭い〝感応〟であったというべきなのだ。それは馬琴にとって、まさに人と犬との相姦関係に〝驚くことのない〟京伝の黄表紙の感受性を、徹底的に逆転させるところにあると思われたのである。

馬琴の島——曲亭馬琴『椿説弓張月』

1

日本が島国であることは、古来よりよく知られていたことだったが、いわゆる行基式日本図には、本州、九州、四国の三島だけが描かれてあって、蝦夷(えぞ)（北海道）、奄美、琉球（沖縄）や離島などの周縁部は不確かなままに打ち棄てられていた。

蝦夷が島なのか、あるいはカムチャツカやカラフトと陸続きで、それらが大陸の一部であるのかは、十七世紀頃までの西洋でも知られていなかった。松前だけが行基式の地図の上に顔を出しているものや、松前自体を一つの島として、その北に蝦夷本島があるもの、大陸と陸続きになっているものなど、日本列島の北方の空白は、かなり長い間残存していたのである。近藤重蔵、伊能忠敬、間宮林蔵、松浦武四郎などの探検によって北方の地理上の空白がほぼ明らかになったのは十九世紀初頭で、伊能忠敬の蝦夷測量図の完成（一八〇〇年）および間宮林蔵の間宮海峡の発見（一八〇九年）などによるものであって、これにより〝日本人〟は、はっきりと厳密にその島国としての自画像を持ちうるようになったといってよいのである。

もちろん、こうした日本地図作製の進展、地理学の発達は、外交政治のうえで大きな意味を持っていた。伊能忠敬の測量や間宮林蔵の探検が、〝政治的〟な使命を帯びていたことは明らかで、四海周辺の波立ちが、「日本」という島国の領土の確定、〝国境〟の策定という近代国家としての基本的な事業を完遂させたのである。

　日本は明らかに「島」の国である。だが、現在では当然なことであるこんな意識が、たとえば中世、近世の庶民レベルにおいて、どれほど普遍的なものであったかは疑わしい。それほど蒼古な話でなくても、十六世紀の〝国別図〟では、阿波、土佐、伊予などの四国の各国が紀伊、沙界（堺）と陸続きのように描いているものもあって、大きな三つの島とそれに付属する無数の島嶼群からなった「島国」というイメージは、なかなか一般にまで浸透しにくかったといえるだろう。近代的な国家意識とまではいかずとも、日本が四方、海に閉ざされた「島国」であるという、精神的な文化的な自己意識の発生はそれほど古いものではなく、それはたかだかここ二、三世紀のことではないだろうか。

　むろん、自分たちの住んでいる「島」の海の外にも、様々の島のあることは、空想的ではあれ知られていた。たとえば、遊谷子（ゆうこくし）作『異国奇談和荘兵衛（わそうびょうえ）』（安永三＝一七七四年）は、実際の漂流奇譚と、お伽草子以来の〈島めぐり〉譚とを合わせたようなスタイルで、釣りに出て嵐に遭った長崎の商人・四海屋和荘兵衛が、「不死国」「自在国」「矯飾国」「自暴国」「大人国」「長足国」などの島々を巡歴するという物語であり、後の曲亭馬琴の『夢想兵衛胡蝶物語（むそうびょうえこちょうものがたり）』などの同種同類の作品を輩出させる契機となるほどの大当たりをとったものだった。

　それはいかにも庶民らしい生活感覚から生まれてきた空想と教訓と風刺を持った寓意小説といえるわけだが、もう一つ、海外の〝国〟に対して、〝わが国日本〟もまたそれらの複数の国々の中の一つにしか過ぎないという、健康的な相対感覚がそこでは働いているように思える。つまり、日本なら日本という国を相対化し、文化面、精神面でのインターナショナリズムを醸成するような気運がそこには見られるのではないかということだ。

たとえば、和荘兵衛は「大人国」へ行き、子供の手のひらに乗せられ、机の上に敷いた毛氈の布切れの上で、雀の子のように飯粒を貰って食べるという生活を行なうのだが、小鳥でも飼うように彼をかわいがる大人たちを見ているうち、こんなことを思い始める。

此国は形大なるばかりにて、人に才智なく独活の大木といふ安房国と見えたり。我小兵なれ共聖賢の法を以て此国民を導き、政を取つて民をなづけ、国姓爺が東寧を取つたやうに、あつぱれ此国の大将と成べし。

そして大勢の人が見物に来た日に、和荘兵衛は机の上に立上り、大きな声で語り始める。「我生国は日本なれども、此千年以来唐土天竺はいふに及ばず、普く世界をめぐり〱てあらゆる国風人の道を知たり。今此国を見るに、形大なるばかりにて、人間の道を知るものなし、浅ましくいたはしき事なり」と。

だが、こうした和荘兵衛の大演説を、大人国の人々は、「一人も合点の行さうな顔もなく、皆にこ〱笑うて」いるばかりで、まるでチンやオウムが芸や口真似をしているのを面白がっているだけのようでまったく手応えがない。こんなはずはないと、彼はますます弁舌を振るうが、まるで相手にもされず、「扨も〱大なる形して鈍な国ぢや」とあきれはてるのだが、それを聞いた大人国の彼の〝飼い主〟である宏智先生は、和荘兵衛の頭を撫でながら、こういう。

> 小人(せうじん)に誠の噺するはおとなげなく安房(あはう)らしけれども、汝は呑込(のみこみ)のよささうな者なるゆゑ語り聞すべし。とつくり合点せよ。夫(それ)大を以て小を見ることは安く、小を以て大を見る事は難し。汝が世界の者我国の爰(ここ)にある事をしらず。既(すで)に我国の人の心をしらず。我国の者は女童(をんなわらべ)までも汝が心をしる事安し。又小智の眼を以て大智の人を見れば愚(おろか)なやうに思ふものなり。汝形五尺に過ず漸地方九万里の内にうろたへ、纔(わずか)三千世界をきよろつきまはり、是より広い事はないと心おごり、聖賢の教(おしへ)より尊い事はないと思ふ小(ちひさ)き心故、大なる事は合点行(ゆく)まじ。

これはむろん和荘兵衛の夜郎自大な浅知恵を笑っているものなのだが、もう一つ、そこには〝小国〟としての日本の唯我独尊を戒める意味も込められているだろう。そこには伝統的に、海外の〝大国〟に対する〝小国〟としての日本の自覚があり、それはもう少しいってみれば、〝小さく〟〝狭い〟自分の基準や秤だけによって他の国、他の世界のことを規定し、判断しようとすることの危うさを示そうとすることでもあるだろう。

「矯飾」「好古」「自暴」「吝奸」といった国々、島々はむろん教訓のための引き合いに出された悪徳、悪習にほかならないが、「聖賢の教より尊い事はないと思ふ小き心」がここで相対化されている以上、この小説の通俗的なモラルに従った寓意が、少なくとも読者に対して儒教的徳目を薦めるというそれほどの効果をもたらすとは思われないのである。

「世界」には様々な国があり、そこには大小、長短、広狭、上下（序列）はもちろん、住民たちの様々な生活様式があり、様々なモラルや信仰や風習があるということは、別段、新井白石の『西洋紀聞』といった蘭学、洋学の著書を読まずとも、『国姓爺(こくせんや)合戦』のような人形浄瑠璃や歌舞伎狂言、大衆向けの草双紙などを眺めていれば、身につくような啓蒙的な知識だった。和荘兵衛の開明的、インターナショナリズム的な文化相対主義の眼、少なくとも日本という〝小国〟の文化的なショービニズム、ナショナリズムを笑う視点は、むしろ江戸期においては普遍的な精神傾向だったといってよいのである。

その意味では和荘兵衛は、同世紀の似たような体験の持ち主・ガリヴァー氏と同じく近代的な合理思想をその旅から得て来たといえるのだ。小さなモラルの枠組や、狭い感性にとらわれずに、広く、大きな地点から自分たちの姿を相対視すること。和荘兵衛とガリヴァーとは、まさに近代の曙としての十八世紀の同時代人にほかならなかったのである。

ところが、『和荘兵衛』の衣鉢を継いでいる馬琴の『夢想兵衛胡蝶物語』は、そうした点において、むしろ三十数年前の一世代上の旅行者より、もっと保守的な心情の持ち主ということになるかもしれない。

夢想兵衛は、釣りの途中で暴風雨に遭った和荘兵衛とは違い、浦島仙人に出会い、紙鳶(たこ)の作り方を教わり、その紙鳶に乗って様々な国々を見て回るのだが、それらの国は「少年国」「色欲国」「強飲国」「貪婪国」「食言郷」「煩悩郷」「哀傷郷」などであって、和荘兵衛が「大人国」や「清浄国」などの模範的な国々をいくつか回っているのに対し、最初から最後まで悪習、悪徳の反面教師としての国、人々ということなのである。つまり、それは現実の日本に比べても、明らかに〝品下れる〟国であって、そこでは〝上下〟の感覚は明確なのだ。

また、巻ごとに「総評」なる教訓をいちいち付し、後篇の巻之四には著者自ら「この段殊(こと)に老実(まじめ)にして、全部の大要を述(の)ぶ。閲(けみ)するものは欠(あくび)をせん歟(か)、そのとき作者は嚔(くさみ)をすべし」と書いているように、物語あるいは寓意小説としての興趣を犠牲にしてまでも、その儒教的道徳主義の宣伝、啓蒙、鼓吹を厭わない馬琴の態度に、勧善懲悪的モラルのリゴリズムを見ないわけにはゆかないのだ。

この小説はまた一面、老荘思想（というよりも、多分その当時江戸の文人たちの間で流行していた老荘趣味）に対する儒教道徳からの攻撃というテーマを持っている。「歓楽郷」の国王は夢想兵衛に対し、「朕も又、老荘の説を取らざるにはあらず、只ふかくは好まざるのみ」といい、「凡老荘家は、仁義礼智信の五常をもて、先儒の迹として、只其自然に因なれば、礼節に拘らず、寓言を事として、玄牝の門に遊べり（中略）その弁理あるに似たれども、多くは人間に用なし」といっている。

〝歓楽国王〟のこうした発言は、夢想兵衛が小説の冒頭で浦島仙人に会い、紙鳶を授けられるという老荘的エピソードから始まったこの小説が、最後において、小説の趣向そのものを否定してまでも〈聖賢の教〉をその中心的イデオロギーにしようとしていることを示すものであって、これが馬琴のきわめて露骨な〝思想小説〟であることを物語っている。

つまり、夢想兵衛は、自国以外の様々な国、島を遍歴、観察することによって〈聖賢の教〉の優れていることを改めて知り、老荘ではなく、儒教道徳であるという結論を携えて振り出しに戻って来たのである。これが和荘兵衛とは、むしろ逆の結論であることはいうまでもないだろう。

和荘兵衛は、その名の通り〝和（日本）の荘子〟として、相対的な夢の国に遊び、いわば「世界」が、一国だけに閉じ籠もった狭い視野の持ち主には、到底見通すことのできない広がりと多元性を持ったものであることを教える物語だったが、夢想兵衛は、そうした自由奔放とも思える〝夢想〟そのものにも、勧懲といったイデオロギーが貫かれなければならないことを語ったのである。

だが、これを単に馬琴の保守思想、頑迷な〝鎖国〟的態度であるととることは、馬琴の思想の可能性をとらえ損なうものであると思われる。なぜなら、馬琴は「日本」という島国以外に、国々や島々のあることを知らず、またそこに別個のモラルや価値観（聖賢の教以外の）のありうることを認めようとはしなかったのではなく、逆にそうした海外の異文化、異次元の世界からの圧迫のようなものを肌身に染みるように感じたからこそ、自らの内部を固めるための〈聖賢の教〉を必要としたのではないかと考えられるからだ。

すなわち、和荘兵衛には物見遊山の夢の旅であったものが、夢想兵衛にとっては、海の波の向こうから押し寄せて来るような悪夢への、精一杯の抵抗としての儒教倫理の強調という結論となったのではないか。

もちろん、『夢想兵衛胡蝶物語』という寓意、空想の小説にそれほどの深読みが必要であり、また可能であるかという疑問はありうるだろう。あくまでも観念と空想の旅の物語に、現実の「国」の内部と外部との問題をあてはめることは、やや短絡過ぎるキライがある。しかし、『胡蝶物語』が、「島」と「王」の物語である『椿説弓張月』がすでに書かれ始め、その刊行の継続途中に書かれた読本であり、「島」と「王国」というテーマが馬琴世界の中でかなりはっきりとしてきた頃の作品であることを思えば、単に儒教道徳の寓意、老荘的な趣味へのくすぐりといったとらえ方は、やはり矮小化したものといわざるをえないだろう。

「既にこの書に述る所、亦是夢也といふときは、今わが批評するも夢也。その夢を夢として、閲するものも又夢なり。人我一切夢にして、その夢をしらず。夢の中に夢を見て、面前に夢を説く、癡なるかな、癡なるかな」と、馬琴は『夢想兵衛胡蝶物語』の最後に書き付ける。

もちろん、夢のまた夢の曖昧な幻の境地のことをいっているのではない。夢のまた夢の内部にいるからこそ、そこに醒めて、一貫する精神の働きが必要とされるということなのだ。

2

江戸期までの日本人にとって、「世界」は天竺・震旦（唐）・本朝という三つの区分しかなかった。対馬を通じて交易のあった朝鮮は、広くは「中国」の世界に入り、琉球や台湾も、「唐土の外なりと云ども、中華の命に従ひ、中華の数字を用、三教涌滓の国」（西川如見『華夷通商考』）にほかならなかった。

遠い極楽や浄土世界と同じようにイメージされていた天竺を別とすれば、日本人にとって興味の範囲に届く国際事件とは、ほとんど「中国」世界のことに限られていて、かろうじて朝鮮、琉球、台湾の出来事ということになるだろう。そういう意味では、中国の王朝交替劇が日本にとっても「世界」を揺るがす大事件であったことは明らかなことなのである。

十七世紀前半、満州族の後金が清となって明の王朝を滅ぼし、中国を支配したことは、東アジア世界にとって大きな衝撃を与えたのであり、それは〝天動説〟に対する〝地動説〟のように、辺境の民が中原の覇を握るという、本来ならば驚天動地の出来事といえるものなのだ。

もちろん、日本自身も秀吉の野望として「明」征服を夢見たこともあったのだから、明滅亡は必ずしも意外なことではないのだが、中心となるべき「中国」の変貌は、もちろん衛星国たる近隣諸国にも大きな変化の波及をもたらさないわけはなかった。これまでの世界秩序は崩壊し、いまだ新しい秩序が出来上がらない変革期。そこに野心を持った人間たちが集まり、革命、反乱、反革命、蜂起、侵略、占領、謀反といった事件が勃発することは、無理からぬことだったのである。

国姓爺と天竺徳兵衛――江戸期を通じて、十七世紀から始まる極東世界の動乱を象徴する人物として、人形浄瑠璃と歌舞伎とが作り出した二人の〝外国籍〟の主人公である。

近松門左衛門の『国姓爺合戦』は、明の忠臣・鄭芝竜と日本人女性との間に生まれた和藤内が主人公だが、この〝和（日本）〟でも、〝唐（中国）〟でも〝ない〟として名付けられた登場人物は、いってみれば「義」という普遍的な人類的な価値を守るべき国際人なのであって、人倫の道を知ることのない辺境の国の「韃靼王」と敵対し、世界の秩序の中心としての「明」の王権を回復させるのである。

もちろん、国姓爺が日本の舞台で大活躍をしていた十八世紀の初めには、すでに中国は辺境の民の王の支配する清朝によって統治されていた。すなわち、理念においての「義」は、現実の歴史的社会においてあっさりと裏切られていたのである。国姓爺は、その意味では忠臣蔵の義士たちと同じように、現実とは別の次元における「義」を、イデアとして実現してみせようとした、いわばアナクロニズムの観念や様式に殉じようとした人物たちの一人だったのである。

天竺徳兵衛ともなると、話はさらに現実世界を離れて、空想的になる。天竺という場所そのものが、当時の江戸庶民にとって『西遊記』的な空想世界以外の何物でもなかったように、ただ、東アジア世界についての伝統的で空想的な知識と、キリシタン・バテレンなどの南蛮渡来の科学技術に眩惑されていた時代のエキゾチズムが色濃く、ケレン味として歌舞伎の舞台に反映されている。それは海外から押し寄せてくる外圧、干渉の高波という、「島国」の人間たちの内閉感、被圧感を無意識層において受けとめていた人々に、強烈にアッピールしたものといえるのだ。

四世鶴屋南北の『天竺徳兵衛韓噺』（初演一八〇四年）は、天竺徳兵衛ものの嚆矢である並木正三の『天竺徳兵衛聞書往来』（一七五七年）の〈世界〉を継承したものだが、そこではガマの妖術を操る天竺渡りの徳兵衛は、実は吉岡宗観こと朝鮮の民・木曾官（もくそかん）の子の大日丸であって、真柴久吉を滅ぼそうと日本で謀反を企むのである。並木正三の徳兵衛には天草の反乱分子の謀反心が引き継がれているが、南北の徳兵衛はまさに「日本」そのものを奪い取ろうとする大盗賊、大逆賊なのであり、自ら〈日本の王〉たらんとしているのである。

国姓爺と天竺徳兵衛とは、その攻撃の方向性は逆であっても、王権奪取を目指し、一つの島国の覇を握ろうとする〈王〉志望者であることにおいて共通している。それは、最も見やすい位相では、当時の日本人たちの海外への関心、この「島国」の〝外〟への興味が集合的な無意識によるモチーフとなっているともいえるのだが、それよりもまず、この国が「日本」という「島国」であることの自意識の発生が、日本人たちの間に広汎に見られ、そうした「島」と「国」の意識、そしてその「島国」を治めている、いわば二つの王権（天皇と徳川将軍）についての覚醒が、〈島の王〉という無意識の主題を、演劇空間の中にもたらしたのではないだろうか。

だが、〈島の王〉という主題については、国姓爺や天竺徳兵衛といった舞台の主人公たちよりも、もっと大きな構想力、より広く深い思考力によって創造され、江戸の虚構空間において活躍した人物がいた。いうまでもなく、曲亭馬琴の長篇小説『椿説弓張月』の主人公・源為朝がその〈島の王〉にほかならない。

『南総里見八犬伝』と並ぶ馬琴の二大長篇の一篇である『椿説弓張月』は、『保元物語』などの歴史物語に伝えられた源為朝の事跡を基に、馬琴がその想像力、空想力を駆使して書きあげた長大で雄渾な物語だが、『保元物語』などの史書と重なる、いわば源為朝の正伝の部分よりも、〝外伝〟たる伊豆大島へ流されてからの七島暮らしの部分、さらに大島において没したとされている為朝が、実は島を抜け出し、九州を経て、琉球に至ったという、ほとんど荒唐無稽というべきフィクション部分のほうが、生彩を放っているといわざるをえないのだ。

為朝は、父・為義とともに崇徳院の謀反に呼応し兵を挙げるが、兄・義朝、平清盛、源頼政など後白河天皇側に敗れ、崇徳院は四国讃岐の白峯へ流され、やがて上田秋成の「白峯」に描かれるような悲惨な最期を遂げる。為朝はいったんは追っ手を逃れるが、武藤太の裏切りによって敵側に囚われ、弓を取れぬようにと腕の筋を切られ、伊豆へ流される。

この保元の乱が、皇位継承をめぐる闘争であったことはいうまでもないだろう。鳥羽院と崇徳院、重仁親王、近衛天皇、後白河天皇といった皇族、皇子たちの争いは、折から台頭してきた源平の武将団にそれぞれ支えられて、骨肉相喰む武闘を繰り返した。しかも、厄介なことには、おそらく相争い合う両陣営とも、それなりの皇位に対する正統的な継承権を持っていたということだろう。源平両氏も、父・為義、為朝と、兄・義朝とが対立するというように、まさに兄弟、親子、親族がそれぞれ敵対し、掌中の珠ともいうべき〝皇位〟をどちら側が取るかが、武士集団同士の勝敗の分かれ目ということになるのだ。

白峯に流された崇徳院、伊豆大島に流された為朝などは、王権を奪い取りそこねた〝偽王〟、あるいは王位を追われた〝廃帝〟であって、だからこそ崇徳院は天狗道に入り、「日本国」の〈闇の王〉〈影の王〉とでもいうべき魔王となって、裏側の世界から「日本国」の王権を手にしようとするのである。

為朝はもとより直接的には王権に手を触れることのできる立場にはいない。しかし、日本国という広い島国の覇権を争う闘いに敗れた彼が、伊豆大島とその他の伊豆諸島という、狭い〈島の王〉となる道は残されていたのである。彼は島に護送されると、荒れ牛を馴らして島人の心を摑み、島の代官三郎太夫忠重を制圧し、その娘簓江(ささらえ)を側女として「島」全体に号令する者となるのである。もちろん、それは単に島の政治権力の奪取ということだけではない。彼は、マレビト、流され王としてこの島にやって来て、政治的、宗教的、文化的な様々な側面における「島」の守護神、神聖なる〈島の王〉となったのである。

為朝が単なる武力による征服者ではなく、神聖王でもあるということは、たとえば彼が伊豆大島だけではなく、女護島、鬼が島などの島巡りを行ない、迷信を排して、男女が寄り添い、夫婦が同居するという文化的〝美風〟を伝え、野蛮、辺境の島に文明的な人倫を教えたといったことなどの功績を見れば明らかである。さらに、為朝は女護島を離れようとする時、海上の米俵の蓋に乗り、赤い幣(ぬさ)を立てて漂流する妖しい翁を見つけ、これを誰何(すいか)する。

「汝は是、水の怪歟(か)地の怪歟。とく退出(まかで)よ」と叱り給へば、翁大に怕(おそ)れて、俵の上に拝伏し、「僕(やつがれ)は魑魅罔魎(りみまうりやう)の属(たぐひ)にあらず。すなはち世にいふ痘鬼(もがさのかみ)是なり。近曾京摂(ちかごろけいせつ)の間にあつて、もつはら痘瘡(もがさ)を流行(はやら)したるが、浪速の浦に送り遣(や)られて、大洋に漂流し、事の叙(ついで)、この嶋はむかしより、痘瘡(もがさ)をしらずと聞(きゝ)、且(しばら)く足を休めんとおもひつるに、はからずも君が武徳灼然(いやちこ)なれば、はしなく陸(くが)に上(のぼ)る事かなはず。免(ゆる)させ給へ。向後(このゝち)わが党(ともがら)にも令(ふれ)しらして、こゝへは立ちもよらじ」と賠(わ)ぶれば、為朝やゝ顔色を和(やはら)げ、「さこそあらめ。此嶋にはわが子どもらもあり。加旃(しかのみならず)往古(いにしへ)より痘瘡(もがさ)をしらぬ嶋人の、俄頃(にはか)にこれを病(や)むときは、非命の死をなすもの多かるべし。汝等ふたゝびこの嶋へ来ることなかれ。さらば送り得させん」とて、軈て船に引きのぼし、遂に大嶋に将て帰り、彼処より又伊豆の国府へ送り給ひしとぞ。

為朝島巡りの途中における単なるエピソードにしか過ぎないわけだが、彼が痘瘡神を睨み帰すだけの験力のある武将であったこと、現実の政治的力だけではなく、宗教的、呪術的な能力をも兼ねそなえた〈島の王〉であったことが、ここでは告げ知らされているのである。逆にいえば、王たる者は、その統治する人、地においてすべての絶対的な責任を負わねばならないということだ。伝染病の発生や水害、風害、農産物の収穫の多寡までも、すべてにおいて王はその責を問われるのである。

馬琴はとりわけこの伊豆大島時代の為朝について、超越的で、武と文、荒々しい力と艶に優しいところのある二面性を持つ〈島の王〉として描き出そうとしている。鬼が島から鬼夜叉を引き連れ、彼を裏切ろうとした忠重の十指を切り落とすといった荒らぶる一面を示すかと思うと、また次の場面では子供を慈しむ親心の優しさを表現する。荒魂と和魂、暴風雨と凪との二面性は、まさに彼が自然や天然をも支配する祭祀王であり、島の風土を背景とした現人神としての神聖帝王にほかならないことを示すものなのである。

〈島の王〉としての為朝は、もちろん、もっと大きな「島国」の王としての天皇と対比されるべきものだ。後白河天皇と崇徳院（上皇）とが、光と闇のそれぞれの王権を代表し、この世の支配者とあの世（魔界）の支配者として対になっているように、「日本」という島国の王と、伊豆の島々の王とは、序列さえ別にすれば、基本的にはきわめて性格の似た王権構造を持っていることは、この『椿説弓張月』の伊豆での為朝の事跡を読めば明らかだろう。

為朝はある意味では、日本という〈島の王〉を追われた崇徳院の代わりに、伊豆大島において〈島の王〉を代理として演じているといってもいいのだ。それはまた、馬琴が日本の王権について考えていたことをも明らかにするだろう。つまり、馬琴は日本の天皇を〈島の王〉と考えていたのであり、それはむろん〈大陸の皇帝〉〈世界の王〉である中国の皇位に対比されるものだったのである。

この時、中国の王朝がその正閏（せいじゅん）を問われる清王朝だったことは、この『椿説弓張月』の王権の在り方に微妙な影を与えているように思われる。清朝は東夷、北狄ともいうべき辺境民族が漢民族の明朝を滅ぼして打ち立てた征服王朝にほかならない。大義名分としての明朝の正統性こそ、『国姓爺合戦』を喜んだ江戸期の日本人たちの常識的な感情の認めるところだった。

覇道と王道との違いは、少なくとも観念の世界においては、馬琴などにとってきわめて強固なものであったといえるだろう。だからこそ、為朝は〈島の王〉として君臨しても、本土への反攻といったことは夢にも考えないし、むしろ本土からの攻撃に対し、いささか拍子抜けするほどにあっさりと島を明け渡して、行方知れぬ海上へとさまよい出てしまうのである。

〈島の王〉としての為朝は、その「島」という枠組みを逸脱して、自らの権力を拡大してゆくようなタイプではなかった。もちろん、伊豆七島内部においてはそれぞれ王化のための遠征を行ない、帰順した島人をその支配下にまとめるといったことはしたのだが、本土である鎌倉、関東政権に対して挑戦するような往時の謀反者としての蛮勇は、すっかり姿を隠したように思われる。それは、むろん頭に戴いた崇徳院が謀反の王として規定されることによって、その王権争いに対する大義名分を失ってしまったからだろう。

伊豆大島の〈島の王〉として、為朝がいわば崇徳院の代理王であったことはすでに述べた。崇徳院が王権、皇位継承の争いに敗れ、日本の闇と影の世界の〝帝王〟となってしまった時、為朝もいずれ「日本」という島国に所属する小さな〈島の王〉という地位を、自ら退かなければならないことは必定だったのである。『椿説弓張月』後篇の最後では為朝、白縫、舜天丸、紀平治の夫婦、親子、主従は伊豆大島の後に移り住んだ肥後国の木原山の館を棄てて、清盛を討つために水俣の海岸から船出する。〈島の王〉は、〈山の王〉を経て、都へと謀反、反乱の旅へと出かけようとするのである。

3

『椿説弓張月』の続篇は、しかし、都での為朝たちの活躍ではなく、遠く琉球国におけるその「島国」の王位継承をめぐる内紛と闘争と、それに関わった為朝、舜天丸の行動の物語である。舞台は「日本」ではなく、「琉球」であり、当時の読者にとってはきわめてエキゾチックな物語の舞台であったことはいうまでもない。

最初、前篇・後篇として構成されていた『椿説弓張月』が後半、琉球を舞台とすることは、予め計画されていたことだろう。為朝は、前篇においても一度琉球へと渡っており、続篇で主要な登場人物となる寧王女(ねいわんにょ)とすでに出会っているし、敵役の曚雲(もううん)の名前もつとに出ている。馬琴の稗史七法則のいわゆる襯染(したぞめ)がそこで活きているわけで、琉球の王位を象徴する「琉」と「球」との二つの珠をめぐるエピソードも、正と邪、為朝と曚雲との、後の琉球国を股にかけての対決を予測させるものといってもいいだろう。また、琉球出身の祖父を持つ紀平治の存在が、琉球という舞台においていっそう生彩を放つことはいうまでもない。

だが、清盛征伐という目的を持って船出したはずの為朝たちが、都とは逆方向である琉球へとたどりつき、本来の目的を忘れて、琉球での王権争いに加わるという続篇以降の設定は、本来的なストーリーからの逸脱であって、いわば物語にとって単なる枝道にしかすぎなかったものが、いつの間にやら本道になってしまったという奇妙さを感じさせるものなのである。

馬琴はなぜ為朝たちの都行きの航海を失敗させて、わざわざ南海の果ての島に漂着させたのだろうか。もちろん、いくら虚構の物語といっても、歴史の事実を無視して為朝を歴史的現実空間の中に再度、投入することはためらわれることだったろうし、さらに皇位継承の争いに一応の決着がつき、為朝の側における〝皇位〟の有資格者である崇徳院が死んでしまった以上、為朝の上京は、即「日本の王」である天皇に対しての謀反に異ならず、そうした易姓革命につながる下克上を、儒教的倫理、道徳を鼓吹する馬琴は認めることができなかったのだという事情があるだろう。

為朝は、いわば「日本」という島国からの亡命者にほかならない。彼が伊豆大島の〈島の王〉であったのも、その島々において逃げてきた、「日本」という王に支配されていた〈島国〉を縮小的に模倣しようとし、その〈島の王〉という役割を演じてみせたということなのだ。それが崇徳院という、影の「日本王」の権威に支えられたものであることは、すでにしばしば語ってきた通りである。そして、崇徳院が存在しない以上、為朝は「日本」という島国の〈島の王〉の地位を簒奪するのではなく、それの模倣、剽窃としての疑似的な〈島の王〉を演じ続けなければならなくなったのである。

琉球という島国は、その意味では為朝が活躍するには、うってつけの場所であったといっていい。しかし、為朝がそこで琉球の正統的な〈島の王〉になることは、やはり不可能なことだった。彼は〈島の王〉として、王権に敵対するものと闘い、それを打ち破る。しかし、為朝はあくまでも「日本王」の影であり、パロディーであるものにしか過ぎない。

たとえば、為朝は小琉球（奄美大島）においても琉球王妃の甥・利勇から大里の按司（あんじ）（領主）の役職を貫い、「雑兵二十人を給はりて、大里の城に赴き、城中の士卒に対面して、やがて十八ケ村の村正等を呼集合へ、税斂を薄くし、法令を正しく、来れるを賞し、叛くを罰し給へば、上に枉れる俗吏なく、下に僻める頑民なく、衆皆赤子の母を得たるこゝちして、かゝる良将の下風に立たん事は、世に有りがたき洪福なりとて、いと憑しき思をなせり」という善政を敷く。

これはもちろん利勇、曚雲などの王位を簒奪しようとする者らを滅ぼすための、為朝側の戦略の一環にほかならないのだが、しかし、そこにはやはり島人たちの生活の安定に力を尽くす〈島の王〉としての為朝というイメージが、強く印象づけられていることが疑えないだろう。つまり、為朝は琉球においても小さな〈島の王〉という性格を保持しているのであり、それはやがて為朝の子である舜天丸が舜天王として琉球国王となることによって、名実ともに琉球国という島国の〈島の王〉たることを実現するのである。

琉球国の内乱は、琉球国二十五世の尚寧王が愚昧な王であることと、その妃中婦君が淫蕩で、嫉妬深い性格であったことから端を発している。王の第二夫人の廉夫人から生まれた寧王女は、俊才で清廉な王位継承者だが、中婦君の企みで、琉球王位継承の印である「琉」と「球」を曚雲によって紛失させられ、為朝によって再び掌中にするが、またもや曚雲によって王位継承を邪魔されてしまうのである。

忠臣・毛国鼎や真鶴、陶松寿などの働きもあるが、王妃、利勇、曚雲などの逆賊の策略に遭って忠臣は殺され、王女も危機に襲われるが、海底に沈んだ白縫の魂が、王女の体に入り込むことによって危地を脱する。ここで寧王女と白縫が二重体といった存在になることによって、王女と為朝との関わりが、この後に深まることになる。

曚雲は最終的に王と王妃を殺して、王位を簒奪する。王女、為朝、舜天丸は、曚雲の使う妖獣「禍（わざわい）」や彼の妖術に悩まされながらも、ついに曚雲を仕止め、それが身の丈、五、六丈の巨虬（おおみずち）であって、琉球の神話的開祖である天孫氏に殺され、その骨を旧虬山に埋められた虬竜の怨霊であったことが判明するのである。

こうした琉球国の内乱が、〈島の王〉〈国の王〉である尚寧王の不徳、愚昧に根本的な原因があることを、馬琴はその作品中で明らかにしている。王の失政によって禍獣や巨虬の怨霊も息を吹き返すのであり、そのため島人、国民は塗炭の苦しみに遭う。不仁、不徳の王の存在は、まさに人々にとって最大の災厄であり、災害であったのだ。

しかし、『椿説弓張月』において、馬琴がそうした暗愚な王に対しての謀反を肯定していると考えるわけにはいかない。馬琴の眼目は、あくまでも王位を簒奪した者を討伐するということなのであり、王位継承の正統性を乱すもの、その正閏を冒す者が懲戒されなければならないのである。為朝が琉球へ渡ってきたのは、この「島国」の正統的な王権が冒されようとしているからであり、為朝はここでも本当の〈島の王〉ではなく、あくまでもその王の代理としての働きを示している。

その意味では、琉球という〈島の王〉の地位は、日本の天皇（あるいは将軍）という〈島の王〉と本質的に異なるものではない（むろん、日本の王を絶対的な〈世界の王〉であると考えれば、琉球王はその下位に立つ辺境の王ということになる）。そして、為朝の活躍は、〈島の王〉が外部的なものに脅かされ、冒されようとしている時に、その正閏を守るために絶対的な王権を守る責務を担う者として島へやってきたマレビトにほかならない。

もちろん、そこで為朝がそのまま〈島の王〉となってしまうようでは、王統、正閏を問うという大義名分はなくなってしまう。為朝が昇天し、その子舜天丸が琉球王となるのも、為朝があくまでも本来の〈島＝琉球の王〉に対してその代理であって、我が子舜天王のための道を開く、始祖神の役割を果たしたということなのである。

ところで、馬琴は『椿説弓張月』の琉球篇を通じて、琉球についての潜在的な日本主権論を主張している。たとえば、残篇巻之五において八頭山に上った為朝の前に現れた福禄寿仙は、こういう。

　さればわが流求は、神の御代より大八洲の、属国として種嶋と、唱ふるよしは彦火火出見の尊の胤をわが女児の、腹に宿せし故に名とす。

その琉球が後に別の国となってしまったのは、「南のかた海中に居て、人兵弱し、国家にありて扞城にあらず」として日本から見棄てられたからであるが、「これよりして天朝へ参らず、胡越の思をなすといへども、今こそあれ後々は、亦必也、日本の属国となりなん、故いかにとなれば、この国太古の時にしては、彦火火出見の恩沢を被り、今亦八郎の武徳に活きたり、恩を稟けて恩をしらずは、禽獣にだも劣れり、孰かその本を忘るべき」と語っているのである。つまり、馬琴がその文献的知識を駆使して証明しようとしているのは、琉球における宗教、文化の日本起源といったもので、それは遥か後の時代の日本‐琉球同祖、同一文化論の早い先蹤というべきものなのだ。

この馬琴の琉球＝日本領有論について依田学海は、『椿説弓張月細評』という文章においてこんな風に賞賛している。

日本紀及続紀後紀等の文を引証し我属国なりとの証を挙けたる所は今世支那と所属を争ふ事を予め知りて論を建てるかと疑ふはかりの先見なり近年議論起りしより史家はしめて心の附きたるか如く諸書を引用し我所属たるを明かにしてまた遺憾なきものから曲亭翁か五十余年の昔すてに此等の説を小説中に寓せしを知らさるはいかにそや余はこれもて翁か文筆の妙を賛するのみならすその卓識に服しもてこの書を翁第一の著述と定めてかくは長々しく評語を費せし也

琉球の所属をめぐって、近代において日本と中国とがその潜在的主権を主張するという歴史的事実があったのだが、むろん馬琴は近い将来そうした紛争が日本と中国との間で引き起こされることを予想していたわけではないだろう。ただ、馬琴は琉球も日本と同じく「島国」であって、〈島の王〉に統治される海上の王国であるという、国家成立の基本的条件が共通しており、その条件において、常に海の外からの攻撃や圧迫を受けやすいこと、逆にいえば外側からの圧力によって、自らの生存条件としての島嶼性を島国の民たちが自覚してゆくことを知っていたのである。

〈島の王〉は、そうした外圧、外側からの風圧に対して内部をまとめあげる力であって、それは不徳、不仁であったり、非正統的な覇権的なものであったりすれば、たちどころに内的な統率力を失い、「島」という国の境界そのものを危うくするのである。そのような条件において日本と琉球とは、その国家成立の根をともにするのであり、神話的、民俗的な起源の一致も、本来は国家間同士の紐帯を保証するものでも、何でもありえないのである（同一言語、同一文化の民族が複数の国家を持つということはいくらでもありうるし、その逆に複合言語国家、民族国家も多いことはいうまでもない）。

馬琴が『椿説弓張月』を書いていた頃は、ロシアの艦船が日本の沿海を脅かし、林子平の『海国兵談』が国防、特に海浜防衛の必要性を唱え始めた頃であった。すなわち、日本という島国に住む人間たちは、否がおうでも自分たちが四方海に囲まれた島嶼に住み、無防備に四海に身を曝していることに気がつかざるをえなくなっていたのである。

〈島の王〉と〈島国の民〉の物語は、『椿説弓張月』だけではなく、『俊寛僧都島物語』や『朝夷巡島記』の未完部分においても、その作品世界に通底するモチーフであると考えてもいいだろう。さらに『南総里見八犬伝』は、里見王国という〈半島の国〉を舞台とする物語であり、そこには半島の王と半島の民とがいる。外洋と湾と水郷とで、いわば本州から分離された房総半島は、伊豆七島や琉球と比較しても、その独立性は高く、これも一種の〈島の王〉の物語と考えてもいいだろう。

それは絶対的な〈世界の王〉（馬琴などの場合には、具体的には〝中華帝国〟の皇帝ということになるだろう）に対する〈島の王〉の地位をいかに保持するかということであり、現実的に島国にひしひしと押し寄せる外勢に対しての馬琴なりの防衛思想であったといえるかもしれないのだ。

中国の皇帝も、ロシアのツァーも、日本の天皇も、琉球王も、その本質においては〈島の王〉にほかならない。すると、その差異は、まさに〈聖賢の教〉といった王道の正統的なイデオロギーを持っているかどうかということであり、そうした正統性において欠ける〈島の王〉は、外側からの攻撃よりも前に、まず内部において崩壊せざるをえないはずだ。中国の小説『三国志演義』や『水滸伝』が教えるものは、まさにそうした王権の転覆、委譲、変転のダイナミックな在り様なのである。

馬琴は日本が島国であるという前提的な条件のうえで、〈島の王〉という王権をめぐる物語を語ってみせた、きわめて自覚的な文学者だった。むろん、それは自分たちが〈島の民〉であるということを、深く承知していたからにほかならない。「島」から逃げ出したところで、その行き着く先もまた島である。その意味では夢想兵衛も為朝も、朝夷三郎のように〝巡島(しまめぐり)〟をしているだけなのだ。しかし、そこが海で閉ざされた島だからこそ、逆に〈世界〉に広がってゆくこともできるはずだ。すなわち、そこに普遍的、汎人間的なものの萌芽があってもいいはずなのだ。

馬琴が戯作を文学的に高めていったのは、まさに「島」的なものの自覚が、普遍や本質を求めさせたからである。「日本」という島国の条件の中で、馬琴は虚構や観念がどのような形で成立可能かを倦まず問い直した。その意味では、馬琴こそが〈島の民〉という限定性を超えて、〈世界〉的な領域へと自分の思考を進めていった日本初の〝近代文学者〟だったのである。

その時、彼が朱子学的儒教のイデオロギーを根本としたことは、その時代においてまさに必然的なことであり、馬琴の可能性を低く見積もらせるものではない。それよりもむしろ、馬琴の時代からすでに一世紀半以上も過ぎた現在において、〈島の王〉に関わるわれわれの知見がさほど深まることも、広がることもなかったことを、私たちはもっと謙虚に反省しなければならないだろう。なぜなら〈島の王〉はまだ滅びずに、この島国に君臨しているのだから。

浮世の三馬——式亭三馬

1

『近世物之本江戸作者部類』で、曲亭馬琴は式亭三馬についてこんなふうに評している。

手迹は惇信様にて拙からず。画は学ばざれども頗る出来したり。学問はなけれども、才子なれば、自序などを綴るによく故事をとりまはして、漢学者のごとく思はれたり。只その文に憎みあり。性、酒を嗜て、人と鬧諍せしこともしばく聞えたり。絶て文人の気質に似ず、又商売のごとくにもあらず。世の侠客に似たること多かりしに、既に初老に及びてより、酔狂を慎みて渡世を旨とせしといふ。（中略）焉馬・豊国等と友として善し。京伝・馬琴等と交らず。就中、馬琴を忌むこと讐敵のごとしと聞えたり。いかなる故にや、己に勝れるを忌む。胸狭ければならん。

『作者部類』は、馬琴が匿名で書いた江戸の戯作者の評判記なのだから、自分に対するエコヒイキが強いのは当然ともいえるのだが、京伝、三馬などの、戯作者としての同時代のいわゆるライバルについて、ややバランスを失した〝酷評〟になっていると思われる。「学問はないけれど、才子である」

「馬琴を嫌うこと仇敵のようだと聞くが、どうしてか。自分より優れたものを嫌うという、心の狭さということだろう」という馬琴の言い方は、一見客観性を装ってはいるが、馬琴が三馬に対して持っている感情の深層部分をも、問わず語りに語っているという気がするのだ。

実は馬琴の方こそ、三馬を〝讐敵〟のように憎み、嫌っていたのではないか。三馬の度量のなさを批判している馬琴のほうこそ、常に自分が優位でなければ我慢がならないという、狭量な精神の持ち主なのではないか。それはひとえに、馬琴と三馬という、同時期の二人の戯作者の、「文学」と「言葉」に関わる姿勢の本質的な違いに帰結してゆくものと思われるのである。

三馬にとって馬琴は、偏屈で堅物の似非(えせ)道学者流の戯作者にしかすぎなかった。「高が草双紙の作者」でその「腹は知れて」いるのに、「白痴(こけ)おどしに、ちんぷんかんぷん」をやっている馬琴に対して、三馬は思い切り皮肉を浴びせかけている。しかし、三馬はもともと「人と鬧諍」するという悪癖を持っていたことは馬琴の評しているとおりで、そうした性格を割引けば、三馬の抱いていた馬琴への悪意は、口ほどのものではなかったと考えることができる。

個人的な人間としての好き嫌いはともかく、〝文学者〟としての三馬と馬琴との間に、深刻な対立点があったとは思われない。とりわけ三馬の側から馬琴の作品について、本質的で、正鵠を射た批判や否定論が出てくるとは考えられない。江戸っ子の喧嘩っぱやさからぽんぽん嘲罵の声は出てきても、それは三馬にとってただその癇癖に触れるものに対しての攻撃であって、もとより〝文学論争〟にはなりうるはずもないものだった。

だが、馬琴の方から見た場合、三馬という戯作者の存在そのものが、また、三馬の作品が馬琴にとって〝讐敵〟のように思われるという機微があったのではないか。いわば、馬琴の文学世界は、三馬的な戯作世界を否定するところから始められなければならなかったのであり、その意味で三馬的世界は、馬琴にとって徹底的に否定の対象たらざるをえなかったのではないか。

それは馬琴にとって、三馬的な「浮世」に対する否定だった。この場合の浮世は、もちろん三馬の『浮世床』『浮世風呂』で明らかなように、「当世」「現世」「今の世」といったほどの意味である。つまり、「浮世」とは今風にいえば「現実の生活世界」ということにほかならない。

三馬の滑稽本は、「浮世」にある床屋、風呂屋の情景を描き、そこに集まる人々の生態、会話をそのまま掬(すく)い取って、江戸の庶民たちの生活を活写することに成功した。文学史の教科書ならば、三馬の作品についてこのようにコメントするだろう。いってみれば、それは〝写実主義(リアリズム)〟という言葉が、日本の文学の世界に入ってくる前に実現されていた庶民的な〝写実主義〟なのであり、公約数的にいえば、「江戸の長屋住まいの住人たちの生態を最初に大きく描いた文学」(神保五彌)ということになるのである。

もちろん、そこに写実主義の方法論といったものがあったわけではない。三馬の方法は素朴で、きわめて単純なものであった。彼は実際の場面で行なわれる会話、音声をまるで録音機で録音でもするように、ひたすらにそのまま記述するという手法を用いた。つまり、三馬の〝写実主義〟とは、流通し、消費されるような言葉そのもの、言語状況を映し取る鏡のようなものであって、三馬の「浮世」とは、つまり〈言葉〉によって出来上がっているものにほかならないのである。

むろん、会話、言葉を〝写実〟するといっても、流通する言語すべてを、そのままに紙の上に再現することは不可能だ。そこでは無意識的なものであったとしても、取捨選択の機微は働いている。三馬の場合、それは話される言葉の〝社会的多様性〟というべきものへ向かう意識であり、「浮世」に集まる人々の、職業的、年齢的、生活環境的、性的な差異の多様、多彩の様相をこそ、その会話、〈言語の差異〉によって切り取り分けて見せたのである。

キヤン　●ちくせうめ、気のきかねへ所にうしやアがる　▲ナニてめへが気のきかねへくせに、ざまア見や　●そねむなイ、此野郎ほうをのべゝを引張たと思つて。なんだまだ湯はあかねへか。朝寝なやつらだぜへ。（中略）▲よせヱ。癪をいふなヱ。男なら持て見や。兄が違はア　●違ふはづだア。目鼻がなけりやアわさびおろしといふ面だから、かながしらから揚銭を取さうだア　▲こんべらばア（中略）●アヽ、糞だ。どつこいト書き　誰かモウ踏付た跡だよい〳〵「いゝ、今、今、おやふだ　●おめへ踏だか。なんの踏ずともな事だ。夫がほんとうのよけいだぜ「よゝよけでも踏たかや、したゝねゝねなゝた。ココ、下駄たゝたつてたゝたゝらた　▲何をいふか、ねつからわからねへ。コウ、おめへの病気もこまつたもんだぜ。まだ能くねへか

『諢話浮世風呂初編』巻之上、男湯・朝湯の光景の最初の頃の場面である。「二十二三の男」と「はたちあまりのをとこ」、それに「よい〳〵のぶた七」の三人の会話ということになる。犬の鳴き声まで入った、朝湯の開くのを待つ風呂屋の前の光景は、三人の男の言葉で読み手（聞き手）の眼前に浮かびあがってくるのである。

「二十二三の男」は「ひたいをぬきあげ、びんぎり、かゝあたばね」で「さらし手ぬぐひところ〴〵くちべにのつきたるをかたにかけ」といういでたち。「此ごろひたいをぬいたと見ゆる」「はたちあま

りのをとこ」は「帯と下駄ばかり」で「目にたつありさますこしくびをまげて、おくばをやうじでみがきながら」やって来る。一人が馴染みの遊女の部屋からやって来た遊び人風、もう一人がそれを羨み、反発する若い者という役柄は、最小限度のト書きとセリフとで、この『浮世風呂』幕開けの場面だけでも十分に伝えられているといえるのだ。

三馬の〝写実主義〟とは、坪内逍遥のいうような「人情」や「世態風俗」を文章によって描写するのではなく、〈言葉〉そのものを描写する。その描写された言葉によって、それをしゃべる人間の風貌や性格、むろん職業や年齢、社会的な地位といったものまで、そこに浮かびあがらせようとするのだ。もちろん、最小限度の、いわゆる地の文、姿や格好についての描写も必要なのだが、基本的には彼の小説は、世間一般に流通する言語を、その階層性や性差、年齢差を明示する形で再現することを第一義としているのである。

ところで、三馬の〝会話〟の特徴の一つはそれが同類的な関係性の中でこそ、コミュニケートされるということだ。先に引用した箇所からも明らかな通り、「二十二三」の遊び人は、その予備軍ともいうべき「はたちあまり」の男と会話を交わす。この二人が、年恰好、言葉遣いからしても、世間的な位置ということでは、ほとんど同類の立場にいる者同士といってよいだろう。それは、●と▲の記号を換えたら、どちらがどちらのセリフか見分けがつかなくなるという一事からして明らかなことだ。つまり、そこで会話を交わしあうのは、社会階層や年齢、性別において、きわめて同質的なものを持った同士ということがいえるのである。

これは、『浮世風呂』という小説全体についても拡張していえることで、遊び人は遊び人同士、長屋のおかみさんはおかみさん同士、さらに、少女は少女同士、女中は女中同士で会話を行なうのが、『浮世風呂』の言語コミュニケーションの基本的なスタイルである。

「なんだおめへのことを云たのぢやアねへ。アイサ私は硝子を横倒さ「おべかどん負なさんな「なんの又四文と出るやつさ「おめへも出る幕ぢやアねへよ。鉄砲の隅へかゞんでお念仏でも申て居な「きついおせゝだの「アイサ私どもはお鮒さんの様な美人徳利ぢやアねへのさ「備前徳利を横倒でもよいよ。わつちらア数ならぬ者だから、おべかどんのやうに餌はつきやせん「何だこいつが

これは女湯での下女たちの口喧嘩という場面（三編巻之上）だが、これらの各々のセリフを、「ふな」「べか」「さる」「たぼ」というようにそのセリフの主を特定しなければ、このやりとりだけでは、誰が何をいっているのか区別することができない。つまり、これらの言葉は、〝下女言葉〟として同類なのであり、ただ階層、職種としての下女の言葉をここでは表しているだけなのだ。

そもそも、「浮世風呂」という舞台を設定したときから、三助と玄人女やおかみさんとの会話は例外として、そこではきっかりと「男湯」と「女湯」という性による分離が行なわれていて、男と女との性差を超えたところでの〝会話〟というものはありえないのである。

だから、『浮世風呂』は、まさに現実の「雑多な江戸の人々の生態を描いて見せた」（神保五彌）のだが、それは様々な形での小さな社会集団、階層や共同体の枠組みの中で生きる「雑多な江戸の人々」にほかならず、そういう意味では、三馬はあくまで浮世風呂に集まる人間たちを〝類〟や〝群れ〟としてとらえようとしていたということができるはずだ。

それは三馬の時代には、言葉がともすれば狭い共同体的な世界の中に閉ざされていたということを、

別様に語ってみせたことにほかならないかもしれない。廓言葉や御殿言葉、大工や火消しや板前などには、それぞれの隠語や符牒があり、職業、階層、年齢、性別などによって、「日本語」がまさに千差万別の様相を見せていたというのが、この時代のむしろ言語的特徴だった。

三馬にとっての「浮世」とは、こうした階層化され、一つの共同体の中で孤立的に使用される「言葉の世界」の小単位が、無数に集合したものとしてイメージされているといってもいいだろう。それは言葉の秩序が、社会の秩序そのものを反映していて、言葉を正しくすることによって、既成の社会体制や社会精神を正しくしてゆく、という馬琴流の言語的リゴリズムとは、あるところでは似ていても、本質的には異なったものなのだ。

三馬は「言葉の世界」における普遍的なものの探究といった観念とは、およそかけ離れた人間だった。彼はただ既成の枠組みの中に押し込める形で、言葉を〝写実〟したのである。逆にいえば、そうした枠がなければ、融通無礙に変化する言葉を本来〝写実〟することなど不可能なのだ。三馬の小説の世界の言葉は、当時の現実の言語社会を忠実に反映することを目的としていたのであって、その言葉の内的な秩序や、現実のものと意味内容とのつながりなど、まったく何の関係もなかったのである。

言葉だけ、ひたすら言葉だけに向かおうとする精神。これが言葉と現実世界との対応・照応にこそ、自分の文字の「隠微」を見つけようとした馬琴にとって、まさに〝讐敵〟のように思われても無理のないことだったのかもしれないのである。

2

ところで、前出の『浮世風呂』の冒頭場面に出てくる「よい〳〵のぶた七」の言葉が、いわば〝不具の言葉〟〝差別された言葉〟であることを私たちは見逃すわけにはゆかない。「よいよい」のために言語機能に後遺症の残ったぶた七の言葉は吃り、発音も不明瞭なものになっている。作者は、それを糞リアリズムとでもいうべき方法で、文字化している。そして、それは言葉が社会的な単位によって分割されている世界において、被差別的な言語として、もっとも底辺に押し込められた発話という意味と位置を示しているのではないかと思える。

「ウ、、ウ、、でゝ、でゝ、大丈夫(でじよぶ)だ、〳〵。おだどうすたの「湯気(いけ)に上つたよ「ヱ、ヱ。「湯気(いけ)に上つたよ「湯気(いけ)、湯気に上つた。ム、、ム、、飛だ事(とこ)たの最能(もい)〳〵、大丈夫(でじよぶ)だ〳〵。モウ湯気下(いけさが)つた、〳〵。夢中(むちゆ)〳〵、夢中だつけ。ヤツト〳〵、湯気下(いけさが)つた大大(でで)、〳〵、大丈夫(でじよぶ)だ〳〵

こうした〝不具の言葉〟〝差別された言語〟が、三馬の小説には、もろに〝写実〟されている例が少なくない。それはぶた七のような言語障害として表されることもあるし、この頃の江戸戯作にむしろ一般的であったように、方言、田舎言葉への嘲笑や侮蔑として表現されることも少なくなかったのである。

もちろん、こうした描写は、三馬の時代の言葉についての平均値的な思考水準を表しており、三馬自身にだけ、こうした言語観の責めを負わせるわけにはゆかない。野暮を笑い、通や粋をもてはやすのは、そのまま廓言葉やそのしきたりに通じていることを指標としているわけで、それは里言葉を笑い、田舎言葉を軽侮する〝通人〟〝粋人〟の言語の美学を反映したものにほかならないのだから。

山東京伝にも『通言総籬』のように、青楼の三界で流通する言葉を、そのままに〝写実〟しようとする試みがあった。「ありんす」言葉として形成された江戸の廓言葉は、特殊な世界のみに流通し、一種の特権的な言語として特異な位置を占めたのである。それは言語を社会的な階層や、集団によって〝特殊化〟しようという、言語的共同体、あるいは共同体言語への志向性だったといってもよい。しかし、こうした職人言葉、遊び人の符牒は単に小集団の特殊な言語として並行的にあったわけではない。明らかに言語そのものに階層性が存在していたのであり、それが社会的な身分制度と深く結びついていたことは、改めていうまでもないだろう。三馬の『浮世風呂』『浮世床』といった小説は、しかし、こうした階層性を明らかにするというより、都市細民というもっとも庶民的、基盤的な階層の言語的な〝差異〟の分布を可視的にしようとしたのであって、言語の社会的多様性そのものへの視線は、やはり希薄であったといわざるをえないのである。

三馬の小説の世界にあるのは、ひたすらに庶民的な言語の、その表層の差異を求める志向性にほかならない。それは写実的であればあるほど、その庶民社会が内包していた差別や禁忌のようなものを映し出さずにはいない。むろん、それはあからさまな言語的階層性の反映とは違ったものだ。浮世の風呂や床屋に、それほど社会的な多元性が求められるはずもない。その意味では、そこに描かれているのは、向こう三軒両隣りにちらちらする〝ただの人〟の世界にほかならない。

しかし、こうした〝ただの人〟の日常的な言語こそが、曲亭馬琴のような人間にはアナーキーで、「勧懲」を正しくしない、無秩序で混乱した言語であると見えていたことは、おそらく間違いのないことだ。彼の『南総里見八犬伝』が、里見義実の〝口の咎(とが)〟から物語が始まることはすでに先の章(「黄表紙王国の崩壊」)で指摘した通りだが、敵将・安西景連の首を挙げたものには、娘・伏姫を与えるという義実の言葉は、はからずも飼い犬・八房に伏姫をめあわさなければならないことになり、そこで伏姫の、人と犬の組み合わせという〝名詮自性〟が明らかとなるのである。

この〝名詮自性〟の論理は、馬琴の小説世界全体を統(す)べる原理といってもよいもので、それは文字通り〝名が体を表す〟こと、すなわち言葉と、その表意するものとが、完全な一致を見ることであると定義しても、それほど大きな誤解にはならないだろう。

馬琴には、〝勧懲〟を正しくするという文学上のイデオロギーがあったが、それは言葉(=名)の秩序が、正しく現実の社会秩序、倫理を反映するというもので、言葉の混乱は倫理、道徳、政治の混乱を表し、また、その逆もむろん成り立つものなのである。義実の〝口の咎〟のように、いったん口から出た言葉は、馬を駆って追いかけたところで、元に戻すことはできないのだ。つまり、それだけ「言葉」は自らを実現するという〝超越的〟な力を秘めているのであり、馬琴はそうした言語観を自らの戯作の世界の深層に秘めていたのである。

馬琴のいう稗史七法則の一つである「隠微」が、こうした〝名詮自性〟的な「言葉=名」の神秘的な動きに由来するものであることは明らかだろう。それは秘教的な暗号であり、小説という言葉の構築物の背後に隠された〝秘匿された意味(主題)=謎〟であって、「隠微」を解明することは、作品の底に仕掛けられている言葉の謎を解きほぐすことと等しいのである。

だから、馬琴によって小説の「言葉」はあくまでも、浮世(うきよ)=一般世間でやりとりされ、流通し、消費されるようなおしゃべりや世間話とは、一線を画するものとならざるをえないのだ。現実社会に流通する言葉は、言葉のアブクのようなものであって、それは本質的なものでもなければ、実体的なものでもない。なぜならば、それらの言葉は虚偽、虚構、虚飾のものであって、真理をも、真実をも、真摯な心をも過不足なしに表現するものではないのだから。

式亭三馬と曲亭馬琴とには、その言葉に対する考え方、感じ方についての大きな相違があった。すなわちその「言語観」においてほとんど無限の径庭があったというべきなのだ。三馬はひたすら現実に流通する言葉の相を、その表層において写実しようとした。馬琴にはそうした三馬の方法は、無目的でアナーキーでありながら、かつ〝不具の言語〟や〝差別の言語〟をも含んだ現状肯定、現実追随にしかすぎない堕弱な姿勢としか思えなかったのである。

むろん、これは三馬と馬琴という作者の〝気質〟に還元されるようなものかもしれない。リアリズムとロマンティシズムとは、西洋流の文学的感性の二項対立だが、これを三馬と馬琴とに当てはめてみることも可能だろう。また、町民的なものと武士的なものという、時代状況下の身分的、文化的な対立項を持ち出すことも、ある程度有効性を持ちうるだろう。

しかし、こうした〝二項対立〟を三馬と馬琴との間に、思想的、感情的な相違として見出すよりも、彼らが言葉というレベルにこだわることによって、その小説をそれまでの稗史小説や洒落本とは違った次元のスタイルに作りあげたということに着目すべきであると私には思われるのだ。

つまり、彼らの生きていた社会の言語状況が否応なしに彼らを「言語」の方へ振り向かざるをえないようにしていたのではないかということだ。そして、その言語観の相違ということより、言葉のレベルにこだわらざるをえなかったという共通の土壌の方へ目を向けるということである。

三馬が庶民世界の言葉の諸相をひたすらに写実しようとした背後には、京伝の廓言葉の世界を描写した洒落本という先蹤がある。しかし、遊廓という特殊な世界に向けられていた視線を、風呂屋、床屋という、特殊でも〝通〞の世界でもない、一般的な、普通の日常世界に向け直したというところに、三馬の小説の特色があるというべきなのだ。

また、馬琴は荒唐無稽な物語世界に、そうした虚構世界を支えるものとしての理念、イデオロギーを持ち込むことによって、小説の〝主題〞というものを明確化してみせたのである。これらのことは、小説、戯作が「文学」たるための不可避のプロセスであって、事実、明治のいわゆる近代文学は、その近い過去の遺産として、明らかに三馬と馬琴という二人の近世文学者の作品を粉本としたのである。

それはむろん、言葉そのもの、言語状況そのものの連続性ということに第一義的な要因を持っている。すなわち、近世から近代にかけての「日本語」の変化が、否応なしに多くの人々に言葉というレベルを再認識させたのであり、京伝や三馬のように現実の社会に流通する言葉に対して、あくことのない興味と持続的な関心とを寄せる文学者の登場を促したといえるのである。馬琴の場合も、こうした「日本語」の変化ということに無関心でいたわけではない。彼は小説、物語の言語ということにはきわめて自覚的な作家だったのであり、また、単に旧套の言語規範を墨守するような保守家であったわけではない。彼は建部綾足の読本についての批判文『本朝水滸伝を読む幷(ならび)に批判』でこういっている。

> 西山物語幷にこの策子をも、古言もてつくりしなり、しかれども言葉をいにしへにならひて、事は今の世の有さまにものせしくだりも多かれば、いかにぞやと思ふふし〴〵すくなからず、まいてやからくになる稗史を父母として、かゝる物語を作らんと、雅言もてものせんとしつること、かへすぐ〵もあやまりなり、そをいかにぞといふに、稗史野乗の人情を写すには、すべて俗語に

憑らざれば、得なしがたきものなればこそ、唐土にては水滸伝西遊記を初として、宋末元明の作者とも、皆俗語もて綴りたれ

綾足の『本朝水滸伝』が擬古文で書かれたことについての批判であるわけだが、この時馬琴の意識の中には、明治の〝言文一致〟の思想と共通するものがあったように思われる。「今の世の有さま」を表現するためには、「今の世」の俗語を用いなければならない。新しい酒は新しい皮袋に、というのが馬琴の小説言語観であり、中途半端な擬古文（雅語）を用いることの非を、『本朝水滸伝』の批評という形で唱えているのである。

もちろん、「今の世の有さま」であれ、「人情」であれ、馬琴にとっては言葉（文章）は、それが表現＝表意しようとする〝主題〟が先立つのであって、表現されるべき〝意〟があり、それを表意するためにもっとも心のままに近い口語、俗語によってでなければ、そうした〝主題〟は十全には表現しきれないということになるのである。古文、雅語はまさに心の中の〝隠された主題〟すなわち「隠微」としての何物かを表現するというより、その表現のスタイルを重要視するものであり、それは羇旅の哀愁であったり、離別の悲哀であったり、相聞の哀楽であるというパターン化した〝主題〟のみしか、表現することができないのだ。

三馬には、そういう意味では「言葉」で表現する何物かがあったわけではない。彼にとっては「言葉」それ自体が興味や好奇の対象であって、まして「勧懲」や「隠微」といった言葉の背後の〝主題〟などは、彼にとって無縁としかいいようのないものだったのである。だから、馬琴がイデオロギー的だとしたら、三馬はあっけらかんと脱イデオロギーを実践していたわけであり、そこにくすぐりやう

がちといった程度以上の現実批判的、風刺的な意図を読みとることはできない。

三馬には、表層の言葉以上の意味や隠微や象徴や寓意、観念やイデオロギーなどなかった。あるがままの浮世と、そこでやりとりされ、行き交う実際の言葉の、生み出され、そしてすぐに泡のようにはじけ散ってしまう口語があるだけだった。もちろん、そうした〝しゃべり言葉〟は、その基底に規範言語の秩序を保っており、表面的に見えるほどに自由でも、アナーキーなものでもない。

三馬の言葉の世界、小説の世界は、彼の描きだした江戸の現実の世界を、ほとんど一対一の縮尺で描いてみせたものであって、そうした限りなく「浮世」に近い〝浮世風呂〟、〝浮世床〟の世界を再現しようとしてみせたものである。だが、三馬の考えていた「浮世」は、はたして現実の世界そのままと考えていいのだろうか。それはまた馬琴の夢想兵衛の夢の〝国巡り〟や、里見王国や琉球王国のように、やはり彼の〝世界観〟のもたらしたものなのではないだろうか。

3

三馬の小説における「浮世」の構造、これは考えてみるに足るものであると思う。『浮世風呂』『浮世床』に見る限り、三馬の世界は江戸の中流以下の町人を登場人物として、隣り合った〝浮世風呂〟〝浮世床〟を舞台にしたものであって、そういう意味ではきわめて限定されたものである。それはまた「男」と「女」そして「子供」といった世界に区切られ、商人と職人、旦那と小僧、大家と店子(たなこ)、さらに玄人と素人、おかみさんと女中といったそれぞれの社会階層に区分されるのである。

先述したように、三馬の小説ではそれぞれカテゴリー化された同質の集団の言葉のやりとり――遊び人同士、子供同士、おかみさん同士の会話、対話が中心であってそうした社会集団を超えたところでの会話は、あまり行なわれることがないという特徴を指摘することができる。つまり、『浮世風呂』

などの言葉は、ある集団の典型的な「おしゃべり言語」を開示してみせたもので、その意味では京伝の『通言総籬』のように、禿なら禿同士の会話、客なら客同士の対話といった、ある意味では閉ざされた、狭い世界の中での特殊な言語の再現という性格を、基本的には離れることがないのだ。

しかし、三馬にはこうした現実の封建的な身分社会や、区分化され、階層化された社会というとらえ方とは、また次元の異なった「浮世」に対するとらえ方、いってよければ彼なりの「世界観」が存在していた。それは浮世、すなわち世界そのものを「戯場」、「戯房」、つまり芝居小屋（舞台）と楽屋という二分法によって分類するというものである。

「戯場」と「戯房」、これこそ芝居好き、歌舞伎演劇の熱狂的なファンであった江戸っ子・三馬にふさわしい世界構造のとらえ方であるといえるだろう。たとえば、浮世の世界は、一場の芝居であり、そこに生きる人たちは、芝居の役者にほかならないということがよくいわれる。芝居や芝居っ気といったものは、普通日常生活とむしろ対置されるものと考えられているが、逆から見れば、平凡で一般的な人間の一生であってもそれは数々の起伏に富んだものであり、時には波乱万丈のドラマでもあって、人々はそれぞれに自分という運命劇の立役者にほかならない……。

もちろん、こうしたいい方自体が、逆立したものにほかならない。平凡な生活や人生の対極に〝芝居〟や〝舞台〟があるのであって、庶民がヒーロー、ヒロインであったり、世間にざらにある風呂屋や床屋が、芝居の舞台となることとは、本来芝居的なるもの、演劇的なるものの否定というべきなのだ。

三馬にとって「浮世」そのものを「戯場」、すなわち芝居小屋、芝居の舞台に上らせることが、彼の小説の目論見、趣向だったといえるだろう。そこに登場する人物は、見物人である大長屋の住人たちとまったく同じ位置にある人々であり、見物人そのものだったといってよい。

手ぬぐいを肩にかけて朝風呂に入りにくる遊び人や、「よいよい」の男。ハネがとんだと喧嘩を始める姐さんたちと、井戸端の延長で湯舟の中で世間話に興ずる長屋のおかみさんたち。これらの人々を、「戯場」の真ん中に登場させ、スポット・ライトを浴びせたのが、『浮世風呂』『浮世床』といった作品であり、そこでは「現実」と「虚構」とが空間としてまったく逆立させられているのである。

つまり、普通は「戯房」と思われている、役者たちが化粧を落とし、衣装を脱ぎ、あぐらをかいて、丼物を食べているような〝日常〟がむしろ芝居なのであり、「戯場」としての現実空間の裏としての「戯房」こそが、いわゆる芝居がかった演劇空間そのものとなっているということだ。たとえば、『戯場粋言幕の外』という作品がある。これは、芝居見物に来ている、幕の外の人間たちを主役とし、彼らの気ままな会話をむしろ台詞として描き出したものなのであり、そこではいわゆる〝幕の内〟と〝幕の外〟とは、逆転させられているのだ（楽屋と桟敷とは、舞台＝戯場すなわち〝幕の内〟に対して、〝幕の外〟であることによって、この場合は同じように考えてもよいだろう）。


「ヲヤ、どなたかと存たら、ゑびす屋の三郎左ヱ門さん、今日はよくお出なさりました。「ホンニあなたには、大黒屋の甲子待でおめにかゝるばかりだ。「ハイ、今日は此、福六さまや寿郎治さまにさそはれまして、十五年ぶりで芝居を見ます。トキニお七さんでござりませぬか。「ハイサおまえへ、御覧まし。宿下りに参つて、とう〱親父をねだり出しました。昨日もおまへ、木挽町ネ。今日もおまへ、又参じますか。明日もおまへ、葺屋町でございませう。ホンニ〱おまへ、芝居騒でこね返ますはな、おまへ。ヲホヲホヲホ。

つまり、ここでは芝居の見物人が即、舞台上の人物なのであって、そこで幕の外は幕の内であり、幕の内はすなわち幕の外であり、また「戯場」ということなのだ。もちろん、こうした逆転や転倒は、単なる滑稽本の一作の趣向であって、それも特別に意表を突いたものでも、機知に富んだものでもない。発想そのものは凡庸であり、この程度の〝ひっくり返し〟は、黄表紙や滑稽本の中には普通に見られるものにすぎない。

しかし、三馬の小説の特異な点は、こうした「浮世」を「戯場」と見立てる視点をとことんまで推し進めてゆくということにあるだろう。三馬にとって世界そのもの、すなわち大千世界が「戯場」なのである。『大千世界楽屋探』の自序の中で三馬は、「飛虹伝の序に出ますは、康熙帝の口伎なり。日月の燈風雷の鼓板。天地間一番戯場と云云。しからば三千大世界、戯房なくんば有べからず」と書いている。まさに、大千世界そのもの、浮世それ自体が〝大いなる芝居小屋〟であり、そうした舞台の〝楽屋〟としての現実や本音や本心が、また大千世界の内にありうるはずである。

だから、「天に口なし招牌に虚妄あり。人を以て云はしめ、戯房を看て明むべし。清貧を楽むといふ壮士の戯房は、金が欲の惷愚惜なり。濁世を遁んといふ老人の戯房は、命が欲の娑婆惜なるべし。惜い欲いが戯房の門首」ということになるのである。

三馬の芝居好きは、その『忠臣蔵偏癡気論』や『戯場粋言幕の外』といった芝居に関係の作品を見ても明らかなことだし、このほか『俳優楽屋通』『戯場訓蒙図彙』『客者評判記』『田舎芝居忠臣蔵』といった書名を見ることによっても、その芝居に対する関心の高さ、その〝通人〟ぶりをうかがうことができるだろう。こうした三馬の芝居について著作において特徴的なのは、現実世界と演劇世界という、普通の二項対立がそこでは逆転させられているということだ。

『忠臣蔵偏癡気論』は、偏癡気論の題名通り、芝居上の人物、出来事をあたかも現実での出来事であるかのように、糞リアリズムというべき立場から難癖をつけるというもので、そこでは芝居＝虚構空間という大きな約束事をあえて無視し、現実の卑近なリアリティーによって、芝居の非合理性や非現実性を笑うというものである。『戯場訓蒙図彙』は文字通り芝居小屋という「世界」についての絵入り百科事典とでもいうべきものである。

つまり、そこでは『戯場粋言幕の外』とは逆に、「戯場」そのものが現実化されているのであり、大星由良之介も、お軽も勘平も、〝浮世風呂〟や〝浮世床〟に集まってくる人々と同じような、その頃の庶民と等身大の人物というところまで矮小化されているのである。

三馬は、『戯場粋言幕の外』の「自跋」としてこういう文章を書いている。

> 芝居好より戯場嫌を看ては癡呆の似く、勾欄嫌より戯場好を視ては癡呆の如し。芝居を好む癡呆は勧懲を狂言と想ふ癡呆にして、芝居を嫌ふ癡呆は演劇を勧懲と思はぬ癡呆なり。癡呆〳〵勧懲総て狂言にある事をしらず、癡呆〳〵狂言都て勧懲にある事をしらず。癡呆〳〵克勧懲を知て狂言を見ば、狂言即勧懲ならん。嗚呼狂言勧懲なるかな。
> 是も一個の癡呆的
>
> 游戯堂主人

游戯堂主人とはもちろん三馬のことで、この文章は、三馬のものとしては割合と素直にその思うところを述べたものといえるかもしれない。

芝居好きと芝居嫌い。これを前にあげたのとは逆の配置として、ロマンチストとリアリストと言い換えてみれば、リアリストは芝居を単なる〝狂言〟としか見ず、ロマンチストは倫理、道徳、思想をやはり〝狂言〟としか見ないということになる。しかし、世の善悪を語り、倫理を語る「勧懲」は、実は〝狂言〟すなわち演劇の世界にあり、また〝狂言〟は結局「勧懲」すなわち人倫の道を語ることなのである。

「勧懲、勧懲」とやかましく語る馬琴のような人物への皮肉の一矢（いっし）ともいえそうだが、ここでは、芝居と現実、幕の内と外という二元論の克服が試みられているといってもいい過ぎではないだろう。〝狂言〟は「勧懲」であり、「勧懲」は〝狂言〟であるといういい方は、演劇が現実的な有効性を持っているとも、現実の倫理や道徳と結びついてゆくものであるとも、またあるいはイデオロギーそのものであるとも読むことができるのだが、もっとも広い範囲で受け取ろうとすれば、これは「浮世」という世界の構造そのものが、演劇的なものでもあり、非演劇的なもの、すなわち現実的なものでもあるということを意味しているということになるだろう。

つまり「戯場」と、「戯房」あるいは「戯場の外」という二項対立は、常にそうした外と内、舞台と楽屋・桟敷とが互いにその立場を入れ替えることによって、固定的な対立項としては維持されないということをいい表していると思われるのだ。

「浮世」はただ一重の表層だけで成り立っているわけではない。それは舞台の上の歌舞伎狂言のようなものであって、そこには必ず「戯房（がくや）」という本音や本心の世界が隠されているのである。

それは舞台のどんでん返しの裏舞台であると同時に、楽屋でもあり、さらに一回転すれば、それがまたそのまま舞台にも楽屋にもなるという空間にほかならない。三馬の「浮世」は、こうした回り舞台のような「戯場」と「戯房」の二元論の世界であり、それは対立的であるよりは、相互的で相対的なものであり、そこでは〝虚〟と〝実〟とはまさに〝皮膜〟の間のものとしてあるのだ。

三馬にとっては現実的な「浮世」そのものが「戯場」であり、また「戯房」でもあった。だから、「浮世」の風呂屋や床屋で交わされる庶民という登場人物の〝おしゃべり言葉〟が、そのまま芝居の台詞であり、行動はト書きの通りのものにほかならなかったのである。庶民が主人公、長屋の隠居がヒーローであり、「ふな」や「たぼ」がヒロインであるような劇場空間。三馬がその小説において実現しようとしたのは、そうした「浮世＝劇場」論といってよいだろう。

もちろん、その劇場の舞台上で交わされる言葉には、すべて「戯房（がくや）」（本音、本心）がある。しかし、そうした「戯房」は、板の上の台詞をそのまま実現してみせたうえで、初めて透かし見えてくるような現実の裏の、もう一つの〝現実〟なのである。三馬にとって「浮世」とは、ただ目の前に見えるところの日常の、市井の生活の中にあるものでしかなかった。それは日常の生活言語が、象徴でも「隠微」でもなく、ただ流通し、消費されるような交換記号としての言葉であったことと同次元のことである。

だが、「浮世」は常に表と裏、「戯場」と「戯房」のたえまない転換の中にある。三馬は徹底的に「浮世」にこだわり、「浮世」以外に自分の生活はもちろん、小説においても拠って立つ場所を見出そうとはしなかった。それは「浮世」自体が、表層であると同時に深層であり、現実であると同時に観念的な世界であり、言葉とその内奥の意味や主題、「隠微」を同時的に表出する場所であったからだ。「浮世」は苛酷な現実世界であると同時に憧れ果てしない〝ユートピア〟でもありうる。三馬はそうした「浮世」という騒がしい舞台の袖に潜んだ演出者だったのである。

歩く一九――十返舎一九

1

伊勢神宮のお札が日本各地の市中に、『忠臣蔵』大詰の舞台の紙吹雪のように降ったのは宝永二年（一七〇五）、享保三年（一七一八）、明和八年（一七七一）、文政十三年（天保元＝一八三〇）のことだった。これがきっかけとなって、大規模な「おかげまいり」という伊勢神宮への参拝ブームが巻き起こり、それが日本全国に飛び火し、列島中が伊勢神宮への熱狂的な信仰のルツボと化したことは、これまでの近世史でもよく知られたことである。それがやがては幕末の「ええじゃないか」と狂い叫ぶような集団踊りへとつながってゆき、江戸幕府の命運を縮めたことは、これまた日本の近世史では常識的なことといえるだろう。

弥次喜多コンビ、すなわち栃面屋(とちめんや)弥次郎兵衛(やじろべえ)と喜多八(きたはち)の二人が、江戸を離れ、伊勢参宮の旅に出たのは、享和二年（一八〇二）二月半ばのことだった（作中には確定した時代が設定されているわけではない。『東海道中膝栗毛』「初編」の刊行年を作中の時代とする。当時の読者は弥次喜多の旅を同時代のものとして受け取っていたはずだからである）。明和八年の「おかげまいり」があり、その六十年後の文政十三年に周期的な集団ヒステリーのような伊勢参宮熱が吹き出す、そのちょうど中間時点といえるわけだ。

つまり、弥次喜多が鹿島立ちしたその三十年前と三十年後に、彼らが通った東海道を何千、何万、何十万という人々が、西へ西へと踊り、歌い、ひしゃくを手に歩いて行ったのである。「おかげまいり」、これはもちろん〝神の御蔭（おかげ）〟という時のおかげであって、伊勢の神々に感謝し、報恩するという意味での〝御蔭〟であるだろう。しかし、少し考えてみれば、身分制社会に縛られ、低い生産性や経済性をしか持たない社会に生きていた農民や町人が、自分の生活にそれほど〝神の御蔭〟として感謝したくなるほどに満足していただろうか。「ぬけまいり」という別ないい方があるように、「おかげまいり」の伊勢参宮は、奉公人がその仕事や職業、年期奉公の義務などから〝抜けて〟、伊勢詣での人の波の中に自分を投じるという意味があった。つまり、それは既成の社会の秩序や規範からの逸脱や逃亡であり、息さえ詰めなければならないような抑圧と規制の強い社会にあって、そうした網の目から〝抜ける〟ことに、むしろ主眼点があったと思われるのである。

弥次郎兵衛、喜多八のコンビが伊勢参宮の旅へ出ようと思い立ったのは、「道中膝栗毛発端（はじまり）」に書かれているように、弥次喜多の二人が「たがひにつまらぬ身のうへにあきはて、いつそのことまんなをしにふたりづれで出かけまいか」と思い立ったのが動機で、それから二人は「友だちにたのみて金子をかりうけ」「いせさんぐうとおもひたち、東海道へと出かけ」たのである。

その前に前日譚があり、弥次郎兵衛は十五両の持参金付きの孕み女を嫁に取るために、策略によって古女房を追い出す。喜多八は、自分の手を付けた女をよそへ片付けるための持参金として十五両を工面しようと、弥次郎兵衛のところに借りにくる。弥次郎兵衛は十五両の入るあてがあるという。結局、弥次郎兵衛の家で鉢合わせとなったのは、弥次郎兵衛が十五両で嫁に貰おうと思った「おつぼ」と、その「おつぼ」を十五両で片付けようとした喜多八自身だったのである。この真相に気付いて弥次喜多が争い合っているうちに、おつぼは「血をあげて」死んでしまう。喜多八はおつぼを片付けて後家となった主人筋の家に旦那として入ろうとする目論みが破綻するし、弥次郎兵衛は古女房に出て行かれたうえ、新しい女房を貰いそこねるという結果となる。「たがひにつまらぬ身のうへ」とは、そうした彼ら自身が招いた不如意の身の上にほかならなかったのである。

　弥次喜多の伊勢参りの旅が、信仰心、現世利益であれ何らかの神信心によるものでないことは明らかだろう。むろん、彼らは金子（きんす）や時間の余裕があったから、物見遊山の旅に出たわけでもない。彼らは「まんなをし（験（げん）直し）」のために旅に出たのだ。ありていにいえば、江戸にいて今まで通りの生活をしていても、大していいこともありそうもないから、いっそのこと見知らぬ土地でもさまよってみようかということになったのである。

　その意味では、弥次喜多のコンビの旅は、当時の若者たちが父母の家や奉公先から黙って抜け出し、路銀も持たずに、伊勢へ向かうということだけを目当てに、道々、喜捨を受けながら放浪、漂泊の旅をするという「ぬけまいり」と同質のものを孕んでいるといえるのだ。決まり切った日常の世界からの脱出。出来上がった人間関係や組織、秩序からのドロップ・アウトを目指す若者たちの志向と、〝大人〟である弥次喜多の旅の動機とはそれほど異なったものではなかったのである。

「ぬけまいり」の少年たちと弥次喜多との絡み合いというエピソードがある。「おかげまいり」のブームの最盛期でなくても、若者たちの「ぬけまいり」は当時の流行現象、世相風俗の一つとして目につくものであったのだ。神奈川の宿はずれから、「十二三才斗（ばかり）のいせ参跡になり先になりて」、弥次喜多は「だんなさま、壱文くれさい」と声をかけられる。弥次郎兵衛は「やろふとも。手めへどこだ」と故郷を問う。奥州と答える少年に、知ったかぶりをする弥次郎兵衛は、あてずっぽうの名前をいい、その名前に近い与太郎という男が国元にいるということになると、そのおかみさんは女だったろう、などと少年をからかう。少年は「よくしつてゐめさる」と感心する。弥次郎兵衛は腹の空いたという少年に餅を買ってやるのである。

この少年の連れに「十四五のまへがみ」がいて、自分も餅を買ってもらおうと弥次郎兵衛につきまとう。やはり、郷里を聞いて、いい加減な知ったかぶりをいう弥次郎兵衛に、少年は「先もちよヲかつてくれさい。そふせないけりやア、こんた(あなた)のいふことがあたり申さない」と答える。子供たちをからかっているつもりで、逆に子供たちにだまされている弥次喜多。少なくとも、こうしたレベルでは、弥次喜多は十二三、あるいは十四五歳の少年たちと同等なのである。

「今じやアなんといふかしらねへが、おいらがいた時分は、名主どのは、熊野伝三郎といつてな、そのかみさまが、内にかつておいた馬(むま)と色事をして、にげたつけがどふしたしらん」と、弥次郎兵衛は、奥州信夫郡幡山村出身の少年をからかう。オシラサマの起源神話である馬娘婚姻譚的な〝東北〟の民俗譚を背景に持つ弥次郎兵衛の言葉には、むろん「鄙(ひな)」に対するあからさまな蔑視と嘲笑とがある。しかし、少年の答えは当意即妙だ。「庄やどんのおかつさまア、内の馬(むま)右エ門といふ男とつっぱしり申した」。

弥次喜多が〝女〟の失敗から始まって鹿島立ちをしたことを思えば、この「おかつさま」と「馬右エ門」との駆け落ちは、必ずしも他人ごとではないはずだ。少年はそうした弥次喜多の旅の事情を察知して、弥次郎兵衛の言葉を打ち返してみせたのかもしれない。もちろん、『膝栗毛』の成立からいうと、「道中膝栗毛発端」の弥次喜多の旅立ちの事情は、こうした会話のある「初編」の遥か後に書かれている。つまり、「初編」の読者はむろん弥次喜多の旅が、〝女〟の失敗から始まっていることを知っているわけではない。それは「初編」「二編」と書き続けていた作者の一九も同じことで、次から次へと続く弥次喜多の飯盛り女、女中、女郎との艶笑譚的な〝女〟の失敗が連続する旅の途次において、自ずから彼らの江戸立ちの事情が確定していったといえるのだ。

つまり、『膝栗毛』という弥次喜多の旅物語は、主人公たちが東海道の五十三次を歩くことによって小説として進展してゆくが、作者の一九もまた作品世界を〝歩く〟ことによって、この弥次喜多という主人公たちの履歴や来歴を一歩ずつ確定していったといってもよいのである。弥次郎兵衛と喜多八の関係、旅立ちの事情、旅の目的など、「初編」においてまず歩き始めた二人には、ほとんど何も確実なことなどなかった。

> いざや此とき、国〳〵の名山勝地をも巡見して、月代にぬる、聖体の御徳を、薬鑵頭の茶呑ばなしに、貯へんものをと、玉くしげふたりの友どちいざなひつれて、山鳥の尾の長旅なれば、臍のあたりに打がへのかねをあたゝめ、花のお江戸を立出るは、神田の八丁堀辺に、独住の弥次郎兵へといふのふらくもの、食客の北八もろとも、朽木草鞋の足もと軽く、千里膏のたくわへは何貝となく、はまぐりのむきみしぼりに対のゆかたを吹おくる、神風や伊勢参宮より、足引のやまとめぐりして、花の都に毒の浪花へと、心ざして出行ほどに、はやくも高なはの町に来かゝり

『膝栗毛』初編では、弥次喜多の旅立ちはこのようにしか書かれていない。「のふらくもの」とその「食客」という設定には違いはないものの、ここでは二人の〝女〟の失敗や、その「まんなをし」という契機はないのである。出奔、逐電というには語弊があるものの、『膝栗毛』の「発端」では「いざや此とき、国〳〵の名山勝地をも巡見して」といった物見遊山的な気分はほとんどなく、まさに江戸八丁堀の裏店の世界からの脱出、〝ぬけまいり〟という感覚が濃厚だったのである。

そもそも栃面屋弥次郎兵衛は、故郷の駿府を出奔して来た人物だった。「生国は駿州府中、栃面屋弥次郎兵衛といふもの、親の代より相応の商人にして、百二百の小判には、何時でも困らぬほどの身代なりしが、安部川町の色酒にはまり、其上旅役者華水多羅四郎が抱の鼻之助といへるに打込、この道に孝行ものとて、黄金の釜を掘いだせし心地して悦び、戯気のありたけを尽し、はては身代にまで途方もなき穴を掘明て留度なく、尻の仕舞は若衆とふたり、尻に帆かけて府中の町を欠落するとて」と「道中膝栗毛発端」にはある。この「発端」は前にも少し触れたように、享和二年に『膝栗毛』初編が出て、それが好評のため次から次へと続編が出された後に、改めて「発端」として書かれたものである。文化十一年初春。初編刊行から十三年目のことだ。弥次喜多はその頃、東海道の旅をとうに終えて、木曾街道の半ばまでを歩いていた頃である（『続膝栗毛』第五巻が文化十一年の刊行）。

駿府から鼻之助といっしょに駆け落ちして、江戸に来て、神田八丁堀に住んだ。鼻之助を元服させて喜多八と名乗らせ、自分は「国元にて習覚たりしあぶら絵などをかきて」その日暮らしの生活を送っていた。この後、女房を貰い、その女房を追い出して、持参金付きの新しい女房を貰おうとしたことのドタバタ劇はすでに述べた通りだ。弥次喜多は単なる知り合い、気の合う仲などではなく、男色関係にあったのであり、また二人とも本来の江戸っ子でもなかった。

彼らは『伊勢物語』風にいうと、「身をえうなき物に思ひなして」駿府にはあらじ、「あづまの方に住むべき国求め」て江戸へと〝東下り〟したのである。その彼らがまた江戸を脱出しようというのは、まさに彼らが本質的に、「ぬけまいり」の若者たちのように、秩序や既成の枠組みからドロップ・アウトした流民であったことを意味しているだろう。だから、彼らは読者の要求のまま、いつまでも〝上がり〟ということなく、東海道、金毘羅参道、宮島参道、木曾街道などを彷徨い歩かなければならなかったのである（さらに二世一九や仮名垣魯文などに書き継がれた弥次喜多の漂泊は、日本全国から西洋にまで至る）。もとより、それは主人公の弥次喜多のみの放浪ではない。作者一九もまた、弥次喜多の膝栗毛とともに、あてなき旅を歩き続けなければならなかったのである。

2

弥次喜多という『膝栗毛』のあまりにも有名な登場人物、この主人公とりわけ弥次郎兵衛と、この小説の作者一九の来歴の中には重なるもののあることは、これまでにも指摘されていることである。曲亭馬琴の『近世物之本江戸作者部類』の十返舎一九の項には、「生国は遠江也、小田切土州大坂奉行の時、彼家に仕へて浪華にあり、後に辞し去て、大坂なる材木商人某甲の女婿になりしが、某所を離縁し流浪して江戸に来つ、寛政六年の秋の比より通油町なる本問屋蔦屋重三郎の食客となりて、錦絵に用いる奉書紙にドウサなどをひくを務にしてをり」とある。

『続膝栗毛』五編の末には板元西村永寿堂の名でこんな一九の略歴がある。「一九性は重田（しげた）、字（あざな）は貞（さだ）一（かつ）、駿陽の産なり。幼名を市（いち）九と云。故に市を一に作り雅名とす若冠の頃より或侯館に仕へて東都にあり。其後摂州大坂に移住して志野流の香道に称（な）あり。十返舎穴号黄熟香の十返しを全ひてこゝにいつる今子細あつてみづから其道を禁ず。寛政六年卯年復（ふたゝ）び東都に来りてはじめて稗史（さうし）両三部を著（あらは）す」というのである。一九、本名重田貞一は駿府生まれの下級武士であり、小田切土佐守に仕えて、江戸、大坂と移住し、やがて武家奉公を辞めて商人の婿となったが、そこにも落ち着かず江戸へ出て、本問屋蔦屋重三郎の食客となった。そこで手伝いをしている間に、黄表紙をかなりの数、述作し、やがて弥次喜多を主人公とした『膝栗毛』で大当たりを取る。

馬琴がいみじくも「流浪して」と書いているように、一九の現実的な経歴も、駿府に生まれ、江戸、大坂間の東海道を往復するような前半生だった。弥次郎兵衛が駿府から出奔し、江戸の裏店で住んだのと同様に、一九も自分の生まれた階級、家から〝抜けて〟本問屋の居候となった。弥次郎兵衛が習い覚えた「あぶら絵」（密陀絵。硯蓋や重箱などの漆面に油の混じった顔料で描く絵）を描いて糊口をしのぐのと、一九の「ドウサ曳き」とは同次元のものといっていいだろう。あるいは、黄表紙に自画をつけた一九は、弥次郎兵衛と同じように国元で「あぶら絵」を習い覚え、それを江戸で生活の糧としていたことがあったのではないだろうか。すなわち、絵師弥次郎兵衛は、まさに絵師一九の似姿だったのである（弥次郎兵衛は『続膝栗毛』で自分のことを酉年生まれといっている。一九も明和二年酉年の生まれだった。なお、喜多八は『膝栗毛』二編で「てうど」として三本の指を示しているから三十歳である。すると年齢差から考えると、弥次郎兵衛は一九と同年配の三十八歳ということになる）。

ところで、『東海道中膝栗毛』の中には、弥次喜多コンビが、駿河の府中、すなわち駿府を通過する場面がある。これは「二編」なので「発端」とは矛盾し、「発端」では弥次郎兵衛が身代を傾けたのは、「安部川町の色酒にはま」ったためであったわけだが、道中では「なんでもこよひは、かねてきゝおよびし、あべ川丁へしけこまんと、きた八もろとも、其したくをして」とあるから、道中の弥次郎兵衛にとって安部川町遊廓は初めての場所ということになる。この箇所を書いていた一九も、十二年後には弥次郎兵衛が安部川町で身代を傾けたことになるとは、神ならぬ身の、いまだ予想もつかなかったことなのである。

だが、作中の矛盾はこれだけではない。弥次喜多は駿府にたどりつく前に、三島の宿で十吉というごまのはいに有金を盗られている。路銀のほとんどを入れた胴巻きを石ころと替えられてしまったのだから、それ以上旅を続けることはおぼつかなくなる。まさに無一文で、ひしゃくを片手に金をねだる「ぬけまいり」とならざるをえない状態なのだ。ところが、弥次郎兵衛は喜多八にこういう。「めしもくへぬ。ナントきた八かうだ。府中迄いけば、ちつたアさんだんするあてもあるから、先（まづ）壱文なしで出かけよふ」。しかし、「発端」の章がまだ書かれていないこの「二編」の段階では、弥次郎兵衛が駿府の産であることは、読者はもちろん、作者すらはっきりとは知っていないことだ。つまり、この段階では、弥次郎兵衛の「さんだんするあて」とは、作者一九の〝あて〟にほかならないのである。

松田修はその『日本の旅人・十返舎一九　東海道中膝栗毛』（淡交社）の中で、この箇所についてこういっている。

> ところで、この弥次郎兵衛の発言の中で、「府中迄いけば、ちつたアさんだんするあてもあるから」という条は、かなり重く機能している。
> ここで、はじめて弥次郎兵衛の設定は、作者十返舎一九の経歴に重なろうとする。江戸っ児、零細市民栃面屋弥次郎兵衛が、なぜ府中に知己を持っているのか。作者と作中人物の交錯・交叉がここにみられる。このような志向が、以後、何度となくつみ重なって、話が展開するとともに、弥次郎兵衛と一九は一種の親和現象（ヴァールフェルヴァントシャフト）を起こす。その極限は、正編に加上された、「発端」における弥次郎兵衛の形象化である。そこでは、弥次郎兵衛は、一九にからめとられている、いや一九が弥次郎兵衛にのみこまれている。

三島から駿府までの道中は、『東海道中膝栗毛』の中でも、もっとも悲惨な旅だった。ほとんど無一文の二人は、印伝革の巾着を田舎侍に売り、木賃宿に泊まり、菓子や餅やそばなどで飢えを癒しながら、ようよう駿府までたどりつくのである。この道中で「府中」まで行けば「あて」があるという弥次郎兵衛が、珍しく弱音を吐く。「きたや、おらアもふ坊主にでもなりたい」とか、「いつそゐどへかへろふか」とかいったり、さらに飛脚の御状箱がちょっと頭にぶつかっただけで、「なんの因果でこんな目にあうか。おらアしにたくなつた」と喜多八に訴えるのだ。

もちろん、弥次郎兵衛の気の弱りは、ごまのはいに金を盗られ、腹が空いたあまりの弱音なのだが、喜多八の「ナニサけへることがあるもんだ。柄杓(ひしゃく)をふつてもおいせさままでいつてこにやア、げへぶんがわりい」などというのと比べると、やや異様にへこたれているという感じを受ける。「あて」があるといったのは、弥次郎兵衛自身なのであり、それにこれまでも、これからも、旅の難儀を〝茶〟にした(する)二人にとって、無一文の旅もまた一興ぐらいの洒落心があってもいい。現に喜多八は弥次郎兵衛ほど弱りもせず、坊主のお経が面白いからと、乏しい財布から壱文を与えたり、菓子売りの子供をだまそうとして、逆に高い菓子を食わされたりといった、これまでと同じような失敗を繰り返しているのである。つまり喜多八はほとんど懲りていないのだ。

弥次郎兵衛の気の弱りは、「駿府」に近付いているからだというしかないだろう。もちろん、それは松田修がいうように、弥次郎兵衛と作者一九との「親和現象」が引き起こされているからにほかならない。金の算段する「あて」のある駿府に近付けば近付くほど、弥次郎兵衛は坊主になりたくなったり、江戸へ帰りたくなったり、いっそ死にたくなったりする。これは彼が無意識のうちに駿府へ入りたくないと思っているからだ。むろん、それが何故かということは、この時点でははっきりと答えられるものではない。それは江戸っ子だったはずの弥次郎兵衛が、どうして駿府に知己を持っているのかという問いに、誰も答えられないのと同様だ。むろん、作者の一九自身にも答えられないのである。

気の弱った六部が故郷を回るのとは反対に、気の弱った弥次郎兵衛は〝故郷〟を回避しようとする。いや、そこが〝故郷〟だからこそ、近付けば近付くほど気が滅入るのだ。そして、それはすでに三島の宿から兆候として表れている。弥次郎兵衛はごまのはい十吉に金を盗られると、宿の主人にやや異常なほどに当たり散らす。もちろん、この場合盗難の責任は弥次喜多の側にあって、宿の主人側にはない。しかし、そうした理屈を超越して弥次郎兵衛は怒鳴り散らすのである。

〝故郷〟の回避。釜が淵、沼津、駿府という道筋において弥次郎兵衛の足取りは重く、これまでの軽妙な膝栗毛の世界は、坊主、巡礼、六部といった旅人の中でも、最下層の人々の因果話や暗い滑稽譚が続くばかりである。しかし、いったん弥次喜多の二人が、駿府へ入ってしまうと、弥次郎兵衛はそれまでの憂鬱な気分を忘れてしまったかのように陽気になる。故郷に近付くまでは陰鬱な気分だったが、いざ駿府へと足を踏み入れてしまうと、途端に元気を回復するのである。「それより弥次郎がしるべのかたへたづね行。こゝに金子のさいかくとゝのひ」ということになり、前述したように、遊廓である「あべ川丁」に繰り出そうということになるのである。

だが、弥次郎兵衛の駿府での行動を見ると、彼はこれまでの宿場でしたような〝失敗〟を行なっていないということを、松田修は指摘している。つまり、作者一九はここで自分の分身ともいえる弥次郎兵衛にハメをはずさせることや、ましてや〝女〟の失敗を面白おかしくやらかすことをセーブさせているのだ。さらに、この「あべ川丁」の青楼において楽屋落ちとして一九自身の名を弥次郎兵衛に出させている。すなわち、馴染みの女郎がいるのに、よその店に行く浮気な客を敵娼（あいかた）や新造たちが寄ってたかって髪を切る（実は鬘だったのだが）という騒動を見て、弥次郎兵衛が「てうど去年のはる、一九が中田やの勝山にしばられた時、あんなざまであつた」と語るのである。

「『膝栗毛』に作者一九がはじめて登場する。この登場のしかたはかなり屈折している。弥次郎兵衛をして失敗させないデリカシーの裏面が、吉原における己れの失敗譚の誇示・顕示に連続しているのである。いずれにせよ作者一九は、作品の表面においても、次第に『膝栗毛』との関わりを深めてゆく」と松田修は、前掲書に書いている。

駿府、すなわち一九の生まれ故郷において、弥次喜多の二人の歩調と、〝歩く〟一九の歩調が合ったというべきだろう。これまで、あくまでも影の人物として弥次喜多の二人に連れ添って来た一九は、ここで一瞬表の人物となる。もちろん、それはそこが駿府という場所だからだ。弥次郎兵衛に失敗させないためにも、先手を打って、一九自身の失敗を暴露するのである。故郷に対する忌避と牽引の二方向の力のせめぎ合い。弥次郎兵衛と一九は歩きながら、自分たちが何から逃れようとし、何へと近付いてゆこうとしているかという、旅そのものの本質を体現しなければならなかったのである。ここで同行二人は、作者をも含めての同行三人となる。そしてこれ以降、『膝栗毛』は時には二人、時には三人となりながら、さしあたっての目的地伊勢神宮を目指し、どんな失敗やしくじり、危機も葛藤も、すべて「大笑ひとなりて」という決まり文句一つでかたづけてしまう、また滑稽の旅を続けるのである。

3

〝流浪する〟一九、〝歩く〟一九の旅の目的は、そうした目的地、故郷のような帰還する目的や中心を消去してゆくような行為そのものにあったといえるだろう。だから、弥次喜多と一九の三人の旅は、出たとこまかせのでたらめなものであり、世間の表層、表面を面白おかしくなぞってゆくだけの旅にほかならなかったのだ。そして、そういう皮相な旅の体験こそが、江戸期の人々には作者自身が驚くほどウケたのである。馬琴は一九のひととなりをこう書く。

性酒を嗜むこと甚しく、生涯言行を屑とせず。浮薄の浮世人にて、文人墨客のごとくならざれば、書賈等に愛せられて、暇ある折、他の臭草紙の筆工さへして旦暮に給し、その半生を戯作にて送りしは、この人の外に多からず。しかれども臭草紙には尤けきあたり作なし。只『膝栗毛』といふ中本のみ、大く時好に称ひて十数編に及べり。その名聞、三馬に勝れるは、この戯作あるによりて也。

「浮薄の浮世人」、同時代人の馬琴には、一九はそのような人物として見えていた。この人物評は、当たらずとも遠からずというところだろう。一九が特別な才能や教養や学識に恵まれていたとは思えない。『膝栗毛』の大部分の滑稽譚は、狂言や一口咄や黄表紙の焼直し、剽窃、模倣、引用にしか過ぎないものであり、そういう意味では一九のオリジナルな部分は、『膝栗毛』という最大な小説作品の中には驚くべきほどわずかであるといってよいのだ。むろん、これは個性や個人の製作物としての著作という考えの未熟だった時代において、それほど咎められることでも、批判されることでもなかった。手持ちの材料を使っていかにうまく料理するかが作者の腕前であって、著作のオリジナリティーなどほとんど問題ではなかったのである。

一九はあくまでも「浮薄の浮世人」にほかならなかった。というより、もっと強くいえば「浮薄の浮世人」以外の者になろうとはしなかったのである。彼の著作は求心的な中心点、すなわち〝故郷〟であれ、〝伊勢〟であれ、上がりとしての京都や、帰還点の江戸であれ、作品世界の目的であり、中心であるようなものをこそ、常に迂回し続けたといってよいのだ。つまり、一九は「浮薄」であることを求めて、決して〝重厚〟なものに近付こうとはしなかったのである。一九の小説が「時好に称」

ったのは、どこまでも深刻にならず、永遠に横滑りしてゆく滑稽の旅そのものが、浮力のついた江戸期の表層的な町人意識の〝代参〟的なものだったからである。『膝栗毛』は道中記的な実用性があるわけでもなく、名所案内記的な効用性があったわけでもない。むしろ、そうした実用や効用のないところ、すべてを皮相な笑いと卑俗な滑稽とで〝茶〟にしてゆくところに、『膝栗毛』の「文学」としての意味があったのである。

『膝栗毛』の皮相性、表層性は、この小説の大きな特徴の一つである「方言」と江戸弁との乖離、格差ということにも表れている。京伝の洒落本や三馬の滑稽本が、〝訛った言葉〟に対する江戸弁の優位性という言語的イデオロギーを孕んでいるということは、これまでしばしば語ってきたことだ。吉原言葉、〝通〟の言葉に通暁しない田舎者、野暮を笑うのが京伝の洒落本の基本的な主題であって、だからこそ彼は遊廓の中で話される言葉を、録音機そのままに写し取ってみせたのである。また、三馬が『浮世風呂』『浮世床』において、そうした方法論をほとんど極限的にまで推し進めたことは、これまでにすでに語った通りである。

一九の『膝栗毛』にも、言葉そのものを描写、再現する趣向はよく出てくるし、その場面において、方言、訛りは常に江戸弁に対して嘲笑の対象となっている。しかし、それは京伝や三馬などの作品に見られるものとは、いささかニュアンスを異にしているように思われる。すなわち、そこでは必ずしも〝江戸弁〟の絶対的な優位性というものはなく、あくまでも相対的であり、時には方言的なものが優位でありうるような場合があるのだ。あるいは、方言そのものの面白さといったものがそこでは無意識的に露出している瞬間があるのだともいえるだろう。たとえばこんな具合だ。

コリヤハア、わしも序に懺悔ばなしのウしますべい。この娘はコリヤアふとりの孫でござるが、わしどもはハアかわつたこんで、仏像のウ結び申た。わしは日光のほうでござるが、さだめてそれさまたちも、はなしに聞てゐやり申すだんべいが、わしどもが国なぞは、雷がたくさんで、此三十年ばかしもあとのことであり申たが、ふと夏でかく雷がなり申て、わしどもがせどぐちさアへ、おつこちたとおもひなさろ。そふするとハア其雷どのが、榎のかぶつちいで、でかく尻をうち申て、疝気がおこつたとさはぎやる事よ。あにがそこで、天ぢくのウへ帰るべいこともできないから、わし共の内で養生のウしている内、恥さアかたり申さにやアりがきこへ申さないが、其雷が、わしどもの娘と、がらいねんごろのウしまして、互にハアはなれべいよふすもおざんないから、すぐにその雷どのをむこにとつたとおもひなさろ。

巡礼の老婆が語るこのフォークロアめいた話に、弥次喜多は聞き入っているわけだが、この老婆の田舎言葉について、作者は決してそれが田舎人の訛言だからといって別段、差別的な取り扱いをしているようには思われない。そこにとりわけ江戸っ子としての弥次喜多の言語的な優位性が見られるわけでもなく、むしろ、こうした老婆の鄙びた語り口を楽しんでいる気配が感じられる。これは、巡礼だけではなく、箱屋を始めて金儲けをしようとして失敗した六部の話であるとか、田舎侍の話であるとか、弥次喜多、あるいは同行三人目の一九も含めて、興味深げにその〝訛り〟に耳を傾けているという場面が思い浮かぶのである。

つまり、京伝や三馬には江戸弁の方言、訛りに対しての言語的優位性という観念が、その作品世界の言語観としてあるが、一九にはそうした方言同士の差異を楽しむという感覚はあっても、それを価値の序列とは必ずしも考えていないのである。それはたとえば、「六編上」の伏見の京橋から大坂へと行く八軒家船の、いわゆる〝淀川の夜船〟の中で繰り広げられる大坂、越後、長崎、京都の人々が互いにお国言葉で話し合う他国者同士の同舟の場面に示されているといえるだろう。

京都の人が「よいわいな。おまい大坂はどこじやいな」と聞けば、大坂の人は「わしや道頓堀」と答える。長崎の人が「コリヤよかたい、船中のねぶり目ざましに、あんたしゆひとつヅ、芸能やらしやつたらよかたい」といえば、越後の人が「コリヤゑいことんし。わしどもはいちごのもんだが、長崎のあんにやさがやらしやつたら、わしも国風のおけさ松坂でもかたるべいとこと」と応じる。船の中で思いがけない〝ふるさとの歌まつり〟が始まるのである。

もちろん、ここには方言、訛りそれぞれの差異を楽しもうということはあっても、地域的な言語差による差別、階層性といったものはきわめて希薄になっている。そこには多様性をひっくるめての「日本」という島国的な意識がすでに庶民層に浸透していることを示しているといえるのである。やや公式的過ぎる発言といえるかもしれないが、「二編上」の前に置かれた「道中膝栗毛後編凡例」の中で、一九はこういっている。

　駅々風土に随て音律に清濁の差別あり。俚言方語の通称に異なる事あり。笑ふべきに非ず。古代の詞は却て田舎に残れりと、徂徠翁の謂なり。たとへば駿遠両国にて、行といふを行ずといふは行んずる也。酒を呑ず飯を食ずとは皆呑んず喰んずるなりと物類称呼に見えたり（中略）此等の外勝るに暇あらず。只此巻中にあらはしたる詞のみを爰に解く。仍て排設の趣は、俚俗の訛言方語のまゝを記して、某おかしみを純にす

もちろん、一九が駿河の府中産の田舎者であり、山東京伝こと京橋銀座一丁目に住む伝蔵、本名岩

瀬醒、三馬こと浅草田原町生まれの菊地泰輔などのようなちゃきちゃきの江戸っ子でないことが、こうした言葉と無縁でないことは明らかだろう。田舎者の一九が田舎言葉を笑うことは、天に唾することにほかならない。彼はまさに京・大坂の人、越後、長崎の人と同舟の〝駿河の人〟なのである。そういう意味でいえば、彼はあくまでも野暮であり、非〝通〟の田舎者にしか過ぎなかった。「てうど去年のはる、一九が中田やの勝山にしばられた時、あんなざまであつた。ごうさらしな」という弥次郎兵衛のセリフは、一九が決して本物の通人でなかったことを表している。京伝のような青楼の世界の隅々まで知っている粋人が、敵娼に詰られるようなヘマな〝ごうさらし〟をするはずがないのである。

　京伝の洒落本が遊廓登楼のための一種の手引書となっていたというならば、弥次喜多の旅はまさに〝半可通〟、〝野暮〟の骨頂を具現した反面教師的なものだ。弥次喜多道中の失敗は数々あれど、その遊廓内での失敗、滑稽譚は、その質、量において旅の途次においての失敗よりは作品世界の中で遥かに大きな割合を占めている。弥次郎兵衛は、伊勢の古市遊廓では京都の千本通のへんぐりや与太九郎と敵娼を争い、したたかな半可通ぶりを発揮するし、「にしめたるごときふんどし」ではさんざんに恥を掻く。駿府の「あべ川丁」遊廓での〝失敗の無さ〟をここで取り返そうといった按配である。

　また、京都の五条橋下の遊廓では、喜多八がうっかり敵娼に着物を貸してやったことから、足抜けの手伝いをしたという嫌疑をかけられ、弥次郎兵衛ともども柱に括りつけられるという大失態を演じる。大坂の新町遊廓では借り着がばれて大恥を掻く。遊廓での失敗譚。弥次喜多の旅は、常にその色気によって失敗するのだ。しかし、その失態は京都や大坂での事例のように、必ずしも彼ら自身の落ち度や浅はかさによるものとはいえない。彼らは〝通〟を気取り、江戸っ子ぶりを発揮しようとするのだが、しかしそれが中途半端な〝半可通〟であるところに彼らの失敗の原因があるのではなく、そうした江戸的な〝通〟の世界が普遍的であるかのように思っているところに、その失敗の大半の原因はあるのだ。

土地土地によって遊廓の仕来りも違えば、人情、言語も違う。古市でのへんぐりやと栃面屋との滑稽なやりとりは、江戸の常識が伊勢で通ずると考えた弥次郎兵衛の誤りにあった。そこには郷に入れば郷に従えという諺の意味するところを忘却した〝江戸っ子〟の思い上りに対する〝田舎人〟のしっぺ返しという点があるだろう。江戸は必ずしも中心ではない。それは多様なものの中の一つのローカルな例にしか過ぎない。東海道五十三次を踏破した弥次喜多コンビが認識しなければならなかったのは、そうした江戸文化の相対化であり、逆にいえば日本全国が文化的に大きな一つの歴史的な条件に組み込まれているということだった。だから、弥次喜多の旅は、足を東海道以外の街道に延ばしたところで、基本的には〝同じ旅〟を続けるしかなかったのである。

江戸っ子の弥次喜多の同行二人のコンビを、〝駿河の人〟の一九が、旅の途中で追い越した。そこから、彼らの旅は、江戸という特権的な中心を担うのではなく、ただローカルな文化、言語としての江戸を背負うだけとなったのである。『東海道中膝栗毛』の中に、弥次喜多と作者の一九とがすれ違う場面がある。それは「五編下」の雲津宿で弥次郎兵衛が、一九の名を騙り、その〝御高名うけたまはり〟およんでいたという地元の連中が集まり、弥次郎兵衛が扇、短冊に狂歌を書いてくれと頼まれるというエピソードで、いい加減な歌を書き散らし、一座の者に猜疑心が生まれかけた頃、その家の主人にさる友人から書状が来る。それは「只今東都十返舎一九先生、私宅へ御着有之候。(中略)追付貴宅江同道参上可致候間、右御案内申入置候」というものだった。

主人は「定めてこやつ、尊公のお名前をかたつて、まいつたものと見へる。さいわい追付これへまいるとあれば、ナントおあひなされて、なぐさんでやろじやござりませぬか」というと、もとより偽物の一九である弥次郎兵衛は、「いやはや横着(わうちやく)なやつもあればあるものだ。しかしわたくしはあひますまい」と逃げ腰になり、結果的にはこちらのほうが偽物であることが暴露され、そこをほうほうの態で追い出されるというものだ。

もちろん、ここで読者はこの場面で本当に偽の一九こと弥次郎兵衛と、作者の一九とが出会っていたらという空想を禁ずるわけにはいかない。一九は弥次喜多といっしょに東海道を歩き続けてきたわけだが、ここでは弥次喜多を追い抜いている。改めてここで弥次郎兵衛と一九が出会うとしたら、それは故郷の駿府で弥次郎兵衛と一九がニア・ミスをして以来、作者一九の来歴に近付いてきた弥次郎兵衛と、弥次郎兵衛の中に自分を見出しつつあった一九との、きわめて興味深い出会いということになっただろう。

この場面で、偽物ということがバレ、「こちからほかからかし出されぬうちに、ちやつ〳〵と出ていかんせ」といわれて、弥次郎兵衛は「なんだほかし出す。コリヤおもしろい」と、居直りともいえるような態度を示す。また、喜多八に「コレサ弥次さん。りきんでもはじまらねへ。ぜんてへおめへのおもひつきがわるい」とさとされても、「しじうふくれづらして、りきみかへり出ゆく」のである。むろん、これは弥次郎兵衛には自分は一九以上に一九であるという意識があるからだろう。弥次郎兵衛は駿府を通過し、江戸を離れれば離れるほど、一九に近付いてゆく。別のいいかたをすれば、弥次郎兵衛の江戸は地域的特性に還元されてゆき、一九の駿府は全国的な一般性へと融解していった。弥次郎兵衛の江戸が一九の駿府に追い抜かれたということであり、それ以後の旅はむしろ弥次郎兵衛が一九なのだ。

しかし、弥次郎兵衛はまだこの時点では〝江戸っ子〟であることを放棄するわけにはいかなかった。江戸っ子が江戸の言語、江戸の慣習に染まることによって、日本の他の各地で滑稽な失敗を繰り返す。そして、それを「あとは大笑ひ」ということで、〝茶〟にしてゆくことによって、『膝栗毛』の旅は、庶民の間に浸透し、そして弥次喜多は故郷に戻ることなく、永遠の「流浪」する人として歩き続けなければならなかったのである。江戸の言葉の優位性などない。もちろん、京都や大坂、越後や長崎の文化、言語が「日本」の中心というわけでもない。中心を探しながら、ついに中心にたどり着くことのない道中。『道中膝栗毛』とは、そうした小説家一九の「流浪」が、その足跡として残した〈旅の恥〉は〝書き捨て〟だったのである。

4

ところで、『膝栗毛』といえば東海道、東海道といえば弥次喜多の旅という連想ゲームということになるが、足掛け二十一年に亙った弥次喜多の旅は、江戸を起点として、東海道、京・大坂、金毘羅道中、宮島道中、木曾街道を通って、大宮、浦和を経て終点の江戸へと、大きく楕円を描く旅だった。往路が東海道、復路が木曾街道であり、『東海道中膝栗毛』と『木曾街道　続膝栗毛』とは、江戸から離れようとする旅と、江戸へ帰ろうという、二つの全く異なった精神のベクトルを持った道中だったのである。

ここでは、東海道中に較べて、あまりにも語られることの少ない（読まれることも同様だろう）木曾街道での弥次喜多の旅姿を少し追ってみよう。

東海道中において、弥次郎兵衛の故郷である駿府に近付いて行く時と、そこを遠ざかって行く時とでは、とりわけ弥次郎兵衛の足取りの軽重があることはすでに指摘したが、江戸へ帰る旅、木曾街道へ入ってくると、弥次喜多の旅の足取りは、心なしか重いものになってくるような気がする。とりわけ、木曾街道も半ばを過ぎ、江戸に近付けば近付くほど、これまでの弥次喜多二人の剽軽（ひょうきん）な失敗譚と、野卑で卑俗な艶笑譚という性格が薄れ、陰気でしみったれたブラック・ユーモアが多くなるように思える。

そこでは、弥次喜多は主人公というより、ただの観客として他人の話に耳を傾けるという傍観者となっている。あるいはこれまでのように、酔狂か色欲か物欲によって、つまり自分たちの非によって当然の如くひどい目にあっていた（自業自得である）立場から、時には明らかな被害者という立場で、事件の中に巻き込まれてゆくのである。

たとえば、「守山武佐をうち過て、相の宿清水がはな」で二人が泊まったのは、「しゆくはづれのいかにもむさくろしき小家にて、六部じゆんれいなどのきちんやど」だった。しかも、弥次郎兵衛期待のそこの女房は、「髪の毛にあぶらけたえて、かほもからだもふしくれたち、うそよごれたなりに、ちのみ子をはだにつけて、ゐろりの火をたきながら、はな水をたらしてゐる」という有様。同じ木賃宿でも、表街道の東海道と、裏街道の木曾街道とでは、こうも違うものかと思わせるような貧窮ぶりだ。もちろん、これは現実の地域差を反映しているだろう。海に開いた、風光明媚な京・大坂の上方と江戸とを結ぶ大動脈としての東海道と、〝すべては山の中〟の木曾路とでは、そもそも経済的、社会的な価値が違っているのである。

弥次喜多はそこで座敷も台所もなく、六畳一間の部屋に通され、めし椀が足りないからといって、猫の椀に盛られためしと、女房が懐に抱いた嬰児の小便が混じった汁を出され、「こんな膳にすわるも、前生からの約束ごとであらう」と諦めて食事をするのだが、汁もおかずも茗荷（みょうが）ばかりだった。これは宿の主人と女房とが、弥次郎兵衛が金だといって預けた紙包み（実は石）を、二人が忘れてはいかないかという深謀遠慮なのである（茗荷を食べると物忘れをするという俗信がある）。結果は紙包みを忘れるどころか、弥次喜多は旅籠代を払うのを忘れて立ってしまうのである。

これは珍しく弥次喜多の失敗ではなく、旅人に一杯喰わせようとした宿の主人の側の失敗である。つまり、ここでは弥次喜多は、色気や食い気、知ったかぶりや酔狂心を発したわけではなく、むしろ被害者の立場に立っている。これがこの宿で彼らが失敗することもなく、機知で相手に一杯喰わせた上首尾の結果を迎える理由なのである。

しかし、この宿を離れて旅を続ける二人に、いつものような「大笑ひとなりて」一件落着という、決まり文句は出てこないのである。それは、宿の夫婦が寝物語に、もし客が金を忘れていったら、「わしが此中の袷うけてくだんせ」「ちつさめにも一まいきせてやろわい」「となりのばさまの弐百も戻さんせ」「麦一俵買うておこかい」「わしのいもじもとうからない。紺のきれ四尺かうて下んせ」といったひそひそ話をする、その〝貧しさ〟を「大笑ひ」することが、弥次喜多にも、一九にも出来なかったからにほかならない。ここで弥次喜多は、流民、漂泊者の貧しさだけではなく、定住者、日本の常民の貧しさそのものを目撃しなければならなかったのである。

こうした〝貧窮〟は『続膝栗毛』に底流した陰のテーマとなっているように思える。弥次喜多が長野原から菅尾へ行く道を間違え、田舎道で日が暮れてしまうということがある。どこかの農家に泊めてもらおうと思っても、蚕の季節にかかっているため部屋の余裕がない。ようやく泊めてくれることになったのは、「かべはおちかゝりし所へこもむしろなどを引つり、やぶれ戸ゆがみながらにたてつけ、やねもこけむしてくさおひしげりたる」家である。しかも、中に入ってみると「いかにもわびしきすまゐにて、ゐろりの火に七歳ばかりの女の子と三ツばかりの男の子、火にあたりながらそばもちをくつてゐるそのかたはらに、としのころはたちあまりの女、はだにちのみ子をせおゐたる」という貧困家庭である。

例によって、子供の小便やらウンコやらの混じっためしを出され、ろくろく手をつけずに寝ようとすれば、「うすぺらなふとんとねござ二まい」、それだけではあまりに寒いのでむしろをかぶり、石臼で両肩の所を押さえて弥次郎兵衛は寝る。亭主が帰って来ての話をうたたね気分で聞いていると、亭主の思いで借金がかさみ、女房を売ろうとの相談で、仲介人を連れてきたのだが、女房の顔を見て、仲介人は売り物にはならないとサジを投げる。こうした絶対的な貧困を傍観している弥次喜多に、むろん援助の気持ちも、またそうした財力もあるわけではない。せいぜい、夫婦喧嘩の途中で、石臼を転がしていろりの中へ落とし、灰神楽を立てるというドタバタを引き起こすだけだ。

　　やがてみな〳〵せい〳〵としていきばかりに、ひそまりかへりてこゑひくくなりたれど、いかゞをさまりしやしまひはしらずふたりはをかしさかほ見あはせて、はらをかゝへながらに、

というところで狂歌になるのだが、しかし、ここでの〝腹を抱えて〟の笑いが苦いものであることはいうまでもない。子沢山、亭主の病気、売ることも出来ない女房、借金。こうした絶体絶命の貧窮に追い詰められて一家が、幼い娘を売るか、一家心中するかという瀬戸際に立たされていることを弥次喜多が知らないわけではない。

しかし、彼らがその一家に同情したところで、所詮は貧しい者同士の無益なもたれ合いにしか過ぎ

ない。だからこそ、弥次喜多はそれを笑いで誤魔化さざるをえないのだ。ここでの笑いは、人も自分をも笑って世間を潤滑させる、あの「大笑ひ」とは違う。どうしようもない絶望の状態で、弥次喜多は笑うことしか出来ない、そんなニヒリスティックな笑いにほかならないのである。

江戸に近付けば近付くほど、「大笑ひ」は減ってくる。それは弥次喜多が、木曾街道の道中で多くの貧しさを見聞してしまったということもあるだろう。弥次喜多は、長い旅を経験したのだが、その旅の体験から教養小説的な意味では結果的に何も習得するものはなかった。繰り返し彼らは同じような失敗を犯し、同じようなヘマをしては人に笑われ、ほうほうの態でそこを逃げ出す。懲りることもなければ、教訓を得るわけでもない。もちろん、作者のマンネリ気分のせいもあるだろうが、同じパターンの滑稽と失敗を、よく飽きもせずにと思えるほどに繰り返すのである。むろん、それは彼らの健忘症のせいではない。褌でのいざこざ、吸い筒での失敗など、彼らはそれをきちんと記憶しているのだが、反省することなく、同じ過ちを反復してしまうのである。

それは彼らの旅が、目的も発展もなく、ただ固定した一つの環境にとどまること、定住することの貧困から逃れるためだけに続けられているからだといえるだろう。すなわち、弥次喜多や一九にとって、故郷や江戸という場所は、足を止めてしまうと、間違いなしに彼らを縛りつけ、実生活的な意味であれ、生活的な意味であれ、〝貧しさ〟に捕えられずにはいられない環境にほかならないのである。弥次喜多は反省しない。彼らは「江戸」で何らかの希望が待っているとは考えない。旅が日常となった彼らは、文字どおり旅を住みかとし、一生を旅とするしかなかったのである。

しかし、旅の終わりは、喜多八の反省からやってくる。すなわち、鴻巣の宿で、喜多八はちょっとした出来心から熊谷の宿屋から黙って持ってきた紫縮緬の褌のことを、ひどく気に掛けるのである。それは道連れとなった坊主のものをちょろまかしたもので、途中見つかって取り戻され、恥を掻いたものだが、そのことを坊主が宿場の役人に届け出て、喜多八を詮議させようとしているのではないかという猜疑心を持つのである。

「弥次さんなんだかおいらはきにかゝる」と喜多八はいう。「大かたけさの坊主めがどうしてかこのしゆくへとまつて、そしておいらもとまつたことを承知してあいつめがふんどしの意趣がへしに、何ぞあることないこと尾に尾をつけてぬかしやアがつたかもしれねへから、どうやら心もちがをかしくなつたがそんな事ぢやアあるめへかね」。

ここでの喜多八は明らかに神経過敏である。褌での失敗など、弥次喜多はこれまでにいく度も行なっている。また、小さな盗みや悪事も全くなかったわけではない。それなのに、喜多八はこの褌の無断着用をひどく気に掛けるのである。「いつもやどやにて女さへ来ればじやらつきてむだをいふやつが、ふたりともこよひばかりはふさぎてしやれも出ず」という状態で、喜多八はついに髪を切ろうとまでいい出す。

何でも髪をきつてあの女へふんどしのわけを打ちあけて、あの坊主どんないつつけぐちをしたやらしれねへから、そのわけをはなしてもしものときはこの髪をきつたをいひたてにして、おいらをもらつてなりと其難儀をのがれるやうにたのむと、やどろく女をたてごかしにしてぶつつかつたら、たしかに受こんでいゝやうにして呉(くれ)ようと思ふから、いつそのこと先からなんともいつてこねへさきに、やどろくへふきこんでのみこませておくがよからうとおもふが、弥次さんどうだらう。

もちろん、これは喜多八の考え過ぎ、杞憂という結果に終わる。坊主の褌の件など、喜多八が気を揉むようなことは何もなかったのである。弥次郎兵衛は喜多八のムキになったのが可笑しく、髪を切るのを止めなかったのだが、そのことを後で喜多八に恨まれる。「あたまをこんなにしてくれ〴〵も弥次さんおめへがうらみだ。けふこゝへとまつたばつかりでこんなめにあつた。コリヤしんでも此うらみはわすれねへ」といって、「きつたわげぶしをうらめしさうにひねくりまはして、ほろりとなみだをこぼ」すのである。

「これこそぢがねのなみだなり」とは、地の文だが、この喜多八の恨み事はもちろん筋違いである。宿から逃げようといい、髪を切ろうといい、宿の主人に褌と坊主のことを打ち明けようといい出したのは喜多八自身であり、弥次郎兵衛はただそれを積極的に止めなかったということに過ぎない。そもそも喜多八の反応が過剰であり、それは弥次郎兵衛にとっても異様なものとして映ったのだ。

髪を切った喜多八にとって、無事に一件落着となった後も、このことだけは「大笑ひ」ということでは済まない。『膝栗毛』全編において弥次喜多が「ぢがねのなみだ」を見せるのは、ここの喜多八の一箇所しかない。この場面と対照出来るのは、『東海道中膝栗毛』で故郷の駿府にたどりつく前に、弥次郎兵衛が「おらアしにたくなつた」という場面ぐらいのものだろう。それほど、喜多八の心の動揺は大きいのである。

なぜ喜多八が、褌一本のことでこれだけ神経を昂ぶらせたのかは、私たちには理解する手立てがない。それはおそらく弥次郎兵衛にも、喜多八自身にも、そして一九にもわからないことだったろう。ただ、それが江戸という最終の帰還点を目前にしている場所において引き起こされた事件だということが、考えるためのヒントとなるだけだ。喜多八が髪を切ったこと、「ぢがねのなみだ」を流したこと、すなわちこれまで「反省」をしたことのない弥次喜多が、ここで初めて「反省」し、しかも涙を流したのである。

ここで弥次喜多の旅は、すでに終わってしまったといえるだろう。後には実際に江戸に帰り着くまでの行程があるのだが、実質的に旅は終わってしまったのである。それは、弥次喜多という主人公が、一瞬でも「過去」を振り返り、自分たちのやった事、しでかした事に対して自省的になったということにあった。彼らは本来、「反省」や振り返ることを知らずに、先へ先へと進む旅人にほかならなかった。彼らはそれまではどんな悲惨な境遇に陥っても、またどんなに悲惨な人々の状況を見ても、それに立ち止まることなく、振り返ることなく、「大笑ひ」し、すべてを〝茶〟にして歩き続けて来たのである。それは一瞬の休止も懐疑も逡巡も許さないようなものだった。弥次喜多の背後には、ともに「大笑ひ」するギリシア劇のコロスのような人々、読者であり観客であり、そして共に旅する不特定多数の庶民たちがいたのである。『膝栗毛』を支えていたのはそうした人々であり、また、それらの人々が一九や弥次喜多を栗毛馬のようにひたすら走らせ続けたのだ。一九も弥次喜多も、そうした声援の中で走り続け、歩き回り、そしてふと自分の帰り着くところがもはやどこにもないことに気が付いたのである。

「江戸」に帰りたくなかった弥次喜多と一九は、それでも江戸を終着点としなければならなかった。もちろん、喜多八の言葉のように江戸を目前にして彼らは帰りつくことから〝逃亡〟したかったのであり、できることなら永遠の逃亡者、人生や社会からの逃散者でいたかったのである。『続膝栗毛』の最後では弥次喜多の二人は、材木切り出しの仕事で信州の山へと向かうという再び旅へ出る可能性を示している。しかし、これは一九が大坂の材木商の入り婿となった（そして離縁した）ことと同じ程度の〝可能性〟しか表していないだろう。その証拠に『続々膝栗毛』では、弥次喜多は信州へもどこにも行かず、ただ江戸の裏長屋に住む住人であって、ついに旅を放棄した弥次喜多の後日譚が語られるだけにしか過ぎない（この『続々膝栗毛』の設定は、「膝栗毛発端」の世界と重なる。旅以前と旅以後はいずれも同質的な世界なのだ）。

弥次喜多、一九の旅は『続膝栗毛』で「江戸」に帰還することで終わった。いや、鴻巣の宿で、喜多八が涙を流すことで終わったのだ。彼らは「ぬけまいり」の少年たちが、やはり故郷や都市へと帰還してゆかなければならなかったことと同様に、大きな円環を描いてもとの日常へ戻って来たのである。帰るところがないのに、帰らなければならない。そこはむろん、弥次喜多が出て来た「江戸」の裏長屋だった。もちろん、そこは弥次喜多にとっての故郷ではない。そこはただ旅人が、流浪する人々が、人々の背中の陰に身を隠すような場所にほかならなかった。弥次喜多は、いや一九は旅を終え、江戸に帰った。もちろん、そこはやがて〝瓦解〟の時を迎える近世都市としての「江戸」、虚の虚なる中心点としての都でしかなかったのである。

悪女のドラマツルギー——鶴屋南北

1

丸谷才一の『忠臣蔵とは何か』（講談社）を読んだ時、私が反射的に思い浮かべたのは、幼少年期に幾度も見た〝赤穂浪士〟映画の華麗な討入り場面（カーニバル的な！）ではなく、雨の降る白黒のスクリーンにぼやけた夢幻のように朦朧と映る〝お化け映画〟のシーンだった。何という映画だったかはむろん憶えていない。またそれは特定の一本のフィルムでもなかったはずだ。貧しい長屋から武家屋敷に奉公に出された娘、癇癖症的な主人、嫉妬深い家妻、底意地悪い朋輩の女中たち、といった筋立てといえば番町皿屋敷ということになるだろうか。あるいは座頭の笛と夜の河と水に浮く戸板の屍体となれば、四谷怪談の隠亡堀、行灯の細い灯に猫の影に女の啜り泣きともなれば、鍋島の怪猫もののお家騒動ということになるだろう。

これらの筋も人物も背景も渾沌として、白黒あるいはカラー（その頃のいい方でいえば総天然色）の闇の画面の中に溶解してしまい、今残っているのは、暗く、哀れっぽく、重苦しい鬱屈した気分だけだ。丸谷才一の『忠臣蔵とは何か』の読後感にそんな新東宝的、大蔵映画的な（こんな形容が今どき通じるかどうか危ぶまれるが）〝暗鬱な（グルーミー）〟感覚がまじっていたといえば、あまりに恣意的、個人的な感慨ということになるだろうか。

華やかな正月の歌舞伎公演、それに恒例として上演された曾我ものの歌舞伎狂言との絡みを論じながら、丸谷才一は王殺しの〝カーニバル劇〟としての忠臣蔵劇という観点を提出した。その論の展開の仕方はそれなりに納得のいくものだったが、何か根本的なものが一つ、すっぽりと欠け落ちているという感じがした。それは江戸期という時代に、私が前述のような〝怪談映画〟から受け取っていたような〝暗さ〟であり、〝陰鬱〟な気分そのものといってよいものだ。『忠臣蔵とは何か』が忘却しているのは、こうした暗さであり、地べたを這うような怨恨ではないのか。だからこそ、私には〝ないものねだり〟としての暗鬱な気分が、読後に反射的に浮き上がってきたのだと思われたのである。

以前、四世鶴屋南北の忠臣蔵劇について考えた時、『菊宴月白浪（きくのえんつきのしらなみ）』と『東海道四谷怪談』、それに『盟三五大切（かみかけてさんごたいせつ）』が、『仮名手本忠臣蔵』の劇中劇あるいは劇外劇であり、それは〝忠臣蔵世界〟のパロディーの世界、または〝逆転〟された世界であって、これらを陰陽、内外、表裏一体のものとしてとらえ、双面的な劇（世界）として見なければならないということを書いたことがある。（「〈世界〉の構造」）。

それは忠臣蔵（という事件そのもの）が元禄時代の武士階級の「自意識」の問題として儒者たちを中心に広汎に論議されたのに対し、それが劇化され、伝説化、神話化される過程において、そこに元禄から文化・文政の幕末期に至るまでの、庶民の集合的な無意識といったものが重層的に堆積していったことに気が付いたからだった。つまり、忠臣蔵には戦乱の世の時代からずいぶんと隔たり、その〝本分〟である〝死に場所〟〝戦いの場〟を喪失した「侍」たちが、自らの存立根拠を問うというすぐれてイデオロギー的な「自意識」のドラマがまずあり（この頃の元禄武士の日常生活、精神世界をうかがうには、『鸚鵡籠中記』をテキストとした神坂次郎『元禄御畳奉行の日記』（中公新書）が最適だろう）、それを室鳩巣や荻生徂徠、太宰春台といった儒学者たちが〝武士道〟の問題として熱っぽく論じたのである。

むろんこれは、忠臣蔵の一面にしか過ぎない。この忠臣たち、義士たちの行為に喝采を送った江戸の庶民たちの無意識の層には、また別のドラマがあったはずだ。それは卑しい町人に身をやつしながら、艱難辛苦するという〈貴種流離〉の劇であり、さらに義理と人情、恋と金、建前と本音（肚）の葛藤という二項対立のドラマツルギーであって、竹田出雲といった作者たちは、それを『仮名手本忠臣蔵』という忠臣蔵劇にみごとに結集したのである。そして、そうした〝正〟であり〝光〟である忠臣蔵を反転、逆転させて、〝負〟であり〝闇〟である忠臣蔵世界の〝深層〟をドラマに仕立てあげたのが、生世話狂言の名手である四世鶴屋南北の『菊宴月白浪』、『東海道四谷怪談』そして『盟三五大切』であると考えたのである。

というように論じてゆくと、『忠臣蔵とは何か』を、我田引水的に自分の関心領域に無理矢理引き込もうとしていると思われるかも知れないが、ここでの本意は別なところにある。丸谷才一が江戸期の庶民たちの無意識層にあったという〝王殺し〟――すなわち生類憐れみの令などで人民を苦しめた将軍綱吉へ対しての呪殺願望を、その『忠臣蔵とは何か』の中でとり出して見せたとき、私は江戸庶民の〝怨霊〟といったものがあったとしたら、はたしてそれで浮かばれたというべきだろうかと考えてしまったのだ。

丸谷才一の「忠臣蔵論」がバフチンのカーニバル論や、山口昌男などの王権論といった文化人類学的、神話学的理論を巧みに応用していることは明らかだが、もう一つ柳田国男や梅原猛などの展開した御霊信仰、鎮魂思想といったテーマを大いに援用していることも見逃すわけにはゆかない。それはむろん忠臣蔵という芝居が、浅野内匠頭や四十七士を〝御霊（ごりょう）〟とする御霊信仰に支えられた〝鎮魂〟の儀式であるということを意味しているわけだが、さらにもう一つ、この「忠臣蔵論」自体が、江戸庶民の底辺層の支配者呪咀という、反体制的な「怨恨」を鎮魂しようという意図を孕んでいるように思えるからだ。つまり、ここには〝声なき声〟で時の支配者を怨む、さまよえる魂たちの代弁という匿された（といっても、それはさほど見えにくいものでもあるまい）モチーフがあって、それが忠臣蔵の〝読み換え〟の原動力となっているのである。

だが、そうした怨霊たち（江戸庶民の集合的な無意識）を表現するために、忠臣蔵という「世界」（歌舞伎狂言の用語的意味で）ははたして最も適切だったろうか。時の御政道に対する批判が、その当時の最大の禁忌であったことは、今更私がいうまでのこともない。それは無意識のレベルにおいても何重かの検閲、禁忌として働いていたはずであり、そうした禁忌の存在を仄めかすことすら〝首〟をかけるような業にほかならなかったのである。

たとえば、十返舎一九は、その黄表紙作品『化物太平記』（文化元＝一八〇四年、山口屋忠助刊）を出して手鎖五十日の罰を受けている。これは木下藤吉郎を蛇に、蜂須賀小六を河童に、織田信長をなめくじに見立てる、化物版太閤記なのだが、これが「天正之頃以来武者等名前ヲ顕シ画候儀勿論紋所合印名前等紛ラハ敷認メ候儀モ決相致間敷候」という幕府通達に触れ、『絵本太閤記』やその場面を描いた錦絵の絵師、歌麿や豊国などが手鎖となったことが、そのパロディー版の作者の一九にまで及んだものである（『江戸の戯作絵本（四）』解説参照）。

太閤記のパロディーをあえて太平記とするのも、忠臣蔵劇が高師直などの太平記の「世界」へと移し変えられているのも、「天正之頃以来」の武家の名前を使ったり、それとわかる紋所などで示唆したりすることが、厳しく禁じられていたからである。一九の『化物太平記』はこれといった皮肉も風刺もなさそうな、単なる太閤記の化物仕立てということだけが趣向のすべてといった黄表紙作品に過ぎないのだが、幕府はこと武士、武家、御政道を風刺や揶揄、パロディーの対象とすることにはきわめて過敏な神経をつかっていたといわざるをえないのだ。武士たちを化物に見立てることなどもってのほかなのである。

とすれば、鬱屈し、出口をふさがれた化物たちの跳梁にウサを晴らすような〝怨念〟は、支配者への呪殺願望といった〝ストレート〟な道をたどらず、もっと闇雲な、もっと歪んだ形で意識の世界へ噴出してくるはずである。私が元禄期から幕末期まで、忠臣蔵伝説のようにいわば〝光〟の舞台にあらわれずに、その舞台下の奈落に常に潜んでいたような〈もう一つの怨霊信仰〉――「累伝説」に興味をひかれるのは、そのような江戸庶民の意識下にあるものの手ざわりが感じられるからである。

忠臣蔵伝説と累伝説――一方は華やかな男たちのカタルシスのドラマであり、もう一方は陰惨な醜女の因果物語にほかならない。おそらくこの二つの対照的な伝承「世界」は、どこまで行っても交わらない平行線のように別々にたどられ、論じられるものに違いない。江戸期の大半を通じ、歌舞伎狂言に、読本に、合巻にと、庶民たちの圧倒的な支持と人気をかちえていたという共通要素さえのぞけば。カーニバル的華やかさとカブキ精神の派手やかさを持った忠臣蔵劇が、町人文化の爛熟した江戸期に大いにアタったことは当然のことといえるだろう。一方、目を蔽いたくなるような残虐とグロテスク、不条理と因果と怪奇に満ちた「累」劇に人が集まる理由は、いくらか筋道をたてて語らねばわかりにくいだろう。しかし、その前にまず累伝説の概要を語っておかないことには話の進めようもないだろう。前にも一度引用したことがあるが、山東京伝の『近世奇跡考』には、こう書いてある。

> 下総国岡田郡羽生村百姓与右衛門妻かさね、正保四年亥八月十一日、夫与右衛門が為に、絹川において殺害せらる。其所を今にかさねが淵と云。与右衛門、後妻をむかふる事五人、みなかさねが為にとり殺さる。六人めの妻、娘きくをうむ。きく十三の年寛文十一年亥八月中旬、その母も又とり殺さる。翌寛文十二年子正月四日より、累が怨霊又きくにつきて苦しめけるを、同年三月十日、尊き教化（けうげ）にあひて、かさね成仏し、きく一命をたすかりし事、【死霊解脱物語】元禄三年板本。

江戸期の説話がほとんどそうであるように、累伝説もまた〝実録〟という体裁で始まっている。京伝のこの文章の種本となった『死霊解脱物語聞書』によれば、事件は下総国羽生村（現茨城県常総市羽生町）の農民・与右衛門がその妻・累を絹川（鬼怒川）で「川中へつきこみ。男もつゞゐてとび入り。女のむないたをふまへ。口へは水底の砂をおし込（こみ）。眼（まなこ）をつつき喉（のんど）をしめ。忽（たちま）ちせめころし」たというものである。この被害者の累は「顔かたち類ひなき悪女にして、剰（あまつさ）へ心ばへまでも。かだましきゐせもの」であったが、「親のゆづりとして田畑（てんぱく）少々貯持（たくはへ）故」貧しい百姓の与右衛門が〝入婿〟となったのである。

これだけをみれば、封建制の重圧の色濃い都市近郊の農村における、家つき娘と入婿とのありふれた葛藤がもたらした〈妻殺し〉という「いなかのじけん」にほかならないのだが、この後、与右衛門の後添え五人までが子もなく死に、六人目の妻も菊という一人娘を遺して先立つという〝不幸〟が続くことから、因果物語の幕は開く。やはり入婿をとった娘の菊がにわかに病床につき、狂乱状態でその父である与右衛門につかみかかろうとする。そのときの場面はこうである。

我は菊にあらず汝が妻の累なり。六年以前絹川にてよくも〱。我に重荷をかけむたひに責殺しけるぞや。其時やがてとりころさんと思ひしかども。我さへ昼夜地獄の呵責に逢て隙なきゆゑに。直に来る事かなはず。然共我が怨念の報ふ所。果して汝がかわゆしと思ふ妻。六人をとりころす。その上我数〱の妄念虫と成て。年来汝が耕作の実をはむゆへに。他人の田畑よりも不作する事、今思ひ知るや否や。我今地獄の中にして。少の隙をうるゆへに。直に来て菊がからだに入替り。最後の苦患をあらはし。まづかくのごとく。おのれを絹川にてせめころさん物を。

六年もの間「隙なきゆゑ」に怨念を晴らしに来ることもできなかったとは、盆正月に実家に帰ることもままならず、日々、地獄の責苦のような労働に追いまくられていた農家の妻や嫁の立場を思わず物語ってしまったようで興味をそそられるのだが、こうした〝土臭い〟怨み言に、この陰惨な因果譚を享受し、流布し続けた江戸期の農民層（それは江戸の下中層の町人ともたやすく重ねあわせることができるだろう）の「人をも世をも」怨む声を聞きつけることは、さほど的外れではないだろう。『死霊解脱物語』は、実はこうした因果譚をマクラとして、〈地獄極楽廻り〉の絵解きと浄土教の説教を説くことのほうに、むしろ物語の重点が置かれているのである（死霊、悪霊祓い譚としての累説話については高田衛『江戸の悪霊祓い師』〈筑摩書房〉が、累を成仏させた祐天上人に焦点をあてた本格的な研究、批評書となっている）。このような因果譚、〝死霊解脱〟の物語の流行について、歌舞伎劇の研究者である服部幸雄は、累伝説について論じた卓論「累曼荼羅」（『変化論』所収。なお『死霊解脱物語聞書』はこの書の中に翻刻されており、ここではテキストとしてそれを用いた）の中で、こう書いている。

私は、累の死霊が菊の身体にかさなって与右衛門を苦しめる時に、「我数〳〵の妄念虫と成て、年来汝が耕作の実をはむゆへに、他人の田畑よりも不作する事、今思ひ知るや否や」と呪い、すべての解決した大団円に、田畑が豊作になったことを特記しているのを見る時、この物語がまさしく下総国一帯の豊村部に、説教僧たちによって語り広められた姿をそのままに文字に止めているものであると考えないではいられない。累の怨霊は、かの虫送りの呪的行事として有名なサネモリさんに重なっているのである。その媒体が、田の稲を荒らす害虫が御霊の化身であるという、比較的広汎な分布を持つ民族心意に拠ることはむろんであろう。

この服部説に付け加えておくとすれば、累に身体をかさねられる菊という娘の名前が、やはり稲につく害虫の虫送りと深い関わりを持っているということを、民俗学者たちが論じているといったことだろうか。累伝説がこうした農村を基盤とする御霊信仰、民俗信仰と切り離しえないところに、私は丸谷才一が忠臣蔵の〝深層〟に見出す御霊信仰よりさらに一歩深く踏み込んでいったところにある、江戸期の農民たちの草深い野や川辺の田畑にすだく虫の音のような怨念の声を聞かずにはいられないのである。

2

ところで、累伝説が江戸に近いながらも草深い近郊の農村から、〝都市〟へと上ってきた時、すなわち歌舞伎狂言、読本、合巻などの「世界」として広汎に舞台にかけられ、板木に印刻されて流布しはじめた時、その説話はどんな改変を受け、また変化を受けなかったのはどんなところだっただろうか。数多い累狂言、累物語の中から代表的なものとして四世鶴屋南北の歌舞伎狂言『法懸松成田利剣』と、曲亭馬琴の読本『新累解脱物語』をとりあげて、そのへんのところを見てみよう。まず『法懸松成田利剣』だが、服部幸雄が前掲論文で指摘しているように、ここでは累はもともとの醜女、悪女という〝実録〟の設定を棄て、男との恋路のために親をも捨て世をも棄てようとする〈恋に生きる女〉という、歌舞伎狂言好みの役柄に仕立てられていることをあげておこう。同じ南北作の『東海道四谷怪談』で、貞淑で純情な人妻・お岩が鏡の中に自分の変わりはてた姿を見出し、その瞬間に人間ならざるもの、すなわち怨霊に〈変化〉してしまったように、累も騙し殺しにしようとする与右衛門の差し出す鏡の中に、〈変化〉した自分を見出す。この時、累は恋に目がくらみ、その惚れた男に殺されるということも知らず、むざむざと従ってきた哀れな女という役柄から、いっきょに〝怨恨〟そのものの白熱した権化として姿を変えるのだ。

南北は累狂言をこのような変身のドラマとして書きあげた。むろんそれは、南北という狂言作者の内心のドラマをも反映させたものだろうが、それ以上に、畦の雑草でもあるかのように草刈鎌で生命を刈りとられる〈民草〉の深層の怨恨を解き放したものといえるだろう。

だがしかし、この怨恨は方向性を持たないのだ。累を殺そうとする与右衛門が語ってみせる「因果の道理」——それは「この与右衛門が金五郎と云ひし時、其方が為には実の親菊が夫の助を殺せしその報い、めぐりめぐりてその顔の、変わり果てたは前世の約束」というものなのだが、この因果の道理は容易には納得しがたいものなのである。なぜ実の父を殺された累がその父の怨を負って醜く変貌しなければならないのか。私たちの平凡な感覚ならば、醜女にされたうえ草刈鎌で殺されるという累の境遇は、不条理で不当なものであると思える。

よりにもよって親の仇に心中立てをしようとした累を怒って、父の怨霊が娘を変化させたという説明が劇中でなされるのだが、それが累のあまりにドラスティックな変貌に対して薄弱な根拠——因果の道理をしか与えないということは、たぶん作者の南北が一番よく知っていたのである（だから、劇の大詰めで前述のとってつけたような〝説明〟が行なわれたのだ）。ここでの累の変化、怨恨の突出という事態は、おそらくドラマの内部的な枠組みを踏み破っている。累の怨恨は「因果の道理」や「前世の約束」などを遥かに突き抜けたところで、帰着点を持たずに、無方向に「めぐりめぐりて」いるばかりなのであり、それは本来成仏させることも、浄化することもできない、つまり〝ウラミを晴らす〟という対象を持たない〝怨恨〟にほかならないのである。

『新累解脱物語』が、馬琴作の他の読本同様に、不必要と思われるまでに入り組んだ筋立てを持っていることは、一読すれば容易にわかることだ。だが、この複雑な筋の中に「めぐりめぐる」因果の網の目が絡んでいることの〈意味〉を見出すことはそうたやすくはないだろう。下総国羽生村の農夫織越与左衛門は、妻の珠雞（すけ）を見棄てて玉芝を娶り、玉芝は玄冬と密通し、玄冬は田糸姫と婚儀を交わすが、それを騙して棄て、玉芝と添い遂げて一子金五郎をもうけるが、錯乱して玉芝を殺したうえ自らは失踪する。その一子金五郎は苧績（をうみ）に横恋慕され、さらに罪を得て与左衛門の娘・累と婚姻するハメとなる。

親子二代、城下町と農村という空間、時間の広がりを、因果と因縁との糸で結びつけた、いかにも〈読本〉的な作品世界なのだ。物語のクライマックスは、金五郎が誤って妻・累を殺し、その後苧績を後添いとするのだが、その一人娘さくの膝に人面瘡ができ、その人面瘡と生者たちとの対決となる場面である。それは次のようなものだ。

しかれども与左衛門（＝金五郎）は、蚤歳より武家に仕て、心ざま勇かりければ、人面瘡にうち対ひ、汝はこれ珠雞か累か、もし累ならば、などてわれを外にして、物弁ぬさくを苦しめ、只仮初に媒せし、沙平のみを殺せるぞといふに、彼瘡答て、われ珠雞にあらざるにもあらず、又累にあらざるにもあらず、汝と沙平清三郎等を見るときは、或は珠雞、或は田糸姫、或は累なり、又苧績を見るときは、或は印幡、或は累なり……

「累」という名前の〝名詮自性〟がここで馬琴によって明らかにされている。つまり、それは田糸がまた累でもあるように、次つぎと因果の糸によって結ばれ、かさねられてゆく怨恨の「めぐりめぐる」様相を形象化したものにほかならず、そうした方向性を持たずに〝かさね〟あわされてゆく怨霊たちの怨念こそが、累物語の本当の主人公なのだ。服部幸雄は同様のことをこういっている。「累の亡霊が、他のどんな亡霊とも違っている特性は、まさしくその名が示しているごとくに、親の死霊・怨念を『かさね』負うて生き、自身もまた死霊となって他者の肉体の上に『かさね』合っていくということである」と。

しかし、この見解は私たちのここでの結論と微妙にすれ違っている。つまり、「累」という名前で形象化された怨霊は、草深い農村の共同体から切り離された時、浮遊する意識下の怨恨となったのであり、それはあくまでも実体化され、肉体化されることを拒み続けるのだという結論と。

南北、馬琴らによって作りあげられた「累」像は、正確に彼らの対象を持たない（持てない）怨恨の表象にほかならなかった。それは民俗の草深い闇から現れ、江戸期の都市住民たちの深層を暗く彩った末に、文明開化のガス灯の火に駆逐されるという運命を担った、一つの〈時代精神〉であったともいえる。たとえば、三遊亭円朝の『真景累ケ淵』は、累伝説の最後の、そしてその墓碑銘としての作品といえるわけだが、そこではすでに怨霊は神経病（「真景累ケ淵」は「神経累ケ淵」にほかならない）、すなわち心理学の問題として語られているのである。

詰り悪い事をせぬ方には幽霊と云ふ物は決してございませんが、人を殺して物を取るといふやうな悪事をする者には必ず幽霊が有りまする。是が即ち神経病と云つて、自分の幽霊を背負つて居るやうな事を致します。例へば彼奴を殺した時に斯ういふ顔付をして睨んだが、若しや己を怨んで居やアしないか、と云ふ事が一つ胸に有つて胸に幽霊をこしらへたら、何を見ても絶えず怪しい姿に見えます。

こういう断りのうえで語られる怪談噺が、すでに「因果の道理」やら「前世の約束」からほど遠いところにあることは自明だろう。〝累ケ淵〟後日譚として紡がれたこの物語は、数多くの登場人物たちの錯綜する人間模様を描いているという点においては、馬琴の読本に類似しているが、そこにはもはや怨恨の形象化として怨霊をかさねてゆくといった話法はほとんど信じられていないのである。内面、偶然、心理、幻覚、犯罪といった近代的な用語を使うほうがここでは似つかわしい。つまり、そこでは集合的な無意識のドラマとしての累伝説の「世界」は滅んでいるのであり、内面の影、個人的な神経症の病状としての近代的な〝幽霊〟の姿がうっすらと見え始めているのである。

時代の怨恨は、むしろその中心を持たずに拡散し、浮遊する怨霊、死霊の形をとって私たちの目の前に現れる。それは支配者に対する呪殺願望といった方向性をついには持ちえず、時代の変化につれて雲散霧消してゆくような〝複合観念〟としてありうるのである。数多くの累狂言と累物語、累伝説の世界を形づくるこれらの虚構作品たちは、文明開化というドラスティックな世相と時代の変貌の大波に一瞬にして巻き込まれ、ほとんどその痕跡もとどめずに無化してしまった。

しかし、それは本当に怨霊たち、死霊たちの死滅ということを意味していたのだろうか。〝神経〟の中、私たちの個人的な〝心理〟の深層の中に、「累」たちは奥深く潜んでいるのではないだろうか。累伝説は滅んだとしても、その「累」にかさねられる〝怨恨〟は、あてどもなく、この百年の中有(ちゅうう)の闇の中に紛れこんでいるのではないだろうか。

3

江戸期の怪談のヒロイン、「四谷怪談」のお岩や「皿屋敷」のお菊などは、いずれも「累」の姉妹関係にある主人公たちだということができるだろう。お岩と伊右衛門との関わりは、累と与右衛門との関わりに、ほぼ相似的に重ね合わせられる。お岩が『法懸松成田利剣』の累のように、「かだましきゑせもの」ではなく、むしろ〈可愛い女〉だとしても、その夫に不当、無慈悲に殺されるという結末は変わることはない。彼女たちの怨恨は、むろん直接の加害者である冷酷非道なその夫へと向かう。しかし、それよりもむしろ夫を通り越して、その後妻に祟るというところに、累の累たる所以があるのだといえるだろう。お岩が伊右衛門と祝言を挙げたお梅に祟って、伊右衛門が「はやまつて」お梅を切り殺してしまうという筋立ては、お岩がお梅に祟ったということを示していると考えてもよい。通常の意味では、お梅は伊右衛門に横恋慕したということはあっても、お岩の祟りで殺されるほどの悪業を犯したとは考えることはできないのである。

これまで見てきた通り、累の伝承はその〝怨恨〟の対象が、通常に考えられる人物ではなく、むしろ奇妙な方向へと飛び火的に拡散してゆくことを特徴としている。それは『死霊解脱物語聞書』で累が与右衛門の後妻や娘に祟るだけではなく、妄念虫となって稲にも祟るというところに明白に示されている。もちろん、妄念虫は与右衛門の田畑に多く祟るのだが、それが近隣の、あるいは同じ村落共同体の別の田畑にも影響を与えることは確実であり、農民たちは累と直接の関わりを持たなかったとしても、それを共同体全体に関わるものとして畏怖の対象とするのは、不思議なことではありえないのである。

ここにはそれまでに人々が信じてきた「因果の道理」「前世の約束」といった道理性、論理性がない。それはもちろん、言葉の問題そのものであるといえるだろう。つまり、そこでは一つの言葉はさまざまな意味を多義的に持ちえるのであり、さらに累という名前の「名詮自性」がそうであるように、それはいくつもの意味を二重、三重に重ね合わされることによって、意味そのものが拡散するという事態が引き起こされるのである。

馬琴の『新累解脱物語』のエピソードの一つとして、苧績(をうみ)が「訝鼓(おどり)戯衣裳」として染め模様を指定して頼んだ浴衣を、紺掻屋(こうかきや)が間違って別な模様に染めてしまったということがある。つまり、「這(はひ)たる葡萄の葉を白く染めよ」という指示に対して、紺掻屋は「不動尊の、横さまに這給(はひたま)ふが、瓢(ひさご)の核(たね)に等しき、白き板歯(ぬかば)をあらはし」た模様を染めてきたのである。もちろん、これは「葡萄」と「不動」、「葉」と「歯」の取り違えで、「這たる不動の歯を白く染め」てしまったからにほかならない。しかし、この浴衣の模様を目印として、苧績と思い込んだ金五郎が、我が妻の累を誤って殺すという事件へと発展してゆくのだから、これはただ紺掻屋の「文盲」に対する嘲笑ということだけでは済まない要素を孕んでいるといわざるをえないのだ。

言葉が二重、三重の意味を持つことの悲劇性。やや大袈裟な言い方かも知れないが、馬琴がとらえた累の怪談は、「ふとう」や「は」といった言葉の多様性の中にあった。それはむろん、累が田糸姫であり珠雞であり、また苧績でもあり印旛でもあるという、「近代的な個人意識」以前の女たちの〝重ね重ねられる〟運命の同質性をも示している。累は近代的な意味における個人ではない。彼女はその名前（固有名）においても〝固有〟の人格を持つのではなく、女の運命という類型を表している一般名詞的な意味合いを担っているのである。累は「重ね」であり、「類」であり、言葉の多重性そのものを示す記号にほかならない。そうした言葉の多重性に、多義性が強く意識されるようになったのが江戸期の黄表紙以降の言語状況が示している時代相にほかならなかったのである。

つまり、累の悲劇は前近代な共同性、集合性の中へ「個」が埋没されていたという事態を表すと同時に、そうした集合性の中から「個」的なものの萌芽が現われ、それが「かだましきゑせもの」として圧殺されてゆくことの過程が「累」の伝説のもっとも中心的な要素として表されているのである。

番町皿屋敷の「皿屋敷」が、また「更屋敷」でもあることは、すでに実録本『怪談皿屋敷実記』（『近世実録全書』第十六巻）の中にも書かれていることだ。すなわち五番町の小姓組の屋敷五軒が将軍家御用によってお召上げとなった時に「小姓組五人の頭は吉田大膳亮と云ふ、依て其明地を吉田の更屋敷と云しとかや」という文章が本文の中にあるのだ。この更屋敷が皿屋敷へと変化する過程に、あの青山主膳とお菊との陰惨な怪談が成立するのだが、ここでも「怪談」の基となったのは、ひらたくいってしまえば語呂合わせの〝妙〟でしかなかったと語ることも可能なのである。

さらに大盗賊の向坂甚内の娘のお菊が、父の仇ともいうべき秋霜烈日の役人・青山主膳の屋敷に奉公することになったのも、お菊の母が「青山の屋敷」と地名と姓とを混同してお菊に教えていたことの「言葉の間違」なのであり、これを実録本の筆者は「父甚内の因果が其子に報ひ、名詮自性とも謂ふべし」と書くのである。伝通院の了誉上人がお菊の怨霊を解脱させたのは、一つ二つ三つ四つと皿数を数えるお菊が九つと数えた瞬間に、上人が十と読み次ぐことによって、一枚の皿を割ったことで一指を失ったお菊の妄念を晴らすことができたからである。一から十までを十全に数えあげることのできない不幸、これもまた「言葉」の悲劇といってもよく、九つの次ぎに十を付けるという了誉上人の機略は、落語の「時そば」と本質的には変わるところのない言葉遊びを含んだものなのである（この伝通院の了誉上人の役柄は累説話における祐天上人と近似している）。

累やお菊の不幸は、「文盲」の悲劇である。いずれも言葉には二重、三重の意味が含まれていることを知らず、文字が幾通りもの読みと解釈をも許容することを、知らずにいたことの悲劇ということができる。もちろん、それは事件のきっかけにしか過ぎない。累が夫の与右衛門に殺されるのも、お菊が青山主膳に責め殺されるのも、そこに動機としてあるのは色欲や金欲、嫉妬や嗔恚（しんい）といったものにほかならない。しかし、こうした「女の怪談」を、享受することによって支えようとしてきた江戸期の庶民たちは、それを言葉や文字の意味の散乱状態、言葉の乱れとして受け止めたのである。

その背後にはむろん「累」という名が固有名詞ではなく、一種の集合名詞であるような前近代的な固有名詞の未発達といった要素もあるのだが、駄洒落、地口、語呂合わせといった黄表紙的な言語遊戯を可能とする言語状況を考えあわせることもできるだろう。つまり、言葉は意味という地との繋りを絶たれ、地上何寸かのところを浮遊し、漂泊しているような存在にほかならないのである。累、お岩、お菊といった怪談の主人公たちがそれぞれに土俗の闇を背負っていること、すなわちウブメや疱瘡神や妄念虫や狐狸のフォークロアをその背後に負っているということは、彼女らがそうした土俗の草深い闇の中からそのまま出現してきたということを意味してはいない。むしろ、そうした土俗から切り離された川べり、宿場、更屋敷（さら）といった、新興・新開の土地でこそ、彼女らの怪談が成立していることを見逃してはならないのだ。

累やお岩の容貌が〝変化〟し、お菊が五体満足に父母から受けた身体髪膚のうち、手の指一本を切られるという不具となってしまったこと。これらは従来の価値観に基く「様式」や「型」がその時代において崩れてしまったことを意味するものといえよう。南北の皿屋敷劇である『彩入御伽草』でも、お菊の怪談とはかなり異なった設定（播州皿屋敷である）になっていても、十本の指を切られるという要素は重要なものとして保存され、十全なものに対しての〝不具〟を象徴しているのである。『四谷怪談』の上演を見た江藤淳は、お岩の変貌のすさまじさに、そこに伝統劇が育んできた「型」の崩壊を見たということをそのエッセイの中で書いているが、まさに歌舞伎狂言におけるお岩や累やお菊の〝変化〟のしたたかさには、もはや保守すべくもない「型」や「様式」（それはむろん一つの文化の型であり様式である）の音たてて崩れ落ちるような、〝更地〟となってしまった屋敷や市街の荒涼さを見ないわけにはゆかないのである。

それは男たちが保守してきた伝統的な文字文化の解体でもあったともいえるかもしれない。『燕石十種』に収められた岩本活東子の『戯作者小伝』の鶴屋南北の項にはこうある。「歌舞伎作者の中にても、抜群の才ありて、十種曲などのふりをうつして人の心にかなはんことを要とす、されど、ふみよむことをきらひて、文盲なりといひて、みづからほこることなし」。この「文盲」というのは南北一流の逆説でもあり、皮肉でもあるのだろうが、彼がそれまでの文字文化によって支えられてきた伝統的な男性文化、儒教や武士道につながる「型」を破壊する文盲の伝統破壊者だったことを意味しているともいえるだろう。

思えば忠臣蔵、とりわけ忠臣蔵劇のスタンダードとなった出雲らの『仮名手本忠臣蔵』には、「いろは」から始まる四十七文字の完璧な言葉、文字の世界があった。つまり、日本語は「いろは四十七文字」の組み合わせですべての言葉は過不足なく表現することができたのである。だから忠臣蔵の四十七士はいわば「いろは四十七文字」の権化であって、彼らの離合集散する有様は、まさしく日本語がその欠ける要素一つなく、組み合わされ、語られ、書かれるべき充足した世界を象徴していたといってもよいのである。江戸の庶民たちはこの「いろは」文字の活躍に喝采した。それは本居宣長のいうような「正しき音（正しき言葉）」の縦横無尽に活動することのカタルシスであり、そこでは人びとは安心して〝四十七士＝四十七字〟の動き回る様を見物していたのである。

しかし、「黄表紙王国の崩壊」で述べたように、ここに四十八番目の文字、すなわち「ん」が正式の音（文字＝義士）として登録されたとしたら、それまでの「いろは四十七文字」の秩序や整合性は音たてて崩れてしまう。古くから「四十七文字」といい慣らわされ、そのために赤穂義士四十七士を「いろは」になぞらえたというせっかくの趣向が、そこでは「ん」という奇妙な一音、一字の出現によって崩壊してしまうのだ。あこう（赤穂）のあさの（浅野）家を復興させようというおおいしくらのすけを筆頭とする「いろは四十七文字」を背番号のように負った四十七人の義士。彼らはきらこうずけのすけを討つのである。ここには「いろは」と「あいうえお」（あ行とか行の戦い）という、日本語のアルファベットにおける文字遊びが隠されている（これは、えんや判官、こうの師直、おおぼし由良之助においても該当する）。もちろんこれは史実としての忠臣蔵の事件とは何の関わりもない。それは黄表紙的な感性の内部で（たとえば三馬の『忠臣蔵偏癡気論』や、為永春水の『正史実伝伊呂波文庫』などで）、戯譚として思いつかれた趣向にほかならないのだ。

私が忠臣蔵伝説と累伝説とを対照させたいと思うのも、こうした「四十七音」（あるいは「五十音」、しかしこれは絶対に〝四十八音〟や〝五十一音〟であってはならない）の秩序に対して、累の伝説はそうした言葉や文字の秩序が崩壊したところから始まっているからだ。もちろん、それは何度もことわっているように前近代の、いわば無文字社会（近代に至るまで女の社会は比喩的にいえば無文字社会と変わるところはなかった。すなわち「文盲」社会である）に還元されるのではなく、文字や言葉がその神秘性や霊性を喪失し、単なる記号、道具、はては言語遊戯のための素材としてしか考えられなくなった時代の産物ということである。累はその三文字の名の中に無数といっていいほど近世日本の〝女〟の不幸を〝重ね〟られている。お菊もまたその名前の平凡さによって、さまざまな「お菊」という名の女性たちの事情を、まるで〝身代り観音〟のように背負っているといってもよいのである（菊はそうした女たちの身の上話を多く〝聞く〟存在なのかもしれない）。そもそも『死霊解脱物語聞書』で累の怨霊の依りましとなるのは、前述したようにその義理の娘の「菊」だったのである。

男の秩序に対して女の非秩序、「因果」に対しての「怨恨」という二項対立を、ここでことさらに強調することはかえって誤解を生む結果としかならないだろう。だが、忠臣蔵伝承と累伝承とは次元の異った対照性があり、それは決して相補的ではありえない二元論として、江戸の御霊信仰の光と影の側面として語られてもよいと思われるのだ。累伝承の発祥となったのは寛文十二年（一六七二）に下総国岡田郡羽生村で起こった憑霊現象がそもそものことの起こりである。その前史としての累の強殺事件はその二十五年前のことであり、『死霊解脱物語聞書』は元禄三年（一六九〇）に江戸山形屋吉兵衛によって開板されている。赤穂義士討入りはよく知られているように元禄十五年（一七〇二）十二月十四日のことで、『仮名手本忠臣蔵』の成立は寛延元年（一七四八）である。現実の事件、そしてその伝説化についてはいずれも累が忠臣蔵に先駆けている。しかし、三十年から五十年の時間差はあるものの、歌舞伎狂言、読本、実録本といった〝伝説化〟についてはそれほどの〝時代差〟はないと考えてよいだろう。このきわめて武士らしく、男らしく、都会的で豪華な演劇的事件と、片田舎の、貧しく陰惨な女の怨霊の暗鬱で醜悪な事件とは、ほぼ同時代の人々によって同時的に受容され、発展させられ、完成されていったといえるのである。

そこにとりたてた意味などないという立場をとることもできる。歴史の中には同時代の現象など無数にありうるのであって、それらをいちいち関連づけてゆけば、どんなものでも関わりを持った、あらかじめ作りあげられた物語の中にすっぽりとはまり込むようなものとなってしまうことは明らかなことだ。しかし、同時代の同じ社会の中の「伝説」は、その時代、社会における「共同体」の問題をもっとも深層の部分に隠し持っていると思われる。もちろん、共同体の問題はその成員たちの共同幻想の問題であって、それはもっとも端的なものとして「言葉」の問題として露頭するのである。私が忠臣蔵伝説あるいは累伝説に見ようとしたのはこうした「言葉」の問題であり、それは「黄表紙王国」の盛衰としてこれまで書き綴ってきた近世日本、江戸期の〝辞闘戦(ことばたたかい)〟の物語と深く関連しあったもの、その時代、社会の底辺部分で通底しあっているものと思えたのである。

忠臣蔵劇も累劇も、しかしそうした時代性、社会性を超えて生き延びた。もっとも累伝説は先にもあげた三遊亭円朝の『真景累ケ淵』によって〝神経〟の問題として、文明開化の世の中で封殺されようとした。しかし、累がお岩となり、また明治以降の鳥追いお松や高橋お伝といった「悪女」(かたましきゑせもの)として、「重ね重ねられ」て生まれ変わり、死に変わりしていることは私には確かなことだと思われる。それは高田衛が『江戸の悪霊祓い師(エクソシスト)』で語っているように、累が一種の霊媒として死霊の〝口寄せ〟を行なっていたという観点ともつながってゆくだろう。すなわち、〝悪霊(死霊)祓い師〟としての祐天上人をサニワとして、死霊の口寄せを累という霊媒が行ない、そのことによって死者の意志や怨恨が共同体内部に取り入れられ、家、家族を単位とした村落共同体に〝女の意志〟が吸収されてゆくのである。

醜女は悪女となり、悪女は美女となって「女の物語」を紡ぎ続ける。それは無文字社会が文字社会の中によみがえる一瞬にほかならず、彼女たちは女という集合名詞の「物語」を綴って倦まない。そこでは「言葉」はつねに現実という物語の中に散乱してゆくのである。

蝶恋花の物語——為永春水

1

為永春水の『春色梅兒誉美(しゅんしょくうめごよみ)』（以下『梅暦』と略記）は、黄表紙から始まる江戸後半期の戯作世界の掉尾を飾る作品だといえる。もちろん、『梅暦』は、このあと『春色辰巳園(たつみのその)』『春色恵の花(めぐみのはな)』『英対暖語(えいたいだんご)』『春色梅美婦禰(うめみふね)』と続く為永流の人情本の嚆矢となったものだが、馬琴流の読本、三馬・一九流の滑稽本などの各ジャンルを、ある意味では集大成したものといえるかもしれない。

春水自身は式亭三馬の門下に入り、『江戸作者部類』によれば、「馬琴が旧作のよみ本の火に係りて全部せざるを、その板元より買とりて放(ホシヒマヽ)に補綴し、画を易(かへ)て新板の如くなして鬻(ひさ)ぎしは、この男の所為(ワザ)なり」といった、あまり芳しからぬことをやっていたぐらいだから、少なくとも馬琴の読本、三馬の滑稽本に関してかなりの知識を持っていたことは確かだ。春水はそれらの小説の要素を抽出し、組み合わせることによって新たな人情本というジャンルを作り出した。黄表紙の恋川春町、酒落本の山東京伝、読本の曲亭馬琴、式亭三馬の滑稽本という、各ジャンルの創設者という栄誉を、人情本の為永春水も担うことになったのである。

『梅暦』は、先行する各ジャンルの要素の取捨選択、折衷というところにその特徴点がある。男女の恋愛の機微を描くということでは、それは遊廓という世界の男女関係を素材に絞った洒落本と同工異曲である。喋々喃々する市井の人物たちの言葉を写すという意味では、『浮世風呂』『浮世床』の轍を踏んでいる。とりわけ、女伊達の小梅のお由が女髪結いであって、いわば彼女の住まいが登場人物たちの遭遇や話の展開の〝センター〟となっているということでは、『梅暦』はその先行作としての『浮世床』の大きな影響を蒙っているのである。

読本の影響としては、たとえば濡れ場を描いた場面に、いちいち「作者伏て申す」といった作者の断り書きを入れることなどに、馬琴の読本の「作者贅言」を想起させるものがあるだろう。三編七之巻、女義太夫語りの竹蝶吉となったお長と、米八の箱持となった丹次郎との、茶会のお屋敷の離れ座敷での二人の久々の出会いの場面の後に作者がしゃしゃり出て、こういう。

かゝる行状を述て草紙となすこと、婦女子をもつて乱行をしゆるに等し。もつともにくむべしといふ人有。嗚呼たがへるかな。古人いへるごとく、三人の行ひを見ても必らず我師とすること有と。諺に曰、他の風俗見て我風体直せと。元来予著す草紙、大略婦人の看官をたよりとしてつゞれば、其拙俚なるはいふにたらず。されど淫行の女子に侶て貞操節義の深情のみ。一婦にして数夫に交り、いやしくも金の為に欲情を発し、横道のふるまひをなし、婦道に欠たるものをしるさず。巻中艶語多しといへども、男女の志清然と濁なきをならべて、○此糸○蝶吉○於由○米八四人女流、おの〳〵その風姿異なれども、貞烈いさぎよくして大丈夫に恥ず。なほ満尾の時にいたりて、婦徳正しくよく其男を守りて、失なきを見るべし。

もちろん、これは後に春水が手鎖の罰を受けたことからもわかるように、風俗紊乱の咎めに対しての先手としての断り書きにほかならない（結果的にはそれも虚しかったのだが）。世態人情を書こうとする者には、常に風俗犯の嫌疑が付きまとっていたといえるだろう。作者がアリバイ工作として「貞烈」「婦徳」を掲げなければならなかったのも無理はなかったのである。

しかし、こうした「巻中艶語多しといへども、男女の志清然と濁なきをならべ」とか、「貞烈いさぎよくして大丈夫に恥ず」といった言い方が、馬琴流の勧善懲悪の主題に近いものであることは明らかなことだろう。とりわけ、「なほ満尾の時にいたりて、婦徳正しくよく其男を守りて、失なきを見るべし」というのは、どんなに悪人が作中において善人を苦しめ、栄耀栄華を誇っていても、それは結局は勧善懲悪という〝イデオロギー〟に則った大団円となるという、読本流の稗史小説の約束事と全く重なるものといえるのである。その意味では、馬琴の『弓張月』や『八犬伝』『美少年録』が男たちの闘いと友情を描いた作品だとしたら、春水の『梅暦』は、女たちの〝闘い〟と〝友情〟をテーマとした、近世の〝美少女録〟といってよい作品世界を作り出している。つまり、春水流の人情本は、馬琴や京伝流の読本に逆立した女性版なのであり、男性に対し女性、戦闘に対し恋愛、英雄豪傑の世界に対し世話人情の世界と、ほとんど対偶にある小説といえるのである。

しかし、何よりも梅暦という外題そのものが、京伝の未完の読本『梅花氷裂』に由来していることを考えあわせなければならない。『人情本集』（日本名著全集）の解説で山口剛は、『梅暦』の一名の「娘蝶吉」が『梅花氷裂』の梅之与四兵衛の妻・小梅の弟である「長吉」の名前から来ていることを指摘している。唐琴浦右衛門が屋号の唐琴屋となり、梅之与四兵衛（由兵衛）が藤兵衛とお由といった役名に転換されているように、『梅暦』は梅と金魚をめぐる怪異譚である『梅花氷裂』の読本的世界を、恋愛と人情という〝人情本〟の世界へ位相転換した作品にほかならなかったのである。そもそも京伝の『梅花氷裂』の後編としての『梅花春水』を書き継いだのが二世南仙笑楚満人、すなわち後の為永春水だったのである。

春水の『梅暦』が京伝、三馬、馬琴などの江戸戯作の大きな影響を受けていることは、これらの記述からも明らかになったと思うが、しかし、むろんだからといって『梅暦』に独自の〝新しさ〟というものがないということではない。いや、むしろこうした先行するジャンル、作品の多大な影響を蒙りながらも、『梅暦』はそれまでの戯作に較べて決定的に〝新しい〟ものを持っていた。それが『梅暦』から始まる人情本が、それまでの中本、読本、滑稽本を人気、普及という面で圧倒的に凌駕していった原因なのである。

前田愛はその『都市空間のなかの文学』（筑摩書房）において、『梅暦』の冒頭の場面について「じつは、この冒頭の場面は、私生活の場景のなかでむきだしにされた性を、戯作の世界にとりこんだざいしょの実験だったのである」（「濹東の隠れ家」）と書いている。すなわち、洒落本があくまでも遊廓という悪場所に限定された濡れ場、閨房描写を行なっているのに対し、『梅暦』などの人情本は、裏長屋や裏店といった、庶民の日常生活の場における濡れ場を展開してみせたのである。

「『梅暦』冒頭の情痴の場面は、江戸の町角で見かけることのできる平凡な男女を、裏店というもっともありふれた場で、しかも早朝に出逢わせたのである」と、前田愛はその描写の〝実験〟的意義を強調している。遊廓という閉ざされた世界から、世間一般の広い世界への拡張。恋愛、性が閉ざされた社会から解放されたのであり、玄人から素人へと、恋愛小説の女主人公たちも転換する。すなわち、丹次郎をめぐる玄人の米八と、素人娘のお長の〝女の争い〟は、最終的には素人女の優位として終わるのである（お長は丹次郎の正妻に、米八は「お部屋さま」となるのである）。

いわば『梅暦』は、これまで遊廓（洒落本）や、旅の宿（『膝栗毛』）などに限定されていた濡れ場のシーンを、日常の平凡な生活空間の中に引き入れてみせたのであり、それは京伝流の洒落本の世界と、三馬流の〝浮世〟とを重ね合わせてみることによって成立した世界なのだ。もとより、そこには世話狂言の世界や、枕絵の世界といった、異なった芸術ジャンルの浸透という現象を指摘することができるだろうが、少なくとも小説の分野において、日常生活の中の恋愛、性というものが〝発見〟されたという意義は大きいのである。

だが、『梅暦』の文学的な意味でいえば、私はその作品の中に現れる「作者」の自在性ということに注目せざるをえない。もちろん、作品中に「作者」が割り込んで来て、「贅言」を語るというのは、馬琴の読本における「作者曰く」の長広舌のように決して珍しい出来事ではないのだが、春水の人情本においては、その「作者」の登場の仕方が、きわめて自由自在であることが特徴となっているのだ。それは「作者」というより、「語り手」といったほうがふさわしいかもしれない。作者＝語り手という図式は、江戸期の戯作においてほとんど疑われることのない常識だったのだが、しかし、現実の作品世界の内部では、そうした作者から語り手へと至る回路は、必ずしも一筋縄ではなく、複雑で奇妙な階層性を持っているように感じられるのだ。いわば、『梅暦』の実験性、小説の革新としての前衛性は、もっぱら「作者」と「語り手」の二重、三重の重なり合いと、そのずれに基づいていると思われるのだ。

たとえば、これは『梅暦』だけの特徴とはいえないが、作中作、すなわち作品の中で作品を読んでいるという場面が、いくつか示される。初編二之巻、第三齣の終わりで「そして金曽木の柏屋が来たら、翁草の後篇と、拾遺の玉川を持つて来なと、そふいふのだヨ」というセリフがある。むろん、これは『梅暦』が日常に近い世界を描きながら、それはあくまでも「金曾木の柏屋」という本屋の持ってくる本の中の虚構であることの自覚を語っているのである。

さらに、三編巻之七の第十四齣には、米八が読んでいる小本の中味がそのまま挿入されている。仙女香というおしろいを持った青梅というおいらんと禿（かむろ）の会話や、花山という女郎と客の半兵衛とがあわや心中しようというところに助けが入る一場面が続いた後、「作者曰く　めでたし〳〵」となり、「是より後編にくはしく入御覧ニ候」と、「米八がひとりよみゐる小冊」の中の文章がそのまま引かれ、そして「ト読おはつて米八が『ヲヤにくらしい。作者の癖だョ。モウ此あとはないのかねへ』」と、もう一度『梅暦』作中の現実に戻るのである。

もっとも作中の現実といっても、作中作の心中場面とそれほど位相が違っているわけではない。つまり、ここでは「作者」という立場そのものが虚構性の強いものとなっていて、「作者」と「語り手」は、米八（『梅暦』の中の作中人物）や花山（『梅暦』の作中作の中の人物）のような、同種の物語世界の登場人物にほかならないのだ。こうした「作者」の在り方は、たとえば山東京伝の黄表紙作品における、京伝鼻の作者自身の絵姿による登場、『膝栗毛』の中に出てくる十返舎一九自身への言及、あるいは曲亭馬琴の作品のような「贅言」「剰筆」といった「作者」の作品内への顔の出し方とは明らかに異なったものと感じられる。一九や馬琴の作品世界では、「作者」はあくまでも著者として署名している人物と同一の立場にいるのだが、『梅暦』の「作者」は、〝作者〟という名の虚構世界での登場人物にほかならないのである。

作者為永春水伏（ふし）て申（まうす）。わが著せし草紙いと多く艶言情談ならざるはなけれども、いづれも婦人の赤心（まこと）を尽して、婬乱多婬の婦女をしるせしことなし。たま〳〵玉川日記のお糸が類（たぐひ）も、因果の道理をあらはして、そのいましめの用心あり。一帙五巻の其中に、一婦二夫、一夜がはりの枕を寄ることを、二組までつゞる類、ゑせ文章の読本も、心をつけずよむ人は、かへつて予をそしるなるべし。

先に引いた三編巻之七の最後の「作者伏て申」とほぼ同様の文章といえるだろう。これは三編巻之九の第十七齣にある「作者」の言葉だ。同じようなことを、さして間もおかずに繰り返し語ったのはなぜだろうか。もちろん、春水本人がいうように老婆心の現れともいえるのだが、それよりもここでは「作者」が狂言廻しとして登場しているといえるだろう。しっぽりとした濡れ場を暗示するために、「作者」が登場して一瞬の幕を引く。すると、読者はその語られない幕の裏の情景を、むしろ生々しく〝想像〟するのである。つまり、「作者」はここでは小説としての効果をあげることに一役を買っているのであり、それは馬琴の生真面目な説教癖や、一九の楽屋落ち、自己韜晦といったものとは似て非なるものといわざるをえないのである。

これらの「作者」は戯作者・為永春水と同一人物でありながら、同一人物ではない。それはあくまでも虚構空間を自在に動き回る〝超虚構〟の人物であって、いってみれば、近代文学の作者＝語り手＝主人公とが微妙に重なり合う一人称小説（私小説）の〈私〉に近い位相にあるといえよう。いわば春水の『梅暦』は、こうした自由自在に、どこにでも顔を出すことのできる「作者＝語り手」を創作することによって、人々の人情の世界を描き出すこと（心理描写）に成功したといえるのである。

2

『梅暦』物の人情本のテーマは、「妬心」である。『梅暦』の丹次郎をめぐる米八とお長の恋の鞘当て。

『辰巳園』のやはり丹次郎をめぐっての仇吉と米八の女の決闘。これらの一人の男をめぐる二人の女という〝三角関係〟は、春水の人情本の原型といってよい人間関係なのだ。もちろん、女の嫉妬や愚痴はそれまでは一篇の小説の主題とはなりえないものだった。それはあくまでも小説の筋立ての味付けや、香味のようなものであって、それが洒落本や読本のテーマとなることはありえないことだったのである。

『梅暦』の種本となった読本『梅花氷裂』は、唐琴浦右衛門の正妻の桟と妾の藻の花との二人の女の嫉妬と憎悪の物語から始まる。子供のできない桟は、妊娠した藻の花に自分の地位をとって替わられると思いこんで悪人・菱文太とともに藻の花を殺害する。しかし、読本的世界ではそうした女同士の葛藤は単に「物語」の発火点にほかならないが、人情本の世界ではそれ自体がテーマとして成立するのである。

そもそも〝嫉妬〟は、遊廓、青楼の世界ではご法度（はっと）だった。不特定の男たちに肌身を許し、また不特定の女を玩ぼうとする売春の世界に、本質的に貞節や誠実がありえないように、嫉妬や悋気（りんき）はルール違反の禁則にほかならなかったのである。米八の朋輩の梅次が「コウ米八さん、なんだかおめへ丸くねへ言葉付だが、素人（しろうと）らしく妬心（じんすけ）でも有（ある）めへが、どうかおかしく座がしらけるじゃアねへか」というように、嫉妬は玄人女のものではなく、素人女の側に属するものなのだ。京伝流の洒落本の世界ならば、こうしたおいらんの「嫉妬心」は、それだけで野暮（やぼ）で不通（ふつう）なものであることに決まっている。ましてや、『辰巳園』の仇吉と米八の取っ組み合いの〝妬心喧嘩〟などは、『浮世風呂』の女湯の下女たちの喧嘩のように、はしたなく、不粋なことにほかならなかったのである。

だが、『梅暦』はこうした遊廓という特殊な社会での粋や通、洒落者といった価値を転換させたのである。悋気を起こし、男にすねてみせる女心、嫉妬を剝出しにして男を争う女、そんな女性たちの〝人情〟そのままの姿こそが、新たな小説の読者たちを魅了するチャーミングな女性像となったのである。むろん、それは作中の米八や仇吉、あるいは女伊達のお由やおぼこのお長などに、自分の似姿を見て、そうした登場人物たちに感情移入をする読者としての女性たちの理想像ということなのだ。『梅暦』がこうした町方の女性層の支持に支えられていたことは、もとより春水の十分に意識しているところだった。『辰巳園』三編巻之九の巻末には、続巻刊行の口上として「まづ貸本屋さまへお詫言(わびごと)、失礼しごくのお願ひながら、看官(ごけんぶつ)のお娘(ちやう)さまお女中さま一同に、この仲人(ちうにん)におたのみ申」という文章がある。これは『梅暦』が「お娘お女中」階層にその人気を支えられているということと、そうした圧倒的な婦女子の支持を背景に、春水がきわめて強気でその続編を書き続けていたという機微を表しているだろう。

つまり『梅暦』やその続編である『辰巳園』、あるいは『梅暦』以前の発端となる『春色恵の花』、また梅暦世界の別巻『英対暖語』や『春色梅美婦禰』などの梅暦物の人情本は、一種の恋愛指南の書として主に町方の婦女子に競って読まれたのだ。洒落本が、遊廓社会への入門、手引き書として、ある意味では実用書的な読まれ方をしたのと同様に、梅暦物は、嫁入り道具の中の枕絵と同じような意味で、婦女子のための純潔教育、性教育の教科書的な意義を持っていたといってよいのである。

『梅暦』は作者の春水の思惑さえも遥かに超えたところで、時の読者に受容された。しかし、春水にはそれがなぜなのか、はっきりとは自覚していない部分があったように思える。彼は本の仲買いを行ない、貸本を家業とし、また出板さえも業とした。馬琴の旧作を改竄して再刊し、馬琴から「実に憎むべき者なり」と罵られたのはそのためである。彼は本屋上がり、本の流通業者上がりの作者だったのだ。読者の反応に、彼ほど敏感だった作者はいなかっただろう。しかし、春水には読者の嗜好を鋭く感受する能力はあっても、それを意識的にとらえることができなかった。つまり、彼は自分の人情本がなぜこれほどまでに受けるのか、それを論理的に語り、分析することができなかったのである。

イヤしかし何家業もむづかしひもんだ。此間文亭といふ友達が来てはなしたツけが、女八賢志といふ絵本を、狂訓亭は丹誠して、八犬伝といふよみ本にならつて、その始末に似ないやうに、そのおもむきの似るやうにと、大ぼねをおつてこしらへたら、八犬伝に似せてかゐたと言て、わるく評判をする看官があるといふが、作者はおなじ事にならねへよふに、おもむきの似る様に〳〵とこしらへる苦心をおもはねへで、似せてこしらへたといふ看官は、どういふ見識で本をよむものかしらん。そんならばと言て、何水滸伝と名を付て、水滸伝に似せるやら、唐土の男を本朝の女に書なをしたのは、無理があつてもわからねへとはおつなものだ

新孝「イヱしかし、何ごとも運次第なものでごぜへます。今被仰本の作者がかゐた、梅ごよみなんぞといふものは、中本始まつて以来の大あたりだそうでございますが、狂訓亭為永春水といふ名は、梅暦といふ外題ほどは看官がしらずにしまふから、大畧夢中でよむかとおもやア、すこし悪い所があると、ヘン楚満人改狂訓亭か。この作者はおらア嫌らひだなんぞといはれるから、なんでも愛敬がなくツてはいけません

『辰巳園』三編巻之九にある会話だが、これが作者・春水の〝楽屋落ち〟であることはいうまでもない。しかし、ここには『梅暦』の「中本始まって以来の大あたり」に、むしろとまどっているといおうか、皮肉な気持ちになっている春水がいる。それは『作者部類』の春水の項にあるように、「古人楚満人の名号を接きて、南杣笑楚満人と号したるにその新作のよみ本世評なかりければ板元並に貸

本屋らが楚満人といふ名はふさはしからすといふにより又春水と改めたり」という、屈辱の時期が彼にはあったからだ。

南杣笑楚満人というのは、むろん『敵討義女英(かたきうちぎじょのはなぶさ)』という黄表紙作品で大当たりをとり、敵討物黄表紙の中興の祖ともいわれている作者の号を継いだものだ。三馬の糟粕を嘗め、馬琴の読本を改竄して出しているような二世楚満人は楚満人にふさわしくない。春水にとって楚満人という名は、「この作者はおらア嫌ひだ」といった科白が連想されるような、苦い思い出のある名号であったといえるのである。

春水にとってみれば、『八犬伝』や『梅花氷裂』などの先行作品を十分に意識した小説が評判ともならず、その「おもむきの似る様に〳〵とこしらへる苦心」をこらした作品が不評であり、むしろ徹底的に現実の俗に即した『梅暦』の世界が当たったのは、本人にも予想のできないことだったかもしれない。男女の恋愛、手練手管を描くのは、洒落本の世界であり、それは八大通人といったような通人、粋人のみが試みることのできる〝穿ち〟の世界だったのである。

春水は自分がそうした通人や粋人と違って遊廓という特殊社会のルールや取り決め、その世界の隠語的社会に暗いことを隠そうとはしない。「作者曰この草紙は米八お長等が人情を述(のぶ)るを専らとすれば、青楼の穿(うがち)を記(しる)さず。元来予(もとよりおのれ)は妓院に疎し。依て唯そのおもむきを畧すのみ。必しも洒落本とおなじく評し給ふことなかれ」と『梅暦』初編巻之二に書いている。むろん、春水は青楼、妓院に疎かったからこそ、素人女の、あるいは玄人女が素人女のレベルで〝人情〟をそのまま発揮するような裏店、裏長屋の庶民の生活世界におけるエロスを描き出すことに成功したのである。いわば、春水は〝怪我の功名〟として『梅暦』の人情世界を描写しえたのであり、それは黄表紙の言語遊戯に対する鋭い感覚、洒落本の約束事、読本の構成力といったものを、ほとんど放擲し、逆転させたところから庶民世界の〝世態人情〟を描き出す方法論を手に入れたのである。

小説家としての春水ということであれば、その物語の構成や筋の展開ということに疑問をもたざるをえない。『梅暦』では、大団円では丹次郎、米八、お長などの主要な登場人物が皆、しかるべき家のご落胤であったというような〝貴種流離譚〟にして、無理矢理に「めでたし〳〵」にしてしまおうという結末は、どう考えても作者の投げ遣りか拙速のいずれかとしか思えない。

『辰巳園』に至っては、仇吉のその母親との親子喧嘩の途中に突然「牛頭馬頭」の鬼が現れて、母親を火の車に乗せて地獄へ攫って行くという話には啞然とせざるをえない。むろん、それは仇吉の見た夢の中の出来事なのだが、しかし、その母親が「にはかに邪熱のつよく発し、たちまちむなしくなりける」といった展開はご都合主義であり、きわめて安易な決着の付け方以外の何物でもない。しかも、『辰巳園』では、仇吉と米八の間でふらふらする丹次郎は、艶福家というよりは芯のない、まさに〝金も力もない〟影の薄い色男としか描かれていないのだ。

しかし、こうした構成力のなさ（予想の冊数を遥かに超えて、まだ完結しないということは、彼の人情本によくあることだった。それらは常に尻切れトンボという感じがする）、筋立ての飛躍の多さなどの小説家としての春水の欠陥は、いわば徹底的に俗人としての春水が、世俗の中のエロスを見出す妨げとはならなかった。むしろ、稗史小説の学才や、読本世界の起承転結といった構成の才、滑稽本の洒落っ気、うがち、くすぐり、見立てといった文才にさほど恵まれていなかったからこそ、春水は江戸後期の風俗作家として、その第一人者となりおおせたと思われるのだ。

そもそも春水の人情本において、筋立てや物語などは重要ではなかった。つまり、読本的趣向や物語の興味は二の次であって（春水自身の意識の内部においては必ずしもそうでなかったが）、専ら男女の情痴、痴話というべき睦言の交わされる濡れ場と、女同士の妬心による葛藤という細部が読まれたというべきなのだ。その意味では『梅暦』はまさにポルノグラフィー（春本）にほかならない。春本に私たちは物語の首尾の一致や、筋立て、趣向の面白さを求めない。裏店での早朝の濡れ場や、他人の屋敷の離れ座敷での、あわただしい逢瀬のしっぽりとしたエロスが読み取れればいいのだ。恋人たちの秘められた会話は、まさに人情の機微を、心の彩を表現する。人々は、言葉によって人間の心の中がこれほどまでに鮮やかに描かれるということを、春水以前の戯作においては知ることができなかったのである。

3

娘「ヱ文さん、実正に今の古叉を極ておくれな。　男「なにも其様に疑はずとも能ぢやアねへか。　娘「イ、ヱ〳〵、お前は浮薄だから油断はならなひョ。観音さまの方へ往きやア菊本のお豊が一番好風だノ、額堂の際の福島が能ノ、神明様の地内ぢやア誰が仇だの、広小路では誰だのと、年中諸方の娘のことばかり言てお在ぢやアなひか　男「なんのつまらねへことをいふぜ。只能といつて賞たぐらゐで、其様にやかましく言ことがあるものか。何ぞとりとまつて、斯したとか何とかいふことでもありやア仕めへし。　娘「それだツても、何も付所の娘を意地にかゝつて賞ずと能は子。私きやア娵にやられるのが否だから、何となく塩梅のわりい風俗をして、他人にも労症の病が発るだらうなんぞと言せる様にしたもんだから、中代地の伯母さんがかはひそふだといつて、其身の家へ連て往ておくれのだア子。（中略）私の身のことは代地の伯母さんが引請て世話をするといつて、今の母人をやり込て、私を遊ばせにつれていつておくれのだア子。それでなければ今夜の斯して出られやア仕なひは子。それにお前は平気でお在だヨ。憎らしい。　男「ヲヤ〳〵お前は涙をこぼすのか。何も泣顔をせずともいゝぢやアねへか。しかし其愁ひ皃もまたかはひらしいヨ。ドレ涙を拭てやらふ、ト寄添ふ。娘ちよいと脇へ外して、襦袢の袖で眼を拭ながら、　娘「アレサ、他人が看は子。　男「なぜ、涙を拭てやつたといつて能ぢやアねへか。　娘「それだツて小児では在まひし、大人形をして涙を拭て貰ふものが有ものか子。　男「其様に否がるならばはなれて歩行。

春水の梅暦物の第四作目、『春抄娟景　英対暖語』の冒頭の部分である。恋人同士の他愛のない会話を連ねて、それを物語の導入部とする為永流の人情本の文章は、春水の人情本作者としての自信がうかがえるような鮮やかなものとなっている。春水はその師匠だった式亭三馬と同様に〝耳のよい人〟だった。「ぱん」と書いて「つぁん」という江戸言葉の特有な音を表したり、「ヨ、子（ネ）」といった語尾を細かく使い分ける春水の本の会話は、三馬のように実際の生活言語をそのまま文字表現として再現しているといっていい。しかし、春水の会話が三馬のものと違うのは、それは表面的に話された言語ということだけでなしに、そこに心理を含んだものがあるということだ。

ここでの娘と男の言葉は、道端ですれ違ったわけありの男女の現実の会話をそのまま記録したというよりは、作者（語り手）がその会話の主体の心理の中に入り込んでいるもののように思える。娘は男にすねるために、男の不実な風説をとりあげ、自分の不自由さを語って、男の気を引こうとする。娘は男は涙顔を見せる娘を可愛く思い、涙を拭いてやろうとする。娘は恥じらい、男の親切さにかえってすねて、離れて歩こうとする。男はそんな娘の心をちょっと意地悪く突き放してみる。

他愛もないやりとりといえるわけだが、ここには言葉がそのまま「心」を表すという、言葉の表現力への信頼が保たれているのであり、そうでなければこの会話はまさに無意味な痴話そのものにほかならなくなる。これらの言葉のリアリティーを支えているのは、語り手がこれらの会話の話者の心理の中に入り込んでいるということだ。つまり、「作者」あるいは「語り手」は、この小娘のもだもだとする心の内を語らせるために、要領をえない、愚痴で子供っぽい話を長々と語らせているのだ。

春水の人情本の精髄がその会話にあることはいうまでもないだろう。しかし、それは歌舞伎狂言の台詞とも、三馬や一九の作品世界で試みられている現実に流通している言語の忠実な再現ということでもなく、それはあくまでも話者の心理、その感情や気分といった心理の状態を表すものにほかならないのだ。もちろん、その心の状態は口だけではなく、顔の表情や仕草、その行動によって示される場合がないわけではない。だが、もっともよくその心理を語るのは言葉にほかならず、小説の語り手はその登場人物の口を借りて、彼(彼女)の心の内側（その肚(はら)）を表現するのである。

「アレサじれつてへといツたつて、にくらしいといツたつて、それはアノ、トすこし言葉がきれると丹次郎は笑ひながら、アノと計りではわからねへ、アノなんだ」と、米八をからかう。米八は「モウ〱なんだか、こゝろにおもふやうにやアわちきにやアいはれないものヲ」ともどかしい様子をするのである。これは『恵の花』の中の一節だが、こうした言葉でいい表せない心理を、あえてもどかしい言葉でいい表そうとするところに、『梅暦』風の語りの特徴点があるといえよう。米八は丹次郎に怨み事や恋慕心やじれったさや憎らしさを語りたい。しかし、それがいっぺんに胸に迫って、なかなか言葉とはならない。だが、この言葉にならない言葉が、この場合の米八の心をもっともはっきりと表現しているともいえるだろう。

「作者」はいっている。「他目(おいめ)で見ると何のこともなき言葉や、たはひもなき筋が、その身になりてはくろうにもなり悲しくなりて、苦労をするが楽みなれ」と。つまり、言葉になっていない言葉や、他愛のない行為そのものが、とりわけ男女の情痴においては「心」そのものを示すものとなるのだ。春水のいう人情とは、こうした男女間の春情や、あるいは二人の女同士の妬心、さらに母親と娘との口喧嘩といった程度のものなのだが、しかし、そこで日本の小説は初めて無意味な会話の〝意味〟というものを、自覚的に、一つの小説の方法論としてとらえることが出来たといえるのだ。

話者の言葉は、ただ文章として再現された〝声〟ではない。それは明らかに内面、内心を透過させる声としての言葉なのであり、春水が口調として、いい回しとして、言葉の癖として表記しようとしたのは、こうした話者の内面としての言葉の通い合い、会話にほかならないのである。それは、ほとんど作者の物語を統御しようという意志からはみ出している。京伝や馬琴の読本では、登場人物は決められた台詞をしか、語るべきこと、作者によって語らせられることしか語らない。あるいは、三馬の会話ならば、それはあくまでも現実の言語世界の一部を切り取ったものであり、その切り取り方はむろんのこと作者に委ねられている。

そういう意味では、春水の人情本では会話は増殖し、時にはバランスを失するまでに膨張する。米八と仇吉との〝女の決闘〟では、ほとんど「作者」の制止も効き目なく、板元や貸本屋の思惑さえも無視して、その「心」のままに続けられるのだ。睦言、喃語(なんご)は「作者」が「伏て申」まで延々と止まることなく、自己検閲ともいえる「作者」の登場は、そうした無制限の会話の増殖をどこかで断ち切ろうとする意志にしか過ぎないのである。

黄表紙から合巻、読本、滑稽本を経て、人情本に至って江戸の戯作は、初めて人間の心理、人の心の内面を表現する方法を手に入れたといえるかもしれない。それは口で話している言葉自体が、どのような屈折率かは別として、人間の内心を語っているということの確信にほかならない。そこでは言葉はもはや単なる記号でも、といって言霊といった神秘的な存在でもありえない。それは声を通過させ、人の心の複雑なメカニズムをそのままに反映させるものなのだ。そこでは文は言と一致する。春水の文章、表記の工夫は、専ら「心」を〝声〟に表し、それを言葉として、そしてさらに文字とする工夫にほかならなかった。それにはもちろん、三馬や一九という先蹤者がいて、そして小説の形そのものについては、彼は京伝、馬琴、柳亭種彦らに学んだのである。

すでにいったように、為永春水は、江戸の戯作の出版の世界から登場した作者だった。彼は本を商品として扱い、流通させ、売捌く商人として出発し、そこから作者への道を歩み始めた。馬琴は『著作堂雑記』の中で、「春水は始めせどりと歟云ゐせ本屋にて、軍書講釈に前座などを読で世渡りにしたり」と書いている。『江戸作者部類』にあるのとほとんど同様の記事だが、いずれにしても春水が、江戸戯作の作者というよりは、出板、流通業者として出発したことは間違いない。つまり、いってみれば、為永春水という作者は、まさに江戸の戯作の世界が、近代的（近世的）な印刷という複製技術によって、家内制手工業から、工業的、商業的な文芸ジャーナリズムとして形成される時期に、その出版界の内部、そして「文壇」の周辺から登場して来た文学者だったのだ。

彼は先行者としての京伝や馬琴、三馬や一九に較べても遥かに作者としての才能に恵まれていなかった。彼は出板者の要求に弱く、他人の稿本に手を入れて新作として売り出す、あるいは未完の作品の続篇を勝手に仕上げるといった、文学者としては破廉恥なことをし、またその作品も為永派という弟子たちの合作という方法を取る場合もあった。いずれも、近代的な文学概念からは否定されるべき所業にほかならなかった。しかし、春水としては小説はあくまでも商品としてあるのであり、お得意先である「お娘さまお女中さま一同」の意向を決して無視するということはなかった。彼が『恵の花』

のような、いかにも『梅暦』発端ということだけでしか意味のない中途半端な作品を書いたのも、それが読者の要請であり、『梅暦』という作品がそれだけの読者層を獲得したからなのだ。

京伝、馬琴が日本文学初めての原稿料による生活者だとしたら、春水は小説、戯作を意識的に商売とした文学者ということが出来るだろう。それは小説、戯作というものが大衆のものとなったということを意味する。もちろん、京伝、馬琴、三馬、一九の本においても前代から較べれば広く大衆化が行なわれたことは間違いない。しかし、その享受者層は、基本的に知識のある男性読者にほぼ限定されていた。馬琴がその読本を「婦女幼童」のために書いたといっても、現実にそれを読んだ（読めた）階層は、もっと知的レベルが高い、少数の読者だったというべきだ（ただし朗読を聞くという意味での婦女幼童の読者は必ずしもいなかったわけではない）。

春水の人情本は、おそらく近世文学の作品の中では、もっとも黙読にふさわしい作品であったに違いない。なぜなら、それは一家の団欒の中で音読されるにはふさわしくない内容を持ったものであり、「お娘さまお女中さま」に個人で自分だけの部屋、自分だけの時間の中で、こっそりと読まれるにふさわしい形式の小説であるからだ。つまり、それは恋愛、性というプライベートな主題を扱ったものであり、また、それを遊廓といういわば限定された公共の場所から、普遍的で、私的な部屋の中へと拡散、分散させることによって、閉じられたものともしたのである（だから、そこには弥次喜多の大っぴらの艶笑譚といった〝公開性〟はまったくなくなってしまったのだ）。

個人の営みとしての読書。こうした形態が始まった時、それはすでに近代文学という刻印を押されているといってよい。だが、春水などの作者の側には、まだ完全な個人の作品としての文学という意識はない。そうしたずれはやがて日本の近代文学に、近代的自我といった歪（いびつ）な観念や、内面、〈私〉

といったイデオロギーを蔓延させていった。むろん、それは春水が作り出した丹次郎や米八、お長といった近世的人物の心理の延長にあったのである。

たとえば二葉亭四迷の『浮雲』における心理描写や、尾崎紅葉の『金色夜叉』や『多情多恨』の互いの心理をその内側に孕んだ〝科白〟そのものは、こうした春水の人情本の会話、対話がその範例となったことはほぼ間違いない。それは作者が登場人物の一人一人と不即不離の関係にありながら、読本や滑稽本にあるような作品世界全体を「語り手」として統合して支配しようという超越した立場に「作者」がいないことを明らかにしている。春水的な「作者」はもはや作品の半ば以上を「読者」の側に委ねている。それは一見「作者」の立場の放棄といえるものだが、しかしその時に小説は初めて作者－作中人物－読者という平等な位置関係に立ったといえよう。そしてそのことが「心理」すなわち個人の「内面」の成立という近代文学の端緒を作り出していったことは疑いえないのである。

その意味では二葉亭四迷も尾崎紅葉も、春水の「作者放棄」の後に初めて近代文学者としての道を歩み出したのである。さらに、坪内逍遥、樋口一葉、斎藤緑雨、幸田露伴といった文学者たちの作品の中には、丹次郎がいて、米八がいて、お長がいる。『梅暦』は近代という「新しき文学の時代」の春の間近さを告げていたのである。

江戸の言霊——平田篤胤その他

1

江戸の秘教的な言霊学は、国学の影の半身であるといってよかった。近世の学としての合理性や実証性が国学の顕教的な部分だとしたら、明治期以降の国語学、国文学へと継承、分化されることのなかった音義(おんぎ)言霊(ことだま)の言説は、ファナチックな神秘思想と考えられているのはまだましなほうで、大概は排外的な皇国イデオロギー、他愛もない擬似学問、あるいは似非信仰、迷信の類いとして思想史やイデオロギー研究の分野から排除され続けてきたのである。もちろん、江戸時代、とりわけ文化・文政、天保年間に音義言霊についての著作が多く出され、それらがそれぞれの学統や学的系譜を主張していたことは事実であって、明治以降に、西洋近代の学問的範疇に入るもののみをピックアップし、その他を似非学問として迷信や民間信仰の暗闇へと追いやってしまうようになるまでは、それらの言霊思想は、秘教的なものではあれ一つの学問的営為として認知されていたのである。

いわゆる音義言霊派といわれる国学者と彼らの著作を中心にその思想的系譜や学統をまず展望してみよう。音義説と言霊学とは、必ずしも重なり合うものではないが、厳密に区分してもしようがないので、ここでは音義説や言霊思想を強調した国学者たちを音義言霊派と呼ぶことにする。まず、国学の大人と呼ばれていた碩学たちにも言霊思想の原点ともいうべき言語観は現われていて、契沖の『和字正濫鈔』、賀茂真淵の『語意考』、本居宣長の『漢字三音考』、平田篤胤の『古史本辞経』などが、この国学の大人たちの言霊論の代表的な著述といえる。

　これらはもちろん国学の〝正統〟的な流れに棹差したものといえるのだが、思想的には篤胤の『古史本辞経』に見られるように、五十音図神授説ともいえる五十音の音韻の体系と日本神話の体系を重ね合わせ、そこに日本的宇宙論の原理を見出すという〝原理主義〟へと発展してゆくのである。篤胤はこういう。「抑是の五十聯の音はも。上の件語意の説の如く。天地自然の声音なれば。天地を鎔造し給へる神の大御言に。素より然る定格ありて。其の言霊の幸をし。次々に伝へし故に。最上古には。殊に其の図を模して。示し誨ふる迄もなく。天の益人ら皆知らず識らず。其の言語に。其の道自然に備はりて。少かも誤まる節なも無りける」と（『古史本辞経』）。

　五十音は、真淵が『語意考』でいっているように「天地自然の声音」であって、それは神の造形した天地の構造そのものを映し出したものだ。五十音図はまさに「天地自然」の秩序やその構造を反映したものなのであり、宇宙と五十音図とは照応、対応するマクロ・コスモスとミクロ・コスモスの関係にほかならないのである。こうした五十音図の発見（発明）は、篤胤のような原理主義的な国学者にとっては、国学イデオロギーの中心的原理の発見にほかならなかった。宇宙的な原理としての音韻体系という国学正統の発想は、後に国語学の文法論、音韻論に受け継がれてゆくのだが、その時に日本の独自なコスモロジーとしての五十音図の神授説はむろん意図的に忘却される。音義説、言霊論はその原理論たる五十音図の神秘性を奪われて、近代日本の精神世界の中にひたすら秘教としてその〝身を隠し〟たまう結果となるのである。

もちろん、宣長やその直系の国学には、音義説や神秘的言霊論、五十音神授説といった神秘や直観、あるいは〝迷信〟から距離をとろうという近代的な科学主義、実証主義がすでにあったといってよい。本居門下で春庭と親交を結んでいた黒沢翁満は、その著作『言霊のしるべ』の中で「又いふ此書(コノフミ)の名を。言霊といへるは。唯万葉集によれるのみにて。詞(コトバ)の道の妙なる心なり。今の世言霊家(コトダマカ)ととなへて。五十聯音(イツラノコエ)の一音(ヒトコエ)〳〵に。心をもたる物の如く解(トキ)なし。あの心は云々。いの心は云々と云る。一群(ヒトムレ)の学風あるものと思ひまがふべからず」(傍点引用者)と釘を刺している。

この「あの心は云々。いの心は云々と云る。一群の学風あるもの」というのが、林圀雄や高橋残夢などの音義言霊派の〝学風〟を指していることは間違いないだろうが、この音義説の代表的な二人の学風、学統はそれぞれに異なっている。林圀雄の『皇国之言霊』などの著作に見られる音義言霊学は、その子の林甕雄(みかお)、その孫の林甕臣(みかおみ)、曾孫の林武(洋画家)という〝家学〟としての言霊学として親子四代に亙って継承された。これは林圀雄の孫、甕臣の『日本語原学』(建設社)に、「『日本語原学の本元』は抑も『何であるか』と言ふに『五十音』の『一音一義』が素因と成りて『千言万語』を為すのである」というように、「五十音」の「一音一義」における「本性」が基本であって、それを「あいうえお」の五列と、「あかさたなはまやらわ」の十列とに準則してその「語意言義」が構成されるということを主張しているのである。

「故に此の『あ母音』は其の発する口形が天上に向きて開放する『意思』に伴ひ音質も亦たおのづと、其の意味の音義を含みて開放仰天的天性を象どり、前述の通り天性の大息嗚呼的『感慨、呆然、嗟嘆』又は『無我、無為、感嘆』等に於ける吾人の『精神、思想』を表現するのである」と、林甕臣の『日本語原学』にはある。この著書自体は甕臣の末子にあたる林武(武臣)が亡父の記念として昭和十三年に刊行したものだが、圀雄以来の家学としての音義説を集大成したものといえるのである。

「一音一義」の音義説を集大成したものとしては、もう一つ堀秀成の『音義全書』がある。これも「阿自有生天上ノ成始メノ状ニ思ヒ合スベシ」といい、「ワカレノボル象」「オラハル、義」「アヒムカフ象」「ヒラケワカル、象」「アザヤカナル義」「大キクヒロキ義」「カロキ象」「トリシマラヌ義」「アヤシマル、義」「オホヒムス象」がこの「あ」の音にあるとしているもので、音義説の典型的なスタイルを示しているといってよい（「音義本末考」『音義全書』）。

堀秀成は自ら「音義学」の鼻祖として鈴木朖（あきら）の『雅語音声考』を挙げ、次に富樫広蔭を第二祖としているが、これはむろん実際的な師弟関係を述べたものではなく、その学説の継承をいっているのであり、秀成自身は「定まれる師、これ無し」といっているように、鈴木朖や富樫広蔭の著作をもとに独自にその音義学の体系を作りあげたのだろう。林圀雄系統の「一音一義」の音義説とは直接の交渉はなかったらしく、逆に「世に五十音学など唱へて、いとも牽強なる妄説どもいひさわぎ、あるは言霊学など唱へて、唯延、約、通、略などにのみ拘りたるは、此ノ朖が発明したる音義学と其名は相似たれども、其実は炭と雪との違ひなるを、其名の似たるによりて同し類のごとく思ひまどふことなかれ」（『言霊妙用論』）といっているのは、林圀雄系統の音義学、言霊学への誹謗ととるべきだろう。秘教的な音義言霊の学は、一人一派の直観的で演繹的な〝真理〟の体系であって、異説や異端を認めることは、自らの根拠を危うくするものだったのである。ここには相伝としての秘教性はあっても、実証性、現実の言語現象から帰納されてゆく論理性はない。空虚な前提の上にいかなる壮大な体系を築き上げてもそれは結局は空虚である。平田篤胤の『古史本辞経』、堀秀成の『音義全書』、林甕臣の『日本語原学』は、こうした「一音一義」の音義言霊学の虚妄の楼閣として残っているのである。

2

秘教的言霊学というより、〝言霊教〟とでもいうべき言霊論者たちがいる。山口志道と中村孝道という二人の言霊家を始祖とする日本言霊学の流れを汲む人たちである。鎌田東二の『記号と言霊』（青弓社）によれば、近代の言霊学の中興の祖ともいうべき出口王仁三郎は、山口志道の『水穂伝』を「火水の体」として「大本言霊学」とし、中村孝道の「言霊真須鏡」の論（著作として伝わるのは『言霊或問』）を「火水の用」として「日本言霊学」と称しているという。系譜的な関わりからいえば、中村孝道の「日本言霊」が出口王仁三郎などの近代の〝言霊教〟に直接につながる始祖ということになる。

豊田国夫の『言霊信仰』が『言霊真澄鏡』（高橋残夢の著作）の緒言（五十嵐篤好執筆）にある話として伝えているものでは、文化十三年（一八一六）に日向の国の一老翁が京都に出て、まず野山元盛という人物に言霊の教えを伝え、いっしょにいた中村孝道もまたその教えを受けたのが〝言霊真須鏡〟の秘義であるということになっている（孝道に、うの〈宇能〉という妹がいて、上田家に入嫁して出口王仁三郎〈本名・上田喜三郎〉の祖母となったという説もある）。さらにこの孝道に教えを受けたのが望月幸智であり、その弟子が高橋残夢である。また、幸智の孫に大石凝真素美（おおいしごりますみ）（望月大輔）がいて、残夢とは幸智の門下として同門だったのである。また、大石凝真素美から水野満年に伝えられた言霊学を継承した宇佐美景堂は、その『日本言霊学概論』（霊響山房）の中で、京都の人野山元盛から、文化十三年に日向の人中村孝道が言霊学の原典を聞き伝え、さらに望月幸智に伝わったそれが大石凝真素美と五十嵐篤好に伝えられたという。

いずれも秘伝性を強調する秘密主義的な伝承であって、どの程度信用してよいものか判断の材料はない。山口志道と中村孝道とは、別名の同一人物であるという説もあって（大宮司朗「山口志道と神代学」『言霊秘書』解題・解説）、系譜的に混乱したものといわざるをえないが、この二人の著作と伝えられる『水穂伝』と『言霊或問』（言霊真須鏡の論）が、近代日本の言霊学の一種のバイブルとしての役割を果たしたことは間違いないのである。これらの「大本言霊学」と「日本言霊学」が、出口王仁三郎を経由して岡田茂吉や谷口雅春などの新興宗教の教祖たちに伝わったということを考えれば、この天保の言霊学は、思いがけない近代まで、いや現代までも日本の民間宗教の一つの原理となっているということができるのだ。

山口志道の『水穂伝』は、また「水火(ミツホ)ノ伝へ」ともいい、火と水による二元論をその宇宙論の中心概念としているところに特徴がある。彼は荷田春満に師事したといい、その日本書紀を中心とした神代論の影響を受け、神話解釈と五十音図の音義的な釈義とを重ね合わせているところに、彼の言霊論者としての真面目があるだろう。

> 皇国(ミクニ)の学は、万物一に止(トトマル)ことを原(モト)とす。故に、天地初発(アメツチノハジマリ)に一の凝(コリ)をなし、其凝より火水(ヒミツ)の二ツに別て、火を父と云、水を母といふ。其父の火灵と母の水灵と与(クミ)て、亦一ツの凝(コリ)をなす。其凝の重濁(オモクニゴリ)たるは形となり軽澄(カルクスミ)たるものは息となり、其息母胎(ホタイ)を出て高現(タカクアラハレ)たるを音(コヱ)と云。其声の五(イ)十連(ツラ)なるを言灵(コトタマ)といふ（五十連の音に灵有て活用を云）其言々に幸(サキ)有、佐(タスケ)有、火水(ヒミツ)有。是を与て詞をなす。然はあれとも、詞は音(コヱ)のみにして眼に見ること難(かたし)。そを眼に見するものを形仮名といふ。其形仮名をもて五十連の十行を記(しるす)。火水の言(コト)々を与開(クミヒラキ)、躰用軽重清濁等の法則をもて、詞の本を明にし、天地の水火(イキ)と人間(ヒト)の水火(イキ)と同一なることを知りて、家国を治の本は己が呼吸の息に在ことを知る。博天地(ヒロクアメツチ)のことわりを知むと欲せば、己か水火(イキ)を知にあり。是ぞ神国の教なる。既に古事記の神代(カミヨ)の巻と唱るも、火水与(カミヨ)の巻と云義にして、天地の水火(イキ)を与(クミ)て万物を生し(イキクム)、人間(ヒト)の水火

を与(クミ)て言(モノイフ)ことの御伝(ミツタヘ)なり天地の間に眼に見えざるの火水(ヒミツ)あり。是を火水(カミ)といふ。水火(イキ)ともいふ。神と唱るは躰(タイ)にして、水火(イキ)と唱るは用なり。故に陰陽(イキ)と陰陽(イキ)と与て万物を産(ウム)なり。

山口志道の「水火(ミツホ)ノ伝へ」が、古代中国の陰陽説や五行説の影響を受けていることは一目瞭然だろう。五行のうち「火」と「水」とをとりわけ重要視し、父（陽）を火とし、母（陰）を水として、その「火」と「水」の合一したものを「火水(ヒミツ)」とする。それはまた「形」と「息」とに分かれ、その「息」が母胎から出て高く現われたものを「声(コヱ)」という。「音」の五十音を「言（言霊）」といい、その眼に見えない「音」を形にしたものを形仮名（カタカナ）というのである。天地の「水火(イキ)」と人間の「水火(イキ)」とが同一であるというのは、天地の原理と「音」の五十音の原理とが同形であることを意味する。天地と人、大宇宙と人間という小宇宙とはその「水火(イキ)」において照応するのである。

しかし、五行説や陰陽説による宇宙生成論や、天地と人間の「息」の照応によるコスモロジーよりも、この『水穂伝』で注目すべきことは、「火水」がカミと読まれ、またヒミツと読まれ、「水火」をイキと読んで天地の根本要素の水火と、人間の「水火（イキ）＝息（生きに通じる）」とを通じ合わせているという、いわば〝語呂合わせ〟の論理である。これは遥か後代のこととなるが、出口王仁三郎や谷口雅春などの創唱した新興宗教の教義において、この〝語呂合わせ〟の論理と称すべき言語表現のレトリックが多用されていることは周知のことであると思うが、音義説が日本語の一音一音に意味を認めるという考え方である以上、こうした〝音合わせ〟〝語呂合わせ〟の論理は必然的に登場してこざるをえないのだ。

「イキ」という声音は、息（イキ）であっても、生き（イキ）であっても、粋（イキ）であっても、意気（イキ）であっても、本来的に同一でなければ音義説は成立しない。「カミ」は神であり、上（カミ）であり、髪（カミ）であり、紙（カミ）である。近代言語学ならば、意味するものとしての音声（あるいは文字）と、意味されるもの（意味内容）との結びつきは恣意的なものにしか過ぎないというだけでよいのだが、音義言霊の説では「天（アメ）」と「雨（アメ）」と「飴（アメ）」とは、何らかの意味系列の関連の上に出現してくるものとなるのである。もちろん、「一音一義」の音義説においては、これは「ア・メ」、あるいは「イ・キ」という一音に分節して考えればいいわけだが、音の重複、連想による「シャレ」や「語呂合わせ」や「地口」の類いが音義説の論理展開の延長上に出てくるものであることは、私にとっては必然的なものであったと思われるのである。

「一音一義」の言霊論がとりわけ咲き誇ったのは、江戸期においても文化、文政、天保年間であることはすでに述べた。鈴木朖の『雅語音声考』、平田篤胤の『神字日文伝』、林圀雄の『皇国之言霊』、山口志道の『水穂伝』、大国隆正の『言葉の正みち』、高橋残夢の『霊之宿』、篤胤の『古史本辞経』など音義言霊学の重要な著作は、一八〇〇年代の前半の五十年に集中している。これを江戸期の文学の世界に差し戻してみれば、宣長・秋成間に神話や国語音韻をめぐる論争のあった天明年間は、戯作の世界では恋川春町、朋誠堂喜三二、唐来参和、山東京伝などの黄表紙作者が活躍の真っ盛りの時代といってよかった。

安永四年（一七七五）の恋川春町の『金々先生栄花夢（きんきんせんせいえいがのゆめ）』から文化三年（一八〇六）の式亭三馬の『雷太郎強悪物語（いかづちたろうごうあくものがたり）』までの約三十年間、江戸の戯作は、「しゃれ」「うがち」「くすぐり」「地口」「滑稽」「見立て」「語呂合わせ」などの言語遊戯を身上とする黄表紙というジャンルに席巻されてしまっていたといってよいのだ。寛政の改革以降の文化、文政、天保年間はこうしたナンセンス、滑稽、風刺の黄表紙の反動のように、合巻、読本、人情本といった戯作のジャンルが隆盛を極めた時代だった。もちろん、滑稽本のように黄表紙の衣鉢を継いだようなジャンルの作品もなかったわけではないが、曲亭馬琴や柳亭種彦、為永春水に代表される小説家たちには、ナンセンスやユーモアから一転して、観念や情念、勧善懲悪のイデオロギーの世界や世態人情の世界を描くことが戯作界の中心命題となってきたのである。

天保期の音義言霊派に対応するのは、こうした馬琴流の読本の「言葉の意義」を強調する言語状況ということができるのではないだろうか。一音に籠められた言葉の意味がほとんど極限的に軽くさせられた黄表紙の言語環境。ウサギが一刀両断にされてウとサギになり、その鳥がウナギとドジョウを吐き出したから「へど前（江戸前のもじり）の大蒲焼」となったという朋誠堂喜三二の黄表紙『親敵（おやのかたき）討腹鞁（うてやはらつづみ）』のような言語遊戯の世界では、言葉の音とその意味とのつながりは恣意的なものであり、「音」と「義」との決定的な乖離にこそ、その言語遊戯を成立させる本質があったのである。

勧善懲悪のイデオロギーを語る読本の隆盛は、言葉の「意味」の復活であり、言語の「音」に内在する「義」の復権といってよかった。馬琴の稗史小説、読本世界の中には明らかに「名詮自性」という言葉で語られる一種の言霊信仰があった。これは〝名は体を表す〟といった、言葉（物の名）と現実の対応物との親和的な関係を意味する言葉だが、馬琴の小説世界の中では、名あるいは名分、勧懲を正しくすることによって、現実の世界の秩序を再構成するという志向にほかならなかった。もちろん、こうした「名詮自性」と、「一音一義」の音義説、言霊論を同一視することはできないのだが、その広い時代状況、社会環境において、同根の言語状況がこれらの言霊思想を醸成したということは可能なのである。国学から言霊学へ。朱子学的倫理から読本的な勧懲意識へ。江戸の言霊は、社会の言語に対する関心や無関心、意識や無意識の函数にほかならないのである。

3

山口志道の『水穂伝』が五十音の言霊学であったのに対し、もう一つの中村孝道の「言霊真須鏡」の教えは、七十五音の言霊学であることにまず特徴がある。『言霊或問』の中には、こういう問答体の言霊についての説明がある（ただし、ここでは『言霊信仰』からの再引用）。

又問　其言霊といへるものはいかなるものぞ。

答て曰　是人の声の霊なり。夫（それ）人は各七十五声出て、其声毎に義理備る。其義を号けて言霊といふ。かく一声毎に霊有をもて是を二声三声或は四声五声を組つらぬる時は、千万の名となり、詞となりて世の物事いひ尽さずといふことなく、又さとし尽さずといふ事なし。しかして又其言語の働を教しものは是真須鏡なり。

（中略）

次に三種の起元を教ふ。こは言霊のおこり、真須鏡のおこり、歌のおこり三種なり此言霊の起元をいふは、即七十五音に備りたる霊のおこり始りし事をさとすなり。又真須鏡の起元といふは、五韻三音のわかる源をさとし、音韻相結びて全七十五音を顕事をさとすなり。

七十五音とは、五十音に濁音、半濁音の二十五音を加えたもので、中村孝道は、本居宣長が「サテ其ノ五十ノ音ハ。縦ニ五ツ横ニ十ヅツ相連リテ。各縦横音韻調ヒテ乱ルルコトナク。其音清朗ナルガ故ニ。イサ、カモ相渉（アヒワタ）リマギラハシキコトモナク。一一ノ音ニ平上去ノ三音ヲ具シテ。言ニ随テ転用ス」（『漢字三音考』）という、清音のみを強調して、「ん」や濁音などを「溷雑不正ノ音」として退けたことに反対しているといえる。宣長は「ん」という音は、「不正の音」であり、「自然の音」ではないと論難する（『呵刈葭』）。濁音も、彼にとっては「其音清朗ナル」五十音の単なる転訛した音であって、本源的なものでないことは明らかであった。濁音や半濁音の表記は近代以降のことであって、濁音の「゛」や半濁音の「゜」は、文字そのものではなく単なる符号であり、余計な付加物という意味しか、宣長のような五十音主義者たちにとっては持たなかったのである。

中村孝道の七十五音の言霊学は、五十音図が、五と十という人間の指の数に基づく五進法、十進法が数の基本となっている世界において、きわめて秩序だったコスモロジーを感じさせるのに対し、単に現実の音節の数をなぞっただけという散文的なリアリズムしか感じさせない。そもそも「や行」のイ段とエ段、「わ行」において「ゐ」「ゑ」「を」を勘定に入れてもウ段の音はないのだから、本来四十七音しかないはずの日本語の音韻体系を五十音とするのは五×十というコスモロジー的な「音図」（五十音による〝音の曼荼羅図〟）に神秘主義的な意味が付与されていたからにほかならない。四十七音にさらに「ん」の音を加えて、「いろは四十八音」と語っていた大本教の教祖出口ナオや、七十五音の中村孝道は、少なくとも五十音という整理された数秩序の中に言霊の神秘性を見ようとはしなかったのである。

中村孝道の七十五音の言霊論は、濁音、半濁音の二十五音が五十音図への単なる付足しではなく、自然の天地の音であることを示している。それならば、五十音を中心とした仮名（カタカナ、ひらがな）の文字体系は不合理なものと映ってくることは当然だろう。「か」と「が」が二つの自然音であるとしたら、「か」という一つの仮名文字を共有していることは不自然で不合理なものといわざるをえない（それはVの音を表記するために「ヴ」という文字＋記号を使うことと別の意味において不自然なのだ）。

「が」や「じ」や「ぴ」を一字によって表記する文字体系が要請されるのはこのためである。

中村孝道はここから七十五音を表す「瑞茎（みずくき）」という古代文字（神代文字）があったとしている。これはただカタカナとひらがなという二種の仮名文字とは別個に、七十五音の文字があったはずだという推論にしか過ぎないわけだが、七十五音主義者にとって、その一音一音が同格だとしたら、当然その表音文字は別のものとなるはずで、「゛」や「゜」という符号によって「HA」と「GA」と「PA」というそれぞれ異なった音（これを清音、濁音、半濁音という三種の音のヴァリエーションだと考えるのは、仮名文字に慣らされた日本語の世界の住民だからにほかならない）を、基本的には同一の文字で表すということは考えられないことなのだ。中村孝道の言霊学の流れを汲む大石凝真素美が、いわゆる神代文字としての「水茎文字」を〝発見〟したのも、七十五音説の言霊学者にとってそうした文字の存在は、欠くことのできない理論的な要請によるものであったからだ。この「水茎文字」の発見について、「大石凝真素美先生伝」（『大石凝真素美全集・第参巻』）には、こう書いている。

先生は大和巡遊の帰路近江国野州の親戚を訪づれ、海路より蒲生郡八幡に到らむとして、沖の島の南面を過ぐる時水面に大波紋を画けるものあり。先生悩みて之を凝視すれば十数分を経て形を変化するが如きも船の上にては其の全面を見る能はず。先生其の発生せる由来を同舟の人に問へども絶ゑて知るものなし。先生こゝに其真相を慥かめむと欲し八幡に上陸し直ちに陸路湖辺を西行して沖の島の南面に到るや、連綿たる小山脈あり、其の西端の小丘に登りて湖を見渡せば、大波紋を一望の中に収め得たり。先生之を熟視して驚嘆して曰く「是ある哉、是れ我か修養せる言霊学の音韻文字なり。然り而して其の変化する所悉く其の形に非ざるはなし。誠にこれ天与の発見なり」と。欣喜雀躍して丘を下り付近の農家に就き其の地名を問へば、是は岡山村と称し、

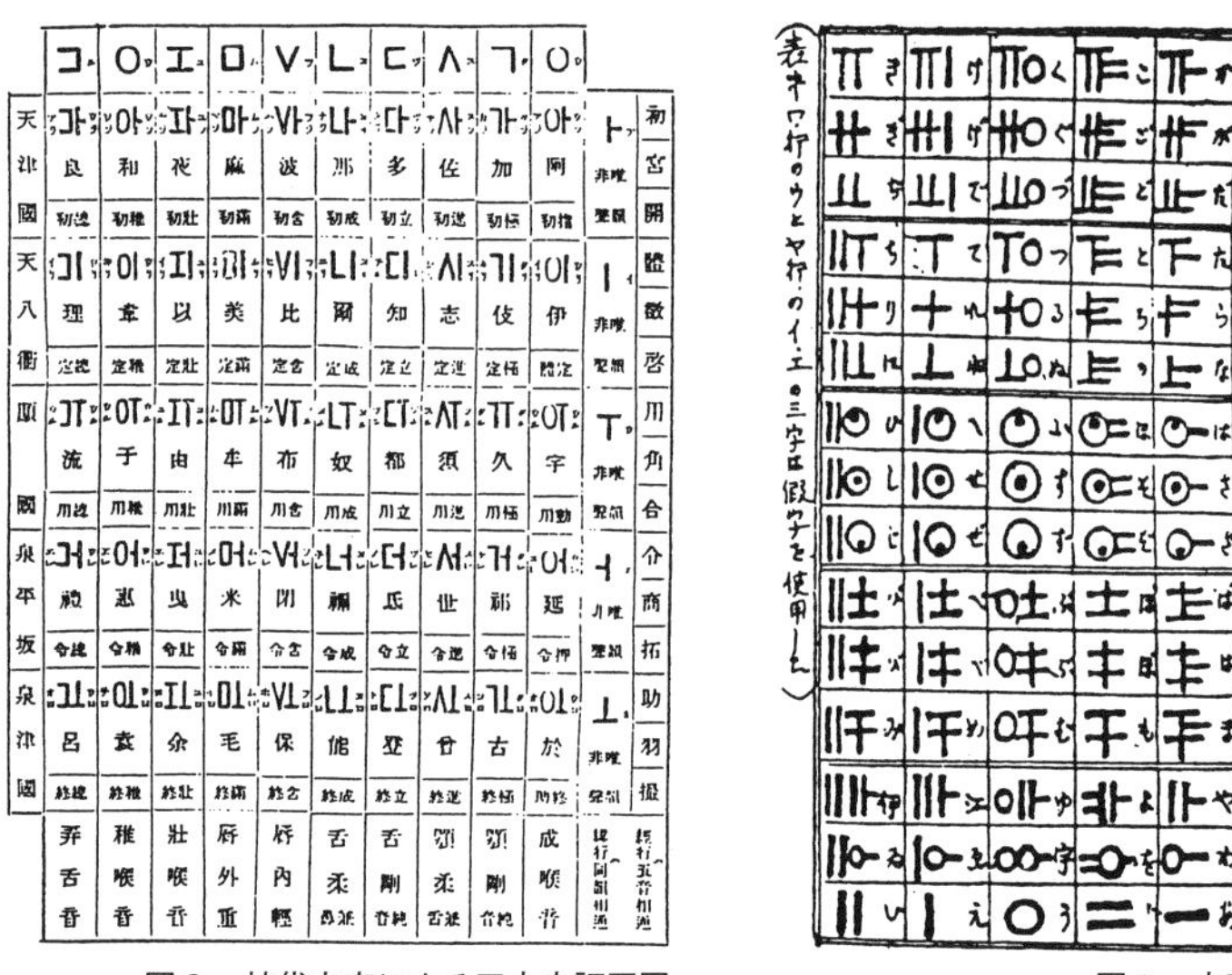

図2　神代文字による五十音訂正図

図1　水茎文字

其の丘上には古昔領主佐々木某の屋形あり。又其の丘の下に水神を祭れるは、佐々木某戦敗没落せし時家族の入水せるが故に其の霊を祀りしなりと。先生又古今集の古歌を想到して忽ち手をうちて曰く「奇なる哉、亦一大発見を得たり」と、其は古今集に「水茎ぶり」と題し

　水茎の岡のやかたにいもとあれと
　　ねてのあしたの雪のふりはも

とある古歌の由来を解するを得たり。今に於て水面に奇なる水茎文字を浮き出しつつあれば、この造化の奇蹟は一見して其の真なるを知るを得べきなり。かく古典神証の趣深きに感泣せらる。

神秘的言霊主義にふさわしいオカルティックな「水茎文字」発見の「伝説」だが、もちろんこれは神代文字の実在を証明する論拠にはまったくなりえない。ただし、七十五音の言霊学者に限らず、日本語の言霊の霊妙性を表現するた

めには、カタカナ、ひらがなのような音節文字ではない、もっと分析的な音標文字の必要性を言霊学の研究者が感じていたことは否定できないのである。「水茎文字」は、図1のようなものだが、これを見ると子音と母音の組合せによる音節文字という特徴はあまり明確にはなっていない。母音アイウエオの要素は、子音＋母音のカガダタラナハサザバパマヤワの中にそれぞれ入っているが、秩序整然としたものではない。七十五音のカナを縦横の線と丸とで作り上げてみたというだけのものにしか過ぎないだろう。

それに対して平田篤胤が『古史本辞経』で紹介している「神代文字」による五十音訂正図（図2）は、もっと整然として秩序立っている。母音としてト（ア）、ー（イ）、T（ウ）、┤（エ）、⊥（オ）の五つの文字要素があり、それが子音の○（子音なし）、ㄱ（K）、∧（S）、ㄷ（T）、ㄴ（N）、∨（H）、ロ（M）、エ（Y）、○（W）、コ（R）の十の子音要素と組み合わせられて五十音の音節文字となるのである。篤胤は「母韻トーT┤⊥(アイウエオ)父声○ㄱ∧ㄷㄴ∨ロエ○コ(ウクスツヌフムユウル)の説等を合せ考へ。彼此相発して。其精義を索むべきなり」と書き、また「さてトーT┤⊥(アイウエオ)等の下に各〻唯韵非声と記せるは。此はたゞ母韻の字にて。通用の字には非ざる由なり。然て是の五母韻字と。上(カミ)なる○ㄱ∧(ウクス)等の十父声字と相偶して。下なる五十音の通用文字と成就(ナリトヽノ)へるなり。其は唯製字の然る耳に非ず。声音の成就へる趣き。固より然有りし故に。文字をも其の趣きに因りて製(ツク)れる也けり」（『古史本辞経』）と書いている。

「母韻」と「父声」（＝子音）との組合せによって日本語の音節が出来上がっていることをすでに篤胤は知っていた。しかし、漢字のような表意文字（「其事物の象形を画たる」）はもちろんのこと、カタカナ、ひらがなのような表音文字（「口に出る音々の印に作る仮字」）では、五十音の「声音の成就へる趣き」は十全に表現できないのである。篤胤が「神代文字」に拘ったのも、こうした日本語の音韻体系を漢字や仮名よりももっと整然とした秩序の下に表記しうる文字体系が求められていたからにほかならない。それは子音（父声）と母音とが組み合わされたローマ字のような文字でなければならない。日本の近隣の言語にはそうした子音要素と母音要素とを組み合わせて一音節の文字とする文字体系があった。いうまでもなく朝鮮文字、ハングルがその文字体系にほかならない。

篤胤は自らが主張する「神代文字」がハングルに類似していることを知らなかったわけではない。『古史徴開題記』の「神世文字の論」に「今も朝鮮にて用ふる文字、其體梵字の如なる諺文と云あり。然れば、彼国の文字の、我国に伝はりしを、記せる書なりけむ、と云へるは違へり」とある。つまり、篤胤の論法では日本の「神代文字」が朝鮮に渡って諺文（ハングルの卑称）の元となったというのである。もちろん、これは逆倒した考えにほかならない。ハングルは李朝の世宗大王の時代に創作され、「訓民正音」として一四四六年に大王の名によって発表、制定されたことは歴史的事実としてほとんど疑う余地がない。可能性としてありうるのは、世宗大王が時の学者たちを集めて作らせたハングルのモデルの中に「神代文字」があったということだが、これは十五世紀の隣国の文字創造以前に「神代文字」があったという確実な史料がない限り、荒唐無稽の説といわざるをえないのだ。篤胤の伝える「神代文字」は、明らかに朝鮮のハングルを模倣した擬似的な〝神代文字〟にほかならないのである。

対馬藩に仕えて朝鮮との外交に尽力した雨森芳洲が朝鮮語習得のための語学書である『交隣須知』を著したのは、彼が釜山の倭館にいた一七〇三年から一七〇六年の間といわれている。篤胤の『神字日文伝』は一八一九年、『古史本辞経』は一八三九年の成立だから、朝鮮文字、すなわちハングルが江戸末期の日本において知られていたことは間違いないことなのである。このハングルが「神代文字」として秘密的に伝承されるためには『交隣須知』から一世紀以上の時間というのは決して短いものではなかった。篤胤の「五十音訂正図」は、エがㅓではなくㅔ、Rがコではなくㄹであるといったいくつかの違いを是正すれば、ほとんど五十音の正確なハングル表記であるといえるのである（なお、この篤胤のいう「神代文字」が阿比留（アビル）文字または天日霊（アビル）文字と呼ばれているのは対馬の阿比留氏に由来するものであることを物語っていよう。もちろん、古代あるいは中世の対馬は日本というより半ば〝朝鮮〟に属していた）。

篤胤はㅏ（ア）の段を天津国、ㅣ（イ）を天八衢、ㅜ（ウ）を顕国、ㅓ（エ）を泉平坂、ㅗ（オ）を泉津国というように、アイウエオの母音を日本神話の神話的コスモロジーの中にそれぞれ対応させている。神話的宇宙論と五十音との照応がここでなされているのである。しかし、ハングルという文字の成立自体が宇宙論的なものを孕んでいたことは、『訓民正音』を繙いたものには常識的なものであった。初声、すなわち子音部分のㄱㄴㄷㄹㅁㅂㅅㅇㅈㅊㅋㅌㅍㅎは、それぞれ牙、舌、唇、歯、喉の発音の模象であるといわれているが、中声の母音は天地人の三極を意味し、それは・とㅡとㅣというそれぞれ天（・）、地（ㅡ）、人（ㅣ）を表す象形文字にほかならなかったのである。つまり、ハングル自体が一種のコスモロジーを孕んだ声音の秩序の体系であって、天地人の三元論的宇宙論と陰陽の二元論とを組み合わせた音図を作りあげるのである（現行は二十一の母音と十九の子音の組合せである）。

また中声を見れば、天地人の三極に根拠を置き、天は円として最初の字である「・」を円点として象形し、地は平らにして第二字である「ㅡ」は平形を象し、第三字である「ㅣ」は人の立っている姿を象するものである。このように天円、地平、人立を象形して基本の三字を創作した次には、この三字が相合して、また天と地が出会い「ㅗ」が現われ、人と天とが出会い「ㅏ」が現われ、地と天とが出会い「ㅜ」が現われ、天と人とが出会い「ㅓ」が現われ、これが二画となるのである。

（方鍾鉉『訓民正音解題』）

言葉と文字の原理が宇宙論となり、それがナショナリズムの原理となるという意味では、朝鮮の「訓民正音」の体系のほうが五十音図よりも、もっと哲学的であり、深い哲理を持ったものといわざるをえないだろう。それは篤胤が神話世界の構造を五十音図に反映させてみせたものよりも、天と地と人とを三つの要素としてその宇宙論の中に組み込んでいた「訓民正音」の体系の、思弁的で人間主義的な原理が優位的であったということであり、またそうした篤胤の五十音図のイデオロギーは、ハングル、すなわち「訓民正音」の体系を意図的に模倣したものにほかならないからである。江戸の音義言霊の学派は、最終的には篤胤の『古史本辞経』の五十音図の神学に収斂されるというべきだろう。そしてその声音の神学は、悉曇学と朝鮮の「訓民正音」の体系という〝外来思想〟〝外来文化〟の大きな影響を受けたものにほかならなかったのである。

※引用は『国語学大系』（国書刊行会）、『本居宣長全集』（筑摩書房）、『新修平田篤胤全集』（名著出版）、『上田秋成全集』（国書刊行会）、『大石凝真素美全集』（八幡書店）等による。

江戸戯作年表（主に黄表紙以降）及び使用テキスト一覧

〔略語・（黄）黄表紙、（合）合巻、（洒）洒落本、（読）読本、（滑）滑稽本、（人）人情本、（考）考証、（実）実録、（歌）歌舞伎、（浄）浄瑠璃、（随）随筆、（図）図録、（評）評伝及び評論、（落）落語〕

年号	作品
一六九〇（元禄三）	（実）『死霊解脱物語聞書』（服部幸雄『変化論』平凡社）
一七三四（享保十九）	（浄）竹田出雲『蘆屋道満大内鑑』初演（『出雲戯曲集』国民文庫刊行会）
一七七四（安永三）	（読）遊谷子『和荘兵衛』（『和荘兵衛・胡蝶物語・質屋庫・南柯夢』国民文庫刊行会）
一七七五（安永四）	（黄）恋川春町『金々先生栄花夢』（小池正胤・宇田敏彦・中山右尚・柳橋正博編『江戸の戯作絵本（一）』現代教養文庫・社会思想社）
一七七六（安永五）	（黄）春町『化物大江山』（『江戸の戯作絵本（一）』）
一七七七（安永六）	（黄）朋誠堂喜三二『親敵討腹鞁』（『江戸の戯作絵本〔続巻一〕』）
一七七八（安永七）	（黄）春町『辞闘戦新根』（『江戸の戯作絵本（一）』）
一七八二（天明二）	（黄）山東京伝『御存商売物』（『江戸の戯作絵本（二）』）
一七八五（天明五）	（黄）京伝『江戸生艶気樺焼』（『江戸の戯作絵本（二）』）
	（黄）唐来参和『莫切自根金生木』（『江戸の戯作絵本〔続巻二〕』）
一七八六（天明六）	（黄）参和『通町御江戸鼻筋』（延広真治監修・鈴木俊幸編『唐来参和』シリーズ江戸戯作・桜楓社）
	（考）本居宣長・上田秋成『呵刈葭』（～一七八七）（論争行なわれる。宣長の稿本作製時は不明。『上田秋成全集・第一巻』中央公論社）

一七八七（天明七）	（洒）京伝『通言総籬』（高木好次校訂『洒落本集』岩波文庫・岩波書店）
一七八九（寛政元）	（黄）石部琴好『黒白水鏡』（『江戸の戯作絵本〔続巻二〕』）
一七九〇（寛政二）	（黄）京伝『花芳野犬斑』（延広真治監修・山本陽史編『山東京伝』シリーズ江戸戯作・桜楓社）
一七九一（寛政三）	（黄）京伝『京伝憂世之酔醒』（『江戸の戯作絵本〔続二〕』） （黄）京伝『心学早染草』（『江戸の戯作絵本〔三〕』） （洒）京伝『錦之裏』（『洒落本集』岩波文庫）
一七九二（寛政四）	（黄）京伝『桃太郎発端話説』（山口剛校訂『黄表紙廿五種』日本名著全集・江戸文芸之部・日本名著全集刊行会）
一七九五（寛政七）	（黄）南仙笑楚満人『敵討義女英』（『江戸の戯作絵本〔四〕』）
一八〇一（享和元）	（黄）曲亭馬琴『曲亭一風京伝張』（武笠三校訂『黄表紙十種』有朋堂文庫・有朋堂書店）
一八〇二（享和二）	（黄）式亭三馬『稗史億説年代記』（『江戸の戯作絵本〔四〕』） （黄）十返舎一九『的中地本問屋』（『江戸の戯作絵本〔続二〕』） （滑）一九『東海道中膝栗毛』（〜一八〇九）（麻生磯次校注『東海道中膝栗毛〔上・下〕』岩波文庫・岩波書店）
一八〇三（享和三）	（図）三馬『劇場訓蒙図彙』（青木嵩山堂）
一八〇四（文化元）	（黄）一九『化物太平記』（『江戸の戯作絵本〔四〕』） （随）馬琴『著作堂雑記』（『曲亭遺稿』国書刊行会） （考）京伝『近世奇跡考』（日本随筆大成・第二期三巻・日本随筆大成刊行会）
一八〇五（文化二）	（読）京伝『桜姫全伝曙草紙』（『読本集』日本名著全集・江戸文芸之部・日本名著全集刊行会）
一八〇六（文化三）	（合）三馬『雷太郎強悪物語』

一八〇七（文化四）	（滑）三馬『戯場粋言幕の外』（神保五彌校注『浮世風呂・戯場粋言幕の外・大千世界楽屋探』新日本古典文学大系・岩波書店） （読）京伝『昔語稲妻表紙』（武笠三校訂『昔語稲妻表紙・本朝酔菩提』有朋堂文庫・有朋堂書店） （読）馬琴『椿説弓張月』（〜一八一一）（後藤丹治校注『椿説弓張月（上・下）』日本古典文学大系・岩波書店） （読）馬琴『敵討裏見葛葉』（鶴声社金桜堂） （読）馬琴『新累解脱物語』（『続馬琴傑作集』続帝国文庫・博文館） （読）京伝『梅花氷裂』（佐藤深雪校訂『山東京伝集』叢書江戸文庫・国書刊行会）
一八〇八（文化五）	（随）秋成『胆大小心録』（中村幸彦校注『上田秋成集』日本古典文学大系・岩波書店） （読）馬琴『俊寛僧都島物語』（『曲亭馬琴集〈下巻〉』近代日本文学大系・国民図書） （歌）鶴屋南北『彩入御伽草』初演（渥美清太郎編『鶴屋南北怪談狂言集』日本戯曲全集・春陽堂）
一八〇九（文化六）	（滑）三馬『浮世風呂』（〜一八一三）（『浮世風呂・戯場粋言幕の外・大千世界楽屋探』） （読）京伝『本朝酔菩提』（『昔語稲妻表紙・本朝酔菩提』）
一八一〇（文化七）	（読）馬琴『胡蝶物語』（〜一八一〇）（和田萬吉校訂『胡蝶物語』岩波文庫・岩波書店） （滑）一九『続膝栗毛』（〜一八二二）（『膝栗毛其他』日本名著全集・江戸文芸之部・日本名著全集刊行会）

一八一一（文化八）	（滑）三馬『客者評判記』（山口剛編『滑稽本集』日本名著全集・江戸文芸之部・日本名著全集刊行会）
一八一三（文化十）	（滑）三馬『浮世床』（〜一八一四）（『式亭三馬集』近代日本文学大系・国民図書）
一八一四（文化十一）	（考）京伝『骨董集』（〜一八一五）（塚本哲三校訂『骨董集・燕石雑誌・用捨箱』有朋堂文庫・有朋堂書店）
	（読）馬琴『南総里見八犬伝』（〜一八四二）（小池藤五郎校訂『南総里見八犬伝（一〜十巻）』岩波文庫・岩波書店）
一八一七（文化十四）	（滑）三馬『大千世界楽屋探』（『浮世風呂・戯場粋言幕の外・大千世界楽屋探』）
一八一九（文政二）	（評）馬琴『伊波伝毛乃記（稿本）』（『新燕石十種』中央公論社）
一八二三（文政六）	（歌）南北『法懸松成田利剣』初演（『鶴屋南北怪談狂言集』）
一八二五（文政八）	（歌）南北『東海道四谷怪談』初演（河竹繁俊校訂『東海道四谷怪談』岩波文庫・岩波書店）
	（随）馬琴編『兎園小説（稿本）』（〜一八三二）（日本随筆大成・第二期1・吉川弘文館）
一八二九（文政十二）	（読）馬琴『近世説美少年録』（後『新局玉石童子訓』〜『近世説美少年録』国民文庫刊行会）
一八三一（天保二）	（滑）一九『続々膝栗毛』（『膝栗毛其他』日本名著全集・江戸文芸之部・日本名著全集刊行会）
一八三二（天保三）	（人）為永春水『春色梅児誉美』（〜一八三三）（古川久校訂『梅暦』岩波文庫・岩波書店）
一八三三（天保四）	（評）馬琴『本朝水滸伝を読む幷に批評』（『曲亭遺稿』）
	（人）春水『春色辰巳園』（〜一八三五）（『梅暦』）

一八三四（天保五）	（評）馬琴『近世物之本江戸作者部類』（木村三四吾編・八木書店、徳田武校注・岩波文庫・岩波書店）
一八三六（天保七）	（人）春水『春色恵の花』（『梅暦』）
一八三八（天保九）	（人）春水『英対暖語』（『梅暦』）
一八四一（天保十二）	（人）春水『春色梅美婦禰』（『梅暦』）
一八五六（安政三）	（評）岩本活東子『戯作者小伝』（『燕石十種』中央公論社）
一八九八（明治三一）	（落）三遊亭円朝『真景累ケ淵』初演（『真景累ケ淵』岩波文庫・岩波書店）

著者解題（初出一覧）

「東下りのゆくえ」

大洲豊氏主宰の同人誌『分身』第六号（一九七六年二月）に発表した。著者にとってはじめての古典文学に関する評論である。初出時「伊勢物語試論」としていたが、評論集『異様の領域』（一九八三年三月、国文社）に収録する際に改題した。現在の時点からすれば、あまりに文字や行が詰まっているように見えるので、今回は行替えをいくらか施したが、内容の改変はない。この頃は、大阪、神戸で生活していたので、〝東下り〟ならぬ〝西下り〟という実感があった。

「異様なるものをめぐって」

原型は桂木明徳氏主宰の同人誌『青髭』（第一号、一九七九年）に発表した。それを加筆・改稿して群像新人文学賞（評論部門）に応募し、優秀作（佳作）となり、『群像』一九八〇年六月号に掲載された。「川村湊」というペンネームがはじめて活字となった。選考委員は佐多稲子、吉行淳之介、島尾敏雄、丸谷才一、佐々木基一の五氏で、全員鬼籍に入られた。受賞パーティーの席で、佐多、吉行両氏から、当選作でもよかったのだが、丸谷氏が反対したので、佳作となったと聞かされた。評論の当選作はなかった。賞金は当選作十五万円の半分の七万五千円だと皮算用していたが、五万円だったのでがっかりしたことを覚えている。丸谷氏とはその後、何かにつけて衝突することがあったが、そのハシリである。

最初、応募原稿として「梅崎春生論」を準備していたものの、応募締め切りに間に合いそうもないので、急遽「鴨長明論」を書こうとしたが、やはり間に合わず、既発表の「異様の精神——徒然草論」に手を加えて投函したのである。締め切り後に届いたので、編集長の橋中雄二氏が直接下読みをし、最終候補にまで推薦してくれたと後から聞いた。橋中氏には、今もお世話になっている。担当の編集者は宮田昭宏氏。評論集『異様の領域』に収録した。

なお、『異様の領域』は、学生時代からの友人前島哲氏が在籍していた国文社から、清水哲夫氏の編集で刊行された。定価二〇〇〇円。

「物語の叛乱」

群像新人賞の受賞第一作として、一年以上を経て、『群像』一九八一年七月号に発表。水産業界誌の編集部にいたので、築地市場の取材と称して外出し、築地図書館で資料を調べながら書いた。篠田一士氏が『毎日新聞』文芸時評で激賞してくれたのは嬉しかった。ただ、その時に原文の引用を現代語訳したものが不評判だったので、『異様の領域』に収録する際に、一部を原文に戻した。

「戯作のユートピア」

受賞後第三作として、長大な馬琴論を企図したが、辻章編集長から、まずそのエッセンス的なものといわれ、三十枚ほどの短篇評論となった。『群像』一九八二年二月号に発表した。翌月号の「創作合評」で、川村二郎氏から、「馬琴をあんな少ない枚数で書いた」と批判的な言辞があり、悔しい思いをした。『異様の領域』に収録した。

「『世界』の構造」

『文學界』の編集者だった高橋一清氏に、原稿を求められ、かねてから考えていた南北論をいっきょに書き、『文學界』一九八二年三月号に発表した。締め切りぎりぎりまで原稿が書けず、余裕のないまま書き下ろしたが、時間があれば、むしろ完成しなかったかもしれない。野間宏氏から「あなたの南北論は、まったく認められません」というハガキをいただいて、読んでもらったことに感激した。『異様の領域』に収録した。

「黄表紙王国の崩壊」

以下の近世文学に関する論考は、「遊ぶ京伝」以下は『季刊思潮』（思潮社）に連載し、福武書店から単行本として刊行した。柄谷行人氏の『日本近代文学の起源』の近世文学版を狙ったのだが、そうはならなかったようだ。曲亭馬琴の『近世物之本江戸作者部類』を下敷きにしたので、単行本の題名を『近世狂言綺語列伝──江戸の戯作空間』（一九九一年十月、福武書店、定価一九四二円）としたが、新宿の紀伊国屋書店に行くと、文芸評論のコーナーにはなく、「演劇、能・狂言」のコーナーにあった。重版の際は『江戸の戯作空間』に改題しようと思っていたが、福武書店はベネッセ・コーポレーションとなり、文芸書から撤退したので、そのまま絶版となった。

本稿は『近世狂言綺語列伝』刊行時に書き下ろしの序論として書いた。編集は山村武善氏、深津なおみ氏である。

「遊ぶ京伝」

近世文学の研究者からは、題名だけはよいと賞められ、複雑な気持ちだった。『山東京伝全集』が刊行される以前だから、黄表紙、読本、考証などもいずれも活字本は手に入れがたかった。『季刊思潮』第一号（一九八八年七月、思潮社）に掲載し、『近世狂言綺語列伝』に収録した。

「美少年と悪少年」

前記の「戯作のユートピア」の雪辱のつもりで、このあと二編の馬琴論を書いた。『季刊思潮』第二号（一九八八年十月）に掲載し、『近世狂言綺語列伝』に収録した。原題は「越境する少年たち」である。

「異類と異界の物語」

『南総里見八犬伝』のプレ・テクストとして、京伝の黄表紙『先時怪談花芳野犬斑』を〝発見〟したのが、私の手柄だったと思う。もっとも、『花芳野犬斑』が河出書房新社から影印本として出なければこうした〝発見〟もなかったわけで、そんなに大層なものではない。『季刊思潮』第四号（一九八九年四月）に掲載し、『近世狂言綺語列伝』に収録した。

「馬琴の島」

『季刊思潮』第五号（一九八九年七月）に掲載し、『近世狂言綺語列伝』に収録した。馬琴研究者の板坂則子氏の編集で、日本文学研究資料叢書『馬琴』（有精堂出版）に収録していただいた。

「浮世の三馬」

『浮世風呂』『浮世床』は、私が最初に（最後まで）読んだ近世文学の作品であり、高校生の時である。その頃はむろん自分が「三馬論」を書くことになろうとは夢にも思わなかった。

『季刊思潮』第八号（一九九〇年四月）に掲載し、『近世狂言綺語列伝』に収録した。

「歩く一九」

一九を書こうと思ったのだが、『膝栗毛』を読んでも、どうにも手が出なかった。そんななか、松田修氏の『東海道中膝栗毛』を読んで、こんなアプローチの仕方もあるのかと、眼から鱗が落ちた思いがした。

本稿は、『近世狂言綺語列伝』刊行時に書き下ろしとして収録した。『季刊思潮』が終刊となったたが、後継誌『批評空間』に引き継がず、後半を書き下ろしとして刊行することが決まったためである。

「悪女のドラマツルギー」

『文藝』（一九八六年十月、河出書房新社）に掲載した「怨恨の系譜」の前半を独立させ、加筆して一編とした。担当編集者は、高木有氏。

服部幸雄氏の『変化論』（特に「累曼陀羅」の章）の影響を多く受けている。高田衛氏の『江戸の悪魔祓い（エクソシスト）』も多く参照させていただいた。鬼怒川（絹川）沿いの累が淵まで出かけ、近くのお寺で「累曼陀羅」や累や助の人形を見せてもらったのも、よい体験だった。『近世狂言綺語列伝』に収録した。

「蝶恋花の物語」

京伝、馬琴、三馬、一九、南北と続けば、春水となることは必然だった。前田愛氏の論考を参照しながら、『梅暦』シリーズを読み続けた。生前の前田氏にお会いする機会はなかったが、没後、イエール大学の「前田愛記念シンポジウム」に招聘され、発表する機会を与えられたことは光栄だった。書き下ろしとして、『近世狂言綺語列伝』に収録した。

「江戸の言霊」

『江戸文学』第十号（一九九三年三月、ぺりかん社）に発表した。編集長だった高田衛氏に執筆者として起用していただいたのだと思う。「言霊」の思想や信仰については『言霊と他界』（『群像』に断続連載。一九九〇年十二月、講談社刊。単行本ののち、講談社学術文庫）という長篇評論を書いたが、そこから漏れたものとして、江戸期の音義言霊派の流れについて書いた。

「江戸戯作年表及び使用テキスト一覧」

『近世狂言綺語列伝』刊行時に、付録として書き下ろした。『近世物之本江戸作者部類』だけは、執筆時は「稿本」を使用したが、本書校正時には徳田武校注の岩波文庫版を使用した。

（二〇一四年十一月記）

川村湊略年譜（著書は、単著のみ）

1951年、２月23日（魚座、Ｂ型）、北海道網走市に生まれる。

1974年、法政大学法学部政治学科卒業。

のち、中国美術品販売、教育誌編集、土木作業員、水産市場作業員、パチンコ店員、水産業界誌編集などに携わる。

1980年、「異様なるものをめぐって――徒然草論」で、群像新人文学賞（評論部門）優秀作受賞。

1983年、『異様の領域』（国文社）。

1985年、『批評という物語』（国文社）。『〈酔いどれ船〉の青春』（講談社、のちに復刊・インパクト出版会）。

1986年、『わたしの釜山』（風媒社）。

1987年、『音は幻』（国文社）。

1988年、『ソウルの憂愁』（草風舘）。

1989年、『アジアという鏡』（思潮社）。『紙の中の殺人』（河出書房新社）。

1990年、法政大学第一教養部助教授。

のち、専修大、広島県立女子大（現広島県立大）、早稲田大、学習院大、弘前大、弘前学院大、広島大、藤女子短大（現藤女子大）、沖縄大、琉球大、漢陽大（韓）、高麗大（韓）、デリー大（インド）、ワシントン大（米）、北京日本学中心（中）、北京大（中）などで講師、客員教授を務める。

1990年、『異郷の昭和文学』（岩波書店）。『言霊と他界』（講談社、のちに講談社学術文庫）。

1991年、『近世狂言綺語列伝』（福武書店）。

1992年、『隣人のいる風景』（国文社）。『マザー・アジアの旅人』（人文書院）。

1993年、毎日新聞で文芸時評を担当（～2009年）。

1994年、『南洋・樺太の日本文学』（筑摩書房）で、平林たい子文学賞（評論部門）受賞。『海を渡った日本語』（青土社）。

1995年、『戦後文学を問う』（岩波書店）。

1996年、『〈大東亜民俗学〉の虚実』（講談社）。

1997年、『満洲崩壊』（文藝春秋）。

1998年、『戦後批評論』（講談社）。『文学から見る「満洲」』（吉川弘文館）。

1999年、『生まれたらそこがふるさと』（平凡社）。

2000年、法政大学国際文化学部教授。

『作文のなかの大日本帝国』（岩波書店）。『ソウル都市物語』（平凡社）。『風を読む水に書く』（講談社）

2001年、『妓生』（作品社）。『日本の異端文学』（集英社）。

2003年、『韓国・朝鮮・在日を読む』（インパクト出版会）。

2004年、『補陀落』（作品社）で、伊藤整文学賞（評論部門）受賞。

2005年、『物語の娘』（講談社）。『アリラン坂のシネマ通り』（集英社）。

2006年、『村上春樹をどう読むか』（作品社）。

2007年、『牛頭天王と蘇民将来伝説』（作品社）で、読売文学賞（紀行・随筆部門）受賞。

2008年、『温泉文学論』（新潮社）。『文芸時評1993-2007』（水声社）。『闇の摩多羅神』（河出書房新社）。

2009年、『狼疾正伝』（河出書房新社）。『あのころ読んだ小説』（勉誠出版）。

2010年、『異端の匣』（インパクト出版会）。

2011年、『福島原発人災記』（現代書館）。『原発と原爆』（河出書房新社）。『満洲国』（現代書館）。

2013年、『震災・原発文学論』（インパクト出版会）。『海峡を越えた神々』（河出書房新社）。

この間、すばる文学賞、木山捷平文学賞、群像新人文学賞、野間新人文学賞、福岡アジア文化賞、北海道新聞文学賞、坪田譲治文学賞などの選考委員を務める。

川村湊自撰集 第一巻 古典・近世文学編

2015年1月30日初版 第1刷発行

著者 川村湊

装幀者 菊地信義

発行者 和田肇

発行所 株式会社 作品社
東京都千代田区飯田橋2-7-4 郵便番号102-0072
電話 東京(03)3262-9753 FAX(03)3262-9757
振替口座 00160-3-27183
http://www.sakuhinsha.com

本文組版 有限会社一企画

印刷・製本所 中央精版印刷株式会社

ISBN978-4-86182-514-9 C0395